LE CHEVALIER DE RUBIS

DES MÊMES AUTEURS
CHEZ POCKET

LA GRANDE GUERRE DES DIEUX

LES PREQUELLES (*Collection Rendez-Vous Ailleurs*)

1. Belgarath le sorcier
   Les années noires
2. Belgarath le sorcier
   Les années d'espoir
3. Polgara la sorcière
   Les années d'enfance
4. Polgara la sorcière
   Les temps des souffrances

LA BELGARIADE (Collection Pocket S.-F.)

1. Le pion blanc des présages – N° 5357
2. La reine des sortilèges – N° 5356
3. Le gambit du magicien – N° 5419
4. La tour des maléfices – N° 5424
5. La fin de partie de l'enchanteur – N° 5425

LA MALLORÉ (*Collection Pocket S.-F.*)

1. Les gardiens du Ponant – N° 5482
2. Le roi des Murgos – N° 5481
3. Le démon majeur de Karanda – N° 5519
4. La sorcière de Darshiva – N° 5522
5. La sibylle de Kell – N° 5523

LA PIERRE SACRÉE PERDUE

LA TRILOGIE DES JOYAUX (*Collection Pocket S.-F.*)

1. Le trône de diamant – N° 5555
2. Le chevalier de rubis – N° 5577
3. La rose de saphir – N° 5631

LA TRILOGIE DES PERILS (*Collection Rendez-Vous Ailleurs*)

1. Les dômes de feu
2. Ceux-qui-brillent
3. La cité occulte
4. Le codex de Riva

LA TRILOGIE DES PÉRILS (*Collection Pocket S.-F.*)

1. Les dômes de feu – N° 5628
2. Ceux qui brillent – N° 5633
3. La cité occulte – N° 5632

SCIENCE-FICTION
Collection dirigée par Jacques Goimard

DAVID EDDINGS

LE CHEVALIER DE RUBIS

PLON

Ouvrage paru chez Ballantine Del Rey
sous le titre original :
RUBY KNIGHT
Traduit de l'anglais par
E.C.L. Meistermann

ISBN 2-266-11006-3

PROLOGUE

Histoire de la Maison des Émouchet
Extrait des Chroniques de la Fraternité des Pandions

C'EST AU COURS DU XXVe SIÈCLE que les hordes d'Otha de Zémoch envahirent les royaumes élènes de l'Éosie occidentale et balayèrent tout devant elles, par le feu et par l'épée, dans leur marche vers l'ouest. Otha paraissait invincible, avant que ses forces soient bravées sur l'immense champ de bataille du lac Randéra par les armées alliées des chevaliers de l'Église. On raconte que cette bataille du centre du Lamorkand fit rage pendant des semaines avant que les envahisseurs zémochs soient repoussés au-delà de leurs propres frontières. La victoire des Élènes était donc totale, mais une bonne moitié des chevaliers de l'Église gisait sur le terrain et les armées des rois élènes chiffraient leurs morts par dizaines de milliers. Quand les survivants victorieux mais épuisés rentrèrent chez eux, ils durent affronter un ennemi plus féroce encore : la famine, qui s'avère l'un des résultats habituels de la guerre.
La famine en Éosie persista durant plusieurs générations, menaçant parfois de dépeupler le continent. Inévitablement, l'organisation sociale s'écroula progressivement et le chaos politique régna sur les royaumes élènes. Les barons félons ne faisaient que payer de paroles

leur serment d'allégeance à leur roi. Les querelles particulières débouchaient fréquemment sur d'abjectes petites guerres et le banditisme s'étalait au grand jour. Cette situation se généralisa jusqu'aux premières années du XXVIIe siècle.
En cette période de troubles, apparut à la porte de notre maison mère de Démos un acolyte qui exprima le désir ardent de devenir membre de notre ordre. Dès le début de sa formation, notre précepteur se rendit compte que ce jeune postulant, du nom d'Émouchet, n'avait rien d'un homme ordinaire. Il ne tarda pas à dépasser les autres novices et se mit à l'emporter même sur des pandions aguerris au terrain d'entraînement. Mais ce n'étaient pas uniquement ses prouesses physiques qui le distinguaient à ce point : ses dons intellectuels étaient également impressionnants. Ses aptitudes aux secrets de Styricum faisaient les délices de son instructeur dans ces arts, et le Styrique âgé guida son élève dans des régions de la magie qui dépassaient de loin ce que l'on enseignait habituellement aux chevaliers pandions. Le Patriarche de Démos n'était pas moins enthousiaste devant l'intellect de ce novice et, à l'âge où sire Émouchet eut gagné ses éperons, il était également expérimenté dans les labyrinthes de la philosophie et les discussions théologiques.
C'est à peu près à l'époque où sire Émouchet devint chevalier que le roi Antor monta sur le trône élène de Cimmura, et les existences de ces deux jeunes gens ne tardèrent pas à s'entrelacer intimement. Le roi Antor était un adolescent brusque et même téméraire; une explosion de brigandage le long de sa frontière septentrionale le plongea dans une rage telle qu'il jeta au vent toute prudence et monta dans cette portion de son royaume une expédition punitive avec des forces sinistrement inadéquates. Quand cette nouvelle parvint à Démos, le précepteur des chevaliers pandions détacha en toute hâte une colonne pour se porter au secours du roi; parmi les chevaliers de cette expédition se trouvait sire Émouchet.
Le roi Antor avait rapidement perdu pied. Si personne ne pouvait mettre en cause sa bravoure, son manque d'expérience le plongeait fréquemment dans de graves erreurs de tactique et de stratégie. Sans tenir compte des alliances qui unissaient les divers barons félons des marches septentrionales, il conduisit souvent ses hommes contre l'un d'eux sans songer au fait qu'un autre risquait probablement de venir porter assistance à son allié. C'est ainsi que les forces du roi Antor, en nombre déjà insuffisant, furent régulièrement affaiblies par des attaques-surprises contre l'arrière de son armée. Les barons du Nord le débordaient joyeusement toutes les fois qu'il chargeait à l'aveuglette et ils décimaient progressivement ses troupes de réserve.
C'est dans ce genre de situation qu'Émouchet et les autres chevaliers pandions arrivèrent dans la zone de guerre. Les armées qui avaient harcelé le jeune roi étaient en général mal entraînées et constituées de ligues locales de bandits de grands chemins. Les barons qui les conduisaient se donnèrent le temps de faire le point. Si leur nombre

était nettement supérieur, la réputation guerrière des pandions n'en devait pas moins être prise en considération. Quelques-uns de ces barons, rendus téméraires par leurs succès antérieurs, poussèrent leurs alliés à forcer l'attaque, mais des hommes plus âgés et plus sages conseillèrent la prudence. Il semble relativement certain que bon nombre de barons, jeunes ou moins jeunes, voyaient s'ouvrir devant eux le chemin conduisant au trône d'Élénie. Si le roi Antor venait à tomber au cours de la bataille, sa couronne deviendrait sans peine la propriété de quiconque serait suffisamment vigoureux pour la soustraire à ses compagnons.

Les premières attaques des barons sur les troupes unies des pandions et du roi Antor furent hésitantes, plutôt destinées à mettre à l'épreuve la force et la résolution des chevaliers de l'Église et de leurs alliés. Quand il fut évident que leur réaction était dans une large mesure défensive, ces assauts se firent plus sérieux et culminèrent dans une bataille rangée non loin de la frontière pélosienne. Dès qu'il apparut que les barons lançaient toutes leurs forces dans la lutte, les pandions réagirent avec leur sauvagerie coutumière. L'attitude défensive précédemment adoptée n'avait été qu'une ruse destinée à attirer les barons dans une confrontation générale.

La bataille fit rage la majeure partie d'une journée de printemps. En fin d'après-midi, alors que le soleil éclatant inondait le terrain, le roi Antor se retrouva séparé des hommes de sa garde personnelle. Il avait perdu son cheval, il était acculé et résolu à vendre sa peau aussi cher que possible. C'est alors que sire Émouchet entra en lice. Il se tailla rapidement un chemin pour se porter auprès du roi et, selon une coutume aussi ancienne que l'histoire des batailles, tous deux se tinrent dos à dos pour repousser leurs ennemis. L'alliance de la bravoure hardie d'Antor et du talent d'Émouchet fut suffisamment convaincante pour garder leurs adversaires à distance, avant que, par pure malchance, l'épée d'Émouchet se brise. Avec des cris de triomphe, les troupes qui encerclaient les deux hommes se précipitèrent pour la curée. C'était commettre une erreur fatale.

Émouchet récupéra sur l'une de ses victimes un court épieu à lame large et décima les rangs des attaquants. Le dénouement du combat survint lorsque le baron au visage rougeaud qui avait conduit l'attaque se rua pour achever le roi cruellement blessé et trouva lui-même la mort, ses organes vitaux transpercés par l'épieu d'Émouchet. La disparition du baron démoralisa ses hommes. Ils battirent en retraite et finirent par quitter les lieux.

Les blessures d'Antor étaient très graves et celles d'Émouchet l'étaient à peine moins. Épuisés, les deux combattants s'écroulèrent au sol côte à côte tandis que le soir tombait sur le site. Il est impossible de reconstituer la conversation des deux blessés sur ces lieux ensanglantés durant les premières heures de la nuit, car aucun des deux ne révéla par la suite ce qui s'était passé entre eux. L'on sait toutefois que, durant leur discussion, ils échangèrent leurs armes.

Antor remit à sire Émouchet l'épée royale d'Élénie et prit en contrepartie l'épieu de guerre grâce auquel sire Émouchet lui avait sauvé la vie. Le roi devait chérir cette arme grossière jusqu'à son dernier jour. Il était presque minuit quand les deux blessés virent une torche qui s'approchait dans les ténèbres et, sans savoir si l'arrivant était ami ou ennemi, ils se débattirent pour se relever et se préparèrent péniblement à se défendre. Or, le personnage qui portait la torche n'était pas un Élène mais une femme styrique vêtue d'une robe et d'une capuche blanches. Sans mot dire, elle soigna leurs blessures. Puis elle leur parla brièvement d'une voix mélodieuse et leur donna les deux bagues qui devaient toute leur vie symboliser leur amitié. La tradition veut que les pierres ovales enchâssées dans les bagues eussent été aussi pâles que le diamant quand ils les reçurent, mais que leur sang mélangé tacha les gemmes de manière permanente, en faisant des rubis rouge foncé tels qu'on les connaît encore aujourd'hui. Ceci accompli, la femme styrique se détourna sans parler davantage et s'enfonça dans la nuit, sa robe blanche luisant au clair de lune.

Comme l'aurore vaporeuse éclairait le champ de bataille, les troupes de la garde d'Antor et un certain nombre des compagnons d'armes d'Émouchet découvrirent enfin les deux blessés qui furent emportés sur des civières jusqu'ici, à notre maison mère de Démos. Leur convalescence prit plusieurs mois; quand ils furent capables de voyager, ils étaient devenus des amis fidèles. Ils rejoignirent par petites étapes la capitale d'Antor à Cimmura, où le roi prononça alors une déclaration stupéfiante. Il annonça que, dorénavant, le pandion Émouchet serait son champion et que, tant que leurs deux familles survivraient, les descendants d'Émouchet serviraient à ce titre les dirigeants de l'Élénie.

La chose était inévitable : la cour du roi, à Cimmura, était remplie d'intrigues. Mais les diverses factions furent quelque peu horrifiées par l'apparition en leur sein de ce sire Émouchet à la figure sévère. Après que quelques tentatives pour l'embrigader dans telle ou telle faction eurent été froidement repoussées, les courtisans en conclurent avec un certain malaise que le champion du roi était incorruptible. En outre, l'amitié entre le roi et Émouchet faisait du chevalier pandion le confident du roi et son conseiller le plus intime. Comme Émouchet, ainsi que nous l'avons déjà signalé, possédait un intellect impressionnant, il n'éprouvait aucune difficulté à percer à jour les intrigues souvent mesquines des divers officiels de la Cour et les signalait à l'attention de son ami moins bien doté par la nature. Au bout d'une année, la cour du roi Antor était devenue remarquablement dépourvue de corruption, du fait de la morale rigide imposée par Émouchet à tous ceux qui l'entouraient.

Mais l'influence croissante de l'ordre des pandions représentait une cause d'inquiétude plus grande encore pour les diverses factions politiques d'Élénie. Le roi Antor manifestait toute sa gratitude non seu-

lement envers sire Émouchet, mais aussi envers les confrères de son champion. Le roi et son ami se rendaient fréquemment à Démos pour s'entretenir avec le précepteur de notre ordre et les importantes décisions politiques étaient plus souvent prises à la maison mère que dans les salles du conseil où les courtisans avaient eu coutume de dicter la politique royale en veillant davantage à leurs propres intérêts qu'au bien du royaume.

Sire Émouchet se maria quand il eut atteint l'âge mûr et sa femme lui donna un fils. A la demande d'Antor, l'enfant reçut également le nom d'Émouchet, tradition qui, une fois établie, s'est perpétuée jusqu'à ce jour. Quand il eut l'âge approprié, le jeune Émouchet entra à la maison mère des pandions pour commencer la formation qui devait lui permettre d'occuper plus tard sa fonction prédestinée. A la grande joie de leurs pères, le jeune Émouchet et le fils d'Antor, le prince de la Couronne, étaient devenus amis intimes durant leur enfance et les relations entre roi et champion purent ainsi persister sans faille.

Quand Antor, sous le poids des ans et des honneurs, reposa sur son lit de mort, son dernier acte fut de léguer sa bague en rubis et l'épieu court à son fils; au même moment, le vieil Émouchet transmettait sa bague et l'épée royale à son propre fils. Cette tradition s'est également perpétuée jusqu'à ce jour.

Le peuple d'Élénie croit couramment que, tant que l'amitié entre la famille royale et la maison des Émouchet persistera, le royaume subsistera et nul malheur ne pourra l'affliger. Comme bien des superstitions, celle-ci est en partie fondée sur un fait. Les descendants d'Émouchet ont toujours été des hommes de talent et, en plus de leurs formations de pandions, ils ont aussi reçu une instruction spéciale dans l'art du gouvernement et de la diplomatie, afin d'être parfaitement préparés à leur tâche héréditaire.

Ces derniers temps, toutefois, un fossé se creusa entre la famille royale et la maison des Émouchet. Le roi Aldréas, faible, dominé par une sœur ambitieuse et le primat de Cimmura, relégua assez sèchement le dernier Émouchet au poste mineur, voire dégradant, de tuteur de la princesse Ehlana... peut-être dans l'espoir que le champion serait offensé au point de renoncer à son poste héréditaire. Mais sire Émouchet prit son devoir au sérieux et éduqua l'enfant qui deviendrait un jour reine d'Élénie, dans les domaines qui devaient la préparer à régner.

Quand il s'avéra qu'Émouchet n'abandonnerait pas son poste, Aldréas, sur l'instigation de sa sœur et du primat Annias, envoya le chevalier Émouchet en exil au royaume de Rendor.

A la mort du roi Aldréas, sa fille Ehlana monta sur le trône. En apprenant cette nouvelle, Émouchet revint à Cimmura où il découvrit que sa jeune reine était gravement malade et que sa vie n'était préservée que grâce à un sortilège de la magicienne styrique Séphrénia... sort qui ne pouvait malheureusement maintenir Ehlana en vie plus d'une année.

S'étant consultés, les précepteurs des quatre ordres combattants des chevaliers de l'Église décidèrent qu'ils devaient travailler de concert pour trouver un remède à la maladie de la reine et lui rendre la santé et son pouvoir, de peur que le primat Annias corrompu n'arrive à son but, l'archiprélature dans la basilique de Chyrellos. Pour ce faire, les précepteurs des cyriniques, des alcions et des génidiens envoyèrent leurs champions se joindre au pandion Émouchet et à son ami d'enfance Kalten pour dénicher ce remède qui devait rétablir non seulement la reine Ehlana, mais aussi son royaume qui souffrait d'un sérieux malaise en son absence.

Les choses en sont donc là. Le rétablissement de la santé de la reine est vital pour le royaume d'Élénie ainsi que pour les autres royaumes élènes, car si le vénal Annias venait à obtenir le trône de l'archiprélature, nous pourrions être assurés que les royaumes seraient ravagés par des bouleversements alors que notre antique ennemi, Otha de Zémoch, veille à notre frontière orientale, prêt à exploiter divisions et chaos. Mais l'état de la reine, si proche de la mort, risque de décourager jusqu'à son champion et ses robustes compagnons. Priez pour leur réussite, mes frères, car s'ils viennent à échouer, tout le continent d'Éosie sombrera inévitablement dans la guerre générale et la civilisation telle que nous la connaissons cessera d'exister.

PREMIÈRE PARTIE

LE LAC RANDÉRA

Chapitre premier

MINUIT ÉTAIT PASSÉ DEPUIS LONGTEMPS et une brume dense et grise s'était glissée de la Cimmura pour s'unir à la perpétuelle fumée de mille cheminées, voilant les rues presque désertes de la ville. Le chevalier pandion, sire Émouchet, se déplaçait néanmoins avec précaution et restait dans l'obscurité autant qu'il le pouvait. Les rues luisaient sous l'humidité et des halos pâles en arc-en-ciel encadraient les torchères qui essayaient faiblement d'éclairer de leur lumière vacillante ces voies où nul individu raisonnable ne s'aventurait à cette heure. Les maisons qui longeaient la rue où avançait Émouchet n'étaient guère plus que d'inquiétantes ombres noires. Il continuait de marcher, les oreilles plus aux aguets encore que les yeux, car, dans cette purée de pois, les sons pouvaient révéler un danger plus facilement que la vue.

L'heure ne se prêtait pas aux sorties. De jour, Cimmura n'était pas plus dangereuse que n'importe quelle autre ville. De nuit, c'était une jungle où les forts se nourrissaient des faibles et des imprudents. Mais Émouchet n'était ni l'un ni l'autre. En dessous de sa simple cape de voyageur, il portait une cotte de mailles et il avait une lourde épée accrochée à la ceinture. De plus, nonchalamment, il tenait à la main un épieu de guerre large et court. Il était en outre formé à des degrés de violence que nul détrousseur des rues n'était capable d'égaler et, à ce stade, une colère qui couvait en lui s'enflamma soudain. Dans une pensée sinistre, l'homme au nez cassé espéra presque qu'un idiot se risque à l'attaquer. Provoqué, Émouchet n'avait plus rien d'un homme raisonnable et on l'avait beaucoup provoqué ces derniers temps.

Il n'en avait pas moins conscience du caractère pressant de son affaire. Malgré toute la satisfaction qu'il aurait pu trouver dans le sang et la fureur d'une rencontre avec des assaillants inconnus et sans importance, il avait de lourdes responsabilités. Sa jeune et pâle reine était aux portes de la mort et elle exigeait silencieusement de son champion une fidélité absolue. Il ne la trahirait point, et mourir dans un caniveau boueux après une bagarre absurde ne servirait en rien la reine à laquelle un serment le liait. Aussi avançait-il avec prudence, les pieds plus silencieux que ceux d'un tueur à gages.

Devant lui, il distingua vaguement des petits mouvements de torches et entendit le pas cadencé de plusieurs hommes. Il proféra un juron étouffé et se glissa dans une ruelle malodorante.

Une demi-douzaine d'individus passèrent, tuniques rouges luisant dans le brouillard, longues piques sur l'épaule.

– C'est la taverne de la rue des Roses où les pandions essaient de dissimuler leurs activités impies, disait leur officier d'une voix arrogante. Bien entendu, ils savent que nous la surveillons, mais notre présence limite leurs mouvements et évite des ennuis à Sa Grâce le primat.

– On sait tout ça, lieutenant, répliqua un caporal d'une voix lasse. Ça fait un an qu'on fait ça.

– Oh. (Le jeune lieutenant prétentieux parut tomber de haut.) Je veux simplement que vous ne l'oubliiez pas, c'est tout.

– Oui, lieutenant, répondit le caporal d'une voix monocorde.

– Attendez ici, ordonna le lieutenant en essayant de donner un ton brusque à sa voix juvénile. Je pars en éclaireur.

Il remonta la rue, les talons claquant bruyamment sur le pavé détrempé par le brouillard.

– Quel paltoquet, marmonna le caporal à l'adresse de ses compagnons.

– Ne fais pas le gamin, lui lança un vétéran grisonnant. On touche notre solde, on obéit aux ordres et on garde pour nous ce qu'on pense. Fais simplement ton boulot et laisse les officiers réfléchir.

Le caporal lâcha un grognement amer.

– J'étais à la Cour, hier, dit-il. Le primat Annias y avait convoqué ce jeune chiot et cet idiot a *exigé* une escorte. C'est pas croyable, mais le lieutenant rampait devant ce bâtard de Lychéas.

– C'est la spécialité des lieutenants. (Le vétéran haussa les épaules.) C'est des lèche-bottes nés et le bâtard est quand même prince régent, non ? Je crois pas que ça donne meilleur goût à ses bottes, mais le lieutenant a probablement des cors sur la langue, à présent.

Le caporal éclata de rire.

– C'est bien vrai, mais il aurait une drôle de surprise si la reine guérissait et qu'il découvre qu'il a bouffé tout ce cirage pour rien.

– Fais le souhait que ça se produise pas, dit l'un des autres hommes. Si elle revient à elle et reprend le contrôle de sa trésorerie, Annias n'aura pas de quoi nous payer le mois prochain.

– Il pourra toujours puiser dans les coffres de l'Église.

– Pas sans qu'on lui demande des comptes. La Hiérocratie de Chyrellos presse le moindre sou jusqu'à ce qu'il grince.

– Très bien, les gars, lança le jeune officier dans la brume, l'auberge des pandions est devant. J'ai relevé les soldats de garde et nous ferions mieux d'aller prendre notre poste.

– Vous l'avez entendu, dit le caporal. On y va.

Les soldats de l'Église s'éloignèrent dans le brouillard.

Émouchet eut un bref sourire dans les ténèbres. Il était rare qu'il ait l'occasion d'entendre les conversations normales de l'ennemi. Il soupçonnait depuis longtemps que les soldats du primat de Cimmura étaient motivés davantage par l'appât du gain que par la loyauté ou la piété. Il sortit de la ruelle, puis dut bondir en arrière en entendant d'autres pas qui approchaient. Mystérieusement, les rues habituellement vides de Cimmura grouillaient, cette nuit-là. Ces pas n'avaient rien de discret, donc l'individu n'essayait nullement de tomber sur quelqu'un par surprise. Émouchet fit changer de main sa courte lance. Il vit alors l'homme qui sortait lentement du brouillard : il portait une tunique sombre et un gros panier en équilibre sur une épaule. Ce devait être un ouvrier quelconque, mais Émouchet ne disposait d'aucun moyen pour le vérifier. Émouchet demeura silencieux et le laissa passer. Il attendit que les pas aient cessé de retentir, puis il ressortit dans la rue. Il marchait avec précaution, ses bottes souples produisant peu de sons sur le pavé humide, et il gardait sa cape grise collée contre lui pour étouffer tout bruit issu de sa cotte de mailles.

Il traversa une rue vide pour éviter la lumière jaunâtre vacillante qui filtrait de la porte ouverte d'une taverne d'où montaient les voix d'une chanson paillarde. Il fit passer son épieu dans la main gauche et rabattit encore plus sa capuche sur son visage en traversant la flaque de lumière vaporeuse.

Il s'immobilisa, les yeux et les oreilles sondant la rue brumeuse devant lui. Il se dirigeait en gros vers la porte Est, mais il n'était pas particulièrement attaché à ce détail. Les gens qui marchent en ligne droite sont prévisibles et les gens prévisibles se font attraper. Il était absolument vital qu'il quitte la ville sans se faire voir ni reconnaître par l'un des hommes d'Annias, même si cela devait lui prendre toute la nuit. Quand il se fut assuré que la rue était déserte, il se remit en route en restant dans l'obscurité la plus profonde. A une intersection, sous une torche orangée, un mendiant dépenaillé était assis contre un mur. Il portait un bandeau sur les yeux et un certain nombre de plaies apparemment authentiques sur les bras et les jambes. Émouchet savait que l'heure n'était pas propice à la mendicité, et cet homme était probablement sorti pour une autre raison. Une ardoise tomba alors d'un toit et s'écrasa dans la rue non loin de l'endroit où se tenait Émouchet.

– La charité! lança le mendiant d'une voix désespérée, bien que les pieds d'Émouchet fussent totalement silencieux.

– Bonsoir, voisin, répondit doucement le solide chevalier en traversant la rue.

Il laissa tomber deux pièces dans la sébile.

– Merci, monseigneur. Dieu vous bénisse.

– Tu n'es pas censé me voir, voisin, lui rappela Émouchet. Tu ignores si je suis un seigneur ou un roturier.

– Il est tard, s'excusa le mendiant, et j'ai un peu sommeil. J'oublie parfois.

– Négligent! le réprimanda Émouchet. Fais attention à ton travail. Oh, au fait, présente mes salutations à Platime.

Platime était un énorme bonhomme obèse qui régnait d'une poigne de fer sur la fripouille de Cimmura.

Le mendiant souleva son bandeau, fixa Émouchet, et ses yeux s'élargirent en le reconnaissant.

– Et dis à ton ami là-haut sur le toit de ne pas s'exciter comme ça, ajouta Émouchet. En revanche, tu pourras lui conseiller de regarder où il met les pieds. La dernière ardoise qu'il a fait tomber a failli me fendre le crâne.

– C'est un nouveau. (Le mendiant renifla.) Il a encore beaucoup à apprendre en matière de cambriolage.

– Ça, c'est sûr, acquiesça Émouchet. Peut-être peux-tu m'aider, voisin. Talen m'a parlé d'une taverne contre le mur est de la ville. Elle est censée posséder une mansarde que le propriétaire loue de temps à autre. La connaîtrais-tu?

– Elle est dans l'allée des Chèvres, sire Émouchet. Elle possède une enseigne qui est censée ressembler à une grappe de raisins. On ne peut pas la rater. (Le mendiant plissa les yeux.) Où était Talen, ces derniers temps? Ça fait longtemps que je ne l'ai plus vu.

– Son père l'a en quelque sorte pris en main.

– J'ignorais que Talen pouvait avoir un père. Ce gamin ira loin, s'il ne se retrouve pas au bout d'une corde. C'est sans doute le meilleur voleur de Cimmura.

– Je sais, dit Émouchet. Il m'a fait les poches à plusieurs reprises. (Il mit deux autres pièces dans la sébile.) J'aimerais assez que tu gardes pour toi le fait que tu m'as vu ce soir, voisin.

– Jamais je ne vous ai vu, sire Émouchet, fit le mendiant avec un large sourire.

– Quant à moi, je n'ai vu ni toi ni ton ami, là-haut.

– Un peu de tout pour tout le monde, donc.

– C'est bien l'idée. Bonne chance dans les affaires.

– Même chose pour vous.

Émouchet s'éloigna dans la rue avec un sourire. Sa brève expérience dans les bas-fonds de la société cimmurienne lui avait été encore bénéfique. Si Platime n'était pas exactement un ami, lui et le monde obscur qu'il contrôlait pouvaient lui être utiles. Émouchet alla prendre la rue suivante : si le cambrioleur maladroit venait à être surpris dans ses activités, l'inévitable tohu-bohu ne ferait pas passer le guet dans la même rue que lui.

Comme toujours quand il était seul, Émouchet laissa ses pensées retourner à sa reine. Il connaissait Ehlana depuis qu'elle était petite, bien qu'il ne l'eût pas vue durant ses dix années d'exil en Rendor. Le souvenir qu'il avait d'elle assise sur son trône, enchâssée dans un cristal adamantin, lui perçait le cœur. Il commença à regretter de ne pas avoir profité de l'occasion qu'il avait eue ce soir même de tuer le primat Annias. L'empoisonneur est toujours méprisable, mais l'homme qui avait empoisonné la reine d'Émouchet s'était placé dans un danger mortel, puisque Émouchet n'était pas quelqu'un pour qui la vengeance était un plat à manger froid.

Il entendit alors des pas furtifs derrière lui dans le brouillard, recula sous un porche et s'immobilisa.

Ils étaient deux et ils portaient des vêtements courants.

– Tu le vois toujours ? chuchota l'un.

– Non. Ce satané brouillard s'épaissit. Mais il est juste devant nous.

– Tu es sûr que c'est un pandion ?

– Quand tu auras été dans ce boulot aussi longtemps que moi, tu sauras les reconnaître. Ils ont une façon bien à eux de marcher et de tenir les épaules. C'est bel et bien un pandion.

– Qu'est-ce qu'il fiche dans la rue, à cette heure de la nuit ?

– On est là précisément pour le découvrir. Le primat veut un compte rendu sur tous leurs mouvements.

– L'idée d'essayer de suivre un pandion par une nuit de brouillard me rend un peu nerveux. Ils font tous de la magie et ils te sentent arriver. Je préférerais ne pas me retrouver avec son épée dans les boyaux. Est-ce que tu as seulement vu son visage ?

– Non. Il avait la capuche rabattue.

Tous deux continuèrent à avancer dans la rue, inconscients d'avoir échappé de justesse à la mort. Si l'un d'eux avait aperçu le visage d'Émouchet, ils seraient morts sur-le-champ. Émouchet était un homme très pragmatique sur ce plan. Il attendit que le bruit de leurs pieds eût disparu. Puis il revint sur ses pas jusqu'à un croisement et il prit une rue latérale.

La taverne était vide, en dehors du propriétaire, qui sommeillait les pieds sur la table et les mains croisées sur sa panse. C'était un homme corpulent non rasé qui portait une blouse sale.

– Bonsoir, voisin, dit doucement Émouchet en entrant.

Le tavernier ouvrit un œil.

– Bonjour, plutôt, non ? grommela-t-il.

Émouchet regarda autour de lui. La taverne était un lieu de détente typique pour ouvriers, avec un plafond bas doté de poutres, souillé par la fumée, et avec un comptoir des plus utilitaire dans le fond. Les chaises et les bancs étaient en piteux état et il y avait des mois que la sciure sur le sol n'avait pas été balayée ni remplacée.

– La nuit semble calme, l'ami. Qu'est-ce que tu aimerais prendre ?

– Du rouge arcien... si tu en as.

– L'Arcie baigne jusqu'à la taille dans le raisin rouge. Personne n'est jamais à court de rouge arcien.

Avec un soupir las, le tavernier se hissa sur ses pieds et versa à Émouchet un verre de vin rouge. Le verre n'était pas tellement propre, remarqua Émouchet.

– Tu sors bien tard, l'ami, fit remarquer l'individu en tendant le verre poisseux à l'imposant chevalier.

– Les affaires. (Émouchet haussa les épaules.) Un ami à moi m'a dit que tu as une mansarde, ici.

Le soupçon fit se plisser les yeux du tavernier.

– Tu ne ressembles pas à un gars qui éprouve un intérêt ardent pour les mansardes. Cet ami à toi, il a un nom ?

– Il n'apprécie pas tellement qu'on le diffuse, répondit Émouchet en sirotant son vin, qui était d'un cru nettement inférieur.

– L'ami, je ne te connais pas et tu as un petit air officiel. Pourquoi tu ne finirais pas ton vin avant de partir ? A moins bien sûr que tu me donnes un nom que je suis capable de reconnaître.

– Cet ami à moi travaille pour un homme nommé Platime. Ce nom-là, tu le connais peut-être.

Les yeux du tavernier s'écarquillèrent légèrement.

– Platime doit se diversifier. J'ignorais qu'il avait affaire avec la noblesse... hormis pour la dévaliser.

Émouchet haussa les épaules.

– Il avait une dette envers moi.

L'homme mal rasé paraissait encore hésitant.

– N'importe qui peut balancer comme ça le nom de Platime.

– Voisin, dit carrément Émouchet en déposant son verre de vin, ceci commence à devenir ennuyeux. Soit nous montons dans ta mansarde, soit je sors chercher le guet. Je suis sûr qu'il serait très intéressé par ta petite entreprise.

Le visage du tavernier se renfrogna.

– Cela te coûtera une demi-couronne d'argent.

– Très bien.
– Et tu ne discutes même pas?
– Je suis légèrement pressé. Nous marchanderons la prochaine fois.
– Tu me parais bien bousculé pour quitter la ville, l'ami. Tu n'aurais pas tué quelqu'un avec cet épieu, cette nuit, non?
– Pas encore, répondit carrément Émouchet.
Le tavernier déglutit péniblement.
– Montre-moi ton argent.
– Bien entendu, voisin. Et ensuite on monte voir un peu ta mansarde.
– Il faut être prudent. Avec ce brouillard, tu ne verras pas les gardes arriver sur le parapet.
– Je m'en occuperai.
– Et pas de meurtre. J'ai une chouette petite rente, ici. Si quelqu'un tue un garde, il faudra que j'arrête.
– Ne t'en fais pas, voisin. Je ne crois pas que j'aurai à tuer quelqu'un, cette nuit.
La mansarde était poussiéreuse et apparemment inutilisée. Le tavernier ouvrit prudemment la tabatière et sonda le brouillard. Derrière lui, Émouchet chuchota en styrique et lança le sort. Il sentit la sentinelle.
– Prudence, dit-il tout doucement. Il y a un garde qui arrive sur le parapet.
– Je ne vois personne.
– Je l'ai entendu, répliqua Émouchet sans donner d'explication supplémentaire.
– Tu as l'oreille fine, l'ami.
Ils attendirent tous deux dans les ténèbres tandis que le garde ensommeillé passait puis disparaissait dans le brouillard.
– Aide-moi un peu, dit le tavernier en se baissant pour soulever une extrémité de poutre contre l'appui de la fenêtre. On la pousse jusqu'au parapet et ensuite tu montes dessus. Quand tu y seras arrivé, je te jetterai cette corde. Elle est accrochée ici et tu pourras te laisser glisser le long de la paroi extérieure du mur.
– Parfait, dit Émouchet. (Ils poussèrent la poutre au-dessus de l'espace libre.) Merci, voisin.
Il grimpa sur la poutre et avança précautionneusement jusqu'au parapet. Il se redressa et attrapa la longueur de corde qui jaillit de la brume. Il la fit tomber par-dessus le mur et se laissa glisser sur elle. Quelques instants plus tard, il était à terre. La corde remonta comme un serpent dans le brouillard, puis il entendit le bruit de la poutre qui retournait dans la mansarde.
– Impeccable, marmotta Émouchet en s'éloignant prudemment du mur de la ville. Il faudra que je me rappelle cet endroit.
S'orienter dans la brume n'avait rien de facile, mais, en restant toujours à droite de l'ombre menaçante des murailles, il était plus ou moins capable de déterminer son emplacement. Il posait les

pieds avec prudence. La nuit était tranquille et le bruit d'une branche qui se brisait retentirait comme un coup de tonnerre.

Soudain, il s'immobilisa. Les instincts d'Émouchet étaient excellents et il savait qu'on l'observait. Il tira lentement son épée pour éviter le son révélateur qu'elle produisait en glissant hors de son fourreau. L'épée dans une main, l'épieu de guerre dans l'autre, il scruta la brume.

Il l'aperçut alors. Ce n'était qu'un lumignon dans les ténèbres, si ténu que la plupart des gens ne l'auraient pas remarqué. La lumière se rapprocha et il vit qu'elle possédait une légère teinte verdâtre. Émouchet resta totalement immobile et attendit.

Un personnage se trouvait dans le brouillard, nébuleux peut-être mais un personnage tout de même. Il semblait porter une robe et un capuchon noirs, et la légère lumière verte semblait sortir de sous cette capuche. L'individu était très grand et incroyablement maigre, presque squelettique. Pour une raison mystérieuse, il glaçait Émouchet. Il marmotta en styrique et déplaça les doigts sur la garde de l'épée et la hampe de l'épieu. Puis il leva l'épieu et lança le sort du bout de sa pointe. Ce sortilège était relativement simple et ne visait qu'à identifier le personnage émacié dans le brouillard. Émouchet faillit émettre un hoquet en ressentant les ondes d'une malignité pure émanant de la forme obscure. Quoi que ce fût, ce n'était assurément pas humain.

Au bout d'un moment, un gloussement métallique spectral surgit de la nuit. Le personnage se détourna et s'éloigna. Sa démarche était cahotante, comme s'il possédait des genoux inversés d'oiseau. Émouchet resta sur place en attendant que disparaisse l'impression de malveillance. Et la créature s'en fut.

– Je me demande s'il ne s'agissait pas de l'une des petites surprises de Martel, marmonna Émouchet dans un souffle.

Martel était un pandion renégat qui avait été chassé de l'ordre. Lui et Émouchet étaient jadis amis. Martel travaillait désormais pour le primat Annias et c'était lui qui lui avait procuré le poison avec lequel il avait failli tuer la reine.

Émouchet continua d'avancer lentement et silencieusement, l'épée et l'épieu toujours à la main. Il finit par apercevoir les torches marquant la porte fermée de la ville, qui lui permirent de s'orienter.

Il entendit alors un léger reniflement, assez semblable au bruit produit par un chien qui flaire une trace. Il se retourna, les armes prêtes. Il entendit à nouveau le gloussement métallique. Il procéda à une correction mentale. Ce n'était pas tant un gloussement qu'une sorte de stridulation, un pépiement. Il ressentit encore l'impression de malveillance dominatrice, qui s'évanouit à son tour.

Émouchet s'écarta légèrement du mur de la ville et de la lumière des deux torches à la porte. Un quart d'heure plus tard, il apercevait devant lui l'impressionnante forme cubique du chapitoire pandion.

Il se coucha à plat ventre sur le gazon trempé par le brouillard et jeta encore le sort de recherche. Il attendit.

Rien.

Il se leva, rengaina son épée et traversa prudemment le champ. Le chapitoire fortifié était comme toujours surveillé. Les soldats de l'Église, habillés en ouvriers, campaient non loin du portail principal avec des piles de pavés ostensiblement entassées autour de leurs tentes. Mais Émouchet passa par-derrière et avança précautionneusement dans le fossé profond et planté de piques qui entourait l'édifice.

La corde qu'il avait utilisée à l'origine pour quitter les lieux pendait toujours derrière un épais buisson. Il la secoua plusieurs fois pour s'assurer que le grappin était resté fermement coincé au sommet. Puis il fourra son épieu sous son ceinturon, empoigna la corde et la tira très fort.

Il entendit au-dessus de lui les pointes du grappin qui raclaient les pierres du créneau. Il se mit à grimper main sur main.

– Qui va là ?

La voix avait jailli sèchement du brouillard au-dessus de lui. Elle était juvénile et familière.

Émouchet jura dans un souffle. Il sentit alors qu'on tirait sur la corde à laquelle il grimpait.

– Laisse, Bérit, grogna-t-il en se hissant péniblement vers lui.

– Sire Émouchet ? fit le novice d'une voix surprise.

– Ne touche plus à cette corde, ordonna Émouchet. Les piques dans le fossé sont très pointues.

– Je vais vous aider.

– Je peux me débrouiller. Mais ne déplace pas le grappin.

Il gémit en passant par-dessus le créneau et Bérit lui prit le bras pour l'aider. Émouchet transpirait abondamment. Grimper à la corde quand on porte une cotte de mailles peut être épuisant. Bérit était un pandion novice qui promettait beaucoup. C'était un grand gaillard osseux qui portait un jaseran et une simple cape. Il tenait une lourde hache d'armes à la main. C'était un jeune homme poli, aussi ne posa-t-il aucune question, bien que son visage fût empli de curiosité. Émouchet regarda dans la cour du chapitoire. A la lumière d'une torche clignotante, il aperçut Kurik et Kalten. Les deux hommes étaient armés et des bruits en provenance des écuries indiquaient que quelqu'un était en train de seller leurs chevaux.

– Ne partez pas ! leur lança-t-il.

– Que fais-tu là-haut, Émouchet ? demanda Kalten, surpris.

– J'ai pensé me lancer dans le cambriolage pour arrondir mes fins de mois, répondit Émouchet. Ne bougez pas. Je descends. Viens, Bérit.

– Je suis censé monter la garde, sire Émouchet.

– On enverra quelqu'un te remplacer. Ceci est important.

Émouchet le conduisit le long du parapet jusqu'à l'escalier en pierre qui descendait dans la cour.

– Où étiez-vous passé, Émouchet ? voulut savoir Kurik, irrité, quand les deux hommes furent en bas.

L'écuyer d'Émouchet portait son habituel gilet en cuir noir et ses bras et ses épaules lourdement musclés brillaient à la lumière orange des torches qui éclairaient la cour. Il parlait de cette voix un peu étouffée qu'utilisent les hommes la nuit.

– Il fallait que j'aille à la cathédrale, répondit tranquillement Émouchet.

– Des illuminations religieuses ? demanda Kalten, apparemment amusé.

Le grand chevalier blond, ami d'enfance d'Émouchet, portait une cotte de mailles et un gros sabre à la ceinture.

– Pas exactement. Tanis est mort. Son fantôme est venu me voir à minuit.

– Tanis ? fit Kalten d'une voix bouleversée.

– C'était l'un des douze chevaliers qui se trouvaient avec Séphrénia quand elle a enchâssé Ehlana dans le cristal. Son fantôme m'a dit de me rendre à la crypte sous la cathédrale avant de remettre son épée à Séphrénia.

– Et tu y es allé ? De nuit ?

– L'affaire était assez pressante.

– Qu'y as-tu fait ? Tu as violé quelques tombeaux ? C'est comme ça que tu as eu cet épieu ?

– Pas du tout. C'est le roi Aldréas qui me l'a donné.

– *Aldréas ?*

– Son fantôme, du moins. Sa bague qui avait disparu est dissimulée dans le pommeau. (Émouchet considéra ses deux amis avec curiosité.) Et où étiez-vous en train de partir ?

– A votre recherche, répondit Kurik en haussant les épaules.

– Comment saviez-vous que j'avais quitté le chapitoire ?

– Je suis allé jeter un coup d'œil sur vous, expliqua Kurik. Je pensais que vous saviez que je le fais tout le temps.

– Chaque nuit ?

– Au moins trois fois, confirma Kurik. Je le fais chaque nuit depuis que vous êtes enfant... hormis l'année que vous avez passée en Rendor. Cette nuit, la première fois, vous parliez en dormant. La deuxième... juste après minuit... vous aviez disparu. Je vous ai cherché un peu partout et comme je n'ai pas pu vous retrouver, j'ai averti Kalten.

– Nous ferions mieux d'aller réveiller les autres, dit Émouchet d'une voix sinistre. Aldréas m'a appris certains détails et nous avons des décisions à prendre.

– De mauvaises nouvelles ? demanda Kalten.

– Difficile à dire. Bérit, ordonne aux novices dans les écuries d'aller te remplacer sur le parapet. Nous risquons d'en avoir pour un bon moment.

Ils se réunirent dans l'étude du précepteur Vanion, cabinet aux tapis bruns situé dans la tour Sud. Émouchet, Bérit, Kalten et Kurik se trouvaient là, bien entendu. Sire Bévier, un chevalier cyrinique, était également là, ainsi que sire Tynian, un chevalier alcion, et sire Ulath, un énorme chevalier génidien. Tous trois étaient les champions de leurs ordres et ils s'étaient joints à Émouchet et Kalten quand les précepteurs des quatre ordres avaient décidé que la guérison de la reine Ehlana était une affaire qui les concernait tous. Séphrénia, la petite femme styrique aux cheveux bruns qui enseignait aux pandions les secrets de Styricum, était assise près du feu, la petite fille nommée Flûte à son côté. Le jeune Talen était assis près de la fenêtre et se frottait les yeux avec les poings. Talen était un gros dormeur et il n'aimait pas être réveillé. Vanion, le précepteur de l'ordre des chevaliers pandions, était assis à la table qui lui servait de bureau. Son étude était une pièce agréable, basse de plafond avec des poutres sombres et une cheminée profonde qu'Émouchet n'avait jamais vue éteinte. Comme toujours, la théière bouillante de Séphrénia était posée sur la plaque de chauffe latérale.

Vanion ne paraissait pas en grande forme. Arraché à son lit au milieu de la nuit, le précepteur de l'ordre des Pandions, chevalier sévère et usé par les soucis, probablement plus âgé encore qu'il ne paraissait, portait une tunique styrique inhabituelle en tissu blanc artisanal. Émouchet avait noté ce changement chez Vanion au cours des années. Pris parfois à l'improviste, le précepteur, l'un des fondements de l'Église, ressemblait à moitié à un Styrique. En tant qu'Élène et chevalier de l'Église, Émouchet avait l'obligation de révéler ses observations aux autorités de l'Église. Dans ce cas précis, il avait décidé de ne pas le faire. Sa loyauté envers l'Église était une chose... un commandement divin. Sa loyauté envers Vanion était plus profonde et plus personnelle encore.

Le précepteur avait le visage gris et ses mains tremblaient légèrement. Le fardeau des épées des trois chevaliers défunts qu'il avait forcé Séphrénia à lui confier pesait manifestement davantage qu'il ne voulait bien l'admettre. Le sortilège que Séphrénia avait jeté dans la salle du trône et qui maintenait la reine en vie avait impliqué l'assistance concrète de douze chevaliers pandions. L'un après l'autre, ces chevaliers mourraient et leurs fantômes remettraient leurs épées à Séphrénia. Quand le dernier serait mort, elle les suivrait dans la Maison des Morts. Plus tôt dans la soirée, Vanion l'avait forcée à lui confier ces épées. Ce n'était pas le seul poids des épées qui en faisait un fardeau aussi lourd. D'autres détails entraient en ligne de compte, des détails qu'Émouchet ne pouvait même pas deviner. Vanion s'était montré inflexible pour recevoir ces épées. Il avait donné quelques raisons assez vagues pour ceci, mais Émouchet soupçonnait qu'il désirait avant tout épargner Séphrénia autant que possible. Malgré tous les interdits existants, Émouchet pensait que Vanion était amoureux de la petite femme charmante qui formait depuis des générations les pandions aux secrets de Styricum. Tous les chevaliers pandions aimaient et révéraient Séphrénia. Mais, dans le cas de Vanion, Émouchet supposait que l'amour et la révérence allaient peut-être un peu plus loin. Séphrénia aussi semblait manifester pour le précepteur une affection particulière qui dépassait quelque peu l'amour d'un professeur pour son élève. Il s'agissait là aussi d'un fait qu'un chevalier de l'Église était censé révéler à la Hiérocratie de Chyrellos. Là aussi, Émouchet avait décidé de n'en rien faire.

– Pourquoi nous rassemblons-nous à cette heure indue? demanda Vanion d'une voix lasse.

– Tu veux le lui dire? demanda Émouchet à Séphrénia.

La femme en robe blanche poussa un soupir et défit l'enveloppe en tissu du long objet qu'elle tenait; elle révéla une nouvelle épée liturgique.

– Sire Tanis est entré dans la Maison des Morts, annonça-t-elle tristement à Vanion.

– Tanis? (La voix de Vanion était bouleversée.) Quand cela s'est-il passé?

– Cela est très récent, je pense.

– Est-ce pour cela que nous sommes réunis? demanda Vanion à Émouchet.

– Pas uniquement. Avant d'aller remettre son épée à Séphrénia, Tanis m'a rendu visite... ou du moins son fantôme est-il venu. Il m'a dit que quelqu'un désirait me voir dans la crypte royale. Je suis allé à la cathédrale et j'y ai rencontré le fantôme d'Aldréas. Il m'a révélé un certain nombre de choses et m'a donné ceci.

Il tourna l'extrémité du pommeau de l'épieu et fit tomber de sa cachette la bague en rubis.

– Voilà donc où Aldréas l'avait cachée, fit Vanion. Peut-être était-il plus sage que nous ne le pensions, finalement. Tu as dit qu'il t'avait révélé certaines choses. Lesquelles?

– Qu'il avait été empoisonné. Probablement avec le même produit que celui qui a été donné à Ehlana.

– Était-ce Annias? demanda Kalten d'une voix sévère.

Émouchet secoua la tête.

– Non. C'était la princesse Arissa.

– Sa propre *sœur*? s'exclama Bévier. C'est monstrueux!

Bévier était un Arcien et il possédait de profondes convictions morales.

– Arissa est assez monstrueuse, acquiesça Kalten. Elle n'est pas du genre à s'encombrer de détails. Mais comment est-elle sortie du cloître de Démos pour se débarrasser d'Aldréas?

– Annias a tout arrangé, répondit Émouchet. Elle a distrait Aldréas à sa manière habituelle et quand il a été épuisé elle lui a versé le vin empoisonné.

– Je ne comprends pas totalement, dit Bévier en se renfrognant.
– Les relations d'Arissa et d'Aldréas étaient un peu plus intimes que de coutume entre frère et sœur, lui expliqua délicatement Vanion.
Les yeux de Bévier s'écarquillèrent et le sang quitta son visage olivâtre tandis qu'il digérait lentement ce que venait de lui dire Vanion.
– Pourquoi l'a-t-elle tué ? demanda Kalten. Pour se venger d'avoir été enfermée dans ce cloître ?
– Non, je ne crois pas. Je pense que cela faisait partie d'un complot général qu'elle et Annias avaient ourdi. Ils ont d'abord empoisonné Aldréas, puis Ehlana.
– Le chemin du trône serait donc ouvert pour le bâtard d'Arissa ? avança Kalten.
– Assez logiquement, oui. Cela concorde d'autant mieux quand on sait que Lychéas le bâtard est aussi le fils d'Annias.
– Un primat de l'Église ? lâcha Tynian, l'air un peu surpris. Est-ce qu'en Élénie vous auriez des règles différentes du reste d'entre nous ?
– Non, pas vraiment, répondit Vanion. Annias semble estimer qu'il est au-dessus des règles et Arissa se fait un devoir de les enfreindre.
– Arissa n'a jamais été vraiment capable de discrimination, ajouta Kalten. Selon la rumeur, elle était en termes très amicaux avec à peu près tous les hommes de Cimmura.
– Ceci est peut-être légèrement exagéré, déclara Vanion. (Il se leva et s'approcha de la fenêtre.) Je vais transmettre cette information au patriarche Dolmant, dit-il en contemplant la nuit et le brouillard. Il se peut qu'elle lui soit utile quand viendra l'heure d'élire un nouvel archiprélat.
– Et peut-être le comte de Lenda pourra-t-il l'utiliser également, suggéra Séphrénia. Le conseil royal est corrompu, mais il risque tout de même de rechigner en découvrant qu'Annias essaie de faire monter son bâtard sur le trône. (Elle regarda Émouchet.) Qu'est-ce qu'Aldréas t'a encore dit ?
– Un autre élément. Nous savons qu'il nous faut un objet magique pour guérir Ehlana. Il m'a dit de quoi il s'agit. C'est le Bhelliom. C'est la seule chose au monde qui possède suffisamment de pouvoir.
Le visage de Séphrénia se vida de son sang.
– Non ! haleta-t-elle. Pas le Bhelliom !
– C'est ce qu'il m'a dit.
– Nous avons un gros problème, annonça Ulath. Le Bhelliom est perdu depuis la guerre zémoch et, même si nous avons suffisamment de chance pour le retrouver, il ne réagira pas si nous ne possédons pas les bagues.

– Des bagues? demanda Kalten.

– Le Troll nain Ghwerig fabriqua le Bhelliom, expliqua Ulath. Puis il fit une paire de bagues pour en déverrouiller le pouvoir. Sans bagues, le Bhelliom est inutilisable.

– Nous possédons déjà les bagues, leur dit Séphrénia d'un air absent, le visage toujours bouleversé.

– Vraiment? fit Émouchet, stupéfait.

– Tu portes l'une d'elles, et Aldréas t'a donné l'autre cette nuit.

Émouchet fixa la bague en rubis à sa main gauche, puis releva les yeux sur son professeur.

– Comment cela est-il possible? voulut-il savoir. Comment mon ancêtre et le roi Antor ont-ils obtenu ces deux bagues?

– Je les leur ai données.

Il cligna les yeux.

– Séphrénia, c'était il y a trois cents ans.

– Oui, approximativement.

Émouchet la regarda fixement, puis il déglutit péniblement.

– *Trois cents ans?* répéta-t-il, incrédule. Séphrénia, mais quel âge as-tu donc?

– Tu sais que je ne répondrai pas à cette question, Émouchet. Je te l'ai déjà dit et redit.

– Et comment as-tu obtenu ces bagues, de ton côté?

– Ma Déesse Aphraël me les a données... en même temps que certaines instructions. Elle m'a dit où trouver ton ancêtre et le roi Antor, et de leur remettre ces bagues.

– Petite mère... commença Émouchet avant de s'interrompre devant son expression sévère.

– Silence, mon petit, ordonna-t-elle. Je ne dirai ceci qu'une seule fois, messires chevaliers, leur annonça-t-elle. Ce que nous faisons nous met en conflit avec les Dieux Aînés et ce n'est pas mince entreprise. Votre Dieu Élène est magnanime; il est possible de radoucir les Dieux Cadets de Styricum. Mais les Dieux Aînés exigent une obéissance absolue à leurs caprices. S'opposer aux dispositions d'un Dieu Aîné équivaut à aller au-devant d'un sort pire que la mort. Ils effacent ceux qui les défient... de manière que vous ne pouvez imaginer. Est-ce que nous voulons *réellement* ramener le Bhelliom en plein jour?

– Séphrénia! Il le faut! s'exclama Émouchet. C'est la seule façon de sauver Ehlana... ainsi que toi et Vanion, d'ailleurs.

– Annias ne vivra pas éternellement, Émouchet, et Lychéas n'est guère plus qu'un contretemps. Vanion et moi sommes temporaires, tout comme Ehlana, malgré tes sentiments personnels. Nous ne manquerons pas énormément à l'univers. (Le ton de Séphrénia était presque clinique.) Mais le Bhelliom est une tout autre question... de même qu'Azash. Si nous échouons et plaçons la pierre entre les mains de ce Dieu immonde, nous condamnerons le monde à tout jamais. Cela en vaut-il la peine?

– Je suis Champion de la Reine, lui rappela Émouchet. Il me faut accomplir tout mon possible pour lui sauver la vie. (Il se leva et traversa la pièce jusqu'à elle.) Que Dieu me vienne en aide, Séphrénia, car je briserai les portes mêmes de l'Enfer pour sauver cette jeune fille.

Séphrénia poussa un soupir.

– C'est un véritable enfant, parfois, dit-elle à Vanion. Connaîtrais-tu un moyen de le faire mûrir un petit peu ?

– Je songeais plus ou moins l'accompagner, répondit le précepteur avec un sourire. Émouchet me laissera peut-être tenir sa cape pendant qu'il ouvre les portes à coups de pied. Je ne crois pas que quiconque se soit lancé à l'assaut de l'Enfer, ces derniers temps.

– Quoi ? Toi aussi ? (Elle se cacha le visage dans les mains.) Oh, misère. Très bien, donc, messires, fit-elle, résignée, si vous êtes tous déterminés à ce point, nous tenterons notre chance... mais à une condition. Si nous trouvons le Bhelliom et qu'il guérisse Ehlana, nous devrons le détruire immédiatement après.

– *Le détruire ?* explosa Ulath. Séphrénia, c'est l'objet le plus précieux qui soit au monde !

– Et le plus dangereux aussi. Si Azash vient à en prendre possession, le monde sera perdu et toute l'humanité plongée dans l'esclavage le plus hideux que l'on puisse imaginer. Il me faut insister sur ce point, messires. Autrement, je ferai tout ce qui est en mon pouvoir pour vous empêcher de découvrir cette pierre maudite.

– Je ne crois pas que nous ayons le choix, dit Ulath aux autres avec gravité. Sans son aide, nous n'avons que peu d'espoir de déterrer le Bhelliom.

– Oh, quelqu'un le trouvera bien, lui dit fermement Émouchet. Aldréas m'a dit entre autres que l'heure était venue pour le Bhelliom de revoir le jour et que nulle force sur Terre ne peut l'empêcher. La seule chose qui m'intéresse actuellement est la suivante : est-ce que ce sera l'un de nous qui le trouvera, ou un Zémoch qui ira le rapporter à Otha ?

– Ou est-ce qu'il sortira tout seul de terre ? ajouta Tynian d'un ton maussade. En serait-il capable, Séphrénia ?

– Oui, probablement.

– Comment es-tu sorti du chapitoire sans te faire voir des espions du primat ? demanda Kalten à Émouchet.

– J'ai lancé une corde par-dessus le mur de derrière et je suis descendu.

– Et comment es-tu entré et ressorti de la ville après la fermeture des portes ?

– Par chance, la porte était encore ouverte quand je me suis rendu à la cathédrale. J'ai utilisé une autre méthode pour ressortir.

– La mansarde dont je t'avais parlé ? demanda Talen.

Émouchet branla du chef.

– Combien t'a-t-il demandé ?

– Une demi-couronne d'argent.

Talen parut vraiment choqué.

– Et c'est moi qu'on traite de voleur ! Il s'est moqué de toi, Émouchet.

Émouchet haussa les épaules.

– J'avais besoin de quitter la ville.

– J'en parlerai à Platime, déclara le gamin. Il te rendra ton argent. Une demi-couronne ! C'est une honte !

Il était vraiment ulcéré.

Émouchet se rappela un autre détail.

– Séphrénia, sur le chemin du retour, quelque chose me surveillait dans le brouillard. Je ne crois pas que c'était humain.

– Le Damork ?

– Je ne suis pas catégorique, mais il m'a donné la même impression. Le Damork n'est pas la seule créature sujette à Azash, n'est-ce pas ?

– Non. Le Damork est la plus puissante, mais elle est bornée. Les autres créatures n'ont pas son pouvoir, mais elles sont plus intelligentes. De bien des manières, elles peuvent être plus dangereuses.

– Très bien, Séphrénia, dit alors Vanion. Je pense que tu devrais me confier l'épée de Tanis, à présent.

– Mon petit... allait-elle protester, le visage douloureux.

– Nous en avons déjà discuté cette nuit, lui dit-il. Ne revenons pas dessus.

Elle lâcha un soupir. Tous deux se mirent alors à entonner à l'unisson une incantation en styrique. Le visage de Vanion devint un peu plus gris vers la fin, quand Séphrénia lui tendit l'épée, et leurs mains se touchèrent.

– Parfait, dit Émouchet à Ulath après ce transfert. Où commençons-nous ? Où se trouvait le roi Sarak quand sa couronne disparut ?

– Personne ne le sait véritablement, répondit le grand chevalier génidien. Il quitta Emsat quand Otha envahit le Lamorkand. Il prit une suite réduite et donna des ordres pour que le restant de son armée le rejoigne au champ de bataille du lac Randéra.

– Quelqu'un a-t-il affirmé l'y avoir vu ? demanda Kalten.

– Pas à ma connaissance. Mais l'armée thalésienne fut gravement décimée. Il est possible que Sarak soit arrivé avant le début de la bataille et qu'aucun des survivants ne l'ait vu.

– Je suppose que c'est le premier endroit à aller inspecter, proposa Émouchet.

– Émouchet, repartit Ulath, ce champ de bataille est immense. Tous les chevaliers de l'Église pourraient passer le restant de leur vie à creuser sans retrouver la couronne.

– Il existe une alternative, dit Tynian en se grattant le menton.
– Et quelle est-elle, ami Tynian ? lui demanda Bévier.
– Je possède certains talents de nécromancien. Cela ne me plaît guère, mais je sais comment cela marche. Si nous pouvons trouver où sont enterrés les Thalésiens, je pourrai leur demander si l'un d'eux a vu le roi Sarak sur le terrain et si quelqu'un sait où il a pu être enterré. Ce sera épuisant, mais la cause en vaut la peine.
– Je pourrai t'aider, Tynian, lui apprit Séphrénia. Je ne pratique pas personnellement la nécromancie, mais je connais les sorts appropriés.
Kurik se leva.
– Il faut que je prenne toutes nos dispositions. Allez, viens, Bérit. Toi aussi, Talen.
– Nous serons dix, lui annonça Séphrénia.
– Dix ?
– Nous emmenons Talen et Flûte.
– Est-ce vraiment nécessaire, voire sage ? protesta Émouchet.
– Oui. Nous allons demander l'aide de certains des Dieux Cadets de Styricum, et ils apprécient la symétrie. Nous étions dix au commencement de cette quête et il nous faudra être dix à chaque étape de notre voyage. Les changements brutaux perturbent les Dieux Cadets.
– Ce sera comme tu l'entends, fit-il en haussant les épaules.
Vanion se leva et commença à arpenter la pièce.
– Nous devrions nous y mettre tout de suite, dit-il. Il serait plus sûr de quitter le chapitoire avant le jour et le lever de la brume. Ne facilitons pas trop la tâche de ceux qui surveillent le bâtiment.
– Je suis tout à fait d'accord, approuva Kalten. Je préférerais ne pas avoir à essayer de distancer les soldats d'Annias jusqu'au lac Randéra.
– Parfait, dit Émouchet. Mettons-nous au travail. Le temps nous manque un peu.
– Reste un moment, Émouchet, dit Vanion comme ils commençaient à sortir à la queue leu leu.
Émouchet attendit que les autres soient sortis, puis il referma la porte.
– J'ai reçu une communication du comte de Lenda, ce soir, dit le précepteur à son ami.
– Oh ?
– Il m'a demandé de te rassurer. Annias et Lychéas n'entreprennent aucune nouvelle action contre la reine. Apparemment, l'échec de leur plan en Arcie a énormément embarrassé Annias. Il ne va pas courir le risque de se ridiculiser une nouvelle fois.
– Voilà qui me soulage.
– Mais Lenda a ajouté quelque chose que je ne comprends pas tout à fait. Il m'a demandé de te dire que les chandelles brûlent toujours. As-tu une idée de ce qu'il veut dire par là ?

– Ce bon vieux Lenda, fit Émouchet d'une voix chaleureuse. Je lui ai demandé de ne pas laisser Ehlana dans la salle du trône sans lumière.

– Je ne crois pas que cela fasse grande différence pour elle, Émouchet.

– Pour moi, si, répliqua Émouchet.

Chapitre deux

LE BROUILLARD ÉTAIT encore plus épais quand ils se rassemblèrent dans la cour un quart d'heure plus tard. Les novices étaient occupés dans l'écurie à seller les chevaux. Vanion sortit par la porte principale, sa robe styrique luisant dans les ténèbres emplies de brume.

– Je vous fais accompagner par vingt chevaliers, dit-il tranquillement à Émouchet. Il se peut qu'on vous suive, et ils vous assureront une certaine protection.

– Il nous faut nous hâter, Vanion, protesta Émouchet. Si nous emmenons d'autres personnes, nous ne pourrons pas aller plus vite que le plus lent des chevaux.

– Je le sais, Émouchet, répondit patiemment Vanion. Il n'est pas nécessaire que vous restiez avec eux très longtemps. Attendez d'être en terrain découvert et que le soleil se soit levé. Vérifiez que personne ne vous suit de trop près et glissez-vous hors de la colonne. Les chevaliers continueront en se dirigeant vers Démos. Si l'on vous suit, il sera impossible de savoir que vous n'êtes plus dans cette colonne.

Émouchet eut un large sourire.

– Je sais à présent pour quelle raison tu es devenu précepteur, mon ami. Qui conduit la colonne ?

– Olven.

– Très bien. On peut compter sur lui.

– Dieu te protège, Émouchet, dit Vanion en empoignant la main du robuste chevalier, et sois prudent.

– Sois assuré que j'essaierai de l'être.

Sire Olven était un chevalier massif dont le visage affichait un certain nombre de vilaines cicatrices rouges. Il sortit du chapitoire avec une armure complète émaillée de noir. Ses hommes le suivirent.

– Heureux de te revoir, Émouchet, dit-il comme Vanion retournait dans le bâtiment. (Olven parlait à voix basse de peur d'éveiller l'attention des soldats de l'Église qui campaient devant le portail principal.) Parfait, continua-t-il, toi et les autres, vous allez chevaucher au milieu de nous. Avec ce brouillard, les soldats d'Annias ne vous verront probablement pas. Nous abaisserons le pont-levis et sortirons à toute allure. Nous ne voulons pas rester en vue plus d'une ou deux minutes.

– Tu viens de prononcer davantage de paroles en une seule fois que je ne t'ai entendu utiliser durant les vingt dernières années, dit Émouchet à son ami habituellement silencieux.

– Je sais, acquiesça Olven. Je vais devoir me calmer un peu.

Émouchet et ses amis portaient des jaserans et des capes de voyage, car des armures réglementaires auraient attiré l'attention dans la campagne. Celles-ci étaient toutefois soigneusement rangées dans des paquetages sur la demi-douzaine de chevaux de bât conduits par Kurik. Ils se mirent en selle et les hommes en armure prirent position autour d'eux. Sur un signal d'Olven, les hommes postés au treuil du pont-levis soulevèrent les cliquets et le large panneau en bois s'abattit dans un grondement. Olven se lança dessus au galop et atteignit l'autre côté presque avant le pont-levis.

Le brouillard dense était un atout maître. Dès qu'il eut franchi le pont, Olven prit brusquement à gauche et conduisit la colonne à découvert en direction de la route de Démos. Derrière eux, Émouchet entendit des cris de surprise comme les soldats de l'Église sortaient précipitamment de leurs tentes et considéraient l'arrière de la colonne avec dépit.

– Du gâteau, fit gaiement Kalten. Traversée du pont-levis et plongée dans la brume en moins d'une minute.

– Olven sait ce qu'il fait, dit Émouchet, et le mieux, c'est qu'il faudra au moins une heure pour que ces soldats puissent organiser la poursuite.

– Avec une heure d'avance, jamais ils ne nous rattraperont. (Kalten éclata d'un rire ravi.) Cela commence très bien, Émouchet.

– Profites-en bien. Les choses tourneront probablement mal un peu plus tard.

– Tu es vraiment pessimiste, tu sais!

– Non. Je suis simplement habitué à connaître de petites déceptions.

Ils passèrent au petit galop en atteignant la route de Démos. Olven était un vétéran et il s'efforçait toujours de préserver ses chevaux. La vitesse pouvait s'avérer utile par la suite et sire Olven n'aimait pas courir de risques.

La pleine lune flottait au-dessus du brouillard et le rendait trompeusement lumineux. Il trahissait l'œil et dissimulait davantage qu'il n'éclairait. En outre, son humidité était glaciale et Émouchet s'enveloppa dans sa cape en continuant d'avancer.

La route de Démos tournait au nord en direction de la ville de Lenda avant de reprendre au sud-est vers Démos, où était située la maison mère des pandions. Certes, il ne pouvait le voir, mais Émouchet savait que le paysage le long de la route ondulait doucement et que l'on trouvait aussi de grandes étendues boisées. Il comptait sur ces arbres pour les dissimuler une fois que lui et ses amis quitteraient la colonne.

Ils chevauchaient tranquillement. La brume avait détrempé la surface en terre de la route et le bruit des sabots était étouffé. De temps à autre, l'ombre noire des arbres surgissait brutalement du brouillard de chaque côté de la route. Talen bronchait nerveusement chaque fois que cela se produisait.

– Quel est ton problème? lui demanda Kurik.

– Je déteste ça, répondit le gamin. Je le déteste totalement. N'importe quoi pourrait se cacher au bord de la route... des loups, des ours... ou pire encore.

– Tu es au beau milieu d'un groupe d'hommes armés, Talen.

– Ça t'est facile de dire ça, mais je suis le plus petit de tous... exception faite de Flûte, peut-être. J'ai entendu dire que les loups et les fauves comme ça aiment emporter le plus faible, quand ils attaquent. Je ne tiens vraiment pas à me faire dévorer, Père.

– Tiens, au fait, ce n'est pas la première fois que ça se produit, signala Tynian à Émouchet. Tu ne m'as jamais expliqué pourquoi ce gamin donne toujours ce nom à ton écuyer.

– Kurik a fait preuve d'indiscrétion quand il était jeune.

– Mais est-ce que personne ne dort jamais dans son lit, en Élénie?

– C'est un particularisme culturel. Mais ce n'est pas vraiment aussi généralisé qu'il pourrait paraître.

Tynian se dressa légèrement sur ses étriers et observa devant eux Bévier et Kalten absorbés par leur propre conversation.

– Un petit conseil, Émouchet, dit-il sur un ton confidentiel. Tu es élène et tu ne sembles pas affecté par ce genre de choses, et en Deira nous avons l'esprit assez large dans ce domaine, mais je ne sais pas si je mettrais Bévier au courant de cela. Les chevaliers cyriniques sont très pieux... comme tous les Arciens... et ils voient d'un très mauvais œil ces petites irrégularités. Bévier est un brave au combat, mais il a l'esprit un peu étroit. S'il s'offense, il risque de causer des problèmes par la suite.

– Tu as probablement raison. J'en parlerai à Talen et je lui demanderai de garder pour lui sa parenté avec Kurik.

– Tu crois qu'il t'écoutera ? demanda d'une voix sceptique le Deiran au large visage.

– Cela vaut la peine d'essayer.

Ils passaient parfois devant une ferme plantée au bord de la route embrumée, une lumière dorée et floue jaillissant de ses fenêtres, signe certain que, même si le ciel n'avait pas encore commencé à s'éclairer, le jour avait débuté pour les paysans.

– Combien de temps restons-nous avec cette colonne ? demanda Tynian. Se rendre au lac Randéra en passant par Démos constitue un long détour.

– Nous pourrons probablement nous éclipser en fin de matinée, répondit Émouchet. Une fois que nous serons sûrs que personne ne nous suit. C'est ce qu'a suggéré Vanion.

– Est-ce que quelqu'un surveille nos arrières ?

Émouchet hocha la tête.

– Bérit reste à un demi-mille derrière nous.

– Penses-tu que des espions du primat nous aient vus quitter le chapitoire ?

– Ils ont disposé de très peu de temps pour cela. Nous étions déjà passés quand ils sont sortis de leurs tentes.

Tynian lâcha un grognement.

– Quelle route prévois-tu d'emprunter en quittant celle-ci ?

– Je pense que nous prendrons à travers champs. Les routes ont une certaine tendance à être surveillées. Je suis sûr qu'à présent Annias a deviné que nous préparions quelque chose.

Ils chevauchèrent à travers les derniers lambeaux de nuit vaporeuse. Émouchet était pensif. Il admettait en son for intérieur que leur plan conçu à la hâte avait peu de chance de réussir. Même si Tynian arrivait à invoquer les fantômes des morts thalésiens, rien ne garantissait que l'un d'eux connût le lieu de dernier repos du roi Sarak. Tout ce voyage pouvait s'avérer futile et ne servir qu'à gaspiller une partie du temps dont disposait encore Ehlana. Une idée lui vint alors. Il monta vers l'avant pour s'entretenir avec Séphrénia.

– Je viens d'avoir une idée, lui dit-il.

– Oh ?

– Est-ce que le sort que tu as utilisé pour enchâsser Ehlana est assez connu ?

– Il n'est presque jamais utilisé parce qu'il est très dangereux. Il se peut que quelques Styriques le connaissent, mais je doute qu'ils osent l'exécuter. Pourquoi cette question ?

– Je crois presque tenir quelque chose. Si personne d'autre que toi ne tient à employer ce sort, il est donc assez improbable que d'autres puissent être au courant du délai qui nous est imparti.

– C'est vrai. Tout à fait exact.

– Personne ne pourrait donc en parler à Annias.

– De toute évidence.

– Annias ne sait donc pas qu'il nous reste peu de temps. Autant qu'il sache, ce cristal peut garder Ehlana éternellement en vie.

– Je ne suis pas sûre que cela nous donne un avantage particulier, Émouchet.

– Moi non plus, mais c'est quelque chose à garder à l'esprit. Nous pouvons avoir à y repenser un jour ou l'autre.

Le ciel oriental devenait de plus en plus clair et le brouillard tournoyait, se diluait. Moins d'une demi-heure après, Bérit les rejoignait au triple galop. Il portait sa cotte de mailles et sa cape bleue habituelles, et il avait sa hache d'armes accrochée à sa selle. Il fallait que le jeune novice reçoive une instruction sérieuse avant qu'il ne s'attache immodérément à cette hache, décida Émouchet plus ou moins automatiquement.

– Sire Émouchet, dit celui-ci en tirant sur ses rênes, il y a une colonne de soldats de l'Église qui arrive derrière nous.

Son cheval haletant fumait dans la brume froide.

– Combien sont-ils ?

– Une cinquantaine, et ils vont au triple galop. Il y a eu une trouée dans le brouillard et je les ai vus arriver.

– A quelle distance sont-ils de nous ?

– Environ un mille. Ils sont dans la vallée qu'on vient de traverser.

Émouchet réfléchit.

– Je crois qu'un léger changement de plan s'impose. (Il regarda autour d'eux et vit une masse floue à gauche dans la brume.) Tynian, j'ai l'impression d'apercevoir un bosquet, là-bas. Pourquoi ne pas prendre les autres en charge, traverser le champ et entrer dans le bosquet avant que les soldats ne nous rattrapent ? Je vous suis. (Il secoua les rênes de Faran.) Je veux parler à sire Olven, dit-il au grand cheval rouan.

Faran remua les oreilles avec irritation, puis il remonta la colonne au galop.

– Nous allons vous laisser ici, Olven, annonça Émouchet au chevalier marqué par les cicatrices. Une cinquantaine de soldats de l'Église arrive par l'arrière. Il faut que nous disparaissions rapidement.

– Bonne idée, approuva Olven.

Olven ne gaspillait pas sa salive.

– Pourquoi ne pas les faire courir un peu ? suggéra Émouchet. Ils ne sauront pas que nous ne sommes plus dans la colonne avant de vous avoir rattrapés.

Olven eut un large sourire rusé.
– Jusqu'à Démos ?
– Ce ne serait pas plus mal. Mais prenez à travers champs avant Lenda et reprenez la route au sud de la ville. Je suis sûr qu'Annias a aussi des espions à Lenda.
– Bonne chance, Émouchet.
– Merci, répondit Émouchet en serrant la main de son ami. Nous risquons d'en avoir besoin.
Il écarta Faran de la route et laissa passer le reste de la colonne.
– Voyons un peu à quelle vitesse tu peux rejoindre ce bosquet, là-bas, dit Émouchet à sa monture au caractère vicieux.
Faran eut un renâclement de dérision, puis il bondit en avant, ventre à terre.
Kalten attendait à l'orée du bois, sa cape grise se fondant parmi les ombres et la brume.
– Les autres sont au fond du bois, apprit-il à Émouchet. Pourquoi Olven galope-t-il comme ça ?
– Je le lui ai demandé, répondit Émouchet en mettant pied à terre. Les soldats ne sauront jamais que nous ne sommes pas au milieu de la colonne si Olven reste un mille en avant.
– Tu es plus malin qu'il n'y paraît, Émouchet, lui dit Kalten en descendant aussi de selle. Je vais cacher les chevaux. La vapeur qu'ils dégagent pourrait se voir. (Il lorgna Faran d'un air méfiant.) Dis à cette bête sauvage de ne pas me mordre.
– Tu l'as entendu, Faran, lança Émouchet à son cheval de guerre.
Faran rabattit les oreilles en arrière.
Tandis que Kalten conduisait les deux montures parmi les arbres, Émouchet s'allongeait sur le ventre derrière un petit buisson. Le bosquet n'était pas à plus de cinquante pas de la route ; comme le brouillard commençait à se dissiper avec l'arrivée du jour, il distinguait nettement la portion de route qu'ils venaient de quitter. Un unique soldat en tunique rouge surgit alors au galop en provenance du sud. L'homme chevauchait raidement et son visage paraissait bizarrement inexpressif.
– Un éclaireur ? chuchota Kalten en rampant au côté d'Émouchet.
– C'est plus que probable, répondit Émouchet en chuchotant également.
– Pourquoi chuchoter ? demanda Kalten. Il ne peut pas nous entendre avec le bruit des sabots de son cheval.
– C'est toi qui as commencé.
– La force de l'habitude, je suppose. Je chuchote tout le temps quand je me cache.
L'éclaireur immobilisa sa monture en haut de la colline, puis fit volte-face et repartit sur ses pas au grand galop. Son visage était resté inexpressif.

– Il va épuiser son cheval, s'il ne s'arrête pas, commenta Kalten.

– C'est son cheval, non?

– C'est vrai, et c'est lui qui devra marcher quand l'animal tombera mort.

– La marche est un excellent exercice pour les soldats de l'Église. Elle leur enseigne l'humilité.

Cinq minutes plus tard, les soldats de l'Église passaient au galop, leurs tuniques rouges presque noires dans la lumière de l'aube. Le chef de la colonne était accompagné par un personnage émacié et de grande taille portant une robe et une capuche noires. La lumière du matin jouait peut-être des tours, mais une vague lueur verdâtre semblait émaner du capuchon et le dos du personnage paraissait grossièrement déformé.

– Ils essaient bel et bien de ne pas perdre la colonne de vue, annonça Kalten.

– J'espère que Démos leur plaira. Olven conservera son avance jusqu'au bout. Il faut que je parle à Séphrénia. Retournons auprès des autres. On ne bougera pas pendant une bonne heure pour être sûrs que les soldats ont bien quitté le secteur, puis on reprendra la route.

– Bonne idée. De toute façon, j'aimerais bien avoir mon petit déjeuner.

Ils firent traverser le bois humide à leurs chevaux pour rejoindre un petit bassin entourant une source qui émergeait d'une berge couverte de fougères.

– Ils sont passés? demanda Tynian.

– Au galop. (Kalten eut un large sourire.) Et ils ne regardaient pas ce qui se passait autour d'eux. Quelqu'un a quelque chose à manger? Je meurs de faim.

– J'ai une pièce de lard froid, lui proposa Kurik.

– Froid?

– Pas de feu sans fumée, Kalten. Tu as vraiment envie que le bois se remplisse de soldats?

Kalten poussa un soupir.

Émouchet regarda Séphrénia.

– Ces soldats sont accompagnés par quelqu'un... ou quelque chose... J'ai eu la même impression désagréable que la nuit dernière.

– Tu peux me le décrire?

– Très grand, très maigre. On dirait que le dos est déformé, et il porte une robe noire à capuche, de telle sorte que je n'ai pas vu les détails. (Il fronça les sourcils.) Les soldats de l'Église étaient à moitié endormis. Habituellement, ils prêtent davantage attention à ce qu'ils font.

– Ce que tu as aperçu, dit-elle avec gravité, est-ce que ça possédait un autre détail inhabituel?

– Je ne suis pas vraiment sûr, mais une espèce de lumière verdâtre semblait émaner de son visage. J'ai remarqué la même chose hier soir.

Le visage de Séphrénia devint lugubre.

– Je crois que nous devrions partir sur-le-champ, Émouchet.

– Les soldats ignorent que nous sommes ici.

– Ils le sauront bientôt. Tu viens de me donner le signalement d'un Fureteur. En Zémoch, on les utilise pour pourchasser les esclaves en fuite. La bosse dans le dos est due aux ailes.

– Des ailes? fit Kalten, sceptique. Séphrénia, les animaux n'ont pas d'ailes, en dehors des chauves-souris, peut-être.

– Ce n'est pas un mammifère, Kalten. Cela ressemble davantage à un insecte... bien qu'aucun des deux termes ne soit vraiment exact quand on parle des créatures qu'invoque Azash.

– Je ne crois pas que nous puissions nous inquiéter vraiment d'un insecte.

– Si, dans ce cas précis. Le cerveau est très réduit, mais c'est sans importance, car l'esprit d'Azash l'habite et lui fournit ses pensées. Il voit loin dans la nuit ou le brouillard. Il a l'ouïe très fine et un excellent odorat. Dès que les soldats seront en vue de la colonne d'Olven, il saura que nous ne sommes pas parmi les autres chevaliers. Les soldats reviendront alors jusqu'ici.

– Vous voulez dire que les soldats de l'Église obéissent aux ordres d'un insecte? demanda Bévier, incrédule.

– Ils n'ont pas le choix. Ils n'ont plus leur libre arbitre. Le Fureteur les contrôle totalement.

– Et cela dure combien de temps?

– Durant toute leur vie... qui n'est plus très longue, dans ce cas. Dès qu'il n'a plus besoin d'eux, il en fait consommation. Émouchet, nous sommes en grand danger. Partons tout de suite d'ici.

– Vous l'avez entendue, lança Émouchet d'une voix lugubre. Filons d'ici.

Ils quittèrent le bosquet au petit galop et traversèrent une large prairie verte où des vaches tachetées de brun et de blanc paissaient dans l'herbe qui leur montait jusqu'aux genoux. Sire Ulath se rapprocha d'Émouchet.

– Tout cela ne me regarde pas, dit le génidien aux sourcils broussailleux, mais on avait vingt pandions avec nous, là-bas. Pourquoi ne pas avoir fait demi-tour pour éliminer ces soldats et leur insecte?

– Cinquante cadavres de soldats jonchant la route attireraient l'attention, lui expliqua Émouchet, et les tombes fraîches ne valent guère mieux.

– Ça se tient, sans doute, fit Ulath avec un grognement. Vivre dans un royaume surpeuplé présente des problèmes particuliers, n'est-ce pas? En Thalésie, les Trolls et les Ogres ont généralement fait le nettoyage avant que quelqu'un ne passe dans le coin.

Émouchet frémit.

– Est-ce qu'ils mangent vraiment la charogne ? demanda-t-il en regardant par-dessus son épaule pour guetter le moindre signe de poursuivants.

– Les Trolls et les Ogres ? Oh, oui... tant qu'elle n'est pas trop faisandée. Un robuste soldat de l'Église nourrit facilement une famille de Trolls pendant une bonne semaine. C'est l'une des raisons pour lesquelles en Thalésie il n'y a pas beaucoup de soldats de l'Église ni de tombes où ils reposent. En fait, ce que je voulais dire, c'est que je n'aime pas laisser des ennemis en vie derrière moi. Ces soldats de l'Église risquent de revenir nous ennuyer et, si la créature qui les accompagne est aussi dangereuse que le dit Séphrénia, nous aurions probablement dû nous en débarrasser quand nous en avions l'occasion.

– Tu as peut-être raison, admit Émouchet, mais il est trop tard, à présent, je le crains. Olven est hors de portée. Tout ce qu'on peut faire, c'est filer et espérer que les montures des soldats lâchent avant les nôtres. Dès que possible, j'essaierai d'en apprendre plus sur le Fureteur auprès de Séphrénia. J'ai le sentiment qu'elle ne m'a pas tout dit.

Ils chevauchèrent sans répit tout le reste du jour et ne remarquèrent aucun signe de poursuite.

– Il y a une auberge au bord de la route, un peu plus loin, dit Kalten comme le soir s'installait sur le paysage ondulant. On tente notre chance ?

Émouchet regarda Séphrénia.

– Qu'en penses-tu ?

– Quelques heures seulement, dit-elle, juste pour nourrir les chevaux et leur permettre de se reposer. Le Fureteur doit savoir que nous ne sommes pas dans la colonne, maintenant, et il suit certainement notre piste. Il faut que nous continuions.

– On pourrait prendre un souper, ajouta Kalten, et profiter aussi de deux ou trois heures de sommeil. Ça fait un moment que je suis levé. D'ailleurs, il se peut que nous glanions quelques informations en posant les questions appropriées.

L'auberge était dirigée par un gaillard mince d'humeur plaisante et sa femme qui était bien en chair et joviale. L'endroit était confortable et d'une propreté méticuleuse. La large cheminée à un bout de la salle commune ne fumait pas et le sol était recouvert de joncs frais.

– On ne voit pas beaucoup de citadins dans notre campagne, remarqua l'aubergiste en apportant à table un plat de rôti de bœuf. Et très rarement des chevaliers... car vos costumes me font penser que vous êtes des chevaliers. Qu'est-ce qui vous amène par ici, messires ?

– Nous sommes en route pour la Pélosie, mentit Kalten sans se fatiguer. Pour le compte de l'Église. Nous sommes pressés et nous avons décidé de couper à travers champs.

– Il y a une route qui monte en Pélosie à environ trois lieues au sud, conseilla utilement l'aubergiste.

– Les routes ont tendance à faire des tours et des détours, fit Kalten, et, comme je vous l'ai dit, nous sommes pressés.

– Il se passe des choses intéressantes, par ici ? demanda Tynian sur un ton à peine curieux.

L'aubergiste eut un rire un peu forcé.

– Que pourrait-il donc se passer dans un endroit pareil ? Les fermiers du coin passent tout leur temps à parler d'une vache qui est morte il y a six mois. (Il attira une chaise et s'assit sans y avoir été invité. Il poussa un soupir.) J'ai vécu à Cimmura quand j'étais jeune. Ça, c'est un endroit où il se passe des trucs. Tout ce mouvement me manque.

– Qu'est-ce qui t'a décidé à venir t'installer ici ? demanda Kalten en se coupant une nouvelle tranche de viande à l'aide de sa dague.

– Mon père m'a laissé l'auberge à sa mort. Personne ne voulait l'acheter, alors je n'avais pas le choix. (Il fronça légèrement les sourcils.) Maintenant que vous en parlez, dit-il en revenant au sujet précédent, il se passe quelque chose d'assez inhabituel depuis quelques mois.

– Oh ? fit prudemment Tynian.

– On a aperçu des bandes de Styriques errants. La campagne en regorge. Ils ne se déplacent pas tellement, normalement, n'est-ce pas ?

– En effet, répondit Séphrénia. Nous ne sommes pas un peuple nomade.

– Je pensais bien que vous étiez styrique, madame... à en juger d'après votre apparence et vos vêtements. Nous avons un village styrique, non loin d'ici. Ce sont des gens assez gentils, sans doute, mais ils sont plutôt réservés. (Il se pencha en arrière sur sa chaise.) Je crois quand même que les Styriques s'éviteraient des tas d'ennuis s'ils frayaient un peu plus avec leurs voisins.

– Ce n'est pas dans notre mode de vie, murmura Séphrénia. Je ne crois pas qu'Élènes et Styriques soient destinés à se fréquenter.

– Vous avez peut-être raison, acquiesça-t-il.

– Est-ce que ces Styriques font des trucs particuliers ? demanda Émouchet en gardant une voix neutre.

– Ils posent des questions, c'est à peu près tout. Ils semblent s'intéresser beaucoup à la guerre zémoch, pour une raison quelconque. (Il se leva.) Bon appétit, dit-il avant de rejoindre sa cuisine.

– Nous avons un problème, annonça Séphrénia avec gravité. Les Styriques occidentaux n'errent pas dans la campagne. Nos Dieux préfèrent que nous restions près de leurs autels.

– Des Zémochs, alors ? supputa Bévier.

– Presque certainement.

– Quand j'étais en Lamorkand, on parlait de Zémochs qui infiltraient le pays à l'est de Moterra, signala Kalten. Ils faisaient la même chose : ils erraient dans les campagnes et posaient des questions, surtout en rapport avec les contes populaires.

– Azash semble avoir un plan calqué sur le nôtre, dit Séphrénia. Il essaie de rassembler des informations qui le conduiront jusqu'au Bhelliom.

– C'est donc une course, fit Kalten.

– Je le crains, et les Zémochs ont une longueur d'avance sur nous.

– Et les soldats de l'Église sont à nos trousses, ajouta Ulath. Grâce à toi, nous sommes encerclés, Émouchet. Est-ce que le Fureteur pourrait contrôler ces Zémochs de la même manière que les soldats ? demanda le gros Thalésien à Séphrénia. Dans ce cas, nous risquerions de tomber dans une embuscade.

– Je ne suis pas vraiment sûre. J'ai beaucoup entendu parler des Fureteurs d'Otha, mais je n'en ai jamais vu en action.

– Tu n'as pas été très spécifique, ce matin, dit Émouchet. Comment cette créature contrôle-t-elle exactement les soldats d'Annias ?

– Elle est vénéneuse. Sa morsure paralyse la volonté de ses victimes... ou de ceux qu'elle veut dominer.

– Je me ferai un point d'honneur de ne pas me laisser mordre, annonça Kalten.

– Tu risques de ne pouvoir l'éviter. Cette lueur verte est hypnotique. Cela lui permet de se rapprocher plus facilement pour injecter son venin.

– A quelle vitesse peut-il voler ? demanda Tynian.

– Il ne vole pas, à ce stade de son développement. Ses ailes ne sont pas mûres avant qu'il soit adulte. D'autre part, il faut qu'il reste au sol pour suivre la piste de celui qu'il essaie d'attraper. Normalement, il voyage à dos de cheval et, comme le cheval est contrôlé de la même manière que les êtres humains, le Fureteur le monte simplement jusqu'à la mort, puis il s'en procure un autre. Il est capable de couvrir une très grande distance, de la sorte.

– Que mange-t-il ? demanda Kurik. Peut-être pouvons-nous le prendre au piège de la sorte ?

– Il se nourrit essentiellement d'humains, lui apprit-elle.

– Cela ne rendrait pas facile l'élaboration d'un piège, dut-il admettre.

Ils allèrent tous se coucher après avoir soupé, mais Émouchet eut l'impression que sa tête avait à peine touché l'oreiller que Kurik le secouait pour le réveiller.

– Il est minuit, lui dit son écuyer.

– Parfait, dit Émouchet avec lassitude en s'asseyant sur son lit.

– Je vais réveiller les autres, ensuite Bérit et moi irons seller les chevaux.

Après s'être habillé, Émouchet descendit pour discuter avec l'aubergiste ensommeillé.

– Dis-moi, voisin, se pourrait-il que vous ayez un monastère par ici ?

L'aubergiste se gratta la tête.

– Je crois qu'il y en a un près du village de Vérine. C'est-à-dire à environ cinq lieues d'ici.

– Merci, voisin. (Émouchet regarda autour de lui.) Tu as une jolie auberge bien confortable et ta femme la tient fort propre et fait de bons repas. Je la recommanderai à mes amis.

– C'est très gentil de votre part, sire chevalier.

Émouchet hocha la tête et sortit rejoindre les autres.

– Quel est notre plan ? demanda Kalten.

– L'aubergiste pense qu'il y a un monastère près d'un village à cinq lieues d'ici. Nous devrions l'atteindre au matin. Je veux que Dolmant, à Chyrellos, soit tenu au courant de tout ceci.

– Je pourrais transmettre le message, sire Émouchet, proposa Bérit avec passion.

Émouchet secoua la tête.

– Il est probable que le Fureteur possède déjà ton odeur, Bérit. Je ne veux pas que tu tombes dans une embuscade sur la route de Chyrellos. Envoyons plutôt un moine anonyme. Ce monastère se trouve de toute manière sur notre route, et nous ne perdrons donc pas de temps. En selle.

La lune était pleine et le ciel clair quand ils quittèrent l'auberge.

– Par ici, dit Kurik en tendant le bras.

– Comment le sais-tu ? lui demanda Talen.

– Grâce aux étoiles.

– Tu veux dire que tu peux vraiment t'orienter d'après les étoiles ?

Talen semblait impressionné.

– Bien entendu. Les marins font cela depuis des milliers d'années.

– Je l'ignorais.

– Tu aurais dû rester à l'école.

– Je n'ai pas l'intention de devenir marin, Kurik. Je trouve déjà que voler du poisson, c'est un peu comme si je travaillais.

Ils continuèrent d'avancer plein est dans la nuit baignée par le clair de lune. Au matin, ils avaient dû parcourir cinq lieues et Émouchet monta sur une colline.

– Il y a un village juste devant nous, annonça-t-il à son retour. Espérons que c'est celui que nous recherchons.

Le village était niché dans une vallée peu profonde. C'était une petite communauté d'une douzaine de maisons en pierre, avec une église à une extrémité de sa rue pavée et une taverne à l'autre bout. Une grosse bâtisse entourée de murailles se dressait sur une éminence à la sortie de la bourgade.

– Excuse-moi, voisin, ce village est-il Vérine ? demanda Émouchet à un passant à leur entrée dans la rue.
– Oui.
– Et c'est le monastère, là-haut sur cette colline ?
– Oui, répondit encore l'homme d'une voix légèrement maussade.
– Quelque chose ne va pas ?
– Ces moines possèdent toutes les terres alentour, répondit l'individu. Et leurs loyers sont impitoyables.
– N'est-ce pas toujours le cas ? Tous les propriétaires sont avides.
– Ces moines exigent en plus une dîme. C'est aller un peu loin, vous ne trouvez pas ?
– Là, tu n'as pas tellement tort.
– Pourquoi appelles-tu tout le monde « voisin » ? lui demanda Tynian comme ils continuaient d'avancer.
– Par habitude, sans doute. (Émouchet haussa les épaules.) Je tiens cela de mon père, et ça met plus ou moins les gens à l'aise.
– Pourquoi ne pas les appeler « l'ami » ?
– Parce qu'on ne sait jamais avec certitude si c'est bien le cas. Allons parler à l'abbé de ce monastère.
Le monastère était un bâtiment d'aspect sévère entouré d'une muraille de grès jaune. Les champs qui l'entouraient étaient soigneusement cultivés, les moines portant des chapeaux coniques en paille tressée travaillaient patiemment sous le soleil matinal dans de longues rangées de légumes. Les portes du monastère étaient ouvertes, et Émouchet et les autres entrèrent dans la cour centrale. Un moinillon maigre et hagard vint à leur rencontre, une expression un peu craintive sur le visage.
– Bonjour, mon frère, lui dit Émouchet.
Il ouvrit sa cape pour montrer la lourde amulette d'argent accrochée à son cou qui indiquait son appartenance à l'ordre des Pandions.
– Si cela ne le dérange pas trop, nous aimerions nous entretenir avec votre abbé.
– Je vais vous l'amener tout de suite, monseigneur.
Le moinillon se hâta de retourner dans le bâtiment.
L'abbé était un petit homme grassouillet et jovial à la tonsure bien nette, au visage rubicond luisant de sueur. Son monastère était de peu d'importance, isolé et sans contacts suivis avec Chyrellos. Il était d'une obséquiosité presque embarrassante devant l'apparition imprévue de ces chevaliers de l'Église.
– Messires. (Il s'aplatissait pratiquement devant eux.) Comment puis-je vous rendre service ?
– C'est peu de chose, messire abbé, lui dit doucement Émouchet. Connaissez-vous le patriarche de Démos ?
L'abbé déglutit péniblement.

– Le patriarche Dolmant ? fit-il d'une voix où perçait une crainte révérencielle.

– Un grand bonhomme, acquiesça Émouchet. Un peu maigre et l'air mal nourri. Nous avons un message à lui faire parvenir. Auriez-vous un jeune moine possédant beaucoup de vigueur et un bon cheval qui pourrait porter ce message au patriarche pour notre compte ? Pour le service de l'Église.

– B... bien entendu, seigneur chevalier.

– J'espérais bien pouvoir compter sur vous. Auriez-vous une plume et de l'encre, messire abbé ? Je vais rédiger le message et nous ne vous ennuierons pas davantage.

– Autre chose, messire abbé, ajouta Kalten. Pourriez-vous nous faire la faveur de quelques provisions ? Nous sommes sur les routes depuis un certain temps et nos réserves sont au plus bas. Rien d'extraordinaire, attention... quelques poulets rôtis, peut-être, un ou deux jambons, une flèche de lard, un quartier de bœuf, par exemple ?

– Bien entendu, seigneur chevalier, acquiesça rapidement l'abbé.

Émouchet rédigea la note adressée à Dolmant tandis que Kurik et Kalten chargeaient les provisions sur un cheval de bât.

– Tu étais obligé de faire ça ? demanda Émouchet à Kalten comme ils repartaient.

– La charité est une vertu cardinale, Émouchet, répondit Kalten d'un air distant. J'aime l'encourager chaque fois que possible.

La campagne à travers laquelle ils galopaient devenait de plus en plus désolée. Le sol était maigre, pauvre, ne portant plus que des épineux et des herbes folles. Çà et là, on voyait des mares d'eau stagnante et les quelques arbres qui poussaient auprès d'elles étaient rabougris, maladifs. Le temps était couvert et l'après-midi se terminait dans la morosité.

Kurik amena son hongre près d'Émouchet.

– Les lieux ne semblent guère prometteurs, n'est-ce pas ?

– Lugubres, opina Émouchet.

– Je pense qu'il va falloir qu'on campe, ce soir. Les chevaux sont presque à bout.

– Je ne me sens guère d'attaque de mon côté, admit Émouchet. Il avait les yeux irrités et mal à la tête.

– Le seul ennui, c'est que je n'ai pas aperçu d'eau pure depuis au moins une lieue. Pourquoi n'irais-je pas chercher une source ou un ruisseau avec Bérit ?

– Faites bien attention.

Kurik tourna dans sa selle.

– Bérit, lança-t-il, j'ai besoin de toi.

Émouchet et les autres continuèrent au trot tandis que l'écuyer et le novice partaient en quête d'eau fraîche.

– On pourrait continuer, tu sais, lui dit Kalten.

– Oui, si tu as envie d'aller à pied avant le matin, répliqua Émouchet. Kurik est dans le vrai : les chevaux sont épuisés.

– Tu as sans doute raison.

Ils virent soudain Kurik et Bérit qui descendaient au galop d'une colline voisine.

– Préparez-vous ! cria Kurik en libérant sa plommée. On a de la compagnie !

– Séphrénia ! aboya Émouchet, emmène Flûte et cachez-vous derrière ces roches. Talen, occupe-toi des chevaux de bât.

Il tira son épée et s'avança tandis que les autres sortaient leurs armes.

Les ennemis devaient être une quinzaine et ils poussaient leurs chevaux au sommet de la colline. C'était un groupe disparate, des soldats de l'Église en tuniques rouges, des Styriques en robes grossières et quelques paysans. Leurs visages étaient tous inexpressifs et leurs yeux mornes. Ils avançaient sans s'affoler, malgré la charge des chevaliers de l'Église.

Émouchet et les autres se déployèrent pour les affronter.

– Pour Dieu et l'Église ! cria Bévier en brandissant sa hache de Lochabre.

Il éperonna son cheval et se rua au beau milieu des attaquants. Émouchet fut surpris par l'action téméraire du jeune cyrinique, mais il se reprit rapidement et chargea pour assister son compagnon. Mais Bévier semblait n'avoir guère besoin d'aide. Il repoussait les coups d'épée apparemment maladroits à l'aide de son bouclier et sa longue Lochabre sifflait dans les airs pour plonger dans le corps de ses ennemis. Bien que les blessures qu'il infligeait fussent hideuses, les hommes qu'il frappait ne criaient pas en tombant de selle. Ils combattaient et mouraient dans un silence inquiétant. Émouchet était derrière Bévier et abattait tous ceux qui essayaient d'attaquer le cyrinique par-derrière. Son épée coupa presque en deux un soldat de l'Église, mais l'homme en tunique rouge ne broncha même pas. Il leva son épée pour frapper Bévier par-derrière : Émouchet lui ouvrit la tête d'un grand coup de haut en bas. Le soldat tomba de sa selle et, agité de convulsions, s'affala sur l'herbe ensanglantée.

Kalten et Tynian avaient pris les attaquants par les flancs et se frayaient un chemin dans la mêlée tandis qu'Ulath, Kurik et Bérit interceptaient les quelques survivants qui arrivaient à franchir la contre-attaque concertée.

Le sol ne tarda pas à être jonché de corps en tuniques rouges et en robes styriques blanches ensanglantées. Les chevaux sans cavaliers s'écartaient du combat, hennissant sous la panique. Dans des circonstances normales, Émouchet savait que les derniers attaquants auraient flanché et se seraient enfuis en voyant le sort subi par leurs camarades. Mais ces hommes sans expression continuaient d'attaquer et il s'avéra nécessaire de les tuer jusqu'au dernier.

– Émouchet! cria Séphrénia. Là-haut!

Elle tendait le bras vers le sommet de la colline d'où était venue l'attaque. Il distingua le grand personnage squelettique en robe noire qu'il avait déjà vu à deux reprises. Il se tenait sur son cheval, la légère lueur verte émanant du visage dissimulé sous la capuche.

– Cette créature commence à m'ennuyer, dit Kalten. La meilleure façon de se débarrasser d'un insecte, c'est de marcher dessus.

Il leva son écu et planta les talons dans les flancs de sa monture. Il commença à galoper vers la colline, sa lame levée d'un air menaçant.

– Kalten! Non!

Le cri de Séphrénia était rendu strident par la terreur. Mais Kalten n'y prêta aucune attention. Émouchet jura et partit à la poursuite de son ami.

Kalten fut soudain projeté hors de selle par une force invisible tandis que le personnage mystérieux effectuait un geste presque méprisant. Émouchet vit avec écœurement que ce qui dépassait de la manche noire n'était pas une main mais une sorte de mandibule de scorpion.

Alors même qu'il descendait de Faran pour courir au secours de Kalten, Émouchet resta bouche bée de stupéfaction. Flûte était arrivée à échapper à la surveillance de Séphrénia et s'était avancée jusqu'au pied de la colline. Elle tapa impérieusement du pied sur l'herbe souillée et porta aux lèvres son instrument rudimentaire. Sa mélodie fut sévère et même légèrement discordante; pour une raison bizarre, elle semblait accompagnée d'un vaste chœur invisible de voix humaines. Le personnage encapuchonné en haut de la colline vacilla sur sa selle, comme frappé par un coup de masse. Le chant de Flûte s'éleva et le chœur invisible gonfla ses voix dans un crescendo irrésistible. Le son était à ce point puissant qu'Émouchet dut se boucher les oreilles. Le chant avait atteint le niveau de la douleur physique.

Le personnage poussa un hurlement strident, son d'une inhumanité terrifiante, et plaqua ses mandibules sur sa capuche. Il fit alors faire volte-face à sa monture et s'enfuit de l'autre côté de la colline.

Le temps manquait pour se lancer à la poursuite du monstre. Kalten gisait sur le sol, haletant, le visage pâle et les mains crispées sur l'estomac.

– Ça va bien? voulut savoir Émouchet en s'agenouillant à côté de son ami.

– Laisse-moi tranquille, souffla Kalten.

– Ne fais pas l'idiot. Tu es blessé?

– Non. Je me suis allongé pour m'amuser. (L'homme blond inspira bruyamment.) Avec quoi m'a-t-il frappé? Je n'ai jamais reçu un tel coup.

– Tu devrais me laisser t'examiner.

– Je vais bien, Émouchet. Il m'a simplement coupé le souffle.

– Espèce d'idiot. Tu sais ce qu'est cette créature. A quoi pensais-tu donc ?

Émouchet était soudain pris d'une colère irrationnelle.

– Sur le moment, ça m'a semblé une excellente idée, répondit Kalten avec un large sourire affaibli. Peut-être que j'aurais dû réfléchir un petit peu plus.

– Est-il blessé ? demanda Bévier en mettant pied à terre et en s'approchant d'eux, le visage visiblement inquiet.

– Je pense qu'il va bien. (Émouchet se leva en contrôlant difficilement sa mauvaise humeur.) Sire Bévier, dit-il d'une voix assez officielle, vous avez reçu une formation en la matière. Vous savez ce que vous êtes censé faire quand vous êtes attaqué. Qu'est-ce qui vous a pris de vous précipiter comme ça au milieu des attaquants ?

– Je ne croyais pas qu'ils étaient aussi nombreux, Émouchet, répondit Bévier, sur la défensive.

– Ils étaient suffisamment nombreux. Un seul suffit pour vous tuer.

– Vous êtes irrité contre moi, n'est-ce pas, Émouchet ? fit Bévier d'une voix lugubre.

Émouchet considéra le visage grave du jeune chevalier. Puis il poussa un soupir.

– Non, Bévier, pas vraiment. Tu m'as surpris, c'est tout. Je t'en prie, pour l'amour de mes nerfs, n'agis plus de manière imprévue. Je ne rajeunis pas et les surprises me font vieillir.

– Peut-être n'ai-je pas pris en compte les sentiments de mes camarades, admit Bévier, tout contrit. Je promets que cela ne se reproduira plus.

– J'en suis fort aise, Bévier. Aidons Kalten à redescendre la colline. Je veux que Séphrénia l'examine et je suis sûr qu'elle voudra s'entretenir longuement avec lui.

Kalten grimaça.

– Je ne pourrai sans doute pas te convaincre de me laisser allongé ici ? La terre est douce et confortable.

– Aucune chance, Kalten, répondit Émouchet, inflexible. Mais ne t'en fais pas. Elle t'aime bien, aussi ne te fera-t-elle probablement rien... rien de permanent, en tout cas.

Chapitre trois

Séphrénia soignait une vilaine ecchymose sur la partie supérieure du bras de Bérit quand Émouchet et Bévier lui amenèrent Kalten qui protestait faiblement.

– Grave ? demanda Émouchet au jeune novice.

– Ce n'est rien, monseigneur, dit Bérit avec bravoure, bien que son visage fût pâle.

– Est-ce là ce qu'on vous enseigne avant tout, chez les pandions ? demanda Séphrénia d'une voix acide. A ne pas vous soucier de vos blessures ? La cotte de mailles de Bérit a amorti la majeure partie du coup, mais dans une heure il aura le bras violacé du coude à l'épaule. Il éprouvera beaucoup de difficulté à l'utiliser.

– Tu es d'humeur badine, cet après-midi, petite mère, lui dit Kalten.

Elle le menaça de l'index.

– Kalten, assieds-toi. Je m'occuperai de toi après avoir soigné le bras de Bérit.

Kalten poussa un soupir et s'affala au sol.

Émouchet regarda autour d'eux.
– Où sont passés Ulath, Tynian et Kurik ?
– Ils inspectent les environs pour s'assurer que d'autres embuscades ne nous ont pas été tendues, sire Émouchet, répondit Bérit.
– Excellente idée.
– Cette créature ne m'a pas paru tellement dangereuse, dit Bévier. Un peu mystérieuse, peut-être, mais pas si dangereuse que ça.
– Ce n'est pas toi qu'elle a frappé, lui répliqua Kalten. Elle est bel et bien dangereuse. Crois-moi sur parole.
– Elle est plus dangereuse que vous ne pourriez l'imaginer, ajouta Séphrénia. Elle peut envoyer des armées entières à nos trousses.
– Si elle possède le pouvoir qui m'a fait tomber de selle, elle n'a aucun besoin d'armées.
– Tu oublies tout le temps une chose, Kalten : son esprit est celui d'Azash. Les Dieux préfèrent que les humains fassent leur travail.
– Les hommes qui sont descendus de la colline ressemblaient à des somnambules, dit Bévier en frémissant. Nous les avons taillés en pièces sans qu'ils émettent un son. (Il marqua un temps d'arrêt et fronça les sourcils.) Je ne m'imaginais pas que les Styriques puissent être aussi agressifs, ajouta-t-il. Je n'en avais jamais vu avec une épée à la main.
– Ce n'étaient pas des Styriques occidentaux, dit Séphrénia en pansant le haut du bras de Bérit. Essaie de ne pas trop t'en servir, lui recommanda-t-elle. Laisse-lui le temps de guérir.
– Oui, m'dame. Mais maintenant que vous en parlez, ça me fait effectivement un peu mal.
Elle eut un sourire et posa une main affectueuse sur son épaule.
– Celui-ci deviendra peut-être quelqu'un de bien, Émouchet. Il n'a pas la tête *complètement* vide... comme certains que je pourrais citer.
Elle adressa à Kalten un regard lourd de signification.
– Séphrénia... protesta le chevalier blond.
– Enlève-moi ce jaseran, lui dit-elle sèchement. Je veux voir si tu n'as rien de cassé.
– Vous avez affirmé que les Styriques de ce groupe n'étaient pas des Styriques occidentaux, lui dit Bévier.
– Non. C'étaient des Zémochs. C'est plus ou moins ce que nous avions supputé à l'auberge. Le Fureteur utilise n'importe qui, mais un Styrique occidental est incapable d'utiliser une arme en acier. Si c'étaient des autochtones, leurs épées auraient été en bronze ou en cuivre. (Elle considéra d'un œil critique Kalten qui venait d'enlever sa cotte de mailles. Elle frémit.) Tu ressembles à un tapis blond.

– Ce n'est pas ma faute, petite mère, dit-il en rougissant soudain. Tous les hommes de ma famille sont poilus.

Bévier paraissait intrigué.

– Qu'est-ce qui a repoussé cette créature, au fait ?

– Flûte, répondit Émouchet. Elle a déjà fait ce genre de chose. Elle a même réussi à chasser le Damork à l'aide de son instrument.

– Cette enfant minuscule ? demanda Bévier, incrédule.

– Flûte est bien plus qu'il ne paraît, lui dit Émouchet. (Il regarda en direction du coteau.) Talen, cria-t-il, arrête !

Talen, qui était affairé à détrousser les cadavres, leva des yeux consternés.

– Mais, Émouchet...

– Éloigne-toi de là. C'est répugnant.

– Mais...

– Obéis ! gronda Bérit.

Talen poussa un soupir et redescendit.

– Rassemblons les chevaux, Bévier, dit Émouchet. Dès que Kurik et les autres seront de retour, je pense qu'il faudra que l'on reparte. Ce Fureteur est toujours là et il peut nous tomber dessus à tout instant avec une nouvelle bande.

– Il en est capable de nuit comme de jour, Émouchet, dit Bévier d'un ton dubitatif, et il est capable de suivre notre piste.

– Je sais. A ce stade, j'estime que la vitesse est notre unique défense. Nous allons encore devoir distancer cette créature.

Kurik, Ulath et Tynian revinrent alors que le crépuscule descendait sur le paysage désolé.

– Il ne doit plus y avoir personne, par ici, rendit compte l'écuyer en descendant de son hongre.

– Il faut que nous reprenions la route, lui dit Émouchet.

– Les chevaux sont au bord de l'épuisement, Émouchet, protesta l'écuyer. (Il regarda les autres membres de l'expédition.) Et nous ne sommes guère plus fringants. Aucun de nous n'a beaucoup dormi, ces deux derniers jours.

– Je vais m'occuper de ça, dit calmement Séphrénia en relevant les yeux du torse poilu de Kalten.

– Comment ?

Kalten paraissait un peu grincheux.

Elle lui sourit et agita les doigts sous son nez.

– Et comment pourrais-je le faire ?

– S'il existe un sort qui fait disparaître ce que nous ressentons tous à présent, pourquoi ne pas nous l'avoir enseigné auparavant ?

Émouchet se sentait lui aussi d'humeur assez maussade, car son mal de tête était de retour.

– Parce qu'il est dangereux, Émouchet. Je vous connais, vous autres pandions. Dans certaines situations, vous seriez prêts à avancer pendant des semaines.

– Et alors? Si le sort fonctionne bien, quelle différence cela fait-il?

– Le sortilège ne fait que donner l'impression du repos, mais en réalité le corps est épuisé. Si l'on exagère, on en meurt.

– Oh... Alors, sans doute est-ce raisonnable.

– Je suis heureuse que tu le comprennes.

– Dans quel état est Bérit? demanda Tynian.

– Il aura quelques douleurs pendant un certain temps, mais ce ne sera rien, répondit-elle.

– Ce jeune gaillard est prometteur, dit Ulath. Quand son bras aura guéri, je lui apprendrai à se servir de sa hache. Il a l'élan, mais il manque encore un peu de technique.

– Amenez les chevaux ici, leur demanda Séphrénia.

Elle se mit à parler en styrique, prononça certains mots dans un souffle en dissimulant ses gestes. Malgré tous ses efforts, Émouchet ne put saisir toutes les incantations ni même deviner quels étaient les gestes qui appuyaient le sort. Soudain, il se sentit dans une forme éclatante. La migraine sourde avait disparu et il avait l'esprit clair. L'un des chevaux de bât, qui avait eu la tête basse et les jambes tremblantes, se mit à gambader comme un poulain.

– Un excellent sortilège, commenta laconiquement Ulath. On se met en route?

Ils aidèrent Bérit à monter en selle et s'engagèrent dans la lueur du soir. La pleine lune se leva une heure plus tard et leur fournit une lumière suffisante pour adopter un petit galop.

– Nous allons trouver une route derrière cette colline, apprit Kurik à Émouchet. Nous l'avons vue au cours de notre petite exploration. Elle va approximativement dans la bonne direction et nous gagnerions du temps à l'emprunter au lieu de trébucher dans la nuit en terrain rocailleux.

– Sans doute as-tu raison, acquiesça Émouchet, et il faut que nous quittions le secteur aussi vite que possible.

Une fois la route atteinte, ils partirent vers l'est au galop. Minuit était passé depuis longtemps quand les nuages arrivèrent de l'ouest, obscurcissant le ciel. Émouchet marmonna un juron et ralentit leur cadence.

Juste avant l'aube, ils parvinrent à un cours d'eau et la route tournait vers le nord. Ils la suivirent en cherchant un pont ou un gué. L'aurore était terne sous la pesante couverture nuageuse. Ils continuèrent vers l'amont pendant quelques milles et la route reprit vers l'est pour plonger vers le fleuve et remonter sur l'autre berge.

A côté du gué se dressait une petite hutte. Le propriétaire était un individu en tunique verte et au regard perçant qui exigeait un droit de passage. Plutôt que de discuter, Émouchet préféra payer.

– Dis-moi, voisin, dit-il quand la transaction fut terminée, nous sommes à quelle distance de la frontière pélosienne?

– A cinq lieues environ. Si vous continuez à ce train, vous devriez l'atteindre dans l'après-midi.

– Merci, voisin. Ton aide nous aura été précieuse.

Ils traversèrent le gué avec force éclaboussures. Une fois de l'autre côté, Talen rejoignit Émouchet.

– Voici ton argent, dit le jeune voleur en lui tendant plusieurs pièces.

Émouchet lui accorda un regard étonné.

– Ça ne me dérange pas de payer un droit pour traverser un pont, fit Talen en reniflant. Après tout, quelqu'un a dû se donner la peine de le construire. Par contre, ce type se contente de profiter d'une caractéristique naturelle du cours d'eau. Ça ne lui a pas coûté un sou, alors pourquoi pourrait-il en tirer bénéfice ?

– Tu as donc tranché sa bourse ?

– Naturellement.

– Et elle contenait sans doute un peu plus que mes pièces ?

– Quelques-unes de plus. Disons que c'est mon salaire pour avoir récupéré ton argent. Après tout, j'ai aussi droit à un petit bénef, non ?

– Tu es incorrigible.

– J'avais besoin de garder la main.

De l'autre côté du cours d'eau monta un hurlement de douleur.

– Je crois bien qu'il vient de découvrir la disparition de son argent, fit observer Émouchet.

– Oui, on dirait, en effet.

Le terrain de l'autre côté du fleuve ne valait guère mieux que celui de l'étendue sauvage qu'ils venaient de traverser. De temps à autre, ils apercevaient de pauvres fermes où des paysans miséreux en robes brunes boueuses peinaient pour arracher de piètres récoltes à la terre avaricieuse. Kurik renifla d'un air dédaigneux.

– Des amateurs, grogna-t-il.

Kurik prenait l'agriculture très au sérieux.

En milieu de matinée, la piste étroite qu'ils suivaient rejoignait une route très fréquentée qui se dirigeait plein est.

– Une suggestion, Émouchet, dit Tynian en changeant de main son écu d'azur.

– Allons-y pour les suggestions.

– Il vaudrait mieux que nous suivions cette route jusqu'à la frontière au lieu de couper encore à travers champs. Les Pélosiens ont tendance à se montrer susceptibles quand on veut éviter de franchir normalement leur frontière. Ils éprouvent une inquiétude obsessionnelle envers la contrebande. Je ne pense pas que nous tirerions grand-chose d'une escarmouche avec l'une de leurs patrouilles.

– Très bien, acquiesça Émouchet. Évitons les ennuis autant que possible.

Peu après un milieu de journée sombre et sans soleil, ils atteignaient la frontière et la franchissaient sans incident pour pénétrer dans la pointe sud de la Pélosie. Les fermes étaient encore plus misérables qu'en Élénie du Nord-Est. Les maisons et les dépendances étaient couvertes de mottes de gazon et des chèvres agiles paissaient sur les toits. Kurik considérait cela d'un œil désapprobateur, mais sans mot dire.

Comme le soir se déposait sur la campagne, ils découvrirent de l'autre côté d'une colline un village au creux d'une vallée.

– Une auberge, peut-être ? suggéra Kalten. Je crois que le sortilège de Séphrénia faiblit. Mon cheval titube et je ne suis pas dans une forme beaucoup plus brillante.

– Tu ne dormiras pas seul dans une auberge pélosienne, le mit en garde Tynian. Les lits sont habituellement occupés par toutes sortes de petites créatures désagréables.

– Des puces ? demanda Kalten.

– Ainsi que des poux et des punaises de la taille de souris.

– Je pense qu'il faudra qu'on coure le risque, décida Émouchet. Les chevaux ne tiendront plus longtemps et je ne crois pas que le Fureteur vienne nous attaquer à l'intérieur d'un bâtiment. Il semble préférer le terrain découvert.

Il les conduisit jusqu'au village.

Les rues de la commune n'étaient pas pavées et l'on s'enfonçait dans la boue jusqu'aux chevilles. Ils parvinrent à l'unique auberge et Émouchet porta Séphrénia jusqu'au perron tandis que Kurik le suivait avec Flûte. Les marches menant à la porte étaient recouvertes d'une couche de boue et le grattoir à côté du seuil paraissait peu utilisé. Les Pélosiens, semblait-il, manifestaient beaucoup d'indifférence vis-à-vis de la boue. L'intérieur de l'auberge était mal éclairé, enfumé et sentait fortement la vieille sueur et la nourriture rance. Le sol avait jadis été couvert d'ajoncs mais, sauf dans les coins, ils étaient ensevelis sous la boue.

– Tu es sûr de ne pas vouloir changer d'avis ? demanda Tynian à Kalten quand ils entrèrent.

– J'ai l'estomac assez solide, répondit Kalten, et j'ai capté un relent de bière.

Le souper de l'aubergiste était presque mangeable, quoique un peu trop garni de chou bouilli, et les lits, de simples paillasses, n'étaient pas aussi surpeuplés que l'avait annoncé Tynian.

Ils se levèrent tôt le lendemain et quittèrent le village embourbé dans une aurore maussade.

– Le soleil ne brille donc jamais sur cette partie du monde ? demanda sombrement Talen.

– C'est le printemps, lui apprit Kurik. Il y a toujours des nuages et de la pluie au printemps. C'est bon pour les plantes.

– Je ne suis pas un radis, Kurik, répondit le gamin. Je n'ai pas besoin qu'on m'arrose.

– Parles-en au Bon Dieu, fit Kurik avec un haussement d'épaules. Ce n'est pas moi qui fais le temps.

– Dieu et moi, on n'est pas en très bons termes, dit Talen, très volubile. Il est très occupé, et moi aussi. On essaie de ne pas se marcher sur les plates-bandes.

– Ce gamin est impertinent, fit remarquer Bévier, désapprobateur. Jeune homme, ce n'est pas une façon correcte de parler du Seigneur de l'Univers.

– Vous êtes un honorable chevalier de l'Église, sire Bévier, lui fit remarquer Talen. Je ne suis qu'un voleur des rues. Des règles différentes s'appliquent à nous. Le grand jardin fleuri de Dieu a besoin de quelques mauvaises herbes pour contrebalancer la splendeur des roses. Je suis une mauvaise herbe. Je suis sûr que Dieu me le pardonne, puisque je participe de son grand dessein.

Bévier le considéra d'un air impuissant, puis il éclata de rire.

Ils traversèrent prudemment le sud-est de la Pélosie pendant les jours suivants, se relayant pour partir en éclaireurs et monter sur les collines inspecter la campagne environnante. Le ciel demeurait menaçant tandis qu'ils avançaient vers l'est. Ils voyaient des paysans... des serfs, en fait... qui travaillaient dans les champs avec des instruments des plus rudimentaires. Des oiseaux nichaient dans les haies et ils apercevaient parfois des cerfs qui paissaient parmi des troupeaux de bétail miteux.

Si la région n'était pas déserte, Émouchet et ses amis ne virent plus ni soldats de l'Église ni Zémochs. Ils n'en demeuraient pas moins prudents : ils évitaient les contacts autant que possible et continuaient leurs patrouilles, car ils savaient tous que le Fureteur en robe noir était capable d'enrôler dans ses œuvres les serfs normalement timorés.

En se rapprochant de la frontière de Lamorkand, ils entendaient des échos de plus en plus troublants sur des désordres dans ce royaume. Les Lamorks ne constituaient pas le peuple le plus paisible du monde. Le roi de Lamorkand régnait uniquement selon le bon vouloir des barons presque indépendants, qui battaient en retraite en temps de troubles derrière les murailles de leurs énormes châteaux. Les vendettas remontant à des centaines d'années étaient monnaie courante et les barons sans terre pillaient et violaient à volonté. En grande partie, l'existence du Lamorkand n'était qu'une guerre civile perpétuelle.

Un soir, ils plantèrent leur camp à peu près à trois lieues de la frontière du plus instable des royaumes occidentaux et Émouchet se leva pour prendre la parole après avoir dégusté ce qu'il restait du quartier de bœuf de Kalten.

– Très bien, dans quoi allons-nous nous engager ? Qu'est-ce qui cause ces désordres en Lamorkand ? Des propositions ?

– J'ai dû passer ces huit ou neuf années en Lamorkand, déclara Kalten avec sérieux. Ce sont de drôles de gens. Un Lamork est prêt à tout sacrifier pour satisfaire son désir de vengeance... et les femmes sont encore pires que les hommes. Une bonne Lamork peut passer toute sa vie – et dépenser toutes les richesses de son père – pour trouver l'occasion d'enfoncer un épieu dans le corps de celui qui aura refusé une invitation au bal de la sainjean. Tout le temps que j'y suis resté, je n'ai jamais entendu rire ni vu sourire qui que ce soit. C'est l'endroit le plus sinistre de la terre. Le soleil n'a pas le droit de briller en Lamorkand.

– Cette guerre universelle dont nous ont parlé les Pélosiens est-elle chose courante ? demanda Émouchet.

– Les Pélosiens ne sont pas les meilleurs juges des particularismes lamorks, répondit songeusement Tynian. Ce n'est que grâce à l'influence de l'Église – et à la présence des chevaliers de l'Église – que la Pélosie et le Lamorkand ne se sont pas encore embarqués dans une guerre d'extinction mutuelle. Ils se détestent avec une passion qui est presque sacrée par sa férocité aveugle.

Séphrénia poussa un soupir.

– Les Élènes...

– Nous avons des défauts, petite mère, lui concéda Émouchet. Nous allons donc avoir des ennuis dès que nous aurons traversé la frontière, n'est-ce pas ?

– Pas tout à fait, dit Tynian en se frottant le menton. Peut-être accepterais-tu une autre suggestion ?

– Je suis toujours ouvert à toutes les suggestions.

– Pourquoi ne pas enfiler nos armures réglementaires ? Même le plus effréné des barons lamorks ne va pas se risquer à irriter l'Église, et les chevaliers de l'Église pourraient réduire en poudre l'ouest du Lamorkand si l'envie leur en prenait.

– Et si quelqu'un vient relever le défi ? demanda Kalten. Après tout, nous ne sommes que cinq.

– Je ne pense pas que cela se produise, dit Tynian. La neutralité des chevaliers de l'Église dans ces querelles régionales est légendaire. Une armure réglementaire sera juste ce qu'il faut pour éviter une méprise. Notre but est d'atteindre le lac Randéra, pas de nous mêler de querelles passionnées avec des têtes brûlées.

– Cela peut marcher, Émouchet, renchérit Ulath. En tout cas, cela vaut la peine d'être tenté.

– Parfait, c'est entendu, décida Émouchet.

Quand ils se levèrent le lendemain matin, les cinq chevaliers déballèrent leurs armures et les enfilèrent avec l'aide de Kurik et de Bérit. Émouchet et Kalten portaient le surcot pandion noir et argent avec une cape noire. L'armure de Bévier était d'un brillant argenté à force d'être polie et son surcot et sa cape étaient d'un blanc immaculé. L'armure de Tynian était de simple acier brut, mais son surcot et sa cape étaient d'un bleu azur éclatant. Ulath rangea le jaseran utilitaire qu'il portait sur la route et le remplaça par des jambières et une chemise en cotte de mailles descendant à mi-cuisse. Il rangea son casque conique ordinaire et sa cape verte de voyage pour enfiler un surcot vert et un heaume saisissant surmonté par la paire de cornes enroulées qu'il disait avoir été la propriété d'un Ogre.

– Eh bien ? demanda Émouchet à Séphrénia quand ils eurent fini de mettre leurs atours. A quoi ressemblons-nous ?

– Vous êtes très impressionnants, les complimenta-t-elle.

Talen, quant à lui, les considérait d'un œil critique.

– On dirait assez des bouts de ferraille dotés de pattes, non ? fit-il remarquer à Bérit.

– Un peu de politesse, dit Bérit en dissimulant un sourire derrière la main.

– C'est déprimant, dit Kalten à Émouchet. Tu penses qu'on a l'air si ridicule, aux yeux des roturiers ?

– Probablement.

Kurik et Bérit taillèrent des lances dans un bosquet d'ifs voisin et les munirent de pointes en acier.

– Des pennons ? proposa Kurik.

– Qu'en penses-tu ? demanda Émouchet à Tynian.

– Cela ne peut pas faire de mal. Autant paraître aussi impressionnants que possible.

Ils se mirent en selle avec quelque difficulté, ajustèrent leurs écus, brandirent leurs lances pour que l'on distingue facilement leurs pennons, puis ils s'ébranlèrent. Faran se mit immédiatement à parader.

– Oh, arrête, lui dit Émouchet, écœuré.

Ils pénétrèrent en Lamorkand peu après midi. Les gardes-frontière les considérèrent d'un air soupçonneux, puis ils laissèrent automatiquement passer ces chevaliers de l'Église qui arboraient leur armure réglementaire ainsi qu'une expression de résolution inflexible.

La ville lamork de Kadach était plantée de l'autre côté d'un cours d'eau. Il y avait un pont, mais Émouchet décida de ne pas traverser ce lieu sinistre et hideux. Il consulta sa carte et prit au nord.

– Le fleuve se divise, en amont, dit-il aux autres. Nous pourrons alors le traverser à gué. C'est plus ou moins notre direction et les villes sont remplies de gens prêts à bavarder avec des étrangers qui poseraient des questions à notre sujet.

Ils arrivèrent à une série de petits ruisseaux qui alimentaient le lit principal. Ce fut dans l'après-midi, au moment de traverser l'un de ces torrents peu profonds, qu'ils aperçurent un groupe important de guerriers lamorks sur l'autre rive.

– Déployez-vous, ordonna brièvement Émouchet. Séphrénia, emmène Talen et Flûte à l'arrière.

– Tu penses qu'ils peuvent être soumis au Fureteur ? demanda Kalten en levant la main sur la hampe de sa lance.

– Nous le découvrirons dans une minute. Ne faites rien de téméraire, mais restez prêts à agir.

Le chef des guerriers était un individu corpulent qui portait une cotte de mailles, un heaume en acier avec une visière protubérante en forme de hure de sanglier et de robustes bottes en cuir. Il s'avança seul dans le cours d'eau et releva sa visière pour montrer qu'il n'avait aucune intention hostile.

– Je pense qu'il est normal, dit doucement Bévier. Il n'a pas l'expression vacante des hommes que nous avons tués en Élénie.

– Meilleures salutations, messires chevaliers, dit le Lamork.

Émouchet poussa Faran légèrement en avant dans le courant tourbillonnant.

– Meilleures salutations aussi, monseigneur, répondit-il.

– Cette rencontre est heureuse, continua le Lamork. Il me semblait que nous devrions chevaucher jusqu'en Élénie avant de rencontrer des chevaliers de l'Église.

– Et quelle est votre affaire avec les chevaliers de l'Église, monseigneur ? demanda poliment Émouchet.

– Nous requérons un service, seigneur chevalier... un service qui concerne directement le bien-être de l'Église.

– Nous vivons uniquement pour la servir, dit Émouchet en s'efforçant de dissimuler son irritation. Pouvez-vous nous indiquer plus explicitement de quel service il peut s'agir ?

– Comme le sait tout le monde, le patriarche de Kadach est le choix idéal pour le trône d'archiprélat à Chyrellos, affirma le Lamork casqué.

– Je n'en ai jamais entendu parler, dit doucement Kalten derrière Émouchet.

– Silence, souffla Émouchet par-dessus l'épaule. Mais continuez, messire, dit-il au Lamork.

– Malheureusement, des désordres civils troublent actuellement l'ouest du Lamorkand.

– Le terme « malheureusement » me plaît beaucoup, murmura Tynian à l'adresse de Kalten. Il sonne très bien.

– Vous ne pouvez pas rester silencieux, tous les deux ? lança Émouchet. (Puis il se retourna vers l'homme en cotte de mailles.) La rumeur nous a informés de ces discordes, messire. Mais assurément il ne s'agit que d'une question régionale qui n'implique en rien l'Église.

– J'en viens au fait, seigneur chevalier. Les troubles dont je viens de parler ont forcé le patriarche Ortzel de Kadach à trouver refuge dans la forteresse de son frère, le baron Alstrom, que j'ai l'honneur de servir. De graves discordes civiles apparaissent en Lamorkand et nous prévoyons avec une certitude presque totale que les ennemis de monseigneur Alstrom ne tarderont pas à assiéger sa forteresse.

– Nous ne sommes que cinq, monseigneur, lui signala Émouchet. Assurément, notre aide ne serait guère efficace au cours d'un siège prolongé.

– Ah, non, seigneur chevalier, dit le Lamork avec un sourire dédaigneux. Nous pouvons tenir le château de monseigneur Alstrom sans l'aide des invincibles chevaliers de l'Église. La forteresse de monseigneur est imprenable et ses ennemis peuvent venir se réduire en morceaux contre ses murailles pendant plusieurs générations sans nous causer la moindre inquiétude. Mais, comme je l'ai dit, le patriarche Ortzel est le choix idéal pour l'archiprélature... dans l'éventualité du décès du révérend Cluvonus, puisse Dieu le retarder le plus possible. Je vous charge donc, vous et vos nobles compagnons, seigneur chevalier, de conduire Sa Grâce en toute sécurité jusqu'à la ville sainte de Chyrellos afin qu'elle puisse se présenter à l'élection si la funèbre nécessité s'en présentait. Ceci en vue, je vais sur-le-champ vous mener, vous et vos nobles compagnons, jusqu'à la forteresse de monseigneur Alstrom, afin que vous puissiez accomplir cette tâche insigne. Mettons-nous en route.

Chapitre quatre

Le château du baron Alstrom était situé sur un promontoire rocheux de la rive est du fleuve. Ledit promontoire s'avançait dans le lit principal à quelques lieues en amont de la ville de Kadach. C'était une forteresse laide et sinistre, tapie tel un crapaud sous un ciel morne. Ses murailles étaient épaisses et élevées, paraissant refléter l'arrogance raide et inflexible de son propriétaire.

– Imprenable ? murmura Bévier à l'adresse d'Émouchet d'une voix où perçait la dérision, tandis que le chevalier lamork les précédait sur la courte levée conduisant à la porte du château. Je pourrais réduire ces murailles en l'espace de deux ans. Aucun noble arcien ne se sentirait en sécurité à l'intérieur d'aussi frêles fortifications.

– Les Arciens disposent de davantage de temps pour construire leurs châteaux, fit remarquer Émouchet au chevalier en cape blanche. Il faut plus de temps pour lancer une guerre en Arcie qu'en Lamorkand. Ici, cinq minutes suffisent, et les hostilités peuvent durer plusieurs générations.

– Il est vrai, acquiesça Bévier avec un léger sourire. Dans ma jeunesse, j'ai étudié quelque peu l'histoire militaire. Quand j'ai abordé le volume traitant du Lamorkand, j'ai dû renoncer, le désespoir dans l'âme. Aucun homme doué de raison ne peut trier les alliances, trahisons et vendettas qui grouillent juste sous la surface de ce malheureux royaume.

Le pont-levis s'abaissa bruyamment et ils le franchirent pour pénétrer dans la cour du château.

– Si messires les chevaliers le permettent, dit le Lamork en mettant pied à terre, je les conduirai directement auprès du baron Alstrom et de Sa Grâce le patriarche Ortzel. Le temps presse et nous devons veiller à sortir Sa Grâce saine et sauve avant que les forces du comte Gerritch ne plantent leur siège.

– Faites, seigneur chevalier, dit Émouchet, qui quittait le dos de Faran en ferraillant.

Il appuya sa lance contre le mur de l'écurie, accrocha son bouclier noir et argent à sa selle, et tendit ses rênes à un palefrenier.

Ils montèrent un large escalier et franchirent les doubles portes massives sur le palier. Le couloir où ils arrivèrent était éclairé par des torches et les pierres qui le constituaient étaient énormes.

– Est-ce que tu as averti le palefrenier ? demanda Kalten en se plaçant au côté d'Émouchet, sa longue cape noire lui fouettant les chevilles.

– A quel sujet ?

– Au sujet du caractère de ton cheval ?

– Je l'ai oublié, confessa Émouchet. Mais il le découvrira bien tout seul, j'imagine.

– C'est probablement fait, à cet instant.

La salle où les conduisit le chevalier lamork était sinistre. Sous bien des points, c'était davantage une armurerie qu'une pièce d'habitation. Des épées et des haches étaient accrochées aux murs, et des piques étaient amassées par douzaines dans les coins. Un feu brûlait dans une énorme cheminée au foyer en voûte et les rares chaises étaient lourdes et dépourvues de capitonnage. Aucun tapis ne recouvrait le sol et un certain nombre de gros chiens-loups sommeillaient çà et là.

Le baron Alstrom était un homme au visage sévère et à l'expression mélancolique. Sa chevelure et sa barbe noires étaient parcourues de gris. Il portait un jaseran et un sabre à la ceinture. Il avait un surcot noir et finement brodé de rouge et, comme le chevalier au heaume porcin, il portait des bottes.

Leur guide s'inclina raidement.

– Monseigneur, la fortune a voulu que je rencontre ces chevaliers de l'Église à moins d'une lieue de vos murs. Ils furent assez aimables pour m'accompagner jusqu'ici.

– Avions-nous vraiment le choix ? marmotta Kalten.

Le baron se leva avec un mouvement rendu gauche par son armure et son épée.

– Mes salutations, messires chevaliers, dit-il d'une voix sans grande chaleur. Ce fut en vérité par chance que sire Enmann vous rencontra si près de ma forteresse. Les forces de mon ennemi ne tarderont pas à m'assiéger et, avant son arrivée, mon frère doit quitter ces lieux en sécurité.

– Oui, monseigneur, répondit Émouchet en ôtant son casque noir et en suivant du regard le chevalier lamork qui prenait congé. Sire Enmann nous a informés de la situation. Mais n'eût-il pas été plus prudent d'envoyer votre frère sous une escorte de vos propres troupes ? Seul le hasard a fait que nous parvenions à votre porte avant la venue de vos ennemis.

Alstrom secoua la tête.

– Les guerriers du comte Gerritch attaqueraient sûrement mes hommes dès qu'ils les verraient. Ce n'est que sous escorte des chevaliers de l'Église que mon frère pourra voyager, sire... ?

– Émouchet.

Alstrom parut brièvement surpris.

– Ce nom ne nous est pas inconnu.

Il regarda les autres d'un air interrogateur et Émouchet procéda aux présentations.

– Ce groupe est bizarrement assorti, sire Émouchet, fit remarquer Alstrom après s'être poliment incliné devant Séphrénia. Mais est-il sage d'emmener une dame et deux enfants dans un voyage qui risque de comporter certains dangers ?

– Cette dame est essentielle à notre dessein, répondit Émouchet. La petite fille est sous sa garde et le gamin est son page. Elle se refusait à les laisser.

– Un page ? entendit-il Talen chuchoter à Bérit. On m'a donné bien des qualificatifs, mais celui-ci est nouveau.

– Silence, lui répliqua Bérit.

– Ce qui m'étonne le plus, continua Alstrom, c'est le fait que les quatre ordres combattants soient représentés ici. Les relations entre ces ordres n'étaient pas très cordiales, ces derniers temps, ce me semble.

– Nous nous sommes lancés dans une quête qui affecte directement l'Église, expliqua Émouchet en ôtant ses gantelets. L'urgence en est telle que nos précepteurs nous ont réunis afin d'en assurer le succès.

– L'unité des chevaliers de l'Église, comme celle de l'Église elle-même, aurait dû être faite depuis longtemps, dit une voix rude de l'autre côté de la salle.

Un ecclésiastique sortit de l'ombre. Il avait une soutane noire simple, sévère, et un visage aux joues creuses d'un ascétisme sinistre. Ses cheveux étaient blond pâle, rayé de gris, et lui tombaient sur les épaules, apparemment taillés à ce niveau à la pointe du couteau.

– Mon frère, annonça Alstrom, patriarche Ortzel de Kadach.

Émouchet s'inclina et son armure grinça légèrement.

– Votre Grâce.

– Je suis intéressé par cette affaire ecclésiastique dont vous avez parlé, dit Ortzel en s'avançant en pleine lumière. Quelle peut être cette urgence qui pousse les précepteurs des quatre ordres à oublier leur ancienne inimitié pour envoyer ainsi leurs champions ?

Émouchet réfléchit un instant, puis il se lança :

– Votre Grâce connaît peut-être Annias, primat de Cimmura ? demanda-t-il en déposant ses gantelets dans son casque.

Le visage d'Ortzel se durcit.

– Nous nous sommes rencontrés.

– Nous avons également eu ce plaisir, dit froidement Kalten, assez souvent pour me satisfaire, du moins.

Ortzel eut un bref sourire.

– Je vois que votre opinion du bon primat coïncide assez avec la mienne, avança-t-il.

– Votre Grâce ne manque pas de perception, nota suavement Émouchet. Le primat de Cimmura aspire au sein de l'Église à une position pour laquelle nos percepteurs ne l'estiment pas qualifié.

– J'ai entendu parler de ses aspirations dans cette direction.

– C'est là la raison essentielle de notre quête, Votre Grâce, expliqua Émouchet. Le primat de Cimmura est profondément impliqué dans la politique de l'Élénie. La reine légale du royaume est Ehlana, fille du défunt roi Aldréas. Mais elle est gravement malade et le primat Annias contrôle le conseil royal... ce qui signifie naturellement qu'il contrôle aussi le Trésor royal. C'est son accès à cet argent qui alimente ses espoirs de grimper sur le trône de l'archiprélature. Il dispose plus ou moins de fonds illimités et certains membres de la Hiérocratie se sont avérés sensibles à ses flatteries. Notre mission consiste à restaurer la santé de la reine afin qu'elle puisse reprendre son royaume en main.

– La situation est incongrue, fit observer le baron Alstrom d'un ton désapprobateur. Un royaume ne devrait pas être dirigé par une femme.

– J'ai l'honneur d'être le champion de la reine, monseigneur, déclara Émouchet, et aussi, je l'espère, son ami. Je la connais depuis son enfance et je puis vous assurer qu'Ehlana n'est pas une femme ordinaire. Elle possède en elle plus de volonté qu'aucun autre monarque de toute l'Éosie. Une fois guérie, elle saura sans peine affronter le primat de Cimmura. Elle mettra fin à son utilisation des finances publiques aussi facilement qu'elle couperait une mèche de cheveux vagabonde et, sans cet argent, les espoirs du primat sont vains.

– Votre quête est donc très noble, sire Émouchet, approuva le patriarche Ortzel, mais qu'est-ce qui vous a conduits en Lamorkand ?

– Puis-je parler franchement, Votre Grâce?

– Bien entendu.

– Nous avons récemment découvert que la maladie de la reine Ehlana n'est pas d'origine naturelle et, pour la sauver, il nous faut recourir à des mesures extrêmes.

– Tu parles avec beaucoup trop de délicatesse, Émouchet, grogna Ulath en ôtant son casque à cornes d'Ogre. Ce que mon frère pandion essaie de dire, Votre Grâce, c'est que la reine Ehlana a été empoisonnée et que nous allons devoir utiliser la magie pour la guérir.

– Empoisonnée? (Ortzel pâlit.) Vous ne soupçonnez tout de même pas le primat Annias?

– Tous les indices vont dans sa direction, Votre Grâce, répondit Tynian en rejetant en arrière sa cape bleue. Les détails sont ennuyeux, mais nous avons des preuves solides qu'Annias se trouve derrière tout ce complot.

– Il faut que vous présentiez ces accusations devant la Hiérocratie! s'exclama Ortzel. Si elles sont exactes, ceci est monstrueux.

– La question est déjà entre les mains du patriarche de Démos, Votre Grâce, l'assura Émouchet. Je pense que nous pouvons lui faire confiance pour la présenter à la Hiérocratie en temps voulu.

– Dolmant est un homme sûr, acquiesça Ortzel. Je suivrai sa décision en la matière... pour l'instant, du moins.

– Mais veuillez vous asseoir, seigneurs chevaliers, dit le baron. L'urgence de la situation actuelle m'a fait négliger toute courtoisie. Puis-je vous offrir des rafraîchissements?

Les yeux de Kalten s'éclairèrent.

– Inutile, marmotta Émouchet en présentant une chaise à Séphrénia.

Elle s'assit et Flûte vint lui grimper sur les genoux.

– Votre fille, madame? demanda Ortzel.

– Non, Votre Grâce. C'est une enfant trouvée... en quelque sorte. Mais j'ai beaucoup d'affection pour elle.

– Bérit, dit Kurik, nous n'avons pas grand-chose à faire ici. Allons aux écuries. Je veux jeter un coup d'œil aux chevaux. Ils quittèrent tous deux la salle.

– Dites-moi, monseigneur, dit Bévier au baron Alstrom, qu'est-ce qui vous a conduits au bord de la guerre? Une antique querelle, peut-être?

– Non, sire Bévier, répondit le baron, le visage soudain durci. C'est une affaire beaucoup plus récente. Il y a peut-être un an, mon fils unique devint ami avec un chevalier qui se disait originaire de Cammorie. J'ai depuis découvert que l'individu était un scélérat. Il encouragea mon fou de fils à chercher à obtenir la main de la fille de mon voisin, le comte Gerritch. La jeune fille semblait assez favorable à la chose, bien que son père et moi n'ayons jamais été amis. Mais, peu de temps après, Gerritch annonça qu'il avait promis à quelqu'un d'autre la main de sa fille. Mon fils fut pris de rage. Son prétendu ami l'aiguillonna et lui proposa un plan désespéré. Ils pouvaient enlever la jeune fille, trouver un prêtre disposé à la marier à mon fils, et offrir à Gerritch un certain nombre de petits-enfants pour calmer son courroux. Ils escaladèrent les murailles du comte et s'introduisirent dans la chambre à coucher de la jeune fille. J'ai depuis découvert que le faux ami de mon fils avait averti le comte, et Gerritch et ses sept neveux bondirent hors de leur cachette dès l'entrée de mon fils. Celui-ci, croyant qu'il avait été trahi par la fille du comte, lui plongea sa dague dans la poitrine avant que les neveux du comte lui tombent dessus avec leurs épées.

Alstrom marqua un temps d'arrêt, les dents serrées et les yeux au bord des larmes.

– Mon fils était manifestement dans son tort, admit-il en continuant son récit, et j'aurais pu oublier cette triste affaire malgré mon chagrin. Mais ce fut la suite des événements qui instaura une inimitié éternelle entre Gerritch et moi-même. Non contents de tuer mon fils, le comte et les rejetons de sa sœur en mutilèrent le corps et le déposèrent insolemment à la porte de mon château. Je fus ulcéré, mais le chevalier cammorien, à qui je me fiais encore, me conseilla la ruse. Il plaida des affaires urgentes en Cammorie, mais il me promit l'aide de deux de ses fidèles acolytes. Il ne fallut pas deux semaines avant que ces hommes arrivent à ma porte en m'annonçant que le jour de ma vengeance était venu. Ils conduisirent mes soldats jusqu'à la porte de la sœur du comte; là, ils massacrèrent les sept neveux du comte. J'ai depuis découvert que ces deux sous-fifres enflammèrent la rage de mes soldats et qu'ils prirent certaines libertés avec la personne de la sœur de Gerritch.

– Quelle manière délicate de présenter la chose, chuchota Kalten à Émouchet.

– Tais-toi.

– La dame fut renvoyée... nue, je le crains... jusqu'au château de Gerritch. La réconciliation est désormais absolument impossible. Gerritch possède bien des alliés, tout comme moi, et l'ouest du Lamorkand est actuellement au bord de la guerre générale.

– Une fort sinistre histoire, monseigneur, dit Émouchet d'une voix attristée.

– Cette guerre imminente est mon affaire personnelle. Il est désormais important d'éloigner mon frère de ce lieu et de le transporter sain et sauf à Chyrellos. S'il venait également à disparaître durant l'attaque de Gerritch, l'Église n'aurait d'autre choix que d'envoyer ses chevaliers. Le meurtre d'un patriarche... notamment l'un des plus sérieux candidats à l'archiprélature... serait un crime impossible à ignorer. C'est pourquoi je vous implore d'assurer sa sauvegarde jusqu'à la Ville Sainte.

– Une question, monseigneur. Les activités de ce chevalier

cammorien me semblent familières. Pouvez-vous nous donner son signalement, ainsi que celui de ses séides?

– Le chevalier lui-même est de grande taille, avec un port arrogant. L'un de ses compagnons est une brute énorme, à peine humain. L'autre est un personnage malingre qui manifeste un goût excessif pour les boissons fortes.

– On dirait de vieux amis, n'est-ce pas? dit Kalten à Émouchet. Ce chevalier avait-il un trait inhabituel?

– Il avait des cheveux tout blancs, répondit Alstrom, tout en n'étant pas tellement âgé.

– Martel bouge beaucoup, n'est-ce pas? fit remarquer Kalten.

– Vous connaissez cet homme, sire Kalten? demanda le baron.

– L'homme aux cheveux blancs se nomme Martel, répondit Émouchet. Ses deux sous-fifres sont Adus et Krager. Martel est un pandion renégat qui loue ses services dans toutes les régions du monde. En dernier lieu, il travaillait pour le primat de Cimmura.

– Mais quel serait le dessein du primat en fomentant une querelle entre Gerritch et moi-même?

– Vous en avez déjà parlé, monseigneur, répondit Émouchet. Les précepteurs des quatre ordres combattants sont fermement opposés à l'idée qu'Annias puisse s'asseoir sur le trône de l'archiprélat. Ils seront présents... et votants... lors de l'élection dans la basilique de Chyrellos et leur opinion pèse lourd auprès de la Hiérocratie. De plus, les chevaliers de l'Église réagiraient immédiatement au moindre signe d'irrégularité durant l'élection. Si Annias veut réussir, il lui faut écarter de Chyrellos les chevaliers de l'Église. Il n'y a guère, nous avons dû déjouer un complot de Martel en Rendor qui eût éloigné les chevaliers de la Ville Sainte. A mon avis, cette malheureuse affaire que vous nous avez relatée n'est qu'un nouveau complot. Martel, agissant sur les ordres d'Annias, écume le monde en allumant des incendies dans l'espoir que, tôt ou tard, les chevaliers de l'Église seront forcés de quitter Chyrellos pour aller les éteindre.

– Annias est-il à ce point dépravé? demanda Ortzel.

– Votre Grâce, Annias est capable de tout pour monter sur le trône. Je suis prêt à affirmer qu'il serait prêt à ordonner le massacre de la moitié de l'Éosie pour obtenir ce qu'il désire.

– Comment est-il possible qu'un ecclésiastique s'abaisse à ce point?

– C'est l'ambition, Votre Grâce, expliqua tristement Bévier. Une fois qu'elle plonge ses griffes dans le cœur d'un homme, il est complètement aveuglé.

– Une raison de plus pour conduire mon frère en sécurité à Chyrellos, insista gravement Alstrom. Il suscite le respect des autres membres de la Hiérocratie et sa voix aura grand poids dans leurs délibérations.

– Je dois vous faire remarquer, monseigneur Alstrom, que votre plan comporte certains risques, l'avertit Émouchet. Nous sommes poursuivis. Par ceux qui veulent faire avorter notre quête. Comme la sécurité de votre frère est votre premier souci, je suis tenu de vous informer que je ne puis la garantir. Ceux qui nous poursuivent sont déterminés et très dangereux.

Il parlait de manière oblique, car ni Alstrom ni Ortzel ne pourraient ajouter foi à ses paroles s'il leur indiquait la nature exacte du Fureteur.

– Je crains de ne pas avoir véritablement le choix en la matière, sire Émouchet. Le siège étant imminent, je dois éloigner mon frère du château, quel qu'en soit le risque.

– Vous vous êtes parfaitement fait comprendre, monseigneur, fit Émouchet avec un soupir. Notre mission est d'une urgence absolue, mais cette affaire-ci l'éclipse.

– Émouchet! souffla Séphrénia.

– Nous n'avons pas le choix, petite mère. Il faut *absolument* que nous extrayions Sa Grâce de Lamorkand pour la conduire en sécurité à Chyrellos. Le baron a raison. S'il arrive quelque chose à son frère, les chevaliers de l'Église quitteront Chyrellos pour contre-attaquer. Il nous faut emmener Sa Grâce jusqu'à la Ville Sainte, puis faire de notre mieux pour rattraper le temps perdu.

– Quel est précisément l'objet de votre quête, sire Émouchet? demanda le patriarche de Kadach.

– Comme l'a expliqué sire Ulath, nous sommes forcés de recourir à la magie pour guérir la reine d'Élénie et un seul objet au monde possède un pouvoir suffisant pour cela. Nous nous rendons au grand champ de bataille du lac Randéra pour retrouver le joyau qui surmontait jadis la couronne royale de Thalésie.

– Le Bhelliom? (Ortzel était scandalisé.) Vous ne voulez tout de même pas remettre à jour cet objet maudit?

– Nous n'avons pas le choix, Votre Grâce. Seul le Bhelliom est capable de sauver ma reine.

– Mais le Bhelliom est marqué. Il est infecté par toute la malignité des Dieux des Trolls.

– Les Dieux des Trolls ne sont pas si graves que ça, Votre Grâce, dit Ulath. Ils sont capricieux, je vous l'accorde, mais ils ne sont pas véritablement mauvais.

– Le Dieu des Élènes interdit de frayer avec eux.

– Le Dieu des Élènes est sage, Votre Grâce, lui dit Séphrénia. Il a aussi interdit tout contact avec les Dieux de Styricum. Il fit toutefois une exception à cette interdiction, quand vint l'heure de constituer les ordres combattants. Les Dieux Cadets de Styricum acceptèrent alors de L'aider dans Son dessein. L'on se demande s'Il ne serait pas également capable de faire appel aux Dieux des Trolls. Je crois savoir qu'Il sait se montrer des plus persuasif.

– Blasphème! souffla Ortzel.

– Non, Votre Grâce, pas vraiment. Je suis styrique et ne suis donc pas sujette à la théologie élène.

– Ne ferions-nous pas mieux de partir ? suggéra Ulath. La route est longue jusqu'à Chyrellos et nous voulons éloigner Sa Grâce du château avant toute attaque.

– Bien dit, mon laconique ami, approuva Tynian.

– Je me prépare immédiatement, dit Ortzel en se dirigeant vers la porte. Nous pourrons partir dans moins d'une heure.

Il sortit.

– Combien de temps pensez-vous qu'il nous reste avant l'arrivée des forces du comte, monseigneur ? demanda Tynian au baron.

– Pas plus d'une journée, sire Tynian. J'ai des amis qui ralentissent sa marche, mais il possède une armée de belle taille et je suis certain qu'il ne tardera pas à se frayer un chemin.

– Talen, dit sèchement Émouchet, remets ça à sa place.

Le gamin eut un sourire forcé et reposa sur la table une petite dague au pommeau doté d'une pierre précieuse.

– Je ne pensais pas que tu regardais.

– Ne commets pas à nouveau cette erreur. Je te surveille tout le temps.

Le baron parut intrigué.

– Ce gamin n'a pas encore maîtrisé les subtilités de la propriété, monseigneur, dit Kalten d'un ton badin. Nous essayons de les lui enseigner, mais il n'apprend pas très vite.

Talen poussa un soupir et prit son carnet à croquis et son crayon. Puis il s'assit à une table de l'autre côté de la salle et commença à dessiner. Émouchet se rappela qu'il avait beaucoup de talent.

– Je vous suis extrêmement reconnaissant, messires, disait le baron. La sécurité de mon frère était mon seul souci. Je serai désormais capable de me concentrer sur l'affaire en cours. (Il regarda Émouchet.) Pensez-vous que vous rencontrerez ce Martel durant le reste de votre quête ?

– Je l'espère beaucoup, dit Émouchet d'une voix empressée.

– Avez-vous l'intention de le tuer ?

– Il en a l'intention depuis une bonne douzaine d'années, dit Kalten. Martel a le sommeil très léger quand Émouchet est dans le même royaume que lui.

– Puisse Dieu armer votre bras, sire Émouchet, dit le baron. Mon fils reposera davantage en paix une fois que celui qui l'a trahi l'aura rejoint dans la Maison des Morts.

La porte s'ouvrit brutalement et sire Enmann entra précipitamment dans la salle.

– Monseigneur ! dit-il à Alstrom d'une voix pressante. Venez vite !

Alstrom se leva.

– Qu'y a-t-il, sire Enmann ?

– Le comte Gerritch nous a abusés. Il a une flotte de bateaux sur le fleuve et ses forces sont en train de débarquer de part et d'autre du promontoire.

– Sonnez l'alarme! ordonna le baron, et hissez le pont-levis.

– Sur-le-champ, monseigneur.

Enmann se hâta de quitter la salle.

Alstrom poussa un soupir sinistre.

– Je crains qu'il ne soit trop tard, sire Émouchet. Votre quête comme la tâche que je vous avais confiée sont désormais condamnées. Nous sommes assiégés et nous serons malheureusement pris au piège derrière ces murailles pendant un certain nombre d'années.

Chapitre cinq

Le fracas des roches qui s'écrasaient contre les murailles du château d'Alstrom résonnait avec une régularité monotone tandis que les engins de siège du comte Gerritch s'installaient pour marteler la forteresse.

Émouchet et les autres étaient restés assis dans la salle sinistre à la demande d'Alstrom et ils attendaient son retour.

– Je n'ai jamais été assiégé, dit Talen en levant les yeux de ses dessins. Combien dure un siège, normalement ?

– Si nous n'arrivons pas à trouver un moyen de sortir d'ici, tu sauras te servir d'un rasoir quand il sera terminé, lui apprit Kurik.

– Fais quelque chose, Émouchet, le supplia Talen.

– J'attends des suggestions.

Talen le considérait d'un air impuissant.

Le baron Alstrom revint dans la salle. Son visage portait une expression lugubre.

– Je crains que nous ne soyons totalement encerclés, annonça-t-il.

– Une trêve, peut-être ? suggéra Bévier. En Arcie, on a coutume de laisser sortir femmes et ecclésiastiques avant de commencer un siège.

– Malheureusement, sire Bévier, vous n'êtes pas en Arcie. Vous êtes en Lamorkand et il n'existe ici aucune trêve.

– Des idées? demanda Émouchet à Séphrénia.

– Peut-être. Je vais me servir de votre excellente logique élène. D'abord, l'usage de la force brutale est totalement exclu pour sortir du château, tu ne penses pas?

– Tout à fait.

– Et il a été signalé qu'une trêve ne serait probablement pas respectée?

– Je ne voudrais certes pas risquer la vie de Sa Grâce ni la tienne dans une trêve.

– Il reste encore les possibilités offertes par la ruse. Je ne pense pas que celle-ci pourrait marcher, n'est-ce pas?

– Trop risqué, acquiesça Kalten. Le château est encerclé et les soldats guetteront toute tentative d'évasion.

– Un subterfuge quelconque? demanda-t-elle.

– Pas dans cette situation, dit Ulath. Les troupes qui cernent la forteresse sont armées d'arbalètes. Nous ne pourrions nous approcher pour leur raconter des histoires.

– Il ne nous reste plus que les arts de Styricum, n'est-ce pas?

Le visage d'Ortzel se raidit.

– Je ne veux rien avoir à faire avec l'utilisation d'une sorcellerie païenne, déclara-t-il.

– Je redoutais qu'il ne voie les choses ainsi, murmura Kalten à Émouchet.

– J'essaierai de le raisonner au matin, répondit Émouchet dans un souffle. (Il regarda le baron Alstrom.) Il se fait tard, monseigneur, et nous sommes tous fatigués. Un peu de sommeil pourra nous éclaircir les idées et nous suggérer d'autres solutions.

– Bien dit, sire Émouchet, opina Alstrom. Mes domestiques vous conduiront avec vos compagnons dans des appartements sûrs et nous réfléchirons à nouveau à la question au matin.

On les conduisit dans les couloirs sinistres du château d'Alstrom jusqu'à une aile qui, bien que confortable, paraissait peu utilisée. On leur apporta leur souper dans leurs chambres et Émouchet et Kalten ôtèrent leur armure. Après avoir mangé, ils restèrent assis pour discuter dans la chambre qu'ils partageaient.

– J'aurais pu te dire ce que ressent Ortzel au sujet de la magie. Les ecclésiastiques de Lamorkand sont presque aussi fanatiques qu'en Rendor.

– Si nous avions eu affaire à Dolmant, nous aurions pu le convaincre, acquiesça Émouchet d'une voix morose.

– Dolmant est plus cosmopolite. Il a grandi à côté de la maison mère des pandions et il en sait bien plus sur les secrets qu'il ne veut l'admettre.

On gratta à la porte. Émouchet se leva et alla l'ouvrir. C'était Talen.

– Séphrénia veut te voir, lui apprit-il.

– Parfait. Va te coucher, Kalten. Tu m'as l'air bien fatigué. Conduis-moi, Talen.

Le gamin amena Émouchet jusqu'au bout du couloir et frappa à une porte.

– Entre, Talen, lança Séphrénia.

– Comment savais-tu que c'était moi ? demanda Talen avec curiosité en ouvrant la porte.

– Il existe des procédés pour cela, dit-elle d'un air mystérieux. La petite femme styrique était en train de brosser les longs cheveux noirs de Flûte. L'enfant avait une expression rêveuse peinte sur le visage et elle fredonnait d'un air satisfait. Émouchet fut stupéfait. C'était le premier son qu'il entendait sortir de sa bouche.

– Si elle sait fredonner, comment se fait-il qu'elle ne puisse parler ? demanda-t-il.

– Qui t'a donné l'idée qu'elle ne sait pas parler ? fit Séphrénia en continuant de brosser la chevelure de l'enfant.

– Je n'ai jamais entendu sa voix.

– Quel est le rapport ?

– Bon. A quel sujet désirais-tu me voir ?

– Il va falloir mettre en œuvre quelque chose d'assez spectaculaire pour nous sortir d'ici, répondit-elle, et il se peut que j'aie besoin de votre aide à tous pour y parvenir.

– Il te suffit de nous le demander. Mais as-tu la moindre idée ?

– J'en ai quelques-unes. Mais notre premier problème, c'est Ortzel. S'il s'entête, on ne pourra jamais le sortir du château.

– Et si on lui donnait un bon coup sur la tête avant de l'attacher à sa selle jusqu'à ce qu'on soit à distance respectable ?

– Émouchet...

– C'est une simple proposition. (Il haussa les épaules.) Et Flûte ?

– Flûte ?

– Elle a fait en sorte que les soldats sur les quais de Vardenais et les espions à l'extérieur du chapitoire nous ignorent. Ne pourrait-elle faire de même ici ?

– Est-ce que tu as conscience de la taille de l'armée devant nos portes, Émouchet ? Ce n'est tout de même qu'une toute petite fille.

– Oh. Je ne savais pas que la taille faisait une différence.

– Bien sûr que si.

– Est-ce que tu ne pourrais pas endormir Ortzel ? lui demanda Talen. Tu sais, tu agites les doigts devant lui jusqu'à ce qu'il s'écroule...

– C'est sans doute possible.

– Avant de se réveiller, il ne saura donc pas que tu as utilisé la magie pour nous sortir d'ici.

– L'idée est intéressante, admit-elle. Comment l'as-tu eue?

– Je suis un voleur, Séphrénia. (Il eut un sourire impudent.) Je ne serais pas digne de ce métier si j'étais incapable de réfléchir plus vite que les autres.

– Notre manipulation d'Ortzel est secondaire, dit Émouchet. Il faut surtout obtenir la coopération d'Alstrom. Il risque de rechigner à confier sa vie à une opération qu'il ne peut comprendre. Je lui parlerai demain matin.

– Il te faudra faire preuve de *beaucoup* de persuasion, Émouchet, lui précisa Séphrénia.

– J'essaierai. Viens, Talen. Laissons dormir ces dames. Kalten et moi avons un lit supplémentaire dans notre chambre. Tu pourras l'utiliser. Séphrénia, n'aie pas peur de faire appel à moi et aux autres si tu as besoin d'aide pour tes sortilèges.

– Je n'ai jamais peur, Émouchet... quand tu es là pour me protéger.

– Arrête. (Puis, il ajoute en souriant :) Dors bien, Séphrénia.

– Toi aussi, mon petit.

– Bonne nuit, Flûte, ajouta-t-il.

Elle lui lança un petit trille sur son instrument.

Le lendemain matin, Émouchet se leva de bonne heure et retourna dans la partie principale du château. Le hasard voulut qu'il rencontre sire Enmann dans le long couloir éclairé par les torches.

– Où en sont les choses? demanda-t-il au guerrier lamork.

Le visage d'Enmann était gris de fatigue. Il avait manifestement passé la nuit debout.

– Nous avons connu un certain succès, sire Émouchet, répondit-il. Nous avons repoussé une attaque assez violente contre la porte principale aux environs de minuit et nous sommes en train de mettre en place nos propres engins. Nous devrions pouvoir commencer à détruire les machines de siège de Gerritch... et ses bateaux... avant midi.

– Battra-t-il en retraite pour cela?

Enmann secoua la tête.

– Il est plus probable qu'il mette ses sapeurs au travail. Le siège sera sans doute très long.

Émouchet branla du chef.

– C'est bien ce que je pensais. Avez-vous une idée de l'endroit où je puis trouver le baron Alstrom? Il faut que je lui parle... sans être entendu de son frère.

– Messire Alstrom est sur les créneaux, sire Émouchet. Il veut que Gerritch puisse le voir. Cela peut inciter le comte à lancer une attaque téméraire. Il y est seul. Son frère est habituellement à la chapelle, à cette heure-ci.

– Parfait. Je vais donc aller m'entretenir avec le baron.

Le vent soufflait fort sur les créneaux. Émouchet avait enveloppé son armure dans sa cape, qui lui fouettait les jambes sous les rafales.

– Ah, bonjour, sire Émouchet, dit le baron Alstrom.

La voix était lasse. Il portait une armure complète et la visière de son casque avait la bizarre forme pointue courante en Lamorkand.

– Bonjour, monseigneur, répondit Émouchet en reculant un peu. Pourrions-nous parler hors de vue ? Je ne crois pas qu'il soit sage de permettre à Gerritch d'apprendre déjà que vous avez des chevaliers de l'Église dans vos murs et je suis sûr qu'un certain nombre de guetteurs vous surveillent.

– Il y a la tourelle au-dessus de la poterne, suggéra Alstrom.

Il le conduisit à l'autre bout du parapet.

La salle à l'intérieur de la tourelle était sévèrement fonctionnelle. Une douzaine d'arbalétriers se tenaient aux mâchicoulis et décochaient leurs traits sur les troupes en dessous d'eux.

– Vous autres, ordonna Alstrom, j'ai besoin de cette salle. Allez tirer un moment à partir des créneaux.

Les soldats sortirent à la queue leu leu, leurs pieds métalliques tintant sur les dalles.

– Nous avons un problème, monseigneur, dit Émouchet quand ils furent seuls.

– Je l'ai remarqué, dit sèchement Alstrom en jetant par un mâchicoulis un coup d'œil aux troupes massées devant ses murs.

Émouchet eut un large sourire devant ce précieux éclat d'humour chez une race morose.

– Ce problème-ci est vôtre, monseigneur. Celui que nous avons en commun, c'est ce que nous allons faire de votre frère. Séphrénia est allée droit au but, hier soir. Aucun effort purement naturel ne peut lui permettre d'échapper à ce siège. Nous n'avons pas le choix. Il nous faut utiliser la magie... et Sa Grâce paraît s'y opposer de manière inflexible.

– Je n'aurais pas la prétention d'enseigner la théologie à Ortzel.

– Moi non plus, monseigneur. Puis-je toutefois vous signaler que, si Sa Grâce vient à accéder à l'archiprélature, elle devra modifier sa position... ou du moins apprendre à détourner le regard quand se produira ce genre de choses. Les quatre ordres sont le bras armé de l'Église et nous utilisons couramment les secrets de Styricum dans l'accomplissement de nos tâches.

– J'en ai bien conscience, sire Émouchet. Mais mon frère est un homme rigoureux qui ne changera probablement pas de point de vue.

Émouchet se mit à arpenter la salle.

– Très bien, donc, dit-il prudemment. Ce que nous allons devoir faire pour sortir votre frère du château vous semblera peu naturel, mais je vous assure que ce sera très efficace. Séphrénia a une grande connaissance des secrets. Ce que je l'ai vue accomplir frisait parfois le miracle. Je puis vous garantir qu'elle ne mettra en aucune manière votre frère en danger.

– Je comprends, sire Émouchet.
– Parfait. Je craignais que vous n'y opposiez votre veto. La plupart des gens répugnent à dépendre de ce qu'ils ne comprennent pas. Or, Sa Grâce se refuse à participer à ce que nous devrons sans doute réaliser. Pour parler crûment, il nous embarrasse. Il ne veut qu'en tirer le bénéfice. Il ne veut en rien être personnellement impliqué dans ce qu'il considère comme un péché.
– Croyez-moi, sire Émouchet, je ne m'oppose pas à vous en ceci. Je m'efforcerai de raisonner mon frère. Il lui arrive de m'écouter.
– Espérons que ce sera l'une de ces inestimables occasions.
Émouchet regarda par la fenêtre et lâcha un juron.
– Qu'y a-t-il, sire Émouchet ?
– Est-ce Gerritch qui se tient au sommet de cette éminence, à l'arrière de ses troupes ?
Le baron regarda par le mâchicoulis.
– Oui.
– Vous reconnaîtrez peut-être l'homme debout à côté de lui. C'est Adus, le séide de Martel. Il semble que Martel joue sur tous les tableaux. Mais celui qui m'inquiète est le personnage un peu sur le côté... le grand en robe noire.
– Je ne crois pas qu'il représente une grave menace, sire Émouchet. C'est presque un squelette.
– Vous voyez comme son visage semble luire ?
– Maintenant que vous le signalez, oui, c'est vrai. Ce n'est pas un peu bizarre ?
– C'est plus que bizarre, baron. Je crois que je devrais aller en parler à Séphrénia. Il faut qu'elle l'apprenne immédiatement.
Séphrénia était assise à côté du feu dans sa chambre, sa perpétuelle tasse de thé entre les mains. Flûte était assise en tailleur sur le lit et tressait un berceau de chat d'une telle complexité qu'Émouchet dut en arracher le regard de peur que tout son esprit ne se perde dans un vain effort pour distinguer chaque fil.
– Nous avons des ennuis, annonça-t-il à son professeur.
– Je l'avais remarqué, répondit-elle.
– C'est un peu plus grave que nous ne le pensions. Adus accompagne le comte Gerritch et Krager rôde probablement dans les parages.
– Martel commence à me fatiguer.
– Adus et Krager n'aggravent pas tellement nos ennuis, mais il y a aussi cette créature... le Fureteur.
– En es-tu sûr ?
Elle se leva brutalement.
– Il a la taille et la forme voulues, et sa capuche semble émettre la même lueur. Combien d'humains peut-il contrôler à la fois ?
– Je ne crois pas qu'il existe de limite, Émouchet, du moins quand Azash l'habite.

– Tu te rappelles ceux qui nous avaient tendu un traquenard près de la frontière pélosienne ? Et de quelle manière ils nous attaquaient sans relâche jusqu'à ce que nous les ayons tous réduits en pièces ?

– Oui.

– Si ce Fureteur peut prendre le contrôle de toute l'armée de Gerritch, nous aurons droit à un assaut auquel les forces du baron Alstrom ne pourront résister. Nous avons intérêt à filer d'ici au plus vite, Séphrénia. As-tu trouvé quelque chose ?

– Quelques possibilités, répondit-elle. La présence du Fureteur complique un peu les choses, mais je crois connaître un moyen de tourner ce problème.

– Je l'espère. Allons en parler avec les autres.

Une demi-heure plus tard, peut-être, ils étaient à nouveau rassemblés dans la salle sinistre.

– Très bien, messires, leur dit Séphrénia. Nous sommes en grand danger.

– Le château est très sûr, madame, lui assura Alstrom. En cinq cents ans, jamais il n'est tombé sous les coups des assiégeants.

– Je crains que les choses n'aillent différemment, cette fois-ci. Une armée assiégeante attaque habituellement les murailles, n'est-ce pas ?

– C'est la coutume, une fois que les engins de siège ont affaibli les fortifications.

– Après avoir subi de lourdes pertes, les forces d'assaut se retirent, normalement, n'est-ce pas ?

– C'est ce que mon expérience m'a appris.

– Les hommes de Gerritch ne se retireront pas. Ils continueront l'attaque jusqu'à ce qu'ils se soient emparés du château.

– Comment pouvez-vous en être aussi sûr ?

– Vous vous rappelez le personnage en robe noire que je vous ai signalé, monseigneur ?

– Oui. Il a semblé éveiller en vous quelques inquiétudes.

– A juste titre, monseigneur. C'est la créature qui est à notre poursuite. On lui donne le nom de Fureteur. Il n'est pas humain et il est sujet d'Azash.

– Prenez garde à vos paroles, sire Émouchet, dit le patriarche Ortzel d'une voix menaçante. L'Église ne reconnaît pas l'existence des dieux styriques. Vous frôlez l'hérésie.

– Pour servir de base à la discussion, supposons que je sais de quoi je parle, répondit Émouchet. Azash mis à part, il est important que vous et votre frère compreniez à quel point cet être est dangereux. Il pourra contrôler complètement les troupes de Gerritch et les lancera contre ce château jusqu'à ce qu'elles l'aient pris.

– Il y a plus grave, ajouta Bévier d'une voix sinistre : elles ne prêteront aucune attention aux blessures qui immobilisent un homme normal. La seule façon de les arrêter, c'est de les tuer. Nous avons rencontré des hommes qui étaient contrôlés par le Fureteur et nous avons dû les occire jusqu'au dernier.

– Sire Émouchet, dit Alstrom, le comte Gerritch est mon ennemi mortel, mais c'est tout de même un homme honorable et il est fidèle à l'Église. Il ne fraierait point avec une créature des ténèbres.

– Il est tout à fait possible que le comte ne sache même pas ce qu'elle est, expliqua Séphrénia. Quoi qu'il en soit, nous sommes bel et bien menacés par un péril mortel.

– Pourquoi cette créature s'allierait-elle à Gerritch ? demanda Alstrom.

– Comme l'a dit Émouchet, elle nous poursuit. Pour une raison mystérieuse, Azash considère qu'Émouchet représente une menace. Les Dieux Aînés ont une certaine capacité à lire dans l'avenir et il est possible qu'Azash ait distingué quelque chose. Il veut l'empêcher. Il a déjà effectué plusieurs tentatives contre la vie d'Émouchet. Je crois pour ma part que le Fureteur est ici dans le but précis de tuer Émouchet... ou du moins l'empêcher de récupérer le Bhelliom. Nous devons partir, monseigneur, et vite. (Elle se tourna vers Ortzel.) J'ai peur que nous n'ayons le choix, Votre Grâce. Nous sommes forcés de recourir aux arts de Styricum.

– Je ne participerai à rien de tel, dit-il raidement. Je sais que vous êtes styrique, madame, et que vous ignorez donc les préceptes de la vraie foi, mais comment osez-vous proposer de pratiquer vos arts ténébreux en ma présence ? Je suis un ecclésiastique, tout de même.

– Je pense qu'avec le temps vous serez forcé de modifier votre point de vue, Votre Grâce, dit calmement Ulath. Les ordres combattants sont les bras de l'Église. Nous sommes instruits dans ces secrets afin de la servir au mieux. Cette pratique est approuvée par chaque archiprélat depuis neuf cents ans.

– En vérité, ajouta Séphrénia, aucun Styrique ne consentirait à former les chevaliers avant l'approbation d'un nouvel archiprélat.

– S'il doit advenir que je monte sur le trône de Chyrellos, cette pratique devra cesser.

– L'Ouest sera alors assurément condamné, prédit-elle, car sans ces arts les chevaliers de l'Église seront impuissants contre Azash, et sans les chevaliers l'Ouest tombera devant les hordes d'Otha.

– Nous n'avons aucune preuve qu'Otha veuille nous attaquer.

– Nous n'avons pas davantage de preuve que l'été arrive, dit-elle sèchement. (Elle regarda Alstrom.) Je crois avoir un plan qui permettra notre évasion, monseigneur, mais il me faut avant tout me rendre dans votre cuisine et m'entretenir avec votre cuistot.

Il parut intrigué.

– Ce plan implique certains ingrédients que l'on trouve normalement dans les cuisines. Je dois m'assurer qu'ils s'y trouvent bien.

– Vous trouverez un garde à la porte, madame. Il vous escortera jusqu'à la cuisine.

– Merci, monseigneur. Viens, Flûte, dit-elle avant de sortir.

– Que va-t-elle faire ? demanda Tynian.

– Séphrénia n'explique presque jamais à l'avance, lui dit Kalten.

– Ni après, je l'ai remarqué, ajouta Talen en relevant les yeux de son dessin.

– Ne parle que lorsqu'on te le demande, lui dit Bérit.

– Si j'obéissais, j'oublierais comment on parle.

– Assurément, tu ne permettras point ceci, Alstrom, dit Ortzel avec colère.

– Je n'ai pas tellement le choix, répondit Alstrom. Il faut absolument que nous te mettions en sécurité et ceci semble être le seul moyen.

– Tu as également vu Krager, là-bas ? demanda Kalten à Émouchet.

– Non, mais j'imagine qu'il ne doit pas être loin. Il faut bien que quelqu'un surveille Adus.

– Cet Adus est-il si dangereux ? demanda Alstrom.

– C'est un animal, monseigneur, répondit Kalten. Et sans grande intelligence. Émouchet a promis que je pourrai tuer Adus si je n'interviens pas quand il s'occupera de Martel. C'est à peine si Adus sait parler, et il tue pour le plaisir.

– Il est sale et en plus il sent mauvais, ajouta Talen. Il m'a pourchassé dans une rue, un jour à Cammorie, et l'odeur a failli me faire tomber.

– Tu penses que Martel peut se trouver avec eux ? demanda Tynian, plein d'espoir.

– J'en doute. Je pense l'avoir coincé en Rendor. A mon avis, il a tout tramé ici, puis il est retourné en Rendor reprendre les choses en main.

– Je pense que le monde se porterait d'autant mieux sans votre Martel, annonça Alstrom.

– Nous faisons notre possible pour y parvenir, monseigneur, gronda Ulath.

Quelques instants plus tard, Séphrénia et Flûte étaient de retour.

– Tu as trouvé tous les ingrédients qu'il te fallait ? demanda Émouchet.

– La plupart. Je pourrai fabriquer les autres. (Elle regarda Ortzel.) Il se peut que vous désiriez vous retirer, Votre Grâce, suggéra-t-elle. Je ne voudrais pas blesser vos sentiments.

– Je resterai, madame, dit-il froidement. Peut-être ma présence préviendra-t-elle cette abomination.

– Peut-être, mais j'en doute. (Elle pinça les lèvres et contempla d'un air critique le petit bocal en terre qu'elle avait ramené de la cuisine.) Émouchet, je vais avoir besoin d'un baril vide.

Il alla jusqu'à la porte et s'adressa au garde.

Séphrénia s'approcha de la table et prit un verre en cristal. Elle parla longuement en styrique et, avec un léger bruissement, le verre s'emplit soudain d'une poudre qui ressemblait beaucoup à du sable lavande.

– Quel outrage! marmotta Ortzel.

Émouchet feignit de l'ignorer.

– Dites-moi, monseigneur, vous avez de la poix et du naphte, je présume.

– Bien entendu. Ils font partie des défenses du château.

– Parfait. Pour que cela fonctionne, nous en aurons besoin.

Le soldat entra en faisant rouler un baril.

– Ici, s'il vous plaît, dit-elle en désignant un endroit éloigné du feu.

Il redressa le baril, salua le baron et ressortit.

Séphrénia parla brièvement à Flûte. La petite fille hocha la tête et leva son instrument de musique. Sa mélodie était étrange, hypnotique, presque langoureuse.

La femme styrique se plaça au-dessus du baril en parlant en styrique et en tenant le bocal dans une main et le verre dans l'autre. Puis elle se mit à verser le contenu des deux récipients dans le baril. Les épices très fortes et le sable lavande tombaient, mais les récipients restaient toujours pleins. Les deux flots, se mêlant en tombant, commencèrent à émettre de la lumière et la salle fut soudain emplie de scintillements stellaires qui montaient comme des lucioles pour aller briller sur les murs et le plafond. Séphrénia n'arrêtait pas de verser le contenu des deux récipients apparemment inépuisables.

Il fallut près d'une demi-heure pour remplir le baril.

– Là, dit enfin Séphrénia, cela devrait suffire. Elle regarda au fond du baril lumineux.

Ortzel émettait des sons étranglés.

Elle posa les deux récipients bien à part l'un de l'autre sur la table.

– Mieux vaut éviter le moindre mélange, monseigneur, dit-elle à Alstrom, et attention de ne jamais approcher ce verre et ce bocal d'un feu quelconque.

– Que faisons-nous ici? lui demanda Tynian.

– Il nous faut chasser le Fureteur, Tynian. Nous allons mélanger ce qui se trouve dans ce baril avec le naphte et la poix, puis charger les engins de siège du baron avec ce mélange. Ensuite, nous y mettrons le feu et l'expédierons parmi les troupes du comte Gerritch. Les vapeurs les forceront à se retirer, temporairement du moins. Mais ce n'est pas la raison principale de la chose.

Le Fureteur possède un système respiratoire très différent de celui des humains. Ces vapeurs sont nocives pour les humains. Pour le Fureteur, elles sont mortelles. Soit il s'enfuira, soit il mourra.

– Cela me semble encourageant.

– Ce que je viens de faire était-il vraiment terrible, Votre Grâce ? demanda-t-elle à Ortzel. Cela vous sauvera la vie, vous savez.

Son visage était brouillé.

– Je m'étais toujours imaginé que la sorcellerie styrique n'était que charlatanerie, mais il évident que ce que vous venez de réaliser n'a pu l'être de la sorte. Je vais prier et chercher conseil auprès de Dieu.

– Ne mettez pas trop longtemps, Votre Grâce, fit Kalten. Sinon, il se pourrait que vous arriviez à Chyrellos juste à temps pour embrasser la bague de l'archiprélat Annias.

– Il faut absolument l'éviter, déclara fermement Alstrom. Le siège devant mes portes est mon affaire, Ortzel, pas la tienne. C'est avec regret que je dois donc te retirer mon hospitalité. Tu quitteras mon château dès que possible.

– Alstrom ! explosa Ortzel. C'est ma maison. Je suis né ici !

– Mais c'est à moi que notre père l'a léguée. Ta résidence idéale se trouve dans la basilique de Chyrellos. Je te conseille de t'y rendre derechef.

Chapitre six

– NOUS ALLONS DEVOIR monter sur le point le plus élevé de votre château, monseigneur, dit Séphrénia après que le patriarche de Kadach eut quitté la salle en pestant.

– C'est la tour Nord.

– Peut-on apercevoir l'armée qui nous assiège, du haut de cette tour ?

– Oui.

– Parfait. Mais d'abord, nous allons devoir donner à vos soldats le mode d'emploi de ceci. (Elle désigna le baril.) Très bien, messires, dit-elle sèchement, ne restez pas plantés là. Prenez ce baril et emportez-le, mais surtout évitez de le laisser tomber ou de l'approcher d'un feu.

Les instructions qu'elle donna aux soldats chargés des catapultes furent assez simples, concernant le dosage approprié de poudre, de naphte et de poix.

– A présent, continua-t-elle, écoutez-moi soigneusement. C'est votre sécurité qui en dépend. N'enflammez le naphte qu'au dernier instant et si de la fumée venait à flotter dans votre direction, retenez votre souffle et prenez vos jambes à votre cou. N'inhalez ces vapeurs en aucune circonstance.

– Nous tueraient-elles ? demanda l'un des soldats d'une voix effrayée.

– Non, mais elles vous rendraient malades et vous perturberaient l'esprit. Couvrez-vous le nez et la bouche avec des chiffons humides. Ils vous protégeront quelque peu. Attendez le signal du baron qui sera posté sur la tour Nord. (Elle vérifia la direction du vent.) Lancez la matière brûlante au nord de ces troupes sur la levée. Et n'oubliez pas ces bateaux sur le fleuve. Très bien, baron Alstrom, allons à la tour.

Comme les jours précédents, le ciel était nuageux et une bise sifflait à travers les embrasures non vitrées de la tour Nord. A l'instar de tous les édifices purement défensifs, la tour n'était pas conçue pour le confort. Les soldats du comte Gerritch ressemblaient bizarrement à des fourmis, masse d'hommes minuscules dont l'armure avait des reflets d'étain à la lumière basse. Malgré la hauteur de la tour, un trait d'arbalète venait parfois heurter ses pierres usées par le temps.

– Sois prudent, murmura Émouchet à Séphrénia quand elle sortit la tête par l'une des embrasures pour examiner les troupes massées devant les portes.

– Il n'y a aucun danger, le rassura-t-elle tandis que le vent cinglait sa robe blanche à capuche. Ma Déesse me protège.

– Tu peux croire en ta Déesse autant que tu veux, répondit-il, mais c'est de moi que dépend ta sécurité. As-tu une idée de ce que Vanion me ferait si tu étais blessée ?

– Et cela seulement après que j'en aurais fini avec lui ! grommela Kalten.

Elle recula de l'embrasure en se tapotant songeusement les lèvres.

– Pardonnez-moi, madame, dit Alstrom. Je reconnais la nécessité de chasser d'ici cette créature, mais un simple retrait temporaire des troupes de Gerritch ne nous servira pas à grand-chose. Elles reviendront dès que la fumée se sera dissipée et nous n'aurons pas pour autant assuré la sécurité de mon frère.

– Si notre plan réussit, elles ne reviendront pas avant plusieurs jours, monseigneur.

– Les vapeurs sont-elles à ce point puissantes ?

– Non. Elles se dissiperont au bout d'une heure environ.

– Cela suffira à peine pour que vous puissiez vous enfuir d'ici. Qu'est-ce qui empêchera Gerritch de revenir continuer son siège ?

– Il aura fort à faire.

– A faire ? Avec quoi ?

– Il aura des gens à pourchasser.

– Et de qui s'agit-il ?

– Vous, moi, Émouchet, les autres, votre frère et une bonne partie des hommes de votre garnison.

– Je ne crois pas que cela soit bien avisé, madame, dit Alstrom d'un ton critique. Nos fortifications sont sûres. Je ne songe nullement les abandonner pour risquer nos vies dans la fuite.

– Nous ne partons pas encore.

– Mais vous venez juste de...

– Gerritch et ses hommes s'imagineront nous poursuivre. En fait, ils courront derrière une illusion. (Elle eut un bref sourire.) La meilleure magie, c'est souvent l'illusion. Vous trompez l'œil et l'esprit pour qu'ils croient à l'existence de quelque chose qui n'est pas là. Gerritch sera absolument convaincu que nous profitons de la confusion pour nous enfuir. Il suivra avec son armée, et cela devrait nous donner largement le temps de nous esquiver avec votre frère. Est-ce que la forêt que l'on aperçoit à l'horizon est assez étendue ?

– Elle est profonde de plusieurs lieues.

– Parfait. Nous y conduirons Gerritch avec notre illusion et le laisserons errer parmi les arbres pendant plusieurs jours.

– Je crois déceler une faille, Séphrénia, dit Émouchet. Est-ce que le Fureteur ne va pas revenir dès que la fumée se sera dissipée ? Je ne pense pas qu'une illusion puisse l'abuser, n'est-ce pas ?

– Le Fureteur ne reviendra pas avant au moins une semaine, lui assura-t-elle. Il sera très malade, oui, extrêmement malade.

– Dois-je demander aux hommes d'armer les catapultes ?

– Non, pas encore, monseigneur. Nous avons d'autres choses à faire auparavant. Le chronométrage est très important pour cela. Bérit, j'ai besoin d'une bassine d'eau.

– Oui, m'dame.

Le novice s'engagea dans l'escalier.

– Très bien, continua-t-elle. Allons-y.

Elle commença patiemment à apprendre le sort aux chevaliers de l'Église. C'étaient des mots styriques qu'Émouchet n'avait jamais entendus et Séphrénia insista inflexiblement pour que chacun d'eux les répète sans cesse jusqu'à ce que prononciation et intonation soient absolument parfaites.

– Arrête! ordonna-t-elle quand Kalten voulut entrer dans le chœur.

– Je pensais pouvoir t'aider, protesta-t-il.

– Je sais à quel point tu es peu doué pour ceci, Kalten. Reste simplement à l'écart. Très bien, messires, essayons à nouveau.

Une fois satisfaite de leur prononciation, elle apprit à Émouchet la composition du sortilège. Il commença à répéter les mots styriques et à effectuer les mouvements de doigts. Le personnage qui apparut au centre de la pièce était vaguement informe, mais il semblait bien porter une armure noire de pandion.

– Tu ne lui as pas donné de figure, Émouchet, lui signala Kalten.

– Je m'en occupe, dit Séphrénia.

Elle prononça deux mots et fit un geste rapide.

Émouchet fixa la forme devant lui. Il avait l'impression de se regarder dans une glace.

Émouchet fronçait les sourcils.

– Quelque chose ne va pas? lui demanda Kalten.

– Ce n'est pas difficile de dupliquer des visages familiers, ou de personnes présentes sur les lieux, mais s'il faut que j'aille regarder la figure de tous les habitants du château, cela me prendra plusieurs jours.

– Est-ce que ceci peut t'aider? lui demanda Talen en lui tendant son carnet de croquis.

Elle parcourut les pages, ses yeux s'écarquillant au fur et à mesure qu'elle les tournait.

– Ce gamin est un génie! s'exclama-t-elle. Kurik, quand on sera de retour à Cimmura, qu'il devienne apprenti artiste. Cela pourrait lui éviter des ennuis.

– Ce n'est qu'un passe-temps, Séphrénia, dit Talen en rougissant de modestie.

– Tu sais fort bien que tu gagnerais davantage en tant que peintre que voleur, n'est-ce pas? lui fit-elle remarquer.

Il cligna les yeux, puis les étrécit d'un air songeur.

– Parfait. A ton tour, Tynian, dit Séphrénia au Deiran.

Après que chacun d'eux eut créé une image de soi, elle les conduisit jusqu'à une embrasure qui dominait la cour.

– Nous allons fabriquer l'illusion d'ensemble là en bas. Ici, nous risquerions ne nous trouver rapidement à l'étroit.

Il leur fallut une bonne heure pour achever l'illusion d'une masse d'homme armés et à cheval dans la cour. Puis Séphrénia parcourut à nouveau le carnet de Talen et mit un visage sur chacun des personnages. Ensuite, d'un large geste du bras, elle envoya les images des chevaliers de l'Église rejoindre l'illusion dans la cour.

– Ils ne bougent pas, dit Kurik.

– Flûte et moi nous occuperons de ça, lui apprit Séphrénia. Vous autres, vous devez vous concentrer pour que les images ne se dissolvent pas. Il vous faudra les consolider jusqu'à ce qu'elles aient atteint la forêt qui se trouve là-bas.

Émouchet transpirait déjà. Composer un sortilège, puis le jeter était une chose. Le maintenir en place était tout à fait différent. Il se rendit soudain compte de la tension que devait supporter Séphrénia.

C'était le début de l'après-midi. Séphrénia examina par l'embrasure les troupes du comte Gerritch.

– Fort bien. Je crois que nous sommes prêts. Faites signe aux catapultes, monseigneur, dit-elle à Alstrom.

Le baron prit un morceau de tissu rouge coincé sous sa ceinture et l'agita par une embrasure. En dessous, les catapultes se détendirent et lancèrent leurs projectiles brûlants par-dessus la muraille et au beau milieu de l'armée assiégeante tandis que d'autres engins bombardaient les bateaux sur le fleuve. Malgré la distance, Émouchet entendit les soldats tousser et suffoquer sous l'effet de l'épais nuage de fumée lavande provenant des boules brûlantes de poix, de naphte et de poudre de Séphrénia. La fumée roulait sur le terrain devant le château, étincelant d'éclats de lucioles. Puis elle embrassa l'éminence où se tenaient Gerritch, Adus et le Fureteur. Émouchet entendit un hurlement quasi animal, puis le Fureteur en robe noire jaillit de la fumée, fouettant son cheval sans merci. Il semblait avoir perdu son assiette sur sa monture et, d'une griffe pâle, tenait devant son visage l'ourlet de sa capuche. Les soldats qui avaient barré la route du château surgirent de la fumée en toussant avec des haut-le-cœur.

– Parfait, monseigneur, dit Séphrénia à Alstrom, abaissez le pont-levis.

Alstrom fit un nouveau signal, avec un tissu vert cette fois-ci. Un instant plus tard, le pont-levis s'abaissait bruyamment.

– A toi, Flûte, dit Séphrénia avant de parler rapidement en styrique tandis que l'enfant levait son instrument.

La masse d'hommes illusoires dans la cour, qui était d'une immobilité rigide, sembla soudain prendre vie. Ils sortirent par la porte au galop et se précipitèrent dans la fumée. Séphrénia passa la main au-dessus de la bassine que Bérit avait apportée et la fixa d'un regard attentif.

– Tenez bon, messires. Maintenez-les intacts.

Une demi-douzaine de soldats de Gerritch qui avaient échappé à la fumée étaient debout sur la levée du château, toussant, pris de nausées et occupés à se frotter les yeux. L'armée illusoire les traversa sans hésiter. Les soldats s'enfuirent en hurlant.

– Maintenant, on attend, annonça Séphrénia. Il faudra quelques minutes avant que Gerritch retrouve ses esprits et se rende compte de ce qui semble se passer.

Émouchet entendit des cris de surprise en bas, puis des ordres que l'on beuglait.

– Un peu plus vite, Flûte, dit très calmement Séphrénia. Nous ne voulons pas que Gerritch rattrape l'illusion. Il pourrait avoir des soupçons si son épée venait à transpercer le baron sans le moindre effet.

Alstrom fixait Séphrénia avec une crainte révérencielle.

– Je n'aurais pas cru cela possible, madame, dit-il d'une voix tremblante.

– Cela a assez bien marché, n'est-ce pas? Je n'étais pas vraiment sûre d'y arriver aussi bien.

– Vous voulez dire...

– Je ne l'avais jamais fait auparavant, mais l'on n'apprend pas sans faire d'expériences, n'est-ce pas?

Sur le terrain, les troupes de Gerritch se précipitaient pour monter en selle. Leur poursuite fut désorganisée, un chaos de chevaux au galop et d'armes brandies.

– Ils n'ont même pas pensé à charger par le pont-levis abaissé, nota Ulath d'un ton critique. Très peu professionnel.

– Ils ne pensent pas de manière très claire, pour l'instant, lui expliqua Séphrénia. C'est la fumée qui a cet effet. Est-ce que le secteur est dégagé?

– Il en reste quelques-uns qui tournent en rond, dit Kalten. On dirait qu'ils essaient d'attraper leurs chevaux.

– Laissons-leur le temps de dégager les lieux. Continuez à maintenir l'illusion, messires, dit-elle en regardant dans la bassine. Il reste deux ou trois milles avant le bois.

Émouchet serra les dents.

– Tu ne peux pas accélérer un peu les choses? lui demanda-t-il. Ce n'est pas facile, tu sais.

– Rien d'important n'est facile, Émouchet. Si les images de ces chevaux se mettent à disparaître, Gerritch aura de sérieux soupçons... même dans son état actuel.

– Bérit, dit Kurik, toi et Talen, accompagnez-moi. Descendons préparer les chevaux. Je crois que nous allons devoir filer à toute allure.

– Je vous accompagne, dit Alstrom. Je veux m'entretenir avec mon frère avant son départ. Je suis sûr de l'avoir offensé et je préférerais que nous nous quittions amis.

Les quatre hommes descendirent l'escalier.

– Encore quelques minutes, dit Séphrénia. Nous sommes presque à l'orée de la forêt.

– On dirait que tu viens de tomber dans le fleuve, dit Kalten en jetant un coup d'œil au visage en sueur d'Émouchet.

– Oh, ferme-la!

– Là, dit enfin Séphrénia. Tu peux lâcher prise.

Émouchet poussa un soupir explosif de soulagement et lâcha le sortilège. Flûte abaissa son instrument et lui adressa un clin d'œil.

Séphrénia continuait de regarder dans sa bassine.

– Gerritch se trouve à environ un mille du bois. Je pense que nous devrions le laisser s'enfoncer suffisamment dans la forêt avant de partir.

– Comme tu voudras, dit Émouchet en s'appuyant avec lassitude contre un mur.

Une quinzaine de minutes plus tard, Séphrénia déposait sa bassine sur le sol et se redressait.

– Nous pouvons y aller, à présent.

Ils descendirent dans la cour où Kurik, Talen et Bérit tenaient les chevaux. Le patriarche Ortzel, la bouche pâle et blême de colère, les accompagnait, et son frère se trouvait à son côté.

– Je n'oublierai jamais ceci, Alstrom, dit-il en s'enveloppant dans sa robe noire d'ecclésiastique.

– Tu seras peut-être d'un avis différent après avoir eu le temps d'y réfléchir. Que Dieu t'accompagne, Ortzel.

– Dieu te garde, Alstrom, répondit Ortzel (plus par habitude que par sentiment vrai, songea Émouchet).

Ils montèrent en selle, franchirent la porte et traversèrent le pont-levis.

– Quelle direction ? demanda Kalten à Émouchet.

– Le nord, répondit Émouchet. Quittons les lieux avant le retour de Gerritch.

– Ça ne devrait pas être avant plusieurs jours.

– Ne courons pas de risques.

Ils partirent vers le nord au galop. En fin d'après-midi, ils atteignirent le gué où ils avaient rencontré sire Enmann. Émouchet immobilisa Faran et mit pied à terre.

– Réfléchissons aux options qui se présentent à nous.

– Qu'avez-vous fait exactement, madame ? disait Ortzel à Séphrénia. J'étais dans la chapelle et je n'ai pas vu ce qui s'est passé.

– Une simple petite supercherie, Votre Grâce. Le comte Gerritch a cru nous voir nous échapper. Il nous a poursuivis.

– C'est tout ? (Il paraissait surpris.) Vous n'avez pas...

– Tué quelqu'un ? Non. Je réprouve fermement le meurtre.

– Voilà une chose sur laquelle nous sommes au moins d'accord. Vous êtes une femme fort étrange, madame. Votre moralité semble coïncider d'assez près avec celle qu'exige la vraie foi. Je n'aurais pas attendu cela d'une païenne. Avez-vous jamais songé à vous convertir ?

Elle éclata de rire.

– Vous aussi, Votre Grâce ? Dolmant essaie de me convertir depuis des années. Non, Ortzel. Je demeurerai fidèle à ma Déesse. Je suis bien trop âgée pour changer de religion à ce stade de ma vie.

– Agée, madame ? Vous ?

– Vous ne pourriez le croire, Votre Grâce, lui dit Émouchet.

– Vous m'avez tous fourni matière à réflexion, dit Ortzel. J'ai suivi ce que j'estimais être la lettre de la doctrine de l'Église. Peut-être devrais-je aller voir un peu plus loin et chercher conseil auprès de Dieu.

Il fit quelques pas en amont, le visage perdu dans ses pensées.

– C'est toujours ça de pris, marmonna Kalten à Émouchet.

– L'étape est importante, j'ai l'impression.

Tynian était resté sur la rive et regardait songeusement en direction de l'ouest.

– Je crois avoir une idée, Émouchet.

– Je suis prêt à écouter.

– Gerritch et ses soldats sont tous en train de fouiller cette forêt et, si Séphrénia a raison, le Fureteur sera incapable de nous pourchasser pendant au moins une semaine. Il n'y aura pas d'ennemis de l'autre côté du cours d'eau.

– C'est exact, sans doute. Nous devrions quand même aller jeter un coup d'œil avant de nous y aventurer.

– Parfait. C'est la route la plus sûre, je suppose. Mais ce que je veux dire, c'est que s'il n'y pas de troupes ennemies par ici, deux d'entre nous devraient suffire pour accompagner Sa Grâce à Chyrellos pendant que le restant de notre groupe se rendra au lac Randéra. Si tout reste calme, il n'est pas nécessaire d'aller tous jusqu'à la Ville Sainte.

– Il n'a pas tort, Émouchet, acquiesça Kalten.

– Je vais y réfléchir, dit Émouchet. Traversons et examinons les alentours avant de prendre la moindre décision.

Ils remontèrent en selle et traversèrent le gué. L'autre rive était couverte de fourrés.

– Il ne tardera pas à faire nuit, Émouchet, dit Kurik. Nous allons devoir planter notre camp, et pourquoi ne pas le faire au milieu de ces fourrés ? Une fois la nuit complètement tombée, nous pourrons ressortir vérifier si nous trouvons des feux de camp. Car les soldats ne passent jamais la nuit sans faire de feu et nous pourrons les apercevoir. Cela serait bien plus facile et rapide que de passer toute la journée de demain à inspecter les alentours.

– Bonne idée. Exécutons-la donc.

Ils campèrent pour la nuit au centre du fourré et ne firent qu'un petit feu pour cuisiner. Lorsqu'ils eurent fini de manger, la nuit était tombée sur le Lamorkand. Émouchet se leva.

– Parfait, allons patrouiller. Séphrénia, les enfants et Sa Grâce, restez ici hors de vue.

Ils sortirent du fourré. Une fois à l'écart des arbres, ils se déployèrent en scrutant attentivement la nuit. Les nuages obscurcissaient la lune et les étoiles, et rendaient les ténèbres presque totales.

Émouchet fit le tour du bois. De l'autre côté, il tomba sur Kalten.

– Il fait plus noir qu'à l'intérieur de tes bottes, ici, dit Kalten.

– Tu as vu quelque chose ?

– Pas une lueur. Mais il y a une colline, derrière ces arbres. Kurik monte dessus pour aller voir.

– Parfait. Je fais toujours confiance aux yeux de Kurik.

– Moi aussi. Pourquoi ne le fais-tu pas chevalier, Émouchet ? Quand on y réfléchit bien, il vaut largement n'importe lequel d'entre nous.

– Je me ferais assassiner par Aslade. Elle n'est pas faite pour être femme de chevalier.

Kalten éclata de rire tandis qu'ils se remettaient en route en scrutant les ténèbres.

– Émouchet.
La voix de Kurik n'était pas très loin.
– Par ici.
L'écuyer les rejoignit.
– Cette colline est assez élevée, souffla-t-il. La seule lumière que j'ai vue provenait d'un village à environ un mille au sud.
– Tu es sûr que ce n'était pas un feu de camp ? lui demanda Kalten.
– Les feux de camp émettent une lumière différente de celle de lampes qui brillent à travers une douzaine de fenêtres, Kalten.
– C'est sans doute vrai.
– Oui, en effet, renchérit Émouchet.
Il leva les doigts à ses lèvres et lâcha un sifflement, signal pour que les autres retournent à leur camp.
– Alors, que fait-on ? demanda Kalten tandis qu'ils traversaient le sous-bois épais en direction de l'endroit où rougeoyait le feu de camp couvert.
– Consultons Sa Grâce, répondit Émouchet. C'est sa tête que nous allons risquer. (Ils arrivèrent dans le camp et Émouchet rabattit sa capuche.) Nous avons une décision à prendre, Votre Grâce, dit-il au patriarche. Le secteur paraît désert. Sire Tynian a suggéré que deux d'entre nous vous escortent jusqu'à Chyrellos sans vous assurer moins de sécurité que si nous étions tous avec vous. Notre quête du Bhelliom ne doit pas être retardée, si nous voulons empêcher qu'Annias accède au trône d'archiprélat. Mais le choix vous revient.
– Je peux rejoindre Chyrellos tout seul, sire Émouchet. Mon frère s'inquiète exagérément pour mon bien-être. Ma soutane seule me protégera.
– Je préférerais ne pas compter là-dessus, Votre Grâce. Vous vous rappelez que j'ai parlé d'un être qui nous poursuivait.
– Oui. Je crois que vous l'avez appelé Fureteur.
– Exactement. La créature est malade du fait des vapeurs que Séphrénia a créées, mais nul ne sait combien de temps pourra durer cette maladie. Cependant, il ne vous considère pas comme un ennemi. S'il devait attaquer, fuyez. Il est peu probable qu'il vous suive. Je pense toutefois qu'en la circonstance Tynian a raison. Deux d'entre nous suffiront à assurer votre sécurité.
– Comme vous le jugerez le plus sage, mon fils.
Les autres étaient entrés dans le camp durant la conversation et Tynian se porta immédiatement volontaire.
– Non. (Séphrénia rejeta sa proposition.) Tu es le plus qualifié en matière de nécromancie. Nous aurons besoin de toi dès que nous aurons atteint le lac Randéra.
– J'y vais, dit Bévier. Je dispose d'un cheval rapide et je pourrai vous rejoindre au lac, par la suite.
– Je l'accompagnerai, proposa Kurik. Si vous rencontrez encore des ennuis, Émouchet, il vous faudra d'autres chevaliers.

– Tu vaux bien un chevalier, Kurik.

– Je ne porte pas d'armure, Émouchet, lui signala l'écuyer. Le spectacle de chevaliers de l'Église en train de charger avec des lances vous fait réfléchir à votre nature mortelle. C'est une bonne façon d'éviter de graves bagarres.

– Il a raison, Émouchet, dit Kalten. Et si nous tombons sur d'autres Zémochs et des soldats de l'Église, il te faudra des hommes d'acier autour de toi.

– Très bien.

Émouchet se tourna vers Ortzel.

– Je veux vous présenter mes excuses pour vous avoir offensée, Votre Grâce. Je ne vois malheureusement pas quel autre choix nous aurions pu adopter. Si nous avions tous dû rester cloîtrés dans le château de votre frère, nos deux missions auraient échoué et l'Église ne pourrait se permettre cela.

– Je ne puis vraiment approuver, sire Émouchet, mais votre argument se tient assez bien. Aucune excuse n'est nécessaire.

– Merci, Votre Grâce. Essayons de dormir un peu. Vous resterez longtemps en selle, demain, je crois.

Il s'écarta du feu et se mit à fouiller parmi les sacs pour trouver une carte. Puis il fit signe à Bévier et Kurik.

– Chevauchez plein ouest, demain, leur dit-il. Essayez de franchir la frontière de Pélosie avant la nuit. Puis filez au sud jusqu'à Chyrellos. Je ne crois pas que le plus enragé des soldats lamorks viole cette frontière pour risquer une confrontation avec les patrouilles pélosiennes.

– Raisonnement impeccable, approuva Bévier.

– Quand vous serez arrivés à Chyrellos, laissez Ortzel à la basilique, puis allez voir Dolmant. Dites-lui ce qui se passe ici et demandez-lui de transmettre le message à Vanion et aux autres précepteurs. Insistez bien pour qu'il résiste au désir d'envoyer les chevaliers de l'Église dans cet arrière-pays pour éteindre les feux de brousse allumés par Martel. Nous aurons besoin des quatre ordres à Chyrellos si l'archiprélat Cluvonus vient à mourir, et les éloigner de la Ville Sainte est le but de Martel.

– Entendu, Émouchet, promit Bévier.

– Allez aussi vite que vous le pourrez. Sa Grâce paraît assez robuste, aussi un peu de marche forcée ne lui fera aucun mal. Plus vite vous serez passés en Pélosie, mieux cela vaudra. Ne perdez pas de temps, mais soyez prudents.

– Vous pouvez compter sur nous, Émouchet, lui assura Kurik.

– Nous vous rejoindrons au lac Randéra dès que possible, déclara Bévier.

– Tu as assez d'argent ? demanda Émouchet à son écuyer.

– Je me débrouillerai. (Kurik eut alors un large sourire, ses dents scintillant dans la lumière réduite.) D'ailleurs, Dolmant et moi sommes de vieux amis. Il accorde toujours des prêts.

Émouchet éclata de rire.

– Allez vous coucher, vous deux. Je veux que vous soyez partis avec Ortzel aux premières lueurs du jour.

Ils se levèrent avant l'aube et virent partir vers l'ouest Bévier et Kurik encadrant le patriarche de Kadach. Émouchet consulta encore sa carte à la lumière du feu.

– Nous allons refranchir le gué, dit-il aux autres. On trouve un nouveau cours d'eau à l'est d'ici et nous n'aurons sans doute pas besoin de chercher de pont. Partons au nord. Je préférerais ne pas rencontrer l'une des patrouilles du comte Gerritch.

Après le petit déjeuner, ils traversèrent le gué et s'en écartèrent sous la lumière rousse qui indiquait que le soleil s'était levé à l'est derrière la sinistre couverture nuageuse.

Tynian se mit à la hauteur d'Émouchet.

– Je ne voudrais pas paraître irrespectueux, mais j'espère assez que l'élection ne tournera pas en faveur d'Ortzel. Je pense que l'Église... et les quatre ordres... passeront un vilain moment s'il monte sur le trône.

– C'est un homme de bien.

– Entendu, mais il est très rigide. Un archiprélat doit savoir se montrer flexible. Les temps changent, Émouchet, et l'Église doit changer en même temps. Je ne crois pas que l'idée de changement plaise beaucoup à Ortzel.

– Tout repose entre les mains de la Hiérocratie, et de toute façon je préfère largement Ortzel à Annias.

– Vérité quasi divine !

En milieu de matinée, ils rattrapèrent le chariot grinçant d'un chaudronnier ambulant dépenaillé qui se dirigeait vers le nord.

– Quelles bonnes nouvelles, voisin ? lui demanda Émouchet.

– Peu de bonnes nouvelles, sire chevalier, répondit morosement le chaudronnier. Ces guerres ne valent rien pour les affaires. Personne ne se soucie d'une marmite qui fuit quand on a une maison assiégée.

– C'est probablement exact. Dis-moi, connais-tu un pont ou un gué où nous puissions traverser le fleuve ?

– Il y a un pont à péage à deux lieux au nord, conseilla le chaudronnier. Où vous rendez-vous, sire chevalier ?

– Au lac Randéra.

Les yeux du chaudronnier s'illuminèrent.

– Vous allez chercher le trésor ?

– Quel trésor ?

– Tout le monde en Lamorkand sait qu'un vaste trésor est enseveli quelque part sur le vieux champ de bataille du lac. Il y a cinq cents ans qu'on creuse par là. Mais on ne trouve jamais que des épées rouillées et des squelettes.

– Comment en a-t-on entendu parler ? lui demanda Émouchet d'un air nonchalant.

– Ce fut très bizarre. A ce que j'ai cru comprendre, peu après la bataille on a commencé à voir des Styriques qui creusaient. Or c'est assez absurde, non ? Ce que je veux dire, c'est que tout le monde sait que les Styriques ne s'intéressent pas à l'argent et que les hommes styriques n'aiment guère prendre la pelle. Ce genre d'outil semble mystérieusement ne pas s'adapter à leurs mains. Quoi qu'il en soit, on a commencé à se demander ce que ces Styriques recherchaient. C'est alors que les rumeurs ont débuté au sujet du trésor. Le sol a été labouré et retourné plus de cent fois. Personne ne sait exactement que chercher, mais tout le monde en Lamorkand s'y rend une ou deux fois au cours de sa vie.

– Peut-être que les Styriques savent ce qui est enfoui.

– Peut-être, mais personne ne peut leur parler. Ils s'enfuient dès qu'on s'approche d'eux.

– Étrange. Eh bien, merci pour les renseignements, voisin. Passe une bonne journée.

Ils repartirent en laissant derrière eux le chariot grinçant du chaudronnier.

– Le tableau s'assombrit, dit Kalten. Quelqu'un est allé là-bas avec une pelle avant nous.

– Un tas de pelles, le reprit Tynian.

– Mais il a raison pour une chose, dit Émouchet. Je n'ai jamais entendu parler d'un Styrique suffisamment intéressé par l'argent pour faire un détour. Je pense que nous devrions chercher un village styrique et poser quelques questions. Il se passe au lac Randéra des événements dont nous ne savons rien, et je n'aime pas les surprises.

Chapitre sept

Le pont à péage était étroit et assez mal entretenu. Devant une cahute miséreuse plantée à une extrémité, plusieurs enfants crasseux et faméliques étaient assis apathiquement. Le gardien du pont portait une blouse en haillons et son visage mal rasé était maigre et désenchanté. Ses yeux se voilèrent de déception quand il vit l'armure des chevaliers.

– Gratuit, fit-il avec un soupir.

– Tu ne gagneras jamais ta vie comme ça, l'ami, lui dit Kalten.

– C'est un règlement local, monseigneur, répondit l'homme d'une voix misérable. On ne demande rien aux gens de l'Église.

– Est-ce qu'il y a beaucoup de passants ? lui demanda Tynian.

– Quelques-uns par semaine, répondit le gardien. A peine assez pour payer mes impôts. Il y a des mois que mes enfants n'ont pas eu de repas correct.

– Y a-t-il des villages styriques dans les environs ? lui demanda Émouchet.

– Je crois qu'on en trouve un de l'autre côté du fleuve, sire chevalier... dans cette forêt de cèdres, là-bas.

– Merci, voisin, dit Émouchet en plaçant quelques pièces dans la main de l'homme qui ne manqua pas d'être surpris.
– Je ne peux pas vous faire payer pour la traversée, monseigneur.
– Ce n'est pas de l'argent pour la traversée, voisin. C'est pour les renseignements.
Émouchet poussa Faran en avant et franchit le pont.
Comme Talen passait devant le gardien du pont, il se pencha et lui tendit quelque chose.
– Donne à manger à tes enfants, lui dit-il.
– Merci, jeune maître, répondit l'homme, des larmes de gratitude dans les yeux.
– Qu'est-ce que tu lui as donné ? demanda Émouchet à Talen.
– L'argent que j'ai volé au gardien du gué qui faisait le malin.
– C'est très généreux de ta part.
Le gamin haussa les épaules.
– Je pourrai toujours voler ailleurs. En outre, lui et ses enfants en ont davantage besoin que moi. J'ai déjà eu faim et je sais l'impression que ça fait.
Kalten se pencha en avant sur sa selle.
– Tu sais, Émouchet, il y a peut-être encore un peu d'espoir pour ce garçon, finalement.
– Il est encore un peu tôt pour en être sûr.
– C'est quand même un début.
La forêt humide de l'autre côté du cours d'eau était composée de vieux cèdres moussus aux ramures vertes qui s'abaissaient jusqu'au sol et la piste qui y pénétrait était piètrement balisée.
– Eh bien ? demanda Émouchet à Séphrénia.
– Ils sont là. Ils nous observent.
– Ils se cacheront dès que nous approcherons du village, n'est-ce pas ?
– Probablement. Les Styriques ont d'excellentes raisons de se méfier des Élènes en armes. Je devrais quand même parvenir à en convaincre quelques-uns de sortir.
Comme tous les villages styriques, l'endroit était grossier. Les cases aux toits de chaume étaient disséminées au petit bonheur dans une clairière et il n'existait aucune rue. Comme l'avait prédit Séphrénia, personne n'était là. La petite femme s'inclina et parla brièvement à Flûte dans le dialecte styrique qu'Émouchet ne comprenait pas. La petite fille hocha la tête, leva son instrument de musique et se mit à jouer.
Au début, rien ne se produisit.
– Je crois en avoir vu un dans les arbres, dit Kalten au bout de quelques instants.
– Ils sont timides, hein ? fit Talen.
– Ils ont quelques raisons pour cela, lui expliqua Émouchet. Les Élènes ne traitent pas très bien les Styriques.

Flûte continuait de jouer. Au bout d'un moment, un homme en barbe blanche et robe grossière écrue émergea de la forêt d'un pas hésitant. Il croisa les mains devant sa poitrine et s'inclina respectueusement devant Séphrénia en s'adressant à elle en styrique. Puis il regarda Flûte et ses yeux s'écarquillèrent. Il s'inclina de nouveau et elle lui décocha un petit sourire mutin.

– L'Ancien, lui dit Séphrénia, se pourrait-il que tu parles la langue des Élènes?

– Elle m'est passablement familière, ma sœur, répondit-il.

– Parfait. Ces chevaliers vont te poser quelques questions, ensuite nous quitterons ton village et ne vous dérangerons plus.

– Je répondrai de mon mieux.

– Il y a un certain temps, commença Émouchet, nous avons rencontré un chaudronnier qui nous a appris quelque chose d'assez inquiétant. Il a dit que des Styriques creusent depuis des siècles le champ de bataille du lac Randéra, en quête d'un trésor. Cela ne ressemble pas à ce que font habituellement les Styriques.

– En effet, monseigneur, répondit aussitôt le vieillard. Nous n'avons nul besoin de trésor et nous n'oserions assurément violer la sépulture de ceux qui dorment en ces lieux.

– Je pensais que tel était bien le cas. As-tu une idée de ce que peuvent être ces Styriques?

– Ils ne sont pas de notre race, sire chevalier, et ils servent un Dieu que nous détestons.

– Azash? avança Émouchet.

Le vieillard blêmit légèrement.

– Je ne prononcerai pas son nom à voix haute, sire chevalier, mais vous avez touché juste.

– Les hommes qui creusent au lac sont donc des Zémochs?

Le vieil homme hocha la tête.

– Nous connaissons leur présence depuis des siècles. Nous ne nous approchons pas d'eux, car ils sont souillés.

– Je pense que nous sommes d'accord sur ce point, reprit Tynian. As-tu une idée de ce qu'ils recherchent?

– Un antique talisman qu'Otha désire pour son Dieu.

– Le chaudronnier à qui nous avons parlé nous a appris que la plupart des gens de la région croient qu'il existe quelque part un vaste trésor.

Le vieillard sourit.

– Les Élènes tendent à exagérer. Ils ne peuvent croire que les Zémochs puissent dépenser autant d'efforts pour découvrir un seul objet... bien que celui-ci soit d'une valeur plus grande que tous les trésors de ce monde.

– Cela répond à notre question, n'est-ce pas? fit remarquer Kalten.

– Les Élènes manifestent un appétit immodéré pour l'or et les pierres précieuses, continua le vieux Styrique, et il est tout à fait possible qu'ils ne sachent même pas ce qu'ils recherchent. Ils s'attendent à d'énormes coffres, mais il ne s'en trouve aucun sur le champ de bataille. Il n'est pas impossible que certains d'entre eux aient déjà trouvé l'objet et l'aient jeté sans en reconnaître la valeur.

– Non, ancien maître, fit Séphrénia. Le talisman dont tu parles n'a pas encore été trouvé. Son dégagement retentirait comme un bourdon dans le monde entier.

– Il se peut, ma sœur. Toi et tes compagnons partez aussi vers le lac pour chercher ce talisman ?

– Telle est notre intention, et notre quête devient pressante. Ne serait-ce que pour éviter que le Dieu d'Otha ne s'en empare.

– Je prierai donc mon Dieu pour votre succès. (Le vieux Styrique regarda Émouchet.) Comment se porte le chef de l'Église élène ? demanda-t-il prudemment.

– L'archiprélat est très âgé, lui répondit franchement Émouchet, et sa santé décroît.

Le vieillard poussa un soupir.

– C'est bien ce que je craignais. Je sais qu'il n'accepterait pas les souhaits d'un Styrique, mais je n'en prierai pas moins mon Dieu pour qu'il vive encore de nombreuses années.

– Amen, dit Ulath.

Le vieillard à la barbe blanche hésitait.

– Selon la rumeur, le primat d'un lieu nommé Cimmura doit probablement devenir chef de votre Église, dit-il précautionneusement.

– Cela est peut-être un peu prématuré, lui apprit Émouchet. Nombreux sont ceux dans notre Église qui s'opposent aux ambitions du primat Annias. Notre propre but doit en fait en partie contrecarrer ses plans.

– Je prierai alors doublement pour vous, seigneur chevalier. Les sentiments d'Annias envers notre race sont bien connus. L'autorité de votre Église a contenu la haine du peuple élène, mais si Annias montait sur le trône, il la laisserait probablement se développer et la condamnation du Styricum serait alors proche.

– Nous ferons tout notre possible pour le vaincre, promit Émouchet.

Le vieux Styrique s'inclina.

– Puissent les mains des Dieux Cadets de Styricum vous protéger, mes amis. Il s'inclina de nouveau devant Séphrénia et Flûte.

– Repartons, dit Séphrénia. Nous empêchons les autres villageois de regagner leur foyer.

Ils sortirent du village et s'enfoncèrent dans la forêt.

– Ceux qui creusent le champ de bataille sont donc des Zémochs, fit Tynian qui réfléchissait à voix haute. Ils s'insinuent dans toute l'Éosie, ma parole !

– Nous savons que cela fait partie du plan d'Otha depuis des générations, dit Séphrénia. La plupart des Élènes sont incapables de faire la différence entre les Styriques occidentaux et les Zémochs. Otha ne veut pas d'alliance ni de réconciliation entre les Styriques occidentaux et les Élènes. Quelques atrocités judicieusement perpétrées ont tenu au chaud les préjugés de la populace élène et les récits de ces incidents ne font que s'amplifier chaque fois qu'on les entend. C'est la source de siècles d'oppression générale et de massacres arbitraires.

– Pourquoi la possibilité d'une alliance inquiète-t-elle autant Otha ? demanda Kalten, intrigué. Le nombre de Styriques à l'ouest n'est pas tel qu'il puisse présenter une menace et, comme ils ne touchent pas aux armes en acier, ils ne seraient guère dangereux en cas de guerre, non ?

– Les Styriques se battraient par la magie et non l'acier, Kalten, répondit Émouchet. Et les magiciens styriques en connaissent bien plus sur ce plan que les chevaliers de l'Église.

– Le fait que les Zémochs soient au lac Randéra est assez prometteur, dit Tynian.

– Comment cela ? demanda Kalten.

– S'ils creusent encore, c'est qu'ils n'ont pas trouvé le Bhelliom. Cela laisse aussi entendre que nous nous dirigeons vers le bon endroit.

– Je n'en suis pas sûr, protesta Ulath. S'ils recherchent le Bhelliom depuis cinq cents ans et qu'ils ne l'aient pas encore trouvé, peut-être que le lac Randéra n'est pas le bon endroit.

– Pourquoi les Zémochs n'ont-ils pas essayé la nécromancie comme nous allons le faire ? demanda Kalten.

– Les esprits thalésiens ne réagissent pas à la nécromancie zémoch, répondit Ulath. Il est probable qu'ils me parleront, mais je serai sans doute le seul à pouvoir les entendre.

– Il est heureux que tu nous accompagnes, Ulath, dit Tynian. Ça ne me plairait pas de me donner tout ce mal pour appeler des fantômes et de découvrir ensuite qu'ils refusent de m'adresser la parole.

– Si tu les fais apparaître, je leur parlerai.

– Tu ne lui as posé aucune question au sujet du Fureteur, dit Émouchet à Séphrénia.

– C'était inutile. Cela n'aurait fait que l'effrayer. En outre, si ces villageois avaient su que le Fureteur se trouve dans cette partie du monde, le village aurait été abandonné.

– Nous aurions peut-être dû l'avertir.

– Non, Émouchet. La vie est assez difficile pour ces gens sans avoir à les transformer en vagabonds. C'est nous que recherche le Fureteur. Les villageois ne sont pas en danger.

En fin d'après-midi, ils atteignirent la limite des bois. Ils firent halte et inspectèrent les champs apparemment déserts.

– Allons camper parmi les arbres, dit Émouchet. Nous sommes à découvert, ici. Je préfère que personne n'aperçoive notre feu, si cela est possible.

Ils s'enfoncèrent donc parmi les arbres et plantèrent leur camp pour la nuit. Kalten rejoignit la lisière de la forêt pour monter la garde. Peu après la tombée de la nuit, il revint.

– Tu devrais dissimuler davantage ce feu, dit-il à Bérit. On le voit de loin.

– Tout de suite, sire Kalten, répondit le novice.

Il prit une pelle et plaça encore plus de terre autour de leur petit feu de cuisine.

– Nous ne sommes pas seuls ici, Émouchet, dit le grand pandion blond. On voit deux feux dans les champs, à environ un mille d'ici.

– Allons inspecter ça, dit Émouchet à Tynian et Ulath. Il nous faut repérer leur emplacement afin de les contourner au matin. Même si le Fureteur ne nous pose aucun problème pendant plusieurs jours, d'autres individus doivent aussi essayer de nous empêcher d'atteindre le lac. Tu viens, Kalten ?

– Allez-y sans moi. Je n'ai pas encore mangé.

– On risque d'avoir besoin de toi pour nous montrer les feux.

– Vous ne pourrez pas les rater, dit Kalten en remplissant son bol en bois. Ceux qui les ont allumés ont besoin de beaucoup de lumière.

– Il est très attaché à son estomac, n'est-ce pas ? commenta Tynian tandis que les trois chevaliers se dirigeaient à pied vers l'orée du bois.

– Il mange beaucoup, admit Émouchet, mais il est de taille imposante et il a donc besoin de beaucoup de nourriture pour tenir le coup.

Les feux étaient en effet clairement visibles. Émouchet repéra soigneusement leur emplacement.

– Nous tournerons au nord, je crois, dit-il tranquillement aux autres. Il vaut probablement mieux rester parmi les arbres avant de les avoir dépassés.

– Bizarre, dit Ulath.

– Quoi ? demanda Tynian.

– Ces camps ne sont pas très éloignés l'un de l'autre. Si ces hommes se connaissent, pourquoi n'ont-ils pas fait qu'un seul camp ?

– Peut-être ne s'aiment-ils guère.

– Mais alors, pourquoi s'être à ce point rapprochés ?

Tynian haussa les épaules.

– Qui connaît les mobiles des Lamorks ?

– Nous ne pourrons rien faire cette nuit, dit Émouchet. Rentrons au camp.

Émouchet se réveilla juste avant l'aube. Quand il voulut rassembler les autres, il découvrit que Tynian, Bérit et Talen avaient disparu. L'absence de Tynian fut facilement expliquée. Il montait la garde à l'orée du bois. Mais le novice et le gamin n'avaient aucune raison d'avoir quitté leur couchage. Émouchet lâcha un juron et alla réveiller Séphrénia.

– Bérit et Talen sont partis, lui dit-il.

Elle sonda les ténèbres qui régnaient encore sur leur petit camp.

– Il faut attendre le jour. S'ils ne sont pas revenus à ce moment-là, il nous faudra aller les chercher. Active un peu le feu, Émouchet, et rapproche ma théière de la flamme.

Le ciel s'éclaircissait à l'est quand Bérit et Talen revinrent au camp. Ils avaient l'air excité et les yeux brillants.

– Et où étiez-vous passés, tous les deux ? demanda Émouchet avec colère.

– On était allés satisfaire notre curiosité, répondit Talen. On a rendu visite à nos voisins.

– Je peux avoir une traduction, Bérit ?

– Nous avons rampé à travers champs pour jeter un coup d'œil à ces feux de camp, sire Émouchet.

– Sans même m'en parler ?

– Tu étais endormi, expliqua rapidement Talen. On ne voulait pas te réveiller.

– Ce sont des Styriques, sire Émouchet, reprit Bérit gravement, certains d'entre eux du moins. Mais il se trouve parmi eux un petit groupe de paysans lamorks. Les hommes de l'autre feu sont tous des soldats de l'Église.

– Pourrais-tu nous dire si ceux que tu as vus étaient des Styriques occidentaux ou des Zémochs ?

– Je ne saurais pas distinguer un Styrique d'un autre, mais ceux-là avaient des épées et des épieux. (Bérit fronça les sourcils.) C'est peut-être mon imagination, mais tous ces hommes ont un drôle d'air absent. Vous vous rappelez le visage sans expression de ceux qui nous sont tombés dessus en Élénie ?

– Oui.

– Ceux-ci ont plus ou moins le même air, et ils ne se parlent pas, ils ne dorment pas et ils n'ont même pas posté de sentinelles.

– Eh bien, Séphrénia ? demanda Émouchet. Le Fureteur aurait-il pu guérir plus vite que tu ne le pensais ?

– Non, répondit-elle en se renfrognant. Mais il a pu lancer ces individus sur notre piste auparavant. Ils suivent toutes les instructions qu'il a pu leur donner, mais ils ne sauront pas réagir à une situation nouvelle en son absence.

– Mais ils nous reconnaîtront, n'est-ce pas ?

– Oui, le Fureteur a dû leur implanter cela dans l'esprit.

– Et ils nous attaqueront s'ils nous voient ?

– Inévitablement.

– Je pense que nous avons donc intérêt à partir. Ces gens sont un peu trop près de nous pour que je me sente à l'aise. Je n'aime pas voyager la nuit en terre étrangère, mais, vu les circonstances... (Il se tourna gravement vers Bérit.) J'apprécie les informations que tu nous as rapportées, Bérit, mais tu n'aurais vraiment pas dû emmener Talen. Toi et moi sommes payés pour courir certains risques, mais tu n'avais absolument aucun droit de le mettre en péril.

– Il ne savait pas que je le pistais, Émouchet, expliqua rapidement Talen. Je l'ai vu se lever et j'avais envie de savoir ce qu'il faisait, alors je l'ai filé. Il ne savait même pas que j'étais là avant qu'on arrive aux feux de camp.

– Ce n'est pas tout à fait exact, sire Émouchet, protesta Bérit avec une expression de souffrance. Talen m'a réveillé et a suggéré que nous devrions aller jeter un coup d'œil à ces individus. Sur le moment, l'idée m'a paru excellente. Je vous demande pardon. Je n'ai même pas pensé au fait que je le mettais en danger.

Talen considéra le novice avec un certain écœurement.

– Mais dis-moi donc pourquoi tu as fait ça ? Je lui avais donné un mensonge impeccable. J'aurais pu t'éviter des ennuis.

– J'ai fait vœu de ne jamais mentir, Talen.

– Eh bien, pas moi. Tu n'avais qu'à garder la bouche cousue. Émouchet ne me tape pas dessus parce que je suis trop petit. En revanche, il peut décider de te châtier.

– J'adore ces petites discussions sur la moralité comparée avant le petit déjeuner, dit Kalten. A propos...

Il regarda en direction du feu d'un air significatif.

– C'est ton tour, lui dit Ulath.

– De quoi ?

– C'est ton tour de faire la cuisine.

– C'est impossible que ce soit encore mon tour.

Ulath branla du chef.

– J'ai tenu le compte.

Kalten afficha une expression hypocrite.

– Émouchet a probablement raison. Nous devrions partir. Nous pourrons manger un peu plus tard.

Ils levèrent le camp en silence et sellèrent leurs chevaux. Tynian revint de l'orée du bois où il avait monté la garde.

– Ils se dispersent en petits groupes. Je crois qu'ils vont écumer la campagne.

– Nous allons donc rester dans les bois, dit Émouchet. En selle.

Ils avancèrent prudemment, bien en arrière de l'orée de la forêt. Tynian se portait régulièrement vers celle-ci pour scruter les mouvements des hommes inexpressifs dans les champs.

– Ils semblent ignorer totalement ces bois, annonça-t-il en revenant de l'une de ses explorations.

– Ils sont incapables de réfléchir de manière indépendante, expliqua Séphrénia.

– Peu importe, dit Kalten. Ils se trouvent entre nous et le lac. Tant qu'ils patrouillent dans la campagne, nous ne pouvons pas passer. Nous finirons par arriver au bout de la forêt et nous serons bloqués.

– Lesquels patrouillent précisément ce secteur? demanda Émouchet à Tynian.
– Des soldats de l'Église. Ils patrouillent par sections.
– Combien par section?
– Une douzaine.
– Est-ce qu'elles restent en vue les unes des autres?
– Elles se déploient de plus en plus.
– Parfait. (Le visage d'Émouchet était inflexible.) Va leur jeter un coup d'œil et fais-moi savoir quand ils ne se verront plus.
– Très bien.
Émouchet mit pied à terre et attacha les rênes de Faran à un arbrisseau.
– Qu'as-tu en tête, Émouchet? demanda Séphrénia sur un ton soupçonneux alors que Bérit les aidait, elle et Flûte, à descendre de la blanche haquenée.
– Nous savons que le Fureteur fut probablement envoyé par Otha... c'est-à-dire Azash.
– Oui.
– Azash sait que le Bhelliom est sur le point de reparaître, exact?
– Oui.
– La tâche assignée au Fureteur est de nous tuer, mais, s'il échoue, n'essaiera-t-il pas de nous tenir à l'écart du lac Randéra?
– Encore cette logique élène, fit-elle, écœurée. Tu es transparent, Émouchet : je vois où tu veux en venir.
– Même si leur esprit est vierge, les soldats de l'Église sont encore capables de se transmettre des renseignements, n'est-ce pas?
– Oui, répondit-elle à contrecœur.
– Il ne nous reste donc aucun choix. Si l'un d'eux nous aperçoit, nous les aurons tous à nos trousses dans moins d'une heure.
– Je ne suis pas bien, dit Talen, un peu intrigué.
– Il va tuer tous les membres de l'une de ces patrouilles, expliqua Séphrénia.
– Jusqu'au dernier, ajouta Émouchet d'un ton sinistre, et dès que les autres seront hors de vue.
– Ils ne peuvent même pas s'enfuir, tu sais.
– Parfait. Je n'aurai donc pas à les pourchasser.
– Tu prémédites un massacre, Émouchet.
– Ce n'est pas tout à fait exact, Séphrénia. Ils attaqueront dès qu'ils nous verront. Nous ne ferons que nous défendre.
– Sophisme, lança-t-elle avant de s'éloigner à grands pas en marmonnant.
– J'ignorais qu'elle connaissait la signification de ce terme, dit Kalten.
– Tu sais te servir d'une lance? demanda Émouchet à Ulath.
– J'ai appris à m'en servir, répondit le Thalésien. Mais je préfère ma hache.

– Avec une lance, tu n'as pas à t'approcher très près de ton adversaire. Ne courons pas de risques. Nous devrions pouvoir en abattre un certain nombre à l'aide de nos lances, ensuite nous pourrons les achever avec nos épées et nos haches.

– Nous ne sommes que cinq, tu sais, dit Kalten. En comptant Bérit.

– Et alors?

– Je voulais simplement le signaler.

Séphrénia revint, le visage blême.

– Tu es donc déterminé à ceci? demanda-t-elle à Émouchet.

– Il faut que nous atteignions le lac. Peux-tu trouver d'autres possibilités?

– Non, en fait, je n'y parviens pas. (Le ton était sarcastique.) Ton impeccable logique élène m'a complètement désarmée.

– Je voulais te demander quelque chose, petite mère, dit Kalten, qui voulait manifestement calmer le jeu en changeant de sujet. A quoi ressemble exactement ce Fureteur? Il semble se donner beaucoup de mal pour rester caché.

– Il est hideux. (Elle frémit.) Je n'en ai jamais vu, mais le magicien styrique qui m'a appris à le contrer me l'a décrit. Son corps est segmenté, très pâle et très maigre. A ce stade, l'épiderme n'est pas encore complètement durci et une sorte d'ichor suinte entre ses segments pour isoler la peau de tout contact avec l'air. Il possède des pinces de crabe et son visage est d'une horreur indicible.

– Un ichor? Qu'est-ce que c'est que ça?

– Une humeur visqueuse. Il est à son stade larvaire... un peu comme une chenille ou un ver, mais pas tout à fait. En atteignant l'âge adulte, son corps durcit et s'assombrit tandis que les ailes se libèrent. Azash lui-même est incapable de contrôler un adulte. A ce stade, ils ne s'intéressent plus qu'à leur reproduction. Lâchez un couple d'adultes et ils transformeront le monde entier en un essaim et donneront à manger à leurs petits jusqu'au dernier des êtres vivant sur terre. Azash conserve un couple dans un but de reproduction en un lieu d'où il ne peut s'échapper. Quand une des larves qu'il utilise comme Fureteur approche l'âge adulte, il le fait tuer.

– Travailler pour Azash est dangereux, n'est-ce pas? Mais je n'ai jamais vu d'insecte qui ressemble à cela.

– La norme ne s'applique pas aux créatures qui servent Azash. (Elle considéra Émouchet avec une expression d'une douleur extrême.) Faut-il vraiment en passer par là?

– Je le crains. Il n'y a pas d'autre moyen.

Ils s'assirent sur la terre grasse de la forêt et attendirent le retour de Tynian. Kalten s'approcha de l'une des sacoches et découpa de larges tranches de fromage et de pain à l'aide de sa dague.

– Mon tour de cuisiner est terminé, comme ça, entendu? dit-il à Ulath.

Ulath lâcha un grognement.

– J'y réfléchirai.

Le ciel était couvert et les oiseaux somnolaient parmi les branches de cèdres vert foncé qui emplissaient les bois de leur senteur. A un moment donné, un daim passa à proximité en avançant délicatement sur une piste. L'un des chevaux renâcla et le daim s'enfuit en bondissant, sa queue blanche se relevant brutalement et ses bois couverts de velours dressés au-dessus de la tête. La paix régnait en ce lieu, mais Émouchet chassa cette paix de son esprit, s'armant de courage pour affronter la tâche qui l'attendait.

Tynian revint.

– Un groupe de soldats est posté à quelques centaines de pas au nord, rapporta-t-il tranquillement. Tous les autres sont invisibles.

– Parfait, dit Émouchet en se levant. Nous pouvons partir. Séphrénia, reste ici avec Talen et Flûte.

– Quel est le plan ? demanda Tynian.

– Nous n'avons pas de plan, répondit Émouchet. Nous allons simplement sortir au galop et éliminer cette patrouille. Ensuite, nous filerons jusqu'au lac Randéra.

– Cela possède un certain charme sans détours, acquiesça Tynian.

– Rappelez-vous tous qu'ils ne réagissent pas aux blessures à la façon des gens normaux. Assurez-vous qu'ils ne vous prennent pas par revers. Allons-y.

Le combat fut bref et brutal. Dès qu'Émouchet et les autres jaillirent des bois dans une charge fracassante, les soldats de l'Église au visage dépourvu d'expression poussèrent leurs montures à travers le champ herbeux, fonçant vers eux l'épée levée. Quand les adversaires furent séparés par une cinquantaine de pas, Émouchet, Kalten, Tynian et Ulath abaissèrent leurs lances et se préparèrent. L'impact fut terrible. Le soldat que frappa Émouchet fut arraché de sa selle par la lance qui lui traversa la poitrine pour ressortir dans le dos. Émouchet freina brusquement Faran pour éviter de briser sa lance. Il la dégagea du corps, puis reprit sa charge. La lance se rompit dans le corps d'un autre soldat. Il s'en débarrassa et tira son épée. Il trancha le bras d'un troisième soldat, puis enfonça la pointe dans la gorge de l'homme.

Ulath avait brisé sa lance sur le premier soldat qu'il avait attaqué, mais il avait planté ce qu'il en restait dans le corps d'un deuxième. Puis le grand génidien avait repris sa hache. Il cassa tranquillement la tête d'un troisième soldat. Tynian avait fiché sa lance dans le ventre d'un ennemi et l'avait achevé à l'aide de son épée avant de passer à un autre. La lance de Kalten s'était fracassée contre le bouclier d'un soldat et il fut assailli par deux autres jusqu'à ce que Bérit arrive à son aide et leur tranche le sommet du crâne à l'aide de sa hache. Kalten acheva le premier à l'aide d'un large coup.

Les ennemis restants tournaient en désordre, leur esprit ankylosé par le venin, incapables de réagir assez vite devant l'assaut des chevaliers de l'Église. Émouchet et ses compagnons les rassemblèrent avant de les massacrer systématiquement.

Kalten descendit de selle et marcha parmi les corps gisant en tas sur l'herbe ensanglantée. Émouchet détourna la tête tandis que son ami passait systématiquement les corps au fil de sa lame.

– Pour plus de sûreté, dit Kalten en rengainant son arme et en remontant en selle. Aucun d'eux ne pourra parler, à présent.

– Bérit, dit Émouchet, va chercher Séphrénia et les enfants. Nous montons la garde ici. Oh, autre chose. Tu ferais bien de nous préparer de nouvelles lances. Celles que nous avions semblent s'être usées.

– Oui, sire Émouchet, dit le novice en repartant vers les bois.

Émouchet regarda autour de lui et aperçut un ravin encombré de buissons, non loin de là.

– Cachons-les là-bas, dit-il en regardant les cadavres. Il ne faut pas qu'on puisse constater trop facilement notre passage.

– Leurs chevaux se sont tous enfuis? demanda Kalten.

– Oui, répondit Ulath. Les chevaux font toujours ça pendant les batailles.

Ils traînèrent les corps mutilés jusqu'au ravin et les mirent parmi les buissons. Quand ils eurent fini, Bérit était en train de revenir en compagnie de Séphrénia, Talen et Flûte. Il portait les nouvelles lances en travers de sa selle. Séphrénia garda les yeux détournés de l'herbe souillée là où s'était déroulé le combat.

Il ne fallut que quelques minutes pour fixer des pointes d'acier aux lances, et tous remontèrent en selle.

– Maintenant, j'ai vraiment faim, dit Kalten tandis qu'ils partaient au galop.

– Comment est-ce possible? lâcha Séphrénia sur un ton révulsé.

– Qu'ai-je donc dit? s'étonna Kalten.

– Peu importe.

Les quelques jours suivants s'écoulèrent sans incident, mais Émouchet et les autres surveillaient attentivement leurs arrières tout en continuant leur galop. Ils se cachaient chaque soir pour camper et allumer un feu bien abrité. Puis les cieux nuageux finirent par tenir leur promesse. Une bruine régulière se mit à tomber tandis qu'ils avançaient vers le nord-est.

– Magnifique, dit Kalten d'une voix sardonique en levant les yeux sur le ciel détrempé.

– Fais une prière pour qu'il pleuve plus fort, lui dit Séphrénia. Le Fureteur devrait s'être remis en route, à présent, mais il ne pourra suivre notre piste si elle a été lessivée par la pluie.

– Je n'y avais sans doute pas songé, admit-il.

A intervalles réguliers, Émouchet mettait pied à terre pour couper une branchette d'un buisson bas qu'il déposait soigneusement au sol, indiquant la direction dans laquelle ils allaient.

– Pourquoi fais-tu tout le temps ça? lui demanda enfin Tynian.

– Pour que Kurik sache quel chemin nous avons pris.

– Très astucieux, mais comment saura-t-il derrière quel buisson regarder?

– C'est toujours la même variété de buisson. Kurik et moi avons mis cela au point il y a très longtemps.

Le ciel continuait de pleurer. C'était une pluie d'un genre particulièrement déprimant qui trempait toute chose. Les feux de camp étaient difficiles à allumer et tendaient à s'éteindre sans crier gare. De temps à autre, ils passaient à côté d'un village lamork ou d'une ferme isolée. Les gens restaient généralement dehors sous la pluie et le bétail qui paissait dans les champs était détrempé et avait l'air inconsolable.

Ils n'étaient pas très loin du lac quand Bévier et Kurik finirent par les rattraper par un après-midi tonitruant où la pluie régulière tombait presque horizontalement.

– Nous avons livré Ortzel à la basilique, rapporta Bévier en essuyant son visage dégoulinant. Nous nous sommes ensuite rendus chez Dolmant et lui avons raconté ce qui se passe en Lamorkand. Il est lui aussi d'avis que ces troubles sont probablement destinés à attirer les chevaliers de l'Église hors de Chyrellos. Il fera tout son possible pour l'empêcher.

– Parfait, dit Émouchet. Ça me plaît assez de savoir que les efforts de Martel n'auront servi à rien. Vous avez rencontré des problèmes, en cours de route?

– Rien de grave. Mais les routes sont encombrées par les patrouilles et Chyrellos grouille de soldats.

– Et tous les soldats sont dévoués à Annias, sans doute? fit Kalten d'un ton amer.

– Il y a d'autres candidats à l'archiprélature, Kalten, lui signala Tynian. Si Annias amène ses troupes à Chyrellos, il est raisonnable de penser que les autres font de même.

– Nous ne voulons quand même pas des combats dans les rues de la Ville Sainte, dit Émouchet. Comment va l'archiprélat Cluvonus? demanda-t-il à Bévier.

– Il faiblit de plus en plus rapidement, je le crains. La Hiérocratie ne peut même plus dissimuler son état de santé à l'ensemble de la population.

– Ce que nous faisons devient d'autant plus urgent, dit Kalten. Si Cluvonus décède, Annias entrera en action et, à ce stade, il n'aura même plus besoin des finances de l'Élénie.

– Avançons donc. Il reste encore un peu plus d'une journée avant d'atteindre le lac.

– Émouchet, dit Kurik d'un ton critique, vous avez laissé rouiller votre armure.

– Vraiment ?

Émouchet écarta sa cape noire mouillée et considéra les épaulettes teintées de rouge avec une certaine surprise.

– Monseigneur n'a pu trouver la bouteille de graisse ?

– J'avais d'autres choses en tête.

– De toute évidence.

– Pardonne-moi. Je vais m'en occuper.

– Vous ne sauriez pas faire. Ne jouez pas avec cette armure, Émouchet. Je vais l'huiler.

Émouchet examina ses compagnons.

– Si quelqu'un veut parler de ça, il y aura de la bagarre, dit-il d'un ton de mauvais augure.

– Plutôt mourir que de vous offenser, monseigneur Émouchet, promit Bévier avec une expression d'un sérieux absolu.

– Je t'en sais gré, lui dit Émouchet avant de s'enfoncer résolument dans la pluie battante, son armure rouillée grinçant sans cesse.

Chapitre huit

L'ANTIQUE CHAMP DE BATAILLE du lac Randéra, au centre septentrional du Lamorkand, était encore plus désolé que ce qu'on avait pu leur laisser entendre. C'était une vaste étendue sauvage de terre retournée, des monticules de terres jonchant le paysage. D'énormes trous et tranchées remplis d'eau boueuse creusaient le sol et la pluie continue avait transformé les lieux en une vaste fondrière.

Kalten arrêta son cheval à côté de celui d'Émouchet et regarda d'un air impuissant le champ boueux qui semblait s'étendre jusqu'à la ligne d'horizon.

– Où commençons-nous ? demanda-t-il, apparemment interdit devant l'ampleur de la tâche qui les attendait.

Émouchet se rappela quelque chose.

– Bévier...

L'Arcien s'avança.

– Oui, Émouchet ?

– Tu as dit que tu avais étudié l'histoire militaire.

– Oui.

– Puisque ce fut la plus grande des batailles jamais livrées, tu y as probablement consacré un certain temps, n'est-ce pas?

– Bien entendu.

– Penses-tu être capable de localiser le secteur principal où les Thalésiens ont combattu?

– Accordez-moi quelques instants pour m'orienter. (Bévier s'enfonça lentement dans le champ détrempé, cherchant attentivement des points de repère.) Là, dit-il enfin en désignant une colline proche à demi obscurcie par la bruine. C'est là que les troupes du roi d'Arcie affrontèrent les hordes d'Otha et leurs alliés surnaturels. Elles étaient aux abois, mais elles résistèrent jusqu'à l'arrivée des chevaliers de l'Église. (Il plissa les yeux songeusement dans la pluie.) Si ma mémoire est bonne, l'armée du roi Sarak de Thalésie effectua un mouvement tournant par le côté oriental du lac. Pour livrer bataille bien plus à l'est.

– Cela réduit au moins l'étendue des recherches, dit Kalten. Les chevalier génidiens auraient-ils accompagné l'armée de Sarak?

Bévier secoua la tête.

– Tous les chevaliers de l'Église étaient engagés dans la campagne en Rendor. Quand la nouvelle de l'invasion d'Otha leur parvint, ils traversèrent la mer Intérieure jusqu'en Cammorie, puis se dirigèrent ici à marche forcée. Ils arrivèrent par le sud sur le champ de bataille.

– Émouchet, dit doucement Talen. Là-bas, il y a des gens qui essaient de se cacher derrière ce gros tas de terre... celui où est plantée une vieille souche.

Émouchet évita prudemment de se retourner.

– Tu peux me les décrire?

– Je ne saurais dire ce qu'ils sont, répondit le gamin. Ils sont couverts de boue.

– Ils avaient des armes?

– Des pelles, surtout. Je crois qu'il y en avait deux avec des arbalètes.

– Ce sont donc des Lamorks, dit Kalten. Personne d'autre n'utilise ce genre d'arme.

– Kurik, dit Émouchet à son écuyer, quelle est la portée effective d'une arbalète?

– Deux cents pas pour une certaine précision. Après cela, ce n'est plus qu'une question de chance.

Émouchet se tourna avec un air décontracté. Le monticule de terre était à une cinquantaine de pas.

– C'est par là que nous allons, dit-il à voix suffisamment haute pour être entendu des chasseurs de trésor qui rôdaient. (Il leva une main gantelée d'acier et désigna l'est.) Combien sont-ils, Talen?

– J'en ai vu huit ou dix. Il peut y en avoir davantage.

– Garde les yeux sur eux, mais pas trop ouvertement. Si l'un d'eux lève une arbalète, avertis-nous.

– Entendu.

Émouchet adopta un trot régulier. Les sabots de Faran clapotaient dans la boue presque liquide.

– Ne regardez pas en arrière, lança-t-il aux autres.

– Le galop ne serait-il pas plus approprié ? demanda Kalten d'une voix tendue.

– N'indiquons pas que nous les avons aperçus.

– C'est très dur pour mes nerfs, Émouchet, marmotta Kalten en agitant son bouclier. J'éprouve une sensation très désagréable entre les omoplates.

– Moi aussi, admit Émouchet. Talen, est-ce qu'ils bougent ?

– Ils nous surveillent. Je vois une tête qui apparaît de temps à autre.

Ils continuaient d'avancer.

– Nous y sommes bientôt, dit Tynian avec nervosité.

– La pluie nous cache presque la colline, annonça Talen. Je ne pense pas qu'ils puissent encore nous voir.

– Parfait, dit Émouchet en lâchant brutalement un souffle de soulagement. Ralentissons. Il est évident que nous ne sommes pas seuls ici, et nous ne voulons pas commettre d'impair.

– De la nervosité, commenta Ulath.

– Il y a de quoi, non ? acquiesça Tynian.

– J'ignore pour quelle raison tu peux t'inquiéter, dit Ulath en considérant la lourde armure deirane, vu tout l'acier qui t'enveloppe.

– A courte distance, un trait d'arbalète peut même pénétrer ceci. (Tynian tapa sur le plastron de son armure, qui émit un son sourd, presque comme une cloche.) Émouchet, la prochaine fois que tu parleras à la Hiérocratie, pourquoi ne pas suggérer qu'elle jette l'interdit sur les arbalètes ? Je me sens positivement nu, ici.

– Comment supportes-tu toute cette armure ? lui demanda Kalten.

– Péniblement, mon ami. Très péniblement. La première fois que je l'ai enfilée, je me suis écroulé. Il m'a fallu une heure pour me remettre debout.

– Gardez les yeux ouverts, les avertit Émouchet. Quelques chasseurs de trésor lamorks, c'est une chose, mais des hommes contrôlés par le Fureteur, c'en est une autre ; s'il en avait postés là-bas dans les bois, on peut être sûr qu'il en a également mis ici.

Ils pataugèrent dans la boue en avançant précautionneusement. Émouchet consulta de nouveau sa carte, l'abritant de la pluie avec sa cape.

– La ville de Randéra est sur la rive orientale du lac. Bévier, est-ce que tes livres auraient parlé d'une éventuelle occupation de la ville par les Thalésiens ?

– Cette portion de la bataille est un peu obscure dans les chroniques que j'ai lues, répondit le chevalier en cape blanche. Tout ce que je sais, c'est que les Zémochs ont occupé Randéra tout au début de leur campagne. Quant à savoir si les Thalésiens ont réagi à ce sujet, je l'ignore purement et simplement.

– Ils n'ont sans doute pas bougé, déclara Ulath. Les Thalésiens ne sont pas très doués pour assiéger des villes. Nous n'en avons pas la patience. L'armée du roi Sarak a probablement évité la ville.

– Ce pourrait être plus facile que je l'imaginais, dit Kalten. Le seul secteur que nous ayons à fouiller est situé entre Randéra et la pointe méridionale du lac.

– Ne te fais pas trop d'illusions, Kalten, lui dit Émouchet. Cela représente tout de même une jolie superficie. (Il regarda le lac à travers la bruine.) La berge du lac semble faite de sable, et il est plus facile d'aller à cheval sur le sable humide que dans la boue.

Il fit tourner Faran et les conduisit en direction du lac.

La plage de sable qui s'étendait dans le lointain le long de la rive sud du lac ne paraissait pas avoir été creusée de la même manière que le reste du champ de bataille. Kalten regarda autour d'eux.

– Je me demande pourquoi ils n'ont pas creusé par ici.

– La montée des eaux, répondit mystérieusement Ulath.

– Je te demande pardon ?

– Le niveau du lac s'élève en hiver et remet le sable dans les trous qui ont pu être creusés.

– Oh. C'est logique, sans doute.

Ils longèrent prudemment les eaux pendant une demi-heure.

– Jusqu'où devons-nous aller ? demanda Kalten à Émouchet. C'est toi qui possèdes la carte.

– Encore dix lieues, répondit Émouchet. Cette plage paraît assez large pour permettre de galoper tranquillement.

Il donna des talons et Faran partit le premier.

La pluie tombait sans discontinuer et la surface ridée du lac était de la couleur du plomb. Ils avaient parcouru quelques milles au bord des eaux quand ils aperçurent un nouveau groupe d'individus qui creusaient assez furtivement le terrain détrempé.

– Des Pélosiens, annonça Ulath d'un ton dédaigneux.

– Comment le sais-tu ? lui demanda Kalten.

– Ils ont leurs drôles de chapeaux pointus.

– Oh.

– Je crois qu'ils sont ajustés à la forme de leur tête. Ils ont probablement entendu des rumeurs au sujet du trésor et sont descendus du nord. Tu veux qu'on les éloigne, Émouchet ?

– Laisse-les. Ils ne nous inquiètent pas... du moins tant qu'ils restent où ils sont. Les hommes qui appartiennent au Fureteur ne s'intéresseraient pas au trésor.

Ils chevauchèrent ainsi sur la plage jusqu'en fin d'après-midi.

– Que diriez-vous d'établir notre camp ici ? suggéra Kurik en désignant un imposant tas de bois flotté devant eux. Il me reste un peu de bois sec dans les paquetages et on devrait pouvoir en trouver davantage en dessous de cet empilement.

Émouchet leva les yeux vers les nuages dégoulinants et estima l'heure.

– De toute façon, il est temps de s'arrêter, acquiesça-t-il.

Ils s'immobilisèrent à côté du tas de bois et Kurik fit son feu. Bérit et Talen se mirent à tirer des branches relativement sèches de sous la pile et, au bout d'un moment, Bérit alla chercher sa hache de guerre sur son cheval.

– Que vas-tu faire avec ça ? lui demanda Ulath.

– Je vais couper les plus grosses branches, sire Ulath.

– Non, point du tout.

Bérit parut quelque peu étonné.

– Elle n'a pas été faite pour ça. Tu en émousseras le tranchant et tu risques d'avoir besoin de celui-ci avant longtemps.

– J'ai ma hache dans cette sacoche, là-bas, Bérit, dit Kurik au novice quelque peu honteux. Sers-t'en. Je ne prévois pas de m'en servir pour frapper qui que ce soit.

– Kurik, mets une couverture près du feu et passe une corde en dessous, dit Séphrénia à l'intérieur de la tente qu'Émouchet et Kalten venaient de monter pour elle et Flûte. (Elle émergea de la tente vêtue d'une blouse styrique, portant sa robe blanche détrempée dans une main et le vêtement de Flûte dans l'autre.) C'est le moment de sécher nos habits.

Après le coucher du soleil, une brise nocturne se mit à souffler du lac, secouant les tentes et agitant les flammes de leur feu. Ils prirent un maigre souper, puis rejoignirent leurs couches.

Aux environs de minuit, Kalten revint de l'endroit où il avait monté la garde. Il secoua Émouchet.

– C'est ton tour, dit-il doucement pour éviter de réveiller les autres.

– Très bien, dit Émouchet en s'asseyant en bâillant. Tu as trouvé un coin convenable ?

– Cette colline juste derrière la plage. Mais attention où tu mets les pieds en montant. La pente a été elle aussi creusée.

Émouchet commença à enfiler son armure.

– Nous ne sommes pas seuls ici, Émouchet, dit Kalten en ôtant son casque et sa cape noire dégoulinante. J'ai vu une demi-douzaine de feux un peu partout.

– Encore des Pélosiens et des Lamorks ?

– C'est plutôt difficile à dire. Un feu ne possède généralement pas de signes distinctifs.

– N'en parle pas à Talen et Bérit. Je ne veux pas qu'ils aillent encore se balader dans le noir. Dors un peu, Kalten. La journée de demain risque d'être longue.

Émouchet grimpa avec précaution le flanc de la colline et prit position au sommet. Il aperçut immédiatement les feux dont avait parlé Kalten mais il vit aussi qu'ils se trouvaient à une grande distance et qu'ils ne représentaient qu'une menace insignifiante.

Ils étaient en route depuis longtemps, à présent, et un sentiment d'impatience taraudait Émouchet. Ehlana était seule dans la salle du trône silencieuse à Cimmura, sa vie s'écoulant avec le temps. Encore quelques mois et son pouls faiblirait puis s'arrêterait. Émouchet arracha son esprit à cette idée. Comme il le faisait habituellement quand l'appréhension l'envahissait, il fixa ses pensées sur d'autres questions et d'autres souvenirs.

La pluie était froide, pénétrante, déplaisante, aussi se tourna-t-il vers le Rendor, où le soleil écrasant avalait toute trace d'humidité dans l'air. Il se rappela les files de femmes en voiles noirs qui se dirigeaient gracieusement vers le puits dès l'aube, avant que le soleil rende insupportables les rues de Djiroch. Il se rappela Lillias avec un sourire forcé et se demanda si la scène théâtrale dans la rue près des quais lui avait conféré le respect dont elle avait désespérément besoin.

Puis il se rappela Martel. Cette nuit dans la tente d'Arasham à Dabour avait été mémorable. Voir son ennemi mortel empli de colère et de déconvenue avait été presque aussi satisfaisant que de le tuer.

– Un jour viendra, Martel, marmotta-t-il. Ta dette est lourde et je pense que bientôt viendra le jour où je me rembourserai.

La pensée était agréable et Émouchet s'attarda dessus tandis qu'il restait debout dans la pluie. Et il la détailla jusqu'à l'heure où il alla réveiller Ulath pour prendre son tour de garde.

Ils plièrent le camp au lever du jour et repartirent sur la plage balayée par la pluie.

En milieu de matinée, Séphrénia immobilisa sa blanche haquenée avec un sifflement de mise en garde.

– Des Zémochs, dit-elle brutalement.

– Où ? demanda Émouchet.

– Je ne suis pas sûre. Mais ils sont proches et leurs intentions ne sont pas amicales.

– Combien sont-ils ?

– C'est très difficile à dire, Émouchet. Une douzaine au moins, probablement moins de vingt.

– Prends les enfants et rejoins le bord de l'eau. (Il regarda ses compagnons.) Voyons un peu si nous pouvons les chasser. Je ne veux pas qu'ils nous suivent.

Les chevaliers s'avancèrent au pas dans la boue, lances baissées. Bérit et Kurik étaient sur les côtés.

Les Zémochs étaient dissimulés dans une tranchée peu profonde à moins d'une centaine de pas de la plage. Quand ils virent les sept Élènes qui se dirigeaient résolument vers eux, ils se dressèrent, les armes à la main. Ils étaient peut-être quinze, mais le fait qu'ils étaient à pied leur donnait un net désavantage. Ils n'émirent aucun son, ne poussèrent aucun cri de guerre, et leurs yeux étaient vides.

– C'est le Fureteur qui les envoie! aboya Émouchet. Faites attention.

Comme les chevaliers approchaient, les Zémochs s'avancèrent en trébuchant et plusieurs se précipitèrent même aveuglément sur la pointe des lances.

– Lâchez vos lances! ordonna Émouchet. Ils sont trop près! Il jeta sa lance et tira son épée. Une nouvelle fois, les hommes contrôlés par le Fureteur chargeaient dans un silence inquiétant et ne prêtaient aucune attention à leurs camarades abattus. Bien qu'ils eussent l'avantage du nombre, ils ne pouvaient vraiment égaler les chevaliers sur leurs montures et leur condamnation sonna quand Kurik et Bérit les prirent à revers.

Le combat dura peut-être dix minutes, puis tout fut terminé.

– Des blessés? demanda Émouchet en regardant autour de lui.

– Plusieurs, à mon avis, répondit Kalten en considérant les corps qui gisaient dans la boue. Ça commence à être un peu trop facile, Émouchet. Ils chargent comme s'ils voulaient se faire tuer.

– Je suis toujours prêt à rendre service, annonça Tynian en essuyant son épée à l'aide d'une blouse zémoch.

– Traînons-les jusqu'à la tranchée où ils se cachaient, dit Émouchet. Kurik, retourne chercher ta pelle. On va les recouvrir.

– On cache la pièce à conviction, hein? dit Kalten d'un ton joyeux.

– Il risque d'y en avoir d'autres dans les environs, expliqua Émouchet. Ne proclamons pas que nous sommes passés par ici.

– Exact, mais je veux les vérifier avant de commencer à les traîner. Je préférerais ne pas en voir un se réveiller au moment où je le tiens par les chevilles.

Kalten mit pied à terre et accomplit sa sinistre tâche de vérification. Puis ils se mirent tous au travail. La boue glissante facilitait le traînage. Kurik se tenait au bord de la tranchée et jetait de la boue sur les cadavres.

– Bévier, dit Tynian, es-tu à ce point attaché à ta Lochabre?

– C'est l'arme que j'ai choisie. Pourquoi cette question?

– Elle est un peu gênante quand vient l'heure du nettoyage. Quand tu leur coupes la tête comme ça, cela veut dire qu'il nous faut faire deux voyages au lieu d'un seul. Tynian se pencha et prit deux têtes par les cheveux comme s'il avait besoin d'insister.

– Très drôle, fit sèchement Bévier.

Après avoir jeté dans la tranchée tous les bouts de Zémochs et leurs armes, ils rejoignirent la plage, où Séphrénia était assise sur sa jument, gardant le visage de Flûte soigneusement dissimulé par le bord de sa cape tandis qu'elle essayait également de ne rien voir de ce qui s'était passé.

– Vous avez fini ? demanda-t-elle comme Émouchet et les autres approchaient.

– Tout est terminé. Tu peux regarder, à présent. (Il fronça les sourcils.) Kalten vient de soulever un point. Il a dit que cela devenait presque trop facile. Ces gens se contentent de charger sans réfléchir. C'est comme s'ils voulaient se faire tuer.

– Ce n'est pas vraiment cela, Émouchet. Le Fureteur a des hommes à revendre. Il est prêt à en sacrifier des centaines rien que pour tuer l'un de nous... et des centaines de plus pour en tuer un autre.

– C'est déprimant. S'il en a tant, pourquoi les envoie-t-il par groupes aussi réduits ?

– Ce sont des éclaireurs. Les fourmis et les abeilles font exactement la même chose. Elles envoient des petits groupes en reconnaissance pour découvrir ce que cherche la colonie. Le Fureteur est toujours un insecte, après tout, et, malgré Azash, il pense comme un insecte.

– Du moins ne peuvent-ils faire de rapport, dit Kalten. Ceux que nous avons rencontrés, en tout cas.

– Le rapport est déjà fait, lui signala-t-elle. Le Fureteur sait quand ses forces ont diminué. Il ne sait peut-être pas avec précision où nous nous trouvons, mais il sait que nous avons tué ses soldats. Je pense que nous ferions mieux de quitter les lieux. S'il y avait un groupe par ici, il est probable qu'il s'en trouve d'autres. Il ne faut pas qu'ils convergent vers nous.

Ulath parlait gravement à Bérit tout en avançant au trot.

– Ne perds jamais le contrôle de ta hache. Ne fais jamais de mouvement tournant qui ne te permette pas de la ramener instantanément.

– Je crois que je vois ce que vous voulez dire, répondit gravement Bérit.

– Une hache peut être une arme tout aussi délicate qu'une épée... à condition de savoir ce qu'on fait. Fais attention, mon garçon. Ta vie peut dépendre de ceci.

– Je pensais que l'important était de frapper aussi fort que possible.

– Ce n'est pas vraiment nécessaire. Surtout si elle reste bien affûtée. Quand tu casses une noisette avec un marteau, tu frappes assez fort pour briser la coquille. Tu ne veux pas la réduire en miettes. Il en va de même pour la hache. Si tu frappes trop fort, tu risques de voir ta lame rester coincée quelque part dans le corps, ce qui te met en position nettement désavantageuse pour affronter l'adversaire suivant.

– J'ignorais que la hache était une arme aussi compliquée, dit doucement Kalten à Émouchet.

– Je crois que cela fait partie de la religion thalésienne, répondit Émouchet. (Il considéra Bérit, dont le visage était captivé tandis qu'il écoutait les instructions d'Ulath.) Je regrette de devoir dire ça, mais nous venons probablement de perdre un bon épéiste. Bérit a beaucoup d'affection pour cette hache et Ulath ne fait que l'encourager.

En fin de journée, la rive du lac commença à s'incurver vers le nord-est. Bévier regarda autour d'eux pour s'orienter.

– Je pense qu'on devrait s'arrêter par ici, Émouchet. Autant que je puisse en juger, c'est à peu près ici que les Thalésiens ont rencontré les Zémochs.

– Parfait, acquiesça Émouchet. A présent, le reste t'appartient, Tynian.

– Demain matin, à la première heure, promit le chevalier alcion.

– Pourquoi pas tout de suite ? lui demanda Kalten.

– Il ne tardera pas à faire nuit, répondit Tynian, le visage sinistre. Je n'évoque pas les fantômes pendant la nuit.

– Oh ?

– Ce n'est pas parce que je sais le faire que ça me plaît. Je veux beaucoup de lumière quand ils commenceront à apparaître. Ces hommes furent tués au cours d'une bataille et ils ne seront pas très beaux à regarder. Je préférerais ne pas les voir m'arriver dessus dans les ténèbres.

Émouchet et les autres chevaliers inspectèrent les alentours tandis que Kurik, Bérit et Talen installaient le camp. La pluie faiblissait légèrement quand ils revinrent.

– Quelque chose ? demanda Kurik en soulevant un angle de la toile qu'il avait placée en tente sur le feu.

– De la fumée à quelques milles au sud, répondit Kalten en descendant de son cheval. Mais nous n'avons vu personne.

– Nous allons tout de même devoir monter la garde, dit Émouchet. Si Bévier sait que c'est le secteur où les Thalésiens ont combattu, on peut être relativement sûrs que les Zémochs sont également au courant, et comme le Fureteur sait ce que nous recherchons il doit avoir aussi posté certains de ses hommes.

Ce soir-là, ils furent inhabituellement silencieux sous la toile de Kurik qui empêchait la pluie d'étouffer leur feu. Ce lieu était leur but depuis des semaines qu'ils avaient quitté Cimmura et ils ne tarderaient pas à découvrir si le voyage avait été utile. Émouchet, en particulier, était très inquiet. Il voulait naturellement continuer, mais il respectait le sentiment de Tynian en la matière.

– Le processus est-il très compliqué ? demanda-t-il au Deiran doté de larges épaules. Je veux parler de la nécromancie.

– Ce n'est pas un sortilège banal, si c'est cela que tu veux dire, répondit Tynian. L'incantation est assez longue et il faut dessiner des figures sur le sol pour se protéger. Les morts refusent parfois de se réveiller et ils sont capables de trucs assez méchants s'ils sont vraiment dérangés.

– Combien d'entre eux as-tu l'intention de réveiller à la fois? lui demanda Kalten.

– Un seul, répondit fermement Tynian. Je ne veux pas toute une brigade qui m'arrive dessus. Cela prendra peut-être un peu plus longtemps, mais c'est bien plus sûr.

– C'est toi l'expert.

Le matin arriva, humide et sinistre. La pluie était revenue durant la nuit. La terre détrempée avait déjà reçu plus d'eau qu'elle n'en pouvait contenir et des mares ridées par les gouttes s'étaient formées partout.

– Une journée parfaite pour réveiller les morts, fit remarquer sombrement Kalten. Le cadre serait inadéquat si cela se passait au soleil.

– Eh bien, dit Tynian en se dressant, nous pouvons sans doute commencer.

– On ne prend pas d'abord de petit déjeuner? se plaignit Kalten.

– Il ne faut rien avoir dans l'estomac, tu sais, Kalten, répondit Tynian. Crois-moi.

Ils quittèrent leur camp.

– On dirait que les excavations sont moins nombreuses, par ici, dit Bérit en regardant autour d'eux. Peut-être que les Zémochs ne savent pas où les Thalésiens ont été enterrés, après tout.

– On peut toujours avoir de l'espoir, dit Tynian. Enfin, ici ou ailleurs, on peut commencer.

Il prit une branche morte et se prépara à tracer une figure sur le sol détrempé.

– Sers-toi plutôt de ça, lui conseilla Séphrénia en lui tendant un rouleau de corde. Une figure dessinée sur la terre sèche marche très bien, mais avec ces mares les fantômes risquent de ne pas tout voir.

– Et nous ne désirons rien de tel, acquiesça Tynian.

Il se mit à installer la corde sur le sol. Le dessin était complexe, avec des cercles et des courbes obscurs, des étoiles aux formes irrégulières.

– C'est bien? demanda-t-il à Séphrénia.

– Bouge ça légèrement vers la gauche, dit-elle en désignant une partie du tracé.

Il s'exécuta.

– C'est bien mieux. Prononce l'incantation à voix haute. Je te corrigerai si tu commets la moindre erreur.

– Par simple curiosité, pourquoi ne fais-tu pas cela, Séphrénia? lui demanda Kalten. Tu sembles en savoir davantage que quiconque.

– Je ne suis pas assez robuste, admit-elle. Ce que l'on accomplit en fait au cours de ce rituel, c'est une lutte avec les morts pour les forcer à se lever. Je suis un peu petite pour ce genre de chose.

Tynian se mit à parler en styrique d'une voix retentissante. Le rythme était bien particulier et ses gestes lents avaient un air extrêmement majestueux. Sa voix se fit de plus en plus forte et autoritaire. Puis il leva les deux mains et les claqua brutalement.

Au début, rien ne parut se passer. Puis le sol à l'intérieur de sa figure sembla onduler et frémir. Lentement, presque péniblement, quelque chose s'éleva de terre.

– Grand Dieu! souffla Kalten, horrifié devant la créature grotesquement mutilée.

– Parle-lui, Ulath, dit Tynian entre ses dents serrées. Je ne pourrai pas le retenir très longtemps.

Ulath s'avança et se mit à parler dans une langue très gutturale.

– Du thalésien ancien, annonça Séphrénia. Les simples soldats du temps du roi Sarak devaient le parler.

L'immonde apparition répondit en hésitant d'une voix terrifiante. Puis elle fit un geste saccadé d'une main osseuse.

– Laisse-le, Tynian, dit Ulath. J'ai ce qu'il nous faut.

Le visage de Tynian était gris et il avait les mains tremblantes. Il prononça deux mots en styrique et l'apparition replongea dans la terre.

– Celui-ci ne savait rien, leur apprit Ulath, mais il a indiqué l'endroit où un comte est enfoui. Il appartenait à la maison du roi Sarak et s'il y a quelqu'un par ici qui doit savoir où est le roi, c'est bien lui.

– Attends, je reprends mon souffle, dit Tynian.

– C'est à ce point difficile?

– Tu ne peux pas imaginer, mon ami.

Ils attendirent tandis que Tynian haletait péniblement. Au bout de quelques instants, il enroula sa corde et se redressa.

– Parfait, allons réveiller le comte.

Ulath les conduisit jusqu'à un petit monticule à proximité.

– Un tumulus, dit-il. On l'élève habituellement quand on enterre quelqu'un d'important.

Tynian traça sa figure en haut du tumulus, puis il recula et recommença le rituel. Il le termina et claqua encore les mains.

L'apparition qui s'éleva du tumulus n'était pas mutilée aussi hideusement que la première. Elle était revêtue d'une cotte de mailles thalésienne traditionnelle et avait un casque à cornes sur la tête.

– Qui es-tu pour me déranger dans mon repos? demanda-t-elle à Tynian dans la langue archaïque vieille de cinq siècles.

– Il t'a fait resurgir à la lumière du jour à ma demande, monseigneur, répondit Ulath. Je suis de ta race et désirerais m'entretenir avec toi.

– Parle donc promptement. Je suis mécontent que tu aies accompli ceci.

– Nous recherchons la dernière demeure de Sa Majesté le roi

Sarak, dit Ulath. Sais-tu, monseigneur, où nous pourrions chercher ?

– Sa Majesté ne gît point sur ce champ de bataille, répondit le fantôme.

Émouchet perdit soudain tout courage.

– Sais-tu ce qu'il est advenu de lui ? insista Ulath.

– Sa Majesté quitta sa capitale d'Emsat quand elle apprit la nouvelle de l'invasion des hordes d'Otha. Elle ne prit qu'une petite expédition de sa propre maison. Nous étions restés pour rassembler le gros des troupes. Nous devions suivre, une fois l'armée réunie. Quand nous arrivâmes, Sa Majesté ne put être retrouvée. Nul ici ne sait ce qu'il advint d'elle. Il ne vous reste donc qu'à aller chercher en d'autres lieux.

– Une dernière question, monseigneur, dit Ulath. Sais-tu par bonheur quelle route Sa Majesté avait l'intention de suivre pour atteindre ce terrain ?

– Elle vogua jusqu'à la côte nord, sire chevalier. Personne... mort ou vif... ne sait où elle aborda. Cherche donc en Pélosie ou en Deira et renvoie-moi à mon repos.

– Nos remerciements, monseigneur, dit Ulath en s'inclinant cérémonieusement.

– Tes remerciements ne signifient rien pour moi, dit le fantôme d'une voix indifférente.

– Renvoie-le, Tynian, dit tristement Ulath.

Une nouvelle fois, Tynian relâcha l'esprit tandis qu'Émouchet et les autres s'entre-regardaient, le visage empli de désespérance.

Chapitre neuf

Ulath rejoignit Tynian, qui était assis sur le sol, la tête entre les mains.

– Ça va ? demanda-t-il.

Émouchet avait déjà remarqué que l'énorme et brutal Thalésien savait se montrer particulièrement doux et attentif avec ses compagnons.

– Je suis un peu fatigué, c'est tout, répondit Tynian d'une voix affaiblie.

– Tu ne peux pas continuer ça, tu sais, lui dit Ulath.

– Je peux encore tenir un peu.

– Apprends-moi le sortilège, le pressa Ulath. Je suis capable de lutter avec les meilleurs... morts ou vifs.

Tynian eut un sourire forcé.

– Je suis bien prêt à le croire, mon ami. As-tu jamais été vaincu ?

– Pas depuis l'âge de sept ans, répondit Ulath avec modestie. C'est quand j'ai enfoncé la tête de mon frère aîné dans le seau en bois du puits. Notre père a mis deux heures pour le dégager. Les oreilles de mon frère sont restées coincées. Il a toujours eu de grandes oreilles. Il me manque un peu. Il est arrivé second dans une lutte contre un Ogre. (Le gros homme regarda Émouchet.) Parfait. Et à présent ?

– Pour sûr, on ne peut pas aller fouiller tout le nord de la Pélosie ou de la Deira, dit Kalten.

– C'est assez évident, répondit Émouchet. Nous n'en avons pas le temps. Il nous faut obtenir des informations plus précises. Bévier, penses-tu pouvoir trouver un indice qui puisse nous aider ?

– Les relations de la bataille sont très succinctes, Émouchet, répondit le chevalier blanc d'un air dubitatif. (Il sourit à Ulath.) Nos frères génidiens sont un peu négligents en matière de suivi de leurs annales.

– Écrire en runes est ennuyeux, confessa Ulath. En particulier sur la pierre. Nous prenons parfois du retard pendant une ou deux générations.

– Je crois qu'il nous faut un village, ou une ville, Émouchet, dit Kurik.

– Oh ?

– Nous avons beaucoup de questions à poser, et nous n'obtiendrons pas de réponses si nous ne les posons à personne.

– Kurik, la bataille s'est déroulée il y a cinq cents ans, lui rappela Émouchet. Nous ne trouverons personne en vie qui y ait assisté.

– Bien entendu, mais parfois les gens du coin... surtout les petites gens... conservent les traditions, et les monuments portent des noms. Le nom d'une montagne, ou d'un ruisseau, pourrait être l'indice qui nous manque.

– Cela vaut la peine d'être essayé, Émouchet, dit Séphrénia avec sérieux. Nous n'arriverons à rien ici.

– Les chances sont très minces, Séphrénia.

– Quelle autre solution avons-nous ?

– Continuons donc vers le nord.

– Et nous dépasserons sans doute toutes ces excavations, ajouta-t-elle. Si le sol a été labouré et relabouré, c'est un signe assez certain que le Bhelliom ne se trouve pas là.

– C'est sans doute vrai. Parfait, allons vers le nord et si quelque chose de prometteur apparaît, Tynian pourra évoquer un nouveau fantôme.

Ulath paraissait hésiter.

– Je crois qu'il nous faudra faire preuve de prudence. Les efforts qu'il a fournis pour en appeler deux l'ont pratiquement anéanti.

– Ça va aller mieux, protesta faiblement Tynian.

– Bien sûr... seulement si tu peux rester à te reposer au lit pendant quelques jours.

Ils aidèrent Tynian à monter en selle, l'enveloppèrent dans sa cape bleue et repartirent vers le nord dans la bruine persistante.

La ville de Randéra était située sur la rive orientale du lac. Elle était entourée de hautes murailles et des vautours sinistres montaient la garde à chaque angle.

– Eh bien ? fit Kalten en considérant la lugubre ville lamork d'un air méditatif.

– Perte de temps, grogna Kurik. (Il désigna un grand monticule de terre qui se dissolvait lentement sous la pluie.) Nous rencontrons toujours des fouilles. Il nous faut continuer vers le nord.

Émouchet examina Tynian d'un œil critique. Le visage du chevalier alcion avait recouvré une partie de sa couleur et il semblait récupérer lentement. Émouchet poussa Faran au petit trot et conduisit ses amis à travers le morne paysage.

En milieu d'après-midi, ils dépassèrent les derniers signes d'excavations.

– On dirait une sorte de village, là-bas, près du lac, sire Émouchet, dit Bérit en tendant le bras.

– Pourquoi ne pas commencer par là, acquiesça Émouchet. Allons voir si nous trouvons une bonne auberge. Il est temps de prendre un bon repas chaud, d'échapper à la pluie et de nous sécher.

– Et une taverne, peut-être, ajouta Kalten. Les gens des tavernes aiment parler et on y trouve toujours quelques vieux qui se targuent de connaître les détails de l'histoire du coin.

Ils descendirent vers le lac et pénétrèrent dans le village. Les maisons étaient uniformément décrépites, les rues pavées mal entretenues. Au bout de la commune, une série d'appontements s'avançait sur le lac et des filets étaient accrochés à des poteaux le long de la rive. L'odeur de poisson pourri imprégnait l'air des rues étroites. Un villageois méfiant leur indiqua l'unique auberge du village, antique bâtisse tentaculaire en pierre au toit en ardoise.

Émouchet descendit de selle dans la cour et entra. Un gros homme au visage rubicond et aux cheveux coupés au petit bonheur faisait rouler un tonneau de bière vers une large porte à l'arrière.

– Aurais-tu des chambres libres, voisin ? lui demanda Émouchet.

– Tout le premier est vide, monseigneur, répondit respectueusement le gros bonhomme, mais vous êtes sûrs de vouloir vous arrêter ici ? Mes chambres sont assez bonnes pour les voyageurs ordinaires, mais à peine acceptables pour des nobles.

– Elles valent certainement mieux que dormir sous une haie par une nuit pluvieuse.

– Assurément, monseigneur, et je serai heureux de vous héberger. Je n'ai pas beaucoup de visiteurs, à cette époque de l'année. Si je n'avais pas mon bar, je serais obligé de fermer boutique.

– Tu as des clients, en ce moment ?
– Une demi-douzaine, monseigneur. Les affaires reprennent quand les pêcheurs se remettent au travail.
– Nous sommes dix, et nous aurons besoin d'un certain nombre de chambres. As-tu quelqu'un qui puisse se charger de nos chevaux ?
– Mon fils s'occupe de l'écurie, seigneur chevalier.
– Avertis-le de se méfier du grand rouan. Ce cheval est joueur et il a la dent leste.
– J'en parlerai à mon fils.
– Je vais chercher mes amis et nous monterons au premier jeter un coup d'œil. Oh, au fait, aurais-tu une baignoire ? Mes amis et moi sommes restés longtemps à l'extérieur et nous sentons un peu la rouille.
– Nous avons une salle de bains à l'arrière, monseigneur. Mais personne ne s'en sert bien souvent.
– Parfait. Fais chauffer l'eau, et je reviens tout de suite.
Il retourna dans la pluie.
Les chambres, si elles étaient un peu poussiéreuses par manque d'usagers, paraissaient étonnamment confortables. Les lits étaient propres et semblaient dépourvus d'occupants indésirables. Le premier étage possédait aussi une grande salle commune.
– Très bien, en fait, déclara Séphrénia en examinant les lieux.
– Et il y a aussi une salle de bains, lui apprit Émouchet.
– Oh, c'est adorable, fit-elle avec un soupir de bonheur.
– Tu pourras l'utiliser en premier.
– Non, mon petit. Je n'aime pas me presser quand je prends un bain. Passez les premiers, messires. (Elle renifla d'un air critique.) N'ayez pas peur d'user le savon, ajouta-t-elle. Un tas de savon... et lavez-vous aussi les cheveux.
– Après ce bain, je crois que j'enfilerai une simple tunique, conseilla Émouchet. Il faudra poser des questions aux clients et une armure est un peu trop intimidante.
Les cinq chevaliers se dépouillèrent de leurs armures, prirent leurs tuniques et suivirent Kurik, Bérit et Talen dans l'escalier de derrière, avec pour seuls effets les sous-vêtements rembourrés et rouillés qu'ils portaient sous l'acier. Ils prirent leur bain dans de grosses baignoires en forme de barils et en ressortirent avec une impression de fraîcheur et de propreté.
– C'est la première fois que j'ai chaud depuis une semaine, dit Kalten. Je crois que je suis prêt à rendre visite au bar, à présent.
Talen eut pour tâche de transporter leurs sous-vêtements rembourrés jusqu'au premier, ce qu'il n'apprécia guère.
– Pas de grimaces, lui dit Kurik. Je n'allais pas te laisser entrer dans le bar. Je dois au moins cela à ta mère. Dis à Séphrénia qu'elle et Flûte peuvent se servir de la salle de bains. Redescends avec elles et garde la porte pour veiller à ce qu'elles ne soient pas interrompues.

– Mais j'ai faim!

Kurik posa une main menaçante sur sa ceinture.

– Très bien, très bien, ne t'excite pas.

Et le gamin se hâta de monter au premier étage.

Le bar était un peu enfumé et le sol était couvert de sciure et d'écailles de poisson argentées. Les cinq chevaliers vêtus simplement, accompagnés de Kurik et Bérit, entrèrent sans tapage et s'assirent à une table d'angle inoccupée.

– Nous allons prendre de la bière, dit Kalten à la serveuse, un tas de bière.

– N'exagère pas, marmotta Émouchet. Tu es lourd et on n'a pas envie de te transporter jusqu'au premier.

– N'aie crainte, mon ami, répondit Kalten avec enjouement. J'ai passé dix années entières en Lamorkand et jamais je ne me suis retrouvé ivre. La bière d'ici est plate, ce n'est que de l'eau.

La serveuse était une femme lamork typique : la hanche large, blonde, plantureuse et assez peu intelligente. Elle portait un corsage de paysanne très échancré et une épaisse jupe rouge. Ses chaussures en bois claquaient sur le sol et elle marchait avec un gloussement niais. Elle leur apporta de grosses chopes en bois cerclé de laiton remplies de bière mousseuse.

– Ne pars pas encore, ma fille, lui dit Kalten. (Il leva sa chope et le vida sans en décoller les lèvres.) Celle-ci semble s'être vidée en moi. Sois brave et remplis-la-moi.

Il lui tapota familièrement les fesses. Elle gloussa et fila remplir sa chope.

– Il est toujours comme ça? demanda Tynian à Émouchet.

– Chaque fois qu'il en a l'occasion.

– Comme je disais avant d'entrer, fit Kalten à voix assez forte pour qu'on l'entende dans toute la salle, je parie une demi-couronne d'argent que la bataille n'est jamais montée aussi au nord.

– Et j'en parie deux qu'elle est venue jusqu'ici, repartit Tynian en comprenant immédiatement le stratagème.

Bévier parut un instant intrigué, puis son regard révéla qu'il avait saisi.

– Ça ne devrait pas être trop difficile à découvrir, dit-il en regardant autour de lui. Je suis sûr que quelqu'un d'ici est au courant.

Ulath recula son banc et se leva. Il tapa de son énorme poing sur la table pour attirer l'attention.

– Messieurs! lança-t-il aux autres clients du bar. Mes deux amis ici présents discutent depuis quatre heures et ils en sont venus à mettre de l'argent en jeu. Pour vous parler franchement, j'en ai assez de les écouter. Peut-être certains d'entre vous pourront-ils régler la question et permettre à mes oreilles de trouver le repos. Une bataille s'est déroulée ici il y a environ cinq cents ans. (Il désigna Kalten.) Celui-ci, qui a de la mousse sur le menton, prétend que les combats ne sont pas montés aussi au nord. L'autre, qui a le visage bien rond, affirme que si. Lequel a raison ?

Il y eut un long silence, puis un vieillard aux joues roses et aux cheveux blancs très rares traversa en titubant la salle jusqu'à leur table. Il était vêtu pauvrement et sa tête oscillait au bout du cou.

– J'crois qu'j'peux régler la question, bons maîtres, dit-il d'une voix couinante. Mon vieux père, y m' racontait des histoires sur la bataille qu'vous parlez.

– Apporte une chope à ce brave homme, poulette, lança Kalten à la serveuse d'une voix familière.

– Kalten, dit Kurik, écœuré, tenez vos mains à l'écart de son postérieur.

– Je sympathise, c'est tout.

– C'est ce que vous dites !

La serveuse rosit et alla chercher de la bière en roulant de grands yeux séducteurs à l'adresse de Kalten.

– Je crois que tu viens de te faire une amie, dit sèchement Ulath au pandion blond. Mais n'en profite pas trop en public. (Il regarda le vieillard au cou vacillant.) Assieds-toi, l'ancien.

– Ben l'merci, bon maître. J'vois ben qu't'es du nord d'la nordique Thalésie.

Il s'assit en tremblant sur le banc.

– Tu vois bien, l'ancien. Mais que t'a donc raconté ton père au sujet de cette antique bataille ?

– Ben, dit le vieux chevrotant en grattant sa joue mal rasée, comme j'me rappelle, y m'a dit, y m'a dit... (Il s'arrêta tandis que la plantureuse serveuse faisait glisser vers lui une chope de bière.) J'te r'mercie, Nima, dit-il.

La fille sourit et se glissa vers Kalten.

– Comment ça va pour toi ? demanda-t-elle en s'appuyant contre lui.

Kalten s'empourpra légèrement.

– Ah... fort bien, ma poulette, bégaya-t-il.

Bizarrement, son franc-parler semblait l'avoir pris au dépourvu.

– Tu m'avertiras si tu as besoin de quelque chose, hein ? l'encouragea-t-elle. Tout ce que tu voudras. Je suis ici pour vous satisfaire, tu sais.

– Pour le moment... rien, lui dit Kalten. Un peu plus tard, peut-être.

Tynian et Ulath échangèrent un regard entendu, puis ils eurent tous deux un large sourire.

– Vous autres chevalier du Nord, vous considérez le monde d'une manière fort différente de la nôtre, dit Bévier, légèrement embarrassé.

– Tu veux des leçons ? lui demanda Ulath.

Bévier rougit.

– C'est un brave garçon. (Ulath lança aux autres un grand sourire et tapota sur l'épaule de Bévier.) Il faut simplement qu'on le tienne un peu à l'écart de l'Arcie, juste le temps de le corrompre. Bévier, tu es mon frère affectionné, mais tu es terriblement raide et cérémonieux. Essaie un peu de te détendre.

– Suis-je vraiment si raide ? demanda Bévier avec un air gêné.

– On va arranger ça, l'assura Ulath.

Émouchet considéra le vieux Lamork souriant sans dents en face de lui.

– Peux-tu régler pour nous cette stupide discussion, grand-père ? La bataille est-elle vraiment venue jusqu'ici ?

– Mais, ben sûr, jeune maître, marmonna le vieillard, et plus au nord encore. Mon vieux père, y m'a raconté qu'on s'est battu même en Pélosie. Tu vois, l'gros de l'armée des Thalésiens, y z'ont fait l'tour du haut du lac, et pis y sont tombés par derrière sur les Zémochs, seul'ment v'là qu'y avait ben plus de Zémochs qu'de Thalésiens. V'là, messire, si j'ai ben compris, une fois qu'les Zémochs y sont r'vnus d'leur surprise, y s'sont rués pour tuer tout c'qu'y avait sur leur ch'min. Les gens d'ici, y s'sont mis dans la cave pendant tout c'temps, ça j't'le dis. (Il marqua un temps d'arrêt pour boire longuement sa chope.) V'là, messire, on aurait dit qu'la bataille elle était finie et qu'les Zémochs y z'avaient gagné, mais v'là pas qu'tout un tas d'jeunes Thalésiens qui z'étaient arrivés en bateau dans l'Nord, y s'sont précipités pour faire des trucs horribles à ces Zémochs. (Il jeta un coup d'œil à Ulath.) Chez toi, on sait vraiment s'mettre en colère, si tu permets, l'ami.

– Je crois que cela est dû au climat, acquiesça Ulath.

Le vieillard sonda tristement sa chope.

– Est-ce qu'on pourrait pas y voir plus clair ? demanda-t-il, plein d'espoir.

– Bien entendu, grand-père, dit Émouchet. Occupe-toi de ça, Kalten.

– Pourquoi moi ?

– Parce que tu t'entends mieux que moi avec la fille du bar. Continue ton récit, grand-père.

– Ben, messire, j'ai entendu dire qu'y a eu une terrible bataille à deux lieues d'ici. Ces Thalésiens, y z'étaient vraiment furieux pour c'qui était arrivé à leurs copains au sud du lac, et y z'ont attaqué les Zémochs à la hache et l'reste. Toutes ces tombes, y en a plus d'mille... et elles sont pas toutes humaines, on dit. Les Zémochs, y z'étaient pas très pointilleux pour qui qui était avec eux, on raconte. On voit ben toutes ces tombes dans les champs... tous ces tas de terre recouverts d'herbes et d'buissons et tout. Les fermiers du coin, y trouvent des os, des vieilles épées, des lances et des haches avec leurs charrues depuis plus d'cinq cents ans.

– Ton vieux père t'aurait-il par hasard indiqué qui menait les Thalésiens ? demanda prudemment Ulath. J'avais des parents à cette bataille et nous n'avons jamais su ce qui leur était arrivé. Se pourrait-il que leur chef eût été le roi de Thalésie ?

– Jamais entendu dire, admit le vieux Lamork. Faut dire qu'les gens d'ici, y s'sont jamais mêlés d'tout ça. C'est pas l'affaire du peuple.

– Il devait être facile à reconnaître, dit Ulath. Selon les légendes thalésiennes, il mesurait sept pieds de haut et sa couronne portait une grosse pierre bleue.

– Jamais entendu parler d'quéqu'un comme ça... mais, comme j'ai dit, les gens du peuple, y sont vraiment restés en arrière.

– Penses-tu qu'il puisse y avoir quelqu'un par ici qui ait entendu d'autres histoires au sujet de cette bataille ? demanda Bévier d'un ton neutre.

– C'est ben possible, fit le vieillard d'un air dubitatif, mais mon vieux père, c'était un des meilleurs conteurs par ici. Y s'est fait rouler dessus par un chariot quand il avait la cinquantaine et ça lui a brisé l'dos. Y restaient tout l'temps assis sur un banc d'vant c't'auberge, lui et ses potes. Y s'racontaient des histoires du temps passé et ça lui plaisait ben... pasqu'il avait rien d'autre à faire, avec son dos. Et y m'a tout raconté aussi, à cause qu'j'lui apportais tout l'temps son seau d'bière. (Il leva les yeux sur Ulath.) Non, messire. Aucune d'ces histoires parlait d'un roi comme vous disez, mais comme j'ai dit, ç'a été une terrible bataille et tous les gens d'ici, y sont restés à l'écart. C'est possible qu'ton roi, il a été ici, mais personne en a parlé.

– Et d'après toi cette bataille s'est déroulée à deux lieues au nord d'ici ? demanda Émouchet.

– P'têt' même sept milles, répondit le vieillard en buvant longuement à la chope que lui avait apportée la plantureuse serveuse. Pour être honnête avec toi, jeune maître, j'bouge pus beaucoup, ces temps-ci, et j'marche pus ben loin. (Il leur jeta un coup d'œil curieux.) Si vous permettez, jeunes maîtres, on dirait qu'vot' roi de Thalésie vous intéresse ficht'ment.

– C'est assez simple, grand-père, expliqua rapidement Ulath. Le roi Sarak de Thalésie est l'un de nos héros nationaux. Si je peux découvrir ce qui lui est arrivé, j'en tirerai grand crédit. Le roi Wargun me récompensera peut-être par un comté... enfin, s'il est assez à jeun pour ça.

Le vieillard caqueta :

– J'ai entendu parler d'lui. Est-ce qu'y boit tant qu'on dit ?

– Davantage, probablement.

– Eh ben... un comté, tu dis ? Ça, c'est un but qui en vaut la peine. Alors, z'allez vouloir creuser l'champ d'bataille pour trouver un indice quéconque. Un homme de sept pieds... et un roi pa'd'sus l'marché... ben, y d'vait avoir une sacrée armure et tout. J'connais un fermier par là-haut... s'appelle Wat. L'aime les vieilles histoires comme moi et l'champ, l'est dans sa cour, pour ainsi dire. Si quéqu'un y a trouvé quéqu'chose qui peut vous m'ner à c'qu'vous cherchez, y l'saura.

– Il s'appelle Wat, dis-tu ? demanda Émouchet en prenant un air dégagé.

– Pouvez pas l'manquer, jeune maître. Un œil qui dit merde à l'autre. Y s'gratte beaucoup. Et ça fait trente ans qu'il a la gale.

Il secoua sa chope avec un air engageant.

– Hé là, petite, lança Ulath en prenant plusieurs pièces dans sa bourse. Pourquoi ne pas permettre à notre vieil ami de boire jusqu'à ce qu'il roule sous la table ?

– Ben, merci, m'sieur l'comte, fit le vieux en souriant largement.

– Après tout, grand-père, il faut bien que tout le monde profite de ce titre, n'est-ce pas ? lança Ulath en riant.

– J'pourrais pas dire mieux, monseigneur.

Ils quittèrent le bar et remontèrent l'escalier.

– Ça a assez bien marché, hein ? fit Kurik.

– On a eu de la chance, répondit Kalten. Et si ce vieux ne s'était pas trouvé dans la salle, ce soir ?

– Quelqu'un nous aurait envoyé chez lui. Les gens du peuple aiment bien rendre service à ceux qui payent des bières.

– Je crois qu'il faudra qu'on se rappelle l'histoire qu'Ulath a racontée au vieillard, dit Tynian. Si on prétend qu'on veut ramener les os du roi en Thalésie, personne ne se posera trop de questions sur nos motivations.

– Est-ce que ce n'est pas une sorte de mensonge ? demanda Bérit.

– Pas vraiment, lui apprit Ulath. Nous voulons bel et bien l'enterrer après avoir recouvré sa couronne, non ?

– Bien entendu.

– Eh bien, voilà ta réponse.

Bérit ne paraissait pas vraiment convaincu.

– Je m'occupe du souper, dit-il, mais je crois que votre logique souffre d'une lacune, sire Ulath.

– Vraiment ? fit Ulath, l'air surpris.

Il pleuvait encore le lendemain matin. Durant la nuit, Kalten s'était glissé hors de la chambre qu'il partageait avec Émouchet. Ce dernier soupçonna l'absence de son ami d'être liée à la sympathique et plantureuse serveuse, mais il ne s'en mêla point. Émouchet était après tout chevalier et gentilhomme.

Ils chevauchèrent deux bonnes heures en direction du nord avant d'atteindre une large prairie jonchée de tumulus couverts d'herbe.

– Je me demande par lequel il va falloir commencer, dit Tynian tandis qu'ils mettaient pied à terre.

– Choisis, répondit Émouchet. Ce Wat dont nous avons entendu parler te donnera peut-être des indications plus précises, mais commençons tout de suite pour éviter de perdre du temps.

– Vous songez sans cesse à votre reine, n'est-ce pas, Émouchet ? demanda Bévier, perspicace.
– Bien entendu. C'est ce que je suis censé faire.
– Je crois, mon ami, que cela va un peu plus loin. Votre affection pour votre reine est plus que du devoir.
– Tu te montres d'un romanesque absurde, Bévier. Ce n'est qu'une enfant. (Il se sentait soudain blessé et sur la défensive.) Avant de commencer, messires, dit-il avec brusquerie, inspectons les alentours. Je n'ai pas envie que des Zémochs égarés nous aperçoivent et je ne veux surtout pas que des soldats à tête vide du Fureteur nous tombent dessus quand nous sommes occupés.
– On pourrait se charger d'eux, dit Kalten avec confiance.
– Oui, probablement, mais tu ne vois pas ce que je veux dire. Chaque fois que nous en tuons un, nous permettons au Fureteur de nous localiser.
– L'insecte d'Otha commence à m'irriter, dit Kalten. Toute cette furtivité et cette sournoiserie ne sont pas naturelles.
– Peut-être, mais il faut que tu t'y habitues pendant un certain temps.
Ils laissèrent Séphrénia et les enfants à l'abri d'une toile et écumèrent le voisinage. Ils ne trouvèrent signe d'aucun être humain. Puis ils revinrent vers les tumulus.
– Que penses-tu de celui-ci ? suggéra Ulath à Tynian en désignant un monticule peu élevé. Il a un petit air thalésien.
Tynian haussa les épaules.
– Il en vaut bien un autre.
Ils mirent à nouveau pied à terre.
– N'en fais pas trop, dit Émouchet à Tynian. Si tu te sens fatigué, arrête.
– Il nous faut des renseignements, Émouchet. Ça ira bien.
Tynian ôta son gros casque, prit sa longueur de corde et commença à la dérouler sur le sommet du tumulus en réalisant le même dessin que la veille. Puis il se redressa avec une légère grimace.
– Eh bien, fit-il, on y va.
Il rejeta en arrière sa cape bleue et se mit à parler en styrique d'une voix sonore tout en traçant avec les mains le sortilège compliqué. Il finit par claquer sèchement les mains.
Le tumulus fut violemment secoué, comme sous l'effet d'un tremblement de terre, et ce qui s'éleva cette fois du monticule ne le fit pas lentement. Cela jaillit du sol avec un grondement... et ce n'était pas humain.
– Tynian ! cria Séphrénia. Renvoie-le !
Mais Tynian était pétrifié, les yeux écarquillés par l'horreur.
L'immonde créature se rua sur eux en renversant Tynian, et elle s'abattit sur Bévier pour griffer et mordre son armure.
– Émouchet ! s'écria Séphrénia comme le pandion tirait son épée. Pas ça ! Ça ne servirait à rien ! Utilise l'épieu d'Aldréas !

Émouchet fit volte-face et arracha l'épieu court à la selle de Faran.

La créature monstrueuse qui attaquait Bévier souleva le corps du chevalier à l'armure blanche avec autant d'aisance qu'un homme qui soulève un enfant, puis le précipita au sol avec une force terrifiante. Puis elle bondit sur Kalten et se mit à attaquer son casque. Ulath, Kurik et Bérit se précipitèrent à l'aide de leur ami. Chose stupéfiante, les lourdes haches et la plommée ne s'enfonçaient pas dans le corps du monstre, mais rebondissaient dans des gerbes d'étincelles. Émouchet entra en lice, l'épieu baissé. Kalten était secoué comme une poupée de chiffon et son casque noir était ébréché et cabossé.

Lentement, Émouchet enfonça de toutes ses forces l'épieu dans le flanc du monstre. La créature hurla et se tourna vers lui. Émouchet répéta ses coups et, chaque fois, il sentait un flot d'énergie fabuleux qui traversait l'épieu. Il vit enfin une ouverture, feinta, puis planta l'épieu en plein dans la poitrine du monstre. La bouche hideuse s'ouvrit largement ; il n'en sortit pas du sang, mais une sorte de boue noire. Inexorable, Émouchet tourna son arme à l'intérieur du corps de la créature pour agrandir la blessure. Elle hurla de nouveau et tomba en arrière. Émouchet arracha violemment son épieu et la créature s'enfuit en rugissant et en serrant le trou béant dans sa poitrine. Elle remonta en titubant jusqu'à l'endroit où elle était sortie du tumulus et plongea dans ses profondeurs.

Tynian était à genoux dans la boue et il s'étreignait la tête en sanglotant. Bévier gisait immobile sur le sol et Kalten restait assis à gémir.

Séphrénia s'approcha rapidement de Tynian et, après un bref regard à son visage, se mit à parler en styrique tout en tressant le sort avec les doigts. Les sanglots de Tynian s'interrompirent et, au bout d'un moment, il se retourna sur le côté.

– Il faudra que je le maintienne en sommeil pendant qu'il récupère, dit-elle. Si tant est qu'il récupère. Émouchet, va aider Kalten. Je m'occupe de Bévier.

Émouchet s'approcha de Kalten.

– Où as-tu mal ?

– Je crois qu'il m'a brisé quelques côtes, souffla Kalten. Qu'est-ce que c'était que ce truc ? Mon épée rebondissait dessus.

– On pourra s'inquiéter de ça plus tard. Sors de cette armure, qu'on te bande la poitrine. Il ne faut pas que les côtes te perforent les poumons.

– Je suis d'accord là-dessus. (Kalten broncha.) J'ai mal partout. Je n'ai pas besoin de blessures supplémentaires. Comment va Bévier ?

– On ne sait pas encore. Séphrénia le soigne.

Les blessures de Bévier paraissaient plus graves que celles de

Kalten. Après qu'Émouchet eut bandé dans une large toile la poitrine de son ami et vérifié qu'il ne souffrait d'aucune autre blessure, il l'enveloppa dans sa cape, puis s'approcha de l'Arcien.

– Comment est-il ? demanda-t-il à Séphrénia.

– C'est assez grave, Émouchet. Ni coupure, ni blessure, mais je crois qu'il souffre d'hémorragies internes.

– Kurik, Bérit, lança Émouchet. Dressez les tentes. Il faut les mettre au sec. (Il tourna la tête et vit Talen qui partait au galop.) Et où va-t-il comme ça ? demanda-t-il, exaspéré.

– Je l'ai envoyé chercher un chariot, lui apprit Kurik. Il faut rapidement un médecin pour ces hommes et ils ne sont pas en état de rester sur une selle.

Ulath fronçait les sourcils.

– Comment es-tu arrivé à enfoncer ton épieu dans cette créature, Émouchet ? Ma hache rebondissait dessus.

– Je ne sais pas trop, admit Émouchet.

– Cela est dû aux bagues, déclara Séphrénia sans lever les yeux de la forme inconsciente de Bévier.

– J'ai bien eu l'impression que quelque chose se passait tandis que je frappais ce monstre, dit Émouchet. Comment se fait-il qu'elles n'aient jamais manifesté ce pouvoir auparavant ?

– Parce qu'elles étaient séparées. Tu en avais une à la main et l'autre au bout de l'épieu. Quand tu les unis comme ça, elles possèdent un pouvoir immense. Elles font partie du Bhelliom lui-même.

– Parfait, dit Ulath. Qu'est-ce qui n'a pas marché ? Tynian essayait d'invoquer des fantômes thalésiens. Comment a-t-il pu réveiller cette monstruosité ?

– Il a apparemment ouvert sa tombe par erreur, dit-elle. La nécromancie n'est pas le plus précis des arts, malheureusement. Au moment de l'invasion des Zémochs, Azash a également envoyé certaines de ses créatures. Tynian a accidentellement réveillé l'une d'elles.

– De quoi souffre-t-il ?

– Le contact avec cet être lui a pratiquement détruit l'esprit.

– Est-ce qu'il s'en tirera ?

– Je l'ignore vraiment, Ulath.

Bérit et Kurik finirent d'ériger les tentes et Émouchet et Ulath portèrent leurs amis blessés à l'intérieur de l'une d'elles.

– Il va nous falloir du feu, dit Kurik, et j'ai peur que cela ne soit difficile. J'ai encore un peu de bois sec, mais il ne durera pas très longtemps. Ces hommes sont trempés, ils ont froid et il faut absolument les sécher et les réchauffer.

– Des idées ? lui demanda Émouchet.

– Je vais y réfléchir.

Un peu après midi, Talen revint aux rênes d'un chariot déglingué qui était à peine plus qu'une carriole.

– Je n'ai rien pu trouver de mieux, se plaignit-il.

– Est-ce que tu as eu à le voler ? lui demanda Kurik.

– Non. Je ne voulais pas que le fermier me pourchasse. Je le lui ai acheté.

– Avec quoi ?

Talen considéra d'un œil rusé la bourse en cuir qui pendait à la ceinture de son père.

– Tu ne te sens pas un peu léger, de ce côté, Kurik ?

L'écuyer jura en examinant sa bourse. Le fond avait été nettement découpé.

– Mais voilà ce qui reste, dit Talen en lui tendant une poignée de piécettes.

– Tu es allé jusqu'à voler ton père ?

– Sois raisonnable, Kurik. Émouchet et les autres portent tous des armures et leurs bourses sont dessous. La tienne était la seule à ma portée.

– Qu'y a-t-il sous cette toile ? demanda Émouchet en regardant sur le plancher du chariot.

– Du bois sec. Le fermier en avait une grange pleine. J'ai pris aussi quelques poulets. Je ne lui ai pas volé le chariot, fit-il remarquer d'un ton docte, mais je lui ai effectivement volé le bois et les poulets... uniquement pour ne pas perdre la main. Oh, au fait, il s'appelle Wat. Un bigleux qui se gratte tout le temps. Il me semble que quand j'étais à l'extérieur du bar, hier soir, quelqu'un a dit qu'il pouvait nous être très utile, je ne sais plus pourquoi.

DEUXIÈME PARTIE

GHASEK

Chapitre dix

La pluie faiblissait et un vent fantasque soufflait du lac. Il dispersait la pluie en bourrasques violentes sur la surface des mares formées sur la prairie boueuse. Kurik et Bérit avaient fait un feu au centre de leur cercle de tentes et installé une toile sur des poteaux face au vent, non seulement pour éviter que les flammes soient étouffées mais aussi pour diriger leur chaleur vers la tente où reposaient les chevaliers blessés.

Ulath sortit de l'une des autres tentes en enveloppant dans une cape sèche le jaseran qui couvrait ses larges épaules. Il leva ses sourcils broussailleux vers le ciel.

– On dirait que ça se calme, dit-il à Émouchet.

– On peut toujours garder l'espoir. Je ne crois pas que mettre Tynian et les autres dans un chariot sous l'orage leur serait bénéfique.

Ulath acquiesça par un grognement.

– On n'est pas tellement plus avancés, n'est-ce pas, Émouchet ? dit-il avec morosité. On a trois hommes hors combat et on ne s'est pas rapprochés du Bhelliom.

Émouchet n'avait rien à répondre à cela.

– Allons voir où en est Séphrénia, suggéra-t-il.

Ils firent le tour du feu et entrèrent dans la tente où la petite femme styrique s'occupait des blessés.

– Comment vont-ils ? lui demanda Émouchet.

– Kalten va on ne peut mieux, répondit-elle en tirant une couverture en laine rouge sous le menton du pandion. Il a déjà eu des os cassés et il guérit vite. J'ai donné à Bévier un remède qui devrait arrêter l'hémorragie. C'est Tynian qui m'inquiète le plus. Si nous ne pouvons rien faire... et très vite... son esprit le quittera.

Émouchet frémit.

– Tu ne peux donc rien faire ?

Elle pinça les lèvres.

– J'y ai réfléchi. Il est beaucoup plus difficile de soigner l'esprit que le corps. Il faut se montrer très prudent.

– Que lui est-il réellement arrivé ? lui demanda Ulath. Je n'ai pas tout à fait suivi ce que tu as dit auparavant.

– A la fin de son incantation, il était totalement ouvert à cette créature dans le tumulus. Les morts se réveillent habituellement avec lenteur et l'on a le temps d'ériger ses défenses. Cette bête n'est pas vraiment morte et elle lui est tombée dessus avant qu'il ait eu le réflexe de se protéger. (Elle contempla le visage livide de Tynian.) Il existe bien un procédé qui pourrait marcher, fit-elle, hésitante. Cela vaut la peine d'être tenté, sans doute. Je ne crois pas qu'autre chose puisse préserver sa santé mentale. Flûte, viens ici.

La petite fille se leva de la toile de sol où elle était assise en tailleur. Ses pieds nus étaient tachés d'herbe, remarqua Émouchet d'un air absent. Malgré toute cette boue et cette humidité, les pieds de Flûte semblaient toujours avoir ces taches verdâtres. Elle traversa lentement la tente jusqu'à Séphrénia, son regard sombre interrogateur.

Séphrénia lui parla dans leur dialecte styrique spécial. Flûte opina du chef.

– Très bien, messires, dit Séphrénia à Émouchet et Ulath, vous n'avez rien à faire ici, et pour l'instant vous nous encombrez.

– Nous allons attendre dehors, dit Émouchet, se sentant légèrement irrité par la manière sèche avec laquelle ils venaient d'être chassés.

– Je vous en remercie.

Les deux chevaliers quittèrent donc la tente.

– Elle sait être rudement brutale, hein ? fit remarquer Ulath.

– Quand son esprit est très préoccupé.

– Il lui arrive souvent de traiter les pandions de la sorte ?

– Oui.

Ils entendirent alors le son du syrinx de la fillette qui s'élevait dans la tente. La mélodie ressemblait beaucoup à la berceuse qu'elle avait jouée à l'intention des espions à l'extérieur du chapitoire et des soldats sur les quais de Vardenais. Mais il existait une légère différence et la voix sonore de Séphrénia formait une sorte de contrepoint. Soudain, la tente s'éclaira d'une étrange lumière dorée.

– Je ne crois pas avoir déjà entendu parler de ce sortilège, admit Ulath.

– Notre formation ne recouvre que ce dont nous sommes censés avoir besoin, répondit Émouchet. Il existe des domaines entiers de magie styrique que nous ignorons totalement. Certains sont trop difficiles, d'autres trop dangereux. (Il éleva la voix.) Talen!

Le jeune voleur passa la tête hors de l'une des tentes.

– Quoi? fit-il sèchement.

– Viens ici. Je veux te parler.

– Tu ne veux pas entrer? C'est humide, dehors.

Émouchet poussa un soupir.

– Viens donc ici, Talen. Je t'en prie, cesse de discuter avec moi chaque fois que je te demande quelque chose.

Le gamin sortit de la tente en grommelant. Il s'approcha d'Émouchet avec méfiance.

– Alors, je vais encore avoir des ennuis?

– Pas à ma connaissance. Tu as dit que le fermier à qui tu as acheté le chariot s'appelle Wat?

– Oui.

– A quelle distance se trouve sa ferme?

– Environ deux milles.

– A quoi ressemble-t-il?

– Ses yeux regardent chacun dans une direction différente et il se gratte beaucoup. Ce n'est pas le type dont vous a parlé le vieux du bar?

– Comment sais-tu ça?

– J'écoutais à la porte, répondit Talen en haussant les épaules.

– On espionne?

– Je ne sais pas si on peut appeler ça comme ça. Je suis un enfant, Émouchet... ou du moins c'est ce que pensent les gens. Les adultes ne pensent pas devoir tout raconter aux enfants. J'ai découvert que s'il faut que je sache vraiment quelque chose, c'est à moi de me débrouiller pour ça.

– Il n'a probablement pas tort, Émouchet, fit remarquer Ulath.

– Va plutôt chercher ta cape, dit Émouchet au gamin. Dans un moment, tu vas devoir rendre visite à ce fermier chatouilleux.

Talen examina la campagne pluvieuse et poussa un soupir.

Dans la tente, la musique de Flûte s'interrompit et Séphrénia cessa son incantation.

– Je me demande s'il s'agit d'un bon ou d'un mauvais signe, dit Ulath.

Ils attendirent, tendus. Puis, au bout d'un moment, Séphrénia regarda à l'extérieur de la tente.

– Je pense qu'il va aller mieux. Entrez et parlez-lui. Je pourrai me prononcer quand je l'aurai entendu répondre à vos questions.

Tynian était appuyé sur un oreiller, bien qu'il eût encore le visage de la couleur de la cendre et les mains tremblantes. Mais son regard, quoique encore vague, paraissait rationnel.

– Comment te sens-tu ? lui demanda Émouchet en essayant de feindre la nonchalance.

Tynian eut un petit rire.

– Si tu veux savoir la vérité, j'ai l'impression qu'on m'a retourné les tripes, puis qu'on me les a remises à l'intérieur du corps. Vous avez réussi à tuer cette monstruosité ?

– Émouchet l'a chassée à l'aide de son épieu, lui apprit Ulath.

Une peur inquiétante apparut dans les yeux de Tynian.

– Elle peut donc revenir ? demanda-t-il.

– C'est très peu probable, répondit Ulath. Elle a replongé dans le tumulus et elle a rabattu la terre sur elle.

– Dieu merci, fit Tynian, soulagé.

– Je pense que tu ferais mieux de dormir, lui dit Séphrénia. Nous pourrons continuer de parler un peu plus tard.

Tynian hocha la tête et se rallongea.

Séphrénia l'enveloppa dans un couverture, fit un signe à Émouchet et Ulath et les conduisit à l'extérieur.

– Je pense qu'il ira mieux, dit-elle. J'ai été rassurée en l'entendant rire, tout à l'heure. Il faudra un certain temps, mais il est sur la bonne voie.

– Je vais aller avec Talen parler au fermier, leur apprit Émouchet. Il semblerait qu'il s'agisse de celui qu'a mentionné le vieux de l'auberge. Il se peut qu'il nous donne une idée de l'endroit où nous allons nous rendre ensuite.

– Cela vaut sans doute la peine, dit Ulath, quelque peu dubitatif. Kurik et moi surveillerons tout ici.

Émouchet hocha la tête et se rendit dans la tente qu'il partageait normalement avec Kalten. Il ôta son armure et enfila sa cotte de mailles et des jambières en laine. Il ceignit son épée et s'enveloppa dans sa cape grise à capuche. Il retourna auprès du feu.

– Viens, Talen, lança-t-il.

Le gamin sortit de la tente avec une expression résignée. Sa cape encore humide lui serrait les épaules.

– Je suppose que je n'arriverai pas à te faire changer d'avis, dit-il.

– Non.

– Alors, j'espère que le fermier n'a pas encore regardé dans sa grange. La disparition de son bois risque de l'avoir rendu un peu susceptible.

– Je le paierai s'il le faut.

Talen broncha.

– Après tout le mal que je me suis donné pour le lui voler ? Émouchet, ceci est dégradant. C'est peut-être même immoral !

Émouchet le considéra avec curiosité.

– Un de ces jours, il faudra que tu m'expliques quelle est la morale d'un voleur.

– En fait, elle est très simple, Émouchet. La règle première est de ne payer pour rien.

– Je pensais bien qu'il s'agissait de quelque chose de ce genre. Allons-y.

A l'ouest, le ciel devenait de plus en plus clair tandis qu'Émouchet et Talen chevauchaient en direction du lac, et la pluie n'était plus qu'averses sporadiques. Cela en soi remonta le moral d'Émouchet. Il avait connu tant d'incertitudes depuis qu'ils avaient quitté Cimmura qu'aujourd'hui l'assurance d'avoir pris la mauvaise voie lui fournissait un terrain solide pour repartir d'un bon pied. Émouchet entérina stoïquement ses échecs et continua vers la lumière.

La maison de Wat et ses annexes étaient situées dans un petit vallon. Le lieu semblait mal entretenu et était cerné par une palissade de rondins qui s'inclinait misérablement sous le vent dominant. La maison, mi-rondins, mi-pierres, possédait un toit au chaume rabougri et elle paraissait nettement décrépite. La grange était dans un état encore pire, tenant debout par habitude plutôt que par préservation de sa structure. Une carriole accidentée reposait dans la cour boueuse et des outils rouillés gisait là où leur propriétaire les avait abandonnés. Des volailles humides et échevelées grattaient dans la boue sans espoir de trouver grand-chose et un cochon blanc fouillait près du perron de la maison.

– Pas très propre, hein ? fit remarquer Talen tandis que leurs montures entraient dans la cour.

– J'ai vu la cave où tu logeais à Cimmura, répondit Émouchet. On ne pourrait pas dire qu'elle était impeccable.

– Du moins était-elle cachée. Ce type est crasseux en public.

Un homme aux yeux vairons et aux cheveux sales et mal peignés sortit péniblement de la maison. Ses vêtements semblaient être attachés par des bouts de ficelle et il se grattait l'estomac d'un air absent.

– Qu'est-ce que vous v'nez faire ici ? demanda-t-il d'un ton peu amical. (Il assena un coup de pied au cochon.) Barre-toi d'ici, Sophie, dit-il.

– Nous avons parlé avec un vieillard, au village, répondit Émouchet en faisant un geste du pouce par-dessus l'épaule. Un type aux cheveux blancs et au cou instable qui paraissait connaître un tas de vieilles histoires.

– Vous v'lez sans doute parler du vieux Farsh, dit le fermier.

– Je n'ai pas pu saisir son nom, répondit nonchalamment Émouchet. On l'a rencontré au bar de l'auberge.

– C'est ben Farsh. Il aime pas s'éloigner de la bière. Qu'est-ce que ça a à voir avec moi ?

– Il prétend que toi aussi, tu aimes bien les vieilles histoires... celles qui se rapportent à la bataille qui s'est déroulée ici il y a cinq cents ans.

Le visage du strabique s'éclaira.

– Oh, c'est donc ça. Moi et Farsh, on s'est raconté des tas de vieux trucs. Pourquoi pas entrer avé le gamin, vot' seigneurie. Ça fait un bout de temps que j'ai plus eu l'occasion d'parler du bon vieux temps.

– C'est très aimable à toi, voisin, dit Émouchet en quittant le dos de Faran. Viens, Talen.

– Permettez, j'vais conduire vos montures dans la grange.

Faran jeta un regard à l'édifice branlant et eut un frisson.

– Non, merci, voisin, dit Émouchet, la pluie se calme et la brise devrait sécher leur robe. Nous allons simplement les mettre au pré, si cela ne te dérange pas.

– Quéqu'un risque d'v'nir les voler.

– Pas ce cheval, lui apprit Émouchet. Il n'est pas du genre qu'on aime à voler.

– C'est vous qui march'rez si vous vous trompez.

L'homme vairon haussa les épaules et se retourna pour ouvrir la porte de sa maison.

L'intérieur était plus en désordre encore que la cour. Les restes de plusieurs repas gisaient sur la table et des vêtements sales étaient empilés dans tous les coins.

– J'm'appelle Wat, se présenta l'homme. Il s'affala sur une chaise.

– Asseyez-vous. (Il examina alors Talen plus attentivement.) Hé, t'es le p'tit jeune qui m'a acheté mon chariot.

– Oui, répondit Talen avec une certaine nervosité.

– Y marche bien ? J'veux dire : y a pas eu de roue qui s'est fait la malle ?

– Il a fort bien roulé, répondit Talen avec un certain soulagement.

– Heureux d'le savoir. Bon, et qué histoires qu'vous v'lez entendre ?

Émouchet commença son explication :

– Ce que nous recherchons, Wat, c'est des renseignements sur ce qui a pu arriver au vieux roi de Thalésie durant cette bataille. Un ami à nous est un de ses parents éloignés et la famille veut rapporter ses ossements en Thalésie pour l'enterrer de manière appropriée.

– Jamais entendu parler de roi thalésien, admit Wat, mais ça veut rien dire. Ç'a été une sacrée bataille et les Thalésiens, y s'sont battus contre les Zémochs du sud du lac jusqu'en Pélosie.

Vous voyez, c'qu'est arrivé, c'est que quand les Thalésiens se sont mis à débarquer sur la côte nord, là-haut, les patrouilles zémochs les ont vus et Otha, il a envoyé des forces d'belle taille pour les empêcher de rejoindre le champ de bataille principal. Au début, les Thalésiens, ils sont descendus en petits groupes et les Zémochs, ils ont fait à peu près ce qu'ils ont voulu. Il y a eu des tas de poursuites et plein de Thalésiens se sont perdus un peu partout. Mais quand le gros des troupes thalésiennes a débarqué, les choses ont tourné. Dites, j'ai d'la bonne bière maison. Ça vous intéresse ?

– Ça ne me dérangerait pas, répondit Émouchet. Mais le gamin est un peu jeune.

– J'ai aussi du lait, si ça te dit, mon gars.

Talen poussa un soupir.

– Pourquoi pas ?

Émouchet réfléchit.

– Le roi de Thalésie a dû être un des premiers à débarquer. Il a quitté sa capitale avant son armée, mais il n'a jamais atteint le champ de bataille.

– Alors, probable qu'il repose quelque part en Pélosie ou alors même en Deira, fit Wat en se levant pour prendre de la bière et du lait.

– Cela représente une sacrée superficie, fit Émouchet en grimaçant.

– C'est ben vrai, l'ami, c'est ben vrai, mais vous suivez la bonne piste. En Pélosie et en Deira, ils aiment autant les bonnes vieilles histoires qu'moi et l'vieux Farsh, et plus vous vous rapprochez de l'endroit où vot' roi est enterré, plus vous avez des chances de trouver quéqu'un qui peut vous dire c'qu'vous v'lez savoir.

– C'est exact, sans doute.

Émouchet sirota un peu de bière. Elle était trouble, mais c'était probablement la meilleure qu'il eût jamais goûtée.

Wat s'installa confortablement dans son fauteuil en se grattant la poitrine.

– En fait, l'ami, la bataille était trop grande pour qu'un seul homme la voie. J'sais assez ben c'qui s'est passé par ici, et Farsh, lui, y sait ce qu'y a eu autour du village au sud. On sait tous plus ou moins c'qui s'est passé en général, mais dès qu'on veut en savoir plus, y faut demander à quéqu'un qu'habite près d'l'endroit où c'est arrivé.

Émouchet poussa un soupir.

– Ce n'est donc qu'une pure question de chance, dit-il morosement. On risque de passer juste à côté de l'homme qui connaît l'histoire qu'il nous faut et ne pas penser à la lui demander.

– Nan, c'est pas tout à fait ça, l'ami, protesta Wat. Nous, on s'échange des histoires, on s'connaît. L'vieux Farsh, y vous a envoyés à moi et j'peux vous envoyer à un autre type qu'j'connais à Paler, en Pélosie. Il en sait ben plus qu'moi sur ce qui s'est passé là-haut et y doit connaître des gens qui en savent encore plus sur c'qui est arrivé près d'*chez eux*. V'là c'que j'voulais dire en disant qu'vous étiez sur la bonne piste. Vous suffit d'aller d'un gars à l'autre jusqu'à c'qu'vous arrivez à l'histoire qu'vous voulez. Ça va plus vite de creuser en Pélosie du Nord ou en Deira.

– Tu as sans doute raison.

L'homme aux yeux louches eut un sourire rusé.

– Sans vouloir vous offenser, vot' seigneurie, mais vous autres les nobles, vous pensez qu'nous les roturiers on sait rien, mais quand on s'met ensemble, y a pas grand-chose qu'on arrive pas à savoir.

– Je m'en souviendrai, dit Émouchet. Qui est cet homme de Paler ?

– C'est un tanneur, s'appelle Berd... un nom idiot, mais les Pélosiens c'est comme ça. Sa tannerie, elle est juste d'vant la porte Nord d'la ville. On a pas voulu qu'y s'installe à l'intérieur, vu l'odeur. Allez voir Berd, et si y connaît pas d'histoire qui vous intéresse, y connaîtra bien quéqu'un qu'est au courant... ou quéqu'un qui sait à qui vous d'vez vous adressez.

Émouchet se leva.

– Wat, tu m'as été d'un grand secours. (Il tendit quelques pièces à l'homme.) La prochaine fois que tu iras au village, paye-toi quelques chopes de bière et si tu rencontres Faran, paye-lui-en une aussi.

– Ben, merci, vot' seigneurie. J'y manquerai pas. Et bonne chance dans vos r'cherches.

– Merci. (Émouchet se rappela alors quelque chose.) J'aimerais t'acheter un peu de bois, si cela est possible.

Il tendit encore quelques pièces à Wat.

– Ben, certain'ment, vot' seigneurie. V'nez à la grange, qu'j'vous mont' où l'est empilé.

– Ça ira, Wat. (Émouchet eut un sourire.) On s'est déjà servis. Viens, Talen.

La pluie avait totalement cessé quand Émouchet et Talen sortirent de la maison, et ils apercevaient le ciel bleu au-dessus du lac, à l'ouest.

– Il a fallu que tu le fasses, hein ? dit Talen sur un ton écœuré.

– Il s'est montré très utile, Talen, répondit Émouchet, sur la défensive.

– Ça n'a rien à voir avec ça. Est-ce qu'on a vraiment bien avancé ?

– C'est un début. Wat peut ne pas paraître très malin, mais il est en fait très astucieux. L'idée de passer d'un conteur à l'autre est sans doute le meilleur plan qu'on ait pu imaginer.

– Ça va prendre du temps, tu sais.

– Pas autant que certaines autres idées que nous avons eues.

– Le voyage n'aura donc pas été inutile.

– On en saura davantage après avoir parlé avec le tanneur de Paler.

Ulath et Bérit avaient accroché une corde près du feu et y pendaient des vêtements humides quand Émouchet et le gamin revinrent au camp.

– Un résultat? demanda Ulath.

– J'espère, répondit Émouchet. Je suis à peu près sûr que le roi Sarak n'est jamais descendu loin aussi au sud. Il semblerait que des combats se soient déroulés en Pélosie et en Deira en plus grand nombre que ce qu'a pu apprendre Bévier.

– Et ensuite?

– Nous allons monter jusqu'à la ville de Paler, en Pélosie, et rendre visite à un tanneur du nom de Berd. S'il n'a pas entendu parler de Sarak, il pourra probablement nous adresser à quelqu'un qui le connaîtra. Comment va Tynian?

– Il est toujours endormi. Mais Bévier est réveillé et Séphrénia lui a fait boire un peu de soupe.

– C'est bon signe. Entrons lui parler. Maintenant que le temps s'arrange, je crois que l'on peut se déplacer sans crainte.

Ils pénétrèrent ensemble dans la tente et Émouchet communiqua l'essentiel des propos de Wat.

– Ce plan a quelques mérites, Émouchet, approuva Séphrénia. Quelle est la distance jusqu'à Paler?

– Talen, va me chercher ma carte, veux-tu?

– Pourquoi moi?

– Parce que je te l'ai demandé.

– Oh. Parfait.

– Rien que la carte, Talen, ajouta Émouchet. Ne prends rien d'autre dans la sacoche.

Le gamin fut de retour au bout de quelques instants et Émouchet déplia la carte.

– Très bien. Paler est ici, à la pointe nord du lac... juste de l'autre côté de la frontière pélosienne. Cela doit faire dans les dix lieues.

– Ce chariot n'avancera pas très vite, lui dit Kurik. Et il ne faut pas trop secouer ces blessés. Cela va sans doute nous prendre deux jours au moins.

– Quand nous serons à Paler, nous pourrons leur trouver un médecin, dit Séphrénia.

– Nous ne sommes pas obligés d'utiliser le chariot, protesta Bévier. (Son visage était pâle et il transpirait abondamment.) Tynian va beaucoup mieux et Kalten et moi ne sommes pas si gravement blessés. Nous pouvons monter à cheval.

– Pas tant que je donne les ordres, lui apprit Émouchet. Je ne vais pas jouer avec vos vies uniquement pour gagner quelques heures. (Il s'approcha de l'entrée de la tente et passa la tête par l'ouverture.) Le soir approche, fit-il remarquer. Profitons tous d'une bonne nuit de sommeil et démarrons à la première heure demain matin.

Kalten poussa un grognement et s'assit péniblement.

– Parfait. A présent que cela est réglé, qu'est-ce qu'on mange ?

Après le repas, Émouchet sortit s'asseoir auprès du feu. Il fixait morosement les flammes quand Séphrénia le rejoignit.

– Qu'y a-t-il, mon petit ? lui demanda-t-elle.

– J'ai eu le temps de réfléchir et je trouve cette idée vraiment fantaisiste, tu ne crois pas ? Nous pouvons passer vingt ans à sillonner la Pélosie et la Deira pour écouter des vieillards nous raconter des histoires.

– Je ne pense pas, Émouchet. J'ai parfois des intuitions... des sortes de petits éclairs d'avenir. J'ai la mystérieuse impression que nous sommes sur la bonne voie.

– Des intuitions, Séphrénia, fit-il avec un certain amusement.

– Un peu plus que cela, peut-être, mais c'est un terme que les Élènes ne peuvent comprendre.

– Est-ce que tu essaies de me dire que tu vois réellement dans l'avenir ?

Elle éclata de rire.

– Oh, non ! Seuls les Dieux peuvent faire cela, et encore leur arrive-t-il de se tromper. Je peux tout juste deviner quand quelque chose est bien ou non. Ceci me donne l'impression d'être *bien*. Et il y a autre chose, ajouta-t-elle. Le fantôme d'Aldréas t'a dit que le temps était venu que reparaisse le Bhelliom. Je sais de quoi est capable le Bhelliom. Il peut contrôler les événements d'une manière incommensurable. S'il veut que ce soit nous qui le retrouvions, rien sur terre ne pourra nous arrêter. Je pense que nous allons découvrir auprès des conteurs de Pélosie et de Deira des détails qu'ils croyaient avoir oubliés, voire qu'ils n'ont jamais sus.

– Ceci n'est-il pas un peu mystique ?

– Enfin ! Les Styriques *sont* des mystiques, Émouchet. Je croyais que tu le savais.

Chapitre onze

ILS DORMIRENT TARD, le lendemain matin. Émouchet se réveilla avant le jour, mais il décida de laisser dormir ses compagnons. Il y avait longtemps qu'ils étaient sur la route et l'horreur de la veille les avait marqués. Il s'éloigna un peu des tentes pour regarder le lever du soleil. Le ciel était clair et les étoiles encore visibles. Malgré les assurances de Séphrénia, Émouchet était d'humeur sombre. Quand leur quête avait commencé, le sentiment que leur cause était juste et noble l'avait conduit à croire qu'ils finiraient par vaincre tous les obstacles. Mais les événements de la veille lui avaient prouvé combien il se trompait. Il était prêt à tout affronter pour guérir sa jeune reine, au point de jeter sa vie dans la balance, mais avait-il le droit de risquer celle de ses amis ?

– Quel est le problème ?

Il reconnut la voix de Kurik sans avoir besoin de se retourner.

– Je l'ignore, Kurik, admit-il. J'ai vraiment l'impression d'essayer de retenir du sable dans la main, et puis notre plan est un peu absurde, non ? Essayer de remonter le long d'histoires vieilles de cinq cents ans est quand même vraiment ridicule, tu ne crois pas?

– Non, Émouchet, pas vraiment. Vous pourriez faire le tour du nord de la Pélosie et de la Deira avec une pelle pendant deux cents ans sans même vous approcher du Bhelliom. Ce fermier avait raison, vous savez. Fie-toi au peuple, monseigneur. De bien des manières, le peuple est plus sage que la noblesse... voire l'Église, d'ailleurs. (Gêné, Kurik toussa.) Vous n'êtes pas obligé de raconter ça au patriarche Dolmant, se reprit-il.

– Ton secret est en sécurité, mon ami. (Émouchet eut un sourire.) Il y a un élément dont il faut que nous parlions.

– Oh?

– Kalten, Bévier et Tynian sont plus ou moins hors de combat.

– Vous savez, je crois que vous avez raison.

– C'est une mauvaise habitude, Kurik.

– Aslade me dit la même chose.

– Ta femme est la sagesse même. Très bien. Une partie de notre réussite pour éviter les difficultés réside dans nos armures. La plupart des gens ne se mêlent pas des affaires des chevaliers de l'Église. L'ennui, c'est qu'il ne reste plus qu'Ulath et moi.

– Je sais compter, Émouchet. Où voulez-vous en venir?

– Est-ce que tu pourrais entrer dans l'armure de Bévier?

– Probablement. Elle ne serait pas très confortable, mais je pourrais régler différemment les lanières. Seulement, je me refuse à le faire.

– Et pour quelle raison? Tu as déjà porté l'armure à l'entraînement.

– A l'entraînement. Tout le monde savait qui j'étais et pour quoi je le faisais. Nous sommes à l'extérieur et le contexte est différent.

– Je ne vois vraiment pas la différence, Kurik.

– Il existe une loi pour ce genre de choses, Émouchet. Seuls les chevaliers ont le droit de porter l'armure, et je ne suis pas un chevalier.

– La différence est minime.

– Mais elle existe.

– Tu vas me forcer à t'en donner l'ordre, n'est-ce pas?

– Je regrette d'avoir à le faire.

– Je voudrais bien ne pas avoir à le faire. Je ne voudrais pas blesser tes sentiments, Kurik, mais les circonstances sont particulières. Notre sécurité est en jeu. Tu porteras l'armure de Bévier et je pense que nous pourrons enfiler Bérit dans celle de Kalten. Il a déjà porté la mienne et Kalten et moi sommes à peu près de la même taille.

– Vous insistez donc?

– Je n'ai pas le choix. Il faut que nous atteignions Paler sans incident. J'ai des hommes blessés et je ne veux pas les mettre en danger.

– Je comprends vos raisons, Émouchet. Je ne suis pas idiot, après tout. Cela ne me plaît pas, mais vous avez probablement raison.

– Je suis heureux que nous soyons d'accord.

– Ne grimpez pas dans l'extase. Je veux qu'il soit clairement entendu que j'obéis, mais en protestant.

– Si cela devait causer le moindre problème, je serais prêt à le jurer.

– En présumant que vous soyez encore en vie, répondit amèrement Kurik. Vous voulez que je réveille les autres?

– Non. Laisse-les dormir. Tu avais raison, hier soir. Rejoindre Paler va nous prendre deux journées. Ce qui nous laisse un certain battement.

– Le temps vous inquiète beaucoup, n'est-ce pas?

– Il nous est compté, répondit sombrement Émouchet. Notre façon d'aller écouter les histoires des vieux conteurs va nous en prendre beaucoup. Nous sommes arrivés au point où l'un des douze chevaliers va encore mourir et donner son épée à Séphrénia. Tu sais combien cela l'affaiblit.

– Elle est bien plus robuste qu'il n'y paraît. Elle pourrait probablement porter nos deux poids combinés. (Kurik jeta un coup d'œil en direction des tentes.) Je vais ranimer le feu et mettre sa théière à chauffer. D'habitude, elle se réveille de bonne heure.

Et il retourna vers le camp.

Ulath, qui montait la garde à proximité, sortit de l'ombre.

– Cette conversation était intéressante, gronda-t-il.

– Tu écoutais?

– De toute évidence. Les voix portent loin, la nuit, je ne sais pas pourquoi.

– Tu n'es pas d'accord... je parle de l'armure?

– Cela ne me gêne nullement, Émouchet. Nous sommes bien moins cérémonieux en Thalésie qu'ici. Bon nombre de chevaliers génidiens ne sont pas de noble lignée, à strictement parler. (Il arbora un sourire éclatant.) Habituellement, nous attendons que le roi Wargun soit ivre mort, puis nous les faisons défiler pour qu'il leur accorde des titres. Certains de mes amis sont barons de lieux qui n'existent même pas. (Il se frotta la nuque.) Je pense parfois que cette histoire de noblesse est une farce. Les hommes sont des hommes... avec ou sans titres. Je ne crois pas que Dieu s'en soucie, aussi pourquoi devrions-nous le faire?

– Tu vas provoquer une révolution, à parler comme ça, Ulath.

– Le temps est peut-être venu pour cela. La lumière point, fit-il en tendant le bras vers l'est.

– Exact. On dirait que nous aurons beau temps, aujourd'hui.

– Demande-le-moi ce soir et je te répondrai.

– En Thalésie, on n'essaie pas de prévoir le temps?

– Pour quoi faire? On n'y peut rien... Et si on jetait un coup d'œil à ta carte ? Je m'y connais un peu en bateaux, en courant, en vents dominants et le reste. Je pourrai peut-être avancer des hypothèses sur l'endroit où le roi Sarak a abordé. Nous pourrons même deviner quelle route il a suivie. Cela devrait permettre de réduire un peu les possibilités.

– L'idée n'est pas mauvaise, acquiesça Émouchet. Cela pourra nous donner une idée de l'endroit où commencer à poser des questions. (Émouchet hésita.) Ulath, dit-il gravement, est-ce que le Bhelliom est aussi dangereux qu'on le prétend ?

– Plus encore, probablement. Ghwerig l'a fabriqué et il n'est pas particulièrement agréable... même pour un Troll.

– Tu as dit « est ». Tu ne voulais pas dire « était » ? Il est mort, aujourd'hui, non ?

– Pas à ma connaissance, et j'en doute. Il y a un détail qu'il faut que tu saches au sujet des Trolls, Émouchet. Ils ne meurent pas de vieillesse comme les autres créatures. Il faut les tuer. Si quelqu'un était parvenu à tuer Ghwerig, il s'en serait vanté et je n'ai jamais rien entendu de tel. On n'a pas grand-chose à faire en hiver, en Thalésie, à part écouter des histoires. La neige s'empile sur des pieds de haut et on est bien obligé de rester à l'intérieur. Allons jeter un coup d'œil à cette carte.

Tandis qu'ils retournaient vers les tentes, Émouchet décida qu'il aimait bien Ulath. L'énorme chevalier génidien était normalement très silencieux, mais une fois qu'on arrivait à déverrouiller son amitié, il parlait en sous-entendus drolatiques qui étaient souvent plus amusants que l'humour brutal de Kalten. Les compagnons d'Émouchet étaient les meilleurs des hommes. Ils étaient tous différents, mais cela n'était que normal. Quelle que fût l'issue de leur quête, il était heureux d'avoir eu l'occasion de les connaître.

Séphrénia se tenait près du feu et buvait du thé.

– Vous vous êtes levés tôt, remarqua-t-elle comme les deux chevaliers entraient dans le cercle de lumière. Les plans ont-ils changé ? Sommes-nous pressés de partir ?

– Pas vraiment, lui dit Émouchet en lui embrassant la paume de la main pour la saluer.

– Attention de ne pas renverser mon thé !

– Non, m'dame. Nous ne pourrons pas couvrir plus de cinq lieues, aujourd'hui, aussi allons-nous laisser dormir les autres. Ce chariot ne peut pas rouler très vite et d'ailleurs, après ce qui s'est passé, je ne crois pas que se balader dans les ténèbres soit une excellente idée. Bérit est-il éveillé ?

– Je crois l'avoir entendu bouger.

– Je vais le mettre dans l'armure de Kalten et enfiler Kurik dans celle de Bévier. Peut-être pourrons-nous intimider quiconque voudra se montrer inamical.

– A quoi d'autre pensez-vous donc, en Élénie ?

– Un bon bluff vaut parfois mieux qu'un bon combat, grogna Ulath. J'aime tromper les gens.

– Tu es aussi irrécupérable que Talen.

– Non, pas vraiment. Mes doigts ne sont pas assez agiles pour couper les bourses. Si je veux ce qui se trouve dans la bourse de quelqu'un, je lui tape sur la tête et je le prends.

Elle éclata de rire.

– Je suis entourée de voyous.

Le jour était clair et vif. Le ciel était très bleu et l'herbe humide qui recouvrait les collines environnantes était d'un vert éclatant.

– A qui est-ce le tour de préparer le petit déjeuner ? demanda Émouchet à Ulath.

– A toi.

– Tu es sûr ?

– Oui.

Ils réveillèrent les autres et Émouchet sortit des paquetages les ustensiles de cuisine.

Après qu'ils eurent mangé, Kurik et Bérit découpèrent des lances supplémentaires dans un bosquet voisin tandis qu'Émouchet et Ulath aidaient leurs amis blessés à monter dans le chariot déglingué de Talen.

– Quel est le défaut de celles que nous avons ? demanda Ulath quand Kurik revint avec les lances.

– Elles ont tendance à se briser, répondit Kurik en attachant les armes au flanc du chariot. Surtout vu la façon dont vous les utilisez, messires. Ça ne peut faire aucun mal d'en avoir en plus.

– Émouchet, dit alors Talen, il y a encore de ces gens en blouses blanches, là-bas. Ils se cachent dans les broussailles en bordure du champ.

– Tu pourrais dire qui ils sont ?

– Ils avaient des épées, répondit le gamin.

– Ce sont donc des Zémochs. Combien y en a-t-il ?

– J'en ai vu quatre.

Émouchet s'approcha de Séphrénia.

– Un petit groupe de Zémochs se cache en bordure du champ. Est-ce que les hommes du Fureteur chercheraient à se cacher ?

– Non. Ils attaqueraient immédiatement.

– C'est bien ce que je pensais.

– Qu'est-ce que tu vas faire ? demanda Kalten.

– Les chasser. Je ne veux pas que des hommes d'Otha nous suivent. Ulath, montons en selle et pourchassons ces types pendant un moment.

Ulath afficha un large sourire et se hissa en selle.

– Vous voulez vos lances ? demanda Kurik.

Ulath grogna et tira sa hache.

– Pas pour un petit boulot comme ça.

Émouchet grimpa sur le dos de Faran, attacha son bouclier et tira son épée. Les deux chevaliers adoptèrent un pas menaçant. Au bout de quelques instants, les Zémochs qui se dissimulaient quittèrent leur cachette pour s'enfuir avec des cris effrayés.

– Faisons-les un peu courir, suggéra Émouchet. Je veux qu'ils soient à bout de souffle au point de ne pouvoir faire demi-tour pour revenir nous suivre.

– Parfait, dit Ulath en poussant son cheval au petit trot.

Les deux chevaliers s'enfoncèrent dans les broussailles et poursuivirent les Zémochs en fuite à travers un large champ labouré.

– Pourquoi ne pas les tuer ? cria Ulath à Émouchet.

– Ce n'est probablement pas vraiment nécessaire, lui répondit Émouchet. Ils ne sont que quatre et ils ne présentent pas de menace sérieuse.

– Tu te ramollis, Émouchet.

– Je ne crois pas.

Ils poursuivirent le Zémochs pendant peut-être vingt minutes, puis ils s'immobilisèrent.

– Ils courent bien, n'est-ce pas ? fit Ulath en gloussant. Pourquoi ne pas faire demi-tour, à présent ? J'en ai un peu assez de cet endroit.

Ils rejoignirent les autres et ils repartirent tous en direction du nord du lac. Ils virent des paysans dans les champs, mais aucun signe d'autres Zémochs. Ils allaient au pas avec Ulath et Kurik à l'avant.

– Une idée de ce que voulaient ces gens ? demanda Kalten à Émouchet.

Le chevalier blond conduisait le chariot, les rênes tenues négligemment dans une main, l'autre appuyée sur ses côtes blessées.

– J'imagine qu'Otha fait surveiller tous ceux qui fouillent aux alentours du champ de bataille, répondit Émouchet. Si quelqu'un venait à tomber sur le Bhelliom, il tiendrait à en être informé.

– Nous risquons donc d'en voir d'autres. Ça ne nous fera aucun mal de garder les yeux bien ouverts.

Le soleil devenait de plus en plus chaud tandis que le jour avançait, et Émouchet commença presque à regretter les nuages et la pluie de la semaine précédente. Il chevauchait en transpirant dans son armure émaillée de noir.

Ils campèrent le soir dans un bosquet de chênes imposants non loin de la frontière pélosienne et se levèrent tôt le lendemain matin. Les garde-frontières s'écartèrent respectueusement et, en milieu d'après-midi, ils dépassèrent le sommet d'une colline pour contempler la cité pélosienne de Paler.

– Nous avons marché plus vite que prévu, fit remarquer Kurik tandis qu'ils descendaient sur la longue pente conduisant à la ville. Êtes-vous sûr que votre carte soit précise, Émouchet ?

– Aucune carte n'est parfaite. On ne peut jamais espérer qu'une approximation.

– J'ai jadis connu un cartographe en Thalésie, dit Ulath. Il était parti cartographier le terrain entre Emsat et Husdal. Au début, il notait tout soigneusement pas à pas, mais au bout d'un jour ou deux il s'est acheté un bon cheval et a procédé à l'estime. Sa carte est des plus imprécises, mais tout le monde s'en sert parce que personne ne veut se donner la peine d'en dessiner une nouvelle.

Les gardes à la porte Sud de la ville les laissèrent passer après un interrogatoire tout à fait sommaire, et Émouchet obtint le nom et l'emplacement d'une auberge respectable.

– Talen, penses-tu pouvoir retrouver ton chemin tout seul pour rejoindre cette auberge ?

– Bien entendu, je retrouverais ma route dans n'importe quelle ville.

– Parfait. Reste donc ici et surveille la route qui vient du sud. Nous verrons si ces Zémochs manifestent toujours autant de curiosité à notre sujet.

– Aucun problème, Émouchet.

Talen descendit de selle et attacha son cheval non loin de la porte. Puis il la franchit dans l'autre sens et alla s'asseoir dans l'herbe au bord de la route.

Émouchet et les autres entrèrent à cheval dans la ville, suivis par le chariot brinquebalant. Les rues pavées de Paler étaient encombrées, mais les gens s'écartaient devant les chevaliers de l'Église et ils atteignirent l'auberge en moins d'une demi-heure. Émouchet mit pied à terre et entra.

L'aubergiste portait l'un des chapeaux hauts et pointus courants en Pélosie et il affichait un air hautain.

– Tu as des chambres ? lui demanda Émouchet.

– Bien entendu. Vous êtes dans une auberge.

Émouchet attendit avec une expression glaciale.

– Qu'est-ce qu'il y a ? demanda l'aubergiste.

– J'attendais simplement que tu termines ta phrase. Je crois que tu as oublié quelque chose.

L'aubergiste s'empourpra.

– Désolé, monseigneur, marmonna-t-il.

– C'est bien mieux, le félicita Émouchet. A présent, j'ai trois amis blessés. Y aurait-il un médecin, dans les environs ?

– Au bout de la rue, monseigneur. Il a une enseigne.

– Est-ce qu'il est qualifié ?

– Je ne saurais dire, en toute honnêteté. Cela fait longtemps que je n'ai pas été malade.

– Nous tenterons donc notre chance chez lui. Je vais faire entrer mes amis et aller le chercher.

– Je ne crois pas qu'il viendra, monseigneur. Il a une très haute opinion de soi. Il pense qu'il s'abaisserait s'il quittait ses appartements. Il fait venir chez lui les malades et les blessés.

– Je saurai le persuader, dit Émouchet d'un air sinistre.

L'aubergiste eut un petit rire nerveux.

– Combien votre groupe comprend-il de personnes, monseigneur ?

– Nous sommes dix. Nous allons faire entrer les blessés, ensuite j'irai bavarder avec cet orgueilleux médecin.

Ils aidèrent Kalten, Tynian et Bévier à rejoindre les chambres situées au premier. Puis Émouchet redescendit et se dirigea d'un pas résolu vers le bout de la rue, sa cape noire se gonflant derrière lui.

Le médecin avait son cabinet à l'étage au-dessus d'une épicerie et il fallait emprunter un escalier extérieur pour y monter. Émouchet grimpa les marches bruyamment et entra sans frapper. Le médecin était un petit bonhomme à figure de fouine vêtu d'une robe bleue lâche. Les yeux lui sortirent légèrement des orbites quand il leva le regard pour découvrir un homme au visage inflexible en armure noire qui entrait sans être invité.

– Je vous en prie ! se plaignit-il.

Émouchet feignit de l'ignorer. Il avait décidé que le meilleur moyen était de couper court à toute discussion.

– Tu es le médecin ? demanda-t-il d'une voix glaciale.

– Oui, répondit l'homme.

– Tu viens avec moi.

Ce n'était pas une requête.

– Mais...

– Pas de mais. J'ai trois amis blessés qui ont besoin de tes soins.

– Ne pouvez-vous les amener ici ? Je n'ai pas pour habitude de quitter mes appartements.

– Les habitudes, on en change. Prends ce qu'il te faut, et viens. Ils sont dans l'auberge de l'autre côté de la rue.

– Ceci est indigne, sire chevalier.

– Nous n'allons pas discuter, n'est-ce pas, voisin ? fit Émouchet d'une voix mortellement paisible.

Le médecin battit en retraite.

– Ah... non. Je ne crois pas. Je ferai une exception dans votre cas.

– J'espérais bien une telle décision.

Le médecin se leva rapidement.

– Je prends mes instruments et quelques médicaments. De quel genre de blessures parlons-nous ?

– L'un d'eux à des côtes cassés. Un autre semble souffrir d'hémorragies internes. Le troisième est surtout épuisé.

– L'épuisement est facile à soigner. Que votre ami passe quelques jours au lit.

– Il n'en a pas le temps. Donne-lui quelque chose qui le remette sur pied.

– Comment a-t-il reçu ces blessures ?

– En combattant pour l'Église, répondit simplement Émouchet.

– Je suis toujours à la disposition de l'Église.
– Tu ne peux savoir combien cela me réjouit.

Émouchet conduisit le médecin mal disposé jusqu'à l'auberge et au premier. Il attira Séphrénia de côté tandis que le guérisseur commençait son examen.

– C'est un peu tard, lui dit-il. Pourquoi ne pas remettre à demain notre visite au tanneur ? Je ne crois pas qu'il faille le harceler. Il risquerait d'oublier des détails qui nous intéressent.

– C'est vrai. D'ailleurs, je veux m'assurer que ce médecin sait ce qu'il fait. Je ne suis pas sûre qu'on puisse se fier à lui.

– Il a intérêt à ce qu'on puisse se fier à lui. Il a déjà une assez bonne idée de ce qui lui arrivera autrement.

– Oh, Émouchet, fit-elle sur un ton réprobateur.

– C'est un accord assez simple, petite mère. Il comprend parfaitement que s'ils ne guérissent pas c'est lui qui tombera malade. Cela l'encourage plus ou moins à faire de son mieux.

La cuisine pélosienne, avait remarqué Émouchet, s'appuyait sans retenue sur les choux bouillis, les betteraves et les navets, accommodés avec un rien de petit salé. Ce dernier ingrédient était naturellement totalement inacceptable au palais de Séphrénia et Flûte, aussi se firent-elles un plat de légumes crus et d'œufs à la coque. Mais Kalten dévora tout ce qui passait devant lui.

C'est après la tombée de la nuit que Talen arriva à l'auberge.

– Ils nous suivent toujours, Émouchet, et ils sont plus nombreux encore. J'en ai vu une quarantaine, en haut de la colline au sud de la ville, et ils sont à cheval, à présent. Ils se sont immobilisés là-haut et ont inspecté les lieux. Puis ils se sont abrités dans les bois.

– C'est un peu plus grave que quand ils étaient quatre, non ? demanda Kalten.

– Bien sûr. Des idées, Séphrénia ?

Elle fronça les sourcils.

– Notre allure n'a pas été particulièrement rapide. S'ils sont à cheval, ils auraient pu nous rattraper sans aucune peine. Je pense qu'ils ne font que nous suivre. Azash semble savoir quelque chose que nous ignorons. Cela fait des mois qu'il essaie de te tuer et voilà qu'ils envoie ses fidèles avec l'ordre de nous suivre à distance.

– Vois-tu une raison pour ce changement de tactique ?

– J'en vois plusieurs, mais ce ne sont que pures spéculations.

– Il nous faudra rester sur le qui-vive en quittant la ville, dit Kalten.

– Doublement sur le qui-vive, ajouta Tynian. Il se peut qu'ils attendent que nous arrivions sur une portion de route déserte pour nous prendre en embuscade.

– Voilà une idée fort réjouissante, dit Kalten avec un humour forcé. Eh bien, je ne sais pas pour vous, mais moi je vais me coucher.

Le soleil était à nouveau éclatant le lendemain matin et une brise rafraîchissante soufflait du lac. Émouchet revêtit sa cotte de mailles, une tunique ordinaire et des jambières en laine. Puis il partit avec Séphrénia vers la porte Nord de Paler pour la tannerie de Berd. Les gens de la rue paraissaient être généralement des ouvriers qui portaient tout un assortiment d'outils. Ils avaient de simples blouses bleues et les habituels chapeaux hauts pointus.

– Je me demande s'ils se rendent compte combien ces trucs sont ridicules, murmura Émouchet.

– Quels trucs? demanda Séphrénia.

– Ces chapeaux. On dirait des chapeaux d'ânes.

– Ils ne sont pas plus ridicules que les chapeaux à plumes que portent les courtisans de Cimmura.

– Tu as sans doute raison.

La tannerie se trouvait à une certaine distance de la porte Nord et elle émettait des odeurs immondes. Séphrénia plissa le nez tandis qu'ils approchaient.

– La matinée n'aura rien d'agréable, prédit-elle.

– Je ferai aussi vite que possible, promit Émouchet.

Le tanneur était un homme trapu et chauve qui portait un tablier de toile taché de souillures marron foncé. Il remuait le contenu d'une grosse cuve à l'aide d'une longue palette lorsque Émouchet et Séphrénia entrèrent dans la cour.

– J'arrive tout de suite, dit-il.

Sa voix ressemblait à du gravier que l'on fait tomber sur une ardoise. Il continua de touiller quelques instants et jeta un regard critique à l'intérieur de la cuve. Puis il déposa sa palette et s'approcha d'eux en s'essuyant les mains sur son tablier.

– Que puis-je faire pour vous?

Émouchet mit pied à terre et aida Séphrénia à descendre de sa blanche haquenée.

– Nous avons bavardé avec un fermier du nom de Wat, en Lamorkand, dit-il au tanneur. Il nous a dit que vous pourriez éventuellement nous aider.

– Le vieux Wat? fit le tanneur en éclatant de rire. Il est encore en vie?

– Il l'était il y a trois jours. Tu es Berd, n'est-ce pas?

– C'est moi, monseigneur. Quelle est cette aide dont vous auriez besoin?

– Nous cherchons à parler à des gens qui connaissent des histoires au sujet de la grande bataille qui s'est livrée par ici il y a un certain nombre d'années. Certaines personnes de Thalésie sont apparentées à l'homme qui était leur roi durant cette bataille. Elles veulent trouver où il a été enterré afin de ramener ses ossements chez eux.

– Jamais entendu parler de rois dans les combats d'ici, admit Berd. Bien sûr, ça veut pas dire qu'il y en avait pas. Je crois pas que les rois se promènent pour se présenter comme ça aux gens du peuple.

– Il y a donc bien eu des batailles par ici ? lui demanda Émouchet.

– Je sais pas si on peut appeler ça des batailles... c'était plutôt du genre escarmouches, m'est avis. Voyez, monseigneur, le gros de la bataille, il a eu lieu au sud du lac. C'est là que les armées de sont rangées en régiments et bataillons et tout ça. Mais ici, c'étaient des petits groupes d'hommes... des Pélosiens surtout, au début, ensuite les Thalésiens ont commencé à filtrer. Les Zémochs d'Otha, ils avaient leurs patrouilles et y a eu un tas de vilaines bagarres, mais rien qu'on peut appeler une bataille. Y en a bien eu deux ou trois par loin d'ici, mais j'crois pas qu'y a eu des Thalésiens dedans. La plupart de leurs batailles ont eu lieu autour du lac Venne et c'est encore plus au nord que Ghasek. (Il claqua soudain les doigts.) Tenez, voilà celui à qui vous devez parler. J'me d'mande pourquoi je m'en suis pas rappelé tout de suite.

– Oh ?

– Bien entendu. Je vois pas où j'avais la tête. Ce comte de Ghasek, il est allé à une université de Cammorie et il a étudié l'histoire et le reste. Et puis, tous les livres qu'il a lus sur cette bataille, y s'concentraient plus ou moins sur c'qui s'est passé au sud du lac. Y disaient pas grand-chose sur c'qu'y a eu par ici. Et quand il a fini ses études, l'est rev'nu ici et y s'est mis à r'cueillir tout'les vieilles histoires qu'il a pu. Les a toutes notées. Ça fait des années qu'y fait ça. J'crois ben qu'il a rassemblé toutes les histoires de Pélosie du Nord, main'nant. L'est même v'nu me parler, et pourtant ça fait un bout d'ch'min d'ici à Ghasek. Y m'a dit que c'qu'il essaie d'faire, c'est boucher les gros trous dans c'qu'on enseigne à l'Université. Oui, messire, faut qu'vous alliez voir l'comte Ghasek. Si quéqu'un est au courant de c'roi, l'comte a dû l'apprendre et l'noter dans c'livre où y met tout.

– Mon ami, dit Émouchet avec chaleur, je pense que tu viens de résoudre notre problème. Comment trouverons-nous le comte ?

– L'meilleur moyen, c'est d'prendre la route du lac Venne. La ville d'Venne elle-même, elle est au bout nord du lac. Ensuite, faut continuer au nord. La route est vraiment mauvaise, mais on peut la prendre... surtout à c't'époque d'l'année. Ghasek est pas une vraie ville. En fait c'est qu'la propriété du comte. Y a ben quéqu' villages alentour... qu'appartiennent aussi au comte, la plupart... mais tout l'monde pourra vous indiquer la route de sa maison... c'est plutôt un palais, en fait, voire un château. J'suis passé pas loin quéqu' fois. Un endroit sinistre, mais j'suis jamais rentré à l'intérieur. (Il eut un rire grinçant.) Moi et l'comte, on évolue pas tout à fait dans les mêmes cercles, si vous voyez c'que j'veux dire.

– Je comprends parfaitement, dit Émouchet. (Il sortit plusieurs pièces.) Ton travail semble donner rudement soif, Berd.

– Rien d'plus vrai, monseigneur.

– Quand tu auras terminé ta journée de travail, pourquoi ne pas aller t'acheter de quoi te rafraîchir le gosier ? Il donna les pièces au tanneur.

– Oh, merci, monseigneur. C'est bien généreux d'vot' part.

– C'est moi qui devrais te remercier, Berd. Je crois que tu viens de m'économiser plusieurs mois de voyage. (Émouchet aida Séphrénia à remonter sur son cheval, puis il grimpa aussi en selle.) J'éprouve envers toi une gratitude plus grande que tu ne peux imaginer, Berd, dit-il au tanneur en guise d'adieu.

– Tout se présente remarquablement bien, non ? exulta Émouchet tandis que lui et Séphrénia rentraient en ville.

– Je t'avais prévenu, lui rappela-t-elle.

– Oui, c'est vrai. Je n'aurais pas dû douter de toi un seul instant, petite mère.

– Il est naturel d'avoir des doutes, Émouchet. Nous allons donc à Ghasek ?

– Bien entendu.

– Mais je crois que nous devrions attendre demain. Ce médecin a dit qu'aucun de nos amis n'est en danger, mais un jour de repos supplémentaire ne peut leur faire de mal.

– Pourront-ils monter à cheval ?

– Lentement, au début, je le crains, mais ils reprendront des forces rapidement.

– Très bien. Nous partirons demain à la première heure.

L'humeur des autres s'éclaircit considérablement quand Émouchet répéta ce que Berd lui avait dit.

– Je trouve que tout ça commence à paraître un peu trop facile, marmotta Ulath, et la facilité me rend nerveux.

– Ne sois pas aussi pessimiste, lui dit Tynian. Essaie de voir les choses du bon côté.

– Je préfère m'attendre au pire. De la sorte, si les choses s'arrangent, je n'ai que de bonnes surprises.

– Tu vas sans doute vouloir que je me débarrasse du chariot, dit Talen à Émouchet.

– Non. Emmenons-le par sécurité. Si l'un de nos trois malades venait à rechuter, nous pourrions toujours le remettre dedans.

– Je vais vérifier nos provisions, Émouchet, dit Kurik. Nous risquons de ne pas trouver avant longtemps une ville dotée d'un marché. Il me faut un peu d'argent.

Même cela ne put étouffer l'enthousiasme d'Émouchet.

Ils passèrent le restant de la journée dans le calme et se couchèrent tôt.

Émouchet fixait les ténèbres dans son lit. Tout irait bien ; il en était sûr, à présent. Ghasek était éloignée, mais si Berd ne s'était pas trompé sur la méticulosité du comte, il devait détenir la réponse dont ils avaient besoin. Ensuite, il ne leur resterait plus qu'à se rendre à l'endroit où était enseveli Sarak, puis récupérer sa couronne. Ils rentreraient alors à Cimmura avec le Bhelliom et...

On gratta à la porte. Il se leva et l'ouvrit.

C'était Séphrénia. Son visage était grisâtre et des larmes lui coulaient sur les joues.

– Je t'en prie, viens avec moi, Émouchet. Je n'arrive plus à les affronter seule.

– Affronter qui ?

– Viens simplement avec moi. J'espère m'être trompée, mais je crains que non.

Elle le conduisit au bout du couloir et entra dans la chambre qu'elle partageait avec Flûte : Émouchet sentit aussitôt l'odeur familière de cimetière. Flûte était assise sur le lit, petit visage sévère, mais les yeux dépourvus de peur. Elle regardait le personnage imprécis en armure noire. Le personnage se retourna alors et Émouchet vit le visage couturé.

– Olven ! fit-il d'une voix bouleversée.

Le fantôme de sire Olven ne répondit pas, mais tendit simplement les mains sur lesquelles reposait son épée.

Séphrénia pleurait ouvertement quand elle s'avança pour recevoir l'épée.

Le fantôme regarda Émouchet et leva une main en une sorte d'ébauche de salut.

Puis il s'évapora.

Chapitre douze

LE LENDEMAIN MATIN, leur humeur était sinistre tandis qu'ils sellaient leurs chevaux dans la pénombre qui précédait l'aube.

– Était-ce un ami intime ? demanda Ulath en soulevant la selle de Kalten sur le dos du cheval du pandion.

– L'un des meilleurs, répondit Émouchet. Il ne parlait pas beaucoup, mais on savait pouvoir toujours compter sur lui. Il me manquera.

– Qu'allons-nous faire au sujet de ces Zémochs qui nous suivent ? demanda Kalten.

– Je ne crois pas que nous puissions y faire grand-chose, répondit Émouchet. Nous sommes un peu en sous-nombre tant que toi, Tynian et Bévier n'avez pas récupéré. Ils ne nous gênent guère s'ils se contentent de nous filer.

– Je crois t'avoir déjà dit que ça ne me plaît pas d'avoir des ennemis derrière moi, dit Ulath.

– Je préfère les avoir en vue derrière nous qu'en embuscade devant nous, affirma Émouchet.

Kalten fit la grimace en serrant la sous-ventrière de son cheval.
– Ça ne fait qu'empirer, fit-il remarquer en posant doucement la main contre son flanc.
– Tu vas guérir, lui dit Émouchet. Tu l'as toujours fait.
– Le seul problème, c'est qu'il me faut plus longtemps chaque fois. On ne rajeunit pas, Émouchet. Est-ce que Bévier est assez en forme pour monter ?
– Tant qu'il n'est pas obligé de forcer. Tynian est en meilleur état, mais il ne faudra pas qu'il exagère les premiers temps. Je vais mettre Séphrénia dans le chariot. Chaque fois qu'elle reçoit l'une de ces épées, elle s'affaiblit un peu plus. Elle supporte davantage qu'elle ne veut l'avouer.
Kurik conduisit les autres chevaux dans la cour. Il portait son habituel gilet en cuir noir.
– Je dois sans doute rendre son armure à Bévier, dit-il d'un ton plein d'espoir.
– Garde-la pour l'instant. Je ne veux pas qu'il joue déjà au brave. Il est un peu trop téméraire. Ne l'encourageons pas tant que nous ne sommes pas sûrs qu'il est guéri.
– Ma position est fort peu confortable, dit Kurik.
– Je t'ai déjà tout expliqué l'autre jour.
– Je ne parle pas de ça. Bévier et moi sommes à peu près de la même taille, mais il y a des différences. Je suis irrité de partout.
– Ce sera sans doute terminé dans deux jours.
– Je serai alors devenu infirme.
Bérit aida Séphrénia à franchir la porte de l'auberge, puis à monter dans le chariot, ensuite il plaça Flûte à côté d'elle. La petite femme styrique était blême et tenait tendrement l'épée de sire Olven, un peu comme s'il s'agissait d'un bébé.
– Ça va aller ? lui demanda Émouchet.
– Il me faut simplement un peu de temps pour m'y habituer.
Talen sortit son cheval hors de l'écurie.
– Attache-le derrière le chariot, dit Émouchet au gamin. C'est toi qui vas le conduire.
– Comme tu veux, Émouchet.
– Quoi, pas de discussion ? s'étonna Émouchet.
– Et pourquoi discuterais-je ? J'en vois la raison. D'ailleurs, le siège de ce chariot est bien plus confortable que la selle de mon cheval.
Tynian et Bévier sortirent de l'auberge. Tous deux portaient des cottes de mailles et marchaient un peu lentement.
– Pas d'armure ? demanda malicieusement Ulath à Tynian.
– Elle est lourde, répondit Tynian. Je ne suis pas encore sûr de pouvoir la supporter.
– Tu es certain qu'on n'a rien oublié ? demanda Émouchet à Kurik.
Kurik lui lança un regard froid et peu sympathique.

– Simple question, dit Émouchet avec douceur. Ne te montre pas irritable à cette heure matinale. (Il regarda les autres.) Nous n'irons pas trop vite, aujourd'hui. Je me satisferai de cinq lieues, si nous y parvenons.

– Tu es encombré par un tas d'infirmes, Émouchet, commenta Tynian. Ne vaudrait-il pas mieux que toi et Ulath partiez en avant ? Nous pourrions vous rattraper par la suite.

– Non. Des gens inamicaux rôdent un peu partout et vous n'êtes pas encore en état de vous défendre. (Il adressa un bref sourire à Séphrénia.) D'ailleurs, ajouta-t-il, nous sommes censés être dix. Je ne voudrais pas offenser les Dieux Cadets.

Ils aidèrent Kalten, Tynian et Bévier à monter en selle, puis ils sortirent lentement hors de la cour pour s'avancer dans les rues encore sombres et quasi désertes de Paler. Ils marchèrent jusqu'à la porte Nord, que les gardes leur ouvrirent à la hâte.

– Soyez bénis, mes enfants, leur lança Kalten sur un ton pompeux.

– Tu avais besoin de faire ça ? lui demanda Émouchet.

– C'est plus économique que de donner de l'argent. D'ailleurs, qui sait ? Ma bénédiction vaut peut-être quelque chose.

– Je crois qu'il va déjà mieux, commenta Kurik.

– S'il continue comme ça, je crois plutôt que son état va s'aggraver, déclara Émouchet.

Le ciel s'éclaircissait à l'est et ils avançaient d'un bon pas sur la route du nord-ouest menant de Paler au lac Venne. Les terres séparant les deux lacs étaient ondulantes, et consacrées surtout aux céréales. D'imposantes propriétés parsemaient la campagne et, çà et là, on voyait des villages constitués par les longues cahutes de serfs. Le servage était aboli en Éosie occidentale depuis des siècles, mais il persistait en Pélosie puisque, à la connaissance d'Émouchet, la noblesse pélosienne était dépourvue de connaissances administratives pouvant lui permettre de faire fonctionner un autre système. Ils aperçurent quelques-uns de ces nobles, vêtus de pourpoints en satin brillant, qui supervisaient du haut de leurs chevaux le travail des serfs en blouses de toile. Malgré tout ce qu'Émouchet avait pu entendre sur les méfaits du servage, les ouvriers des champs semblaient être bien nourris et assez bien traités.

Bérit chevauchait à quelques centaines de pas en arrière et il ne cessait de se retourner sur sa selle.

– Il va finir par fausser complètement mon armure s'il n'arrête pas, dit Kalten d'un ton critique.

– On pourra toujours s'arrêter chez un forgeron et te la faire retailler. Peut-être devrait-on en profiter pour défaire quelques soudures, vu la façon dont tu t'empiffres dès que tu en as l'occasion.

– Ton humour est ravageur, ce matin, Émouchet.

– J'ai beaucoup de soucis.
– Certaines personnes ne sont pas nées pour commander, fit remarquer Kalten d'un ton hautain. Mon vilain ami semble être du nombre. Il s'inquiète trop.
– Tu veux t'en charger ? lui demanda sèchement Émouchet.
– Moi ? Tu plaisantes, Émouchet. Je ne pourrais même pas diriger des oies, alors encore moins un groupe de chevaliers.
– Alors, si tu veux bien la fermer et me laisser faire...
Bérit les rejoignit, les yeux étrécis et la main glissant sur le manche de sa hache attachée à sa selle.
– Les Zémochs sont toujours là, sire Émouchet. Je n'arrête pas de les apercevoir.
– A quelle distance de nous ?
– Environ un demi-mille. La plupart sont plus en arrière encore. Mais ils nous surveillent attentivement.
– Si nous lancions une charge contre eux, ils se disperseraient, conseilla Bévier. Puis ils se remettraient sur notre piste.
– Probablement, acquiesça morosement Émouchet. Enfin, je ne peux pas les arrêter. Je n'ai pas assez d'hommes. Qu'ils nous suivent, si ça leur plaît. On se débarrassera d'eux quand nous nous sentirons tous mieux. Bérit, continue de les surveiller... et pas de folies.
– Je comprends très bien, sire Émouchet.
Le jour devint brûlant avant midi et Émouchet commença à transpirer dans son armure.
– Est-ce qu'on me punit pour un péché quelconque ? lui demanda Kurik en s'épongeant le visage avec un bout de tissu.
– Tu sais que je ne ferais jamais rien de tel.
– Alors, pourquoi suis-je enfermé à l'intérieur de ce four ?
– Désolé. C'est nécessaire.
En milieu d'après-midi, alors qu'ils traversaient une longue vallée verdoyante, une douzaine de jeunes hommes aux vêtements joyeux sortit au galop d'une propriété voisine pour leur barrer la route.
– N'allez pas plus loin, ordonna l'un d'eux, un jeune gaillard pâle et boutonneux portant un pourpoint en velours vert et une expression hautaine et suffisante.
– On nous a laissé entendre que nous nous trouvions sur une route publique, répondit Émouchet.
– Par simple tolérance de mon père.
Le gamin boutonneux se gonfla en essayant de prendre un air menaçant.
– Il fait le malin devant ses amis, marmotta Kurik. Balayons-les et reprenons notre route. Leurs rapières ne sont pas vraiment dangereuses.
– Un peu de diplomatie avant tout, répondit Émouchet. Il ne faudrait pas que nous ayons une meute de serfs à nos trousses.

– Je m'en charge. J'ai déjà eu affaire à ce genre de gars.

Kurik s'avança lentement, l'armure de Bévier brillant au soleil, sa cape et son surcot blancs étincelant.

– Jeune homme, dit-il d'une voix sévère, vous semblez ne pas être au courant de la moindre des politesses. Il est possible que vous ne nous reconnaissiez pas.

– Je ne vous ai jamais vus auparavant.

– Je ne voulais pas parler de *qui* nous sommes. Mais de *ce que* nous sommes. Cela est compréhensible, sans doute. Il est évident que vous n'avez pas beaucoup voyagé.

L'outrage fit sortir de leur orbite les yeux du jeune homme.

– Point du tout. Point du tout, fit-il d'une voix cassée. Je suis allé au moins deux fois à la ville de Venne.

– Ah. Et quand vous y étiez, vous avez peut-être entendu parler de l'Église ?

– Nous avons notre propre chapelle à la propriété. Je n'ai besoin d'aucune instruction dans ces fariboles.

Le jeune homme ricanait. Cela semblait être son expression naturelle.

Un homme d'un certain âge en pourpoint de brocart noir chevauchait furieusement dans la propriété.

– Il est toujours agréable de parler avec un homme éduqué, disait Kurik. Auriez-vous par hasard entendu parler des chevaliers de l'Église ?

Le jeune parut hésiter quelque peu. L'homme en pourpoint noir approchait rapidement. Il passa derrière le groupe de jeunes gens. Son visage paraissait blême de fureur.

– Je vous conseille vivement de vous écarter, continua doucement Kurik. Ce que vous faites met votre âme en péril... sans parler de votre vie.

– Vous ne pouvez pas me menacer... surtout sur la propriété de mon père.

– Jaken ! gronda l'homme en noir, est-ce que tu as perdu l'esprit ?

– Père, bégaya le jeune homme, j'étais en train d'interroger ces intrus.

– Des *intrus* ? souffla le vieil homme. Nous sommes sur une route royale, espèce d'âne !

– Mais...

L'homme en pourpoint noir rapprocha son cheval, se dressa sur ses étriers et fit tomber son fils de selle d'un robuste coup de poing. Puis il se retourna face à Kurik.

– Mes excuses, sire chevalier. Mon demeuré de fils ignorait à qui il s'adressait. Je respecte l'Église et j'honore ses chevaliers. J'espère... je prie pour qu'il ne vous ait pas offensés.

– Pas du tout, monseigneur, répondit tranquillement Kurik. Votre fils et moi-même avions pratiquement résolu notre différend.

Le noble fut ébranlé.
– Dieu merci, je suis arrivé à temps. Cet idiot n'est pas un fils digne de ce nom, mais sa mère aurait sombré dans la détresse si vous aviez dû lui couper la tête.
– Je n'en serais sans doute pas venu à une telle extrémité, monseigneur.
– Père! fit le jeune homme au sol d'une voix horrifiée. Tu m'as *frappé*! (Du sang lui coulait du nez.) Je vais le dire à Mère!
– Parfait. Je suis sûr qu'elle sera très impressionnée. (Le noble regarda Kurik avec un air gêné.) Excusez-moi, sire chevalier. Je crois avoir pris un peu de retard en matière de discipline avec cet enfant. (Il foudroya son fils du regard.) Retourne à la maison, Jaken, dit-il froidement. Quand tu y seras arrivé, rassemble-moi cette volée de parasites et renvoie-les dans leurs foyers. Je veux qu'ils aient quitté ma propriété avant le coucher du soleil.
– Mais ce sont mes *amis*!
– Eh bien, ce ne sont pas les miens. Débarrasse-t'en. Toi aussi, tu peux faire tes paquets. Ne te soucie pas de beaux vêtements, car tu vas aller au monastère. Les frères sont très stricts et ils veilleront à ton éducation... que j'ai dû négliger.
– Mère ne te laissera pas faire! s'exclama son fils, le visage de plus en plus pâle.
– Elle n'aura pas son mot à dire. Ta mère n'a jamais été pour moi davantage qu'un dérangement mineur.
– Mais...
Le visage du garnement semblait se décomposer.
– Tu m'écœures, Jaken. Tu es une véritable parodie de fils. Écoute bien les moines, Jaken. J'ai quelques neveux qui valent bien mieux que toi. Ton héritage n'est pas du tout en sécurité et tu pourrais être moine le restant de ta vie.
– Tu ne peux pas faire ça.
– Mais si.
– Mère te punira.
Le rire du noble fut glacial.
– Ta mère commence à me fatiguer, Jaken. Elle est suffisante, acariâtre et rien moins qu'idiote. Elle t'a transformé en quelque chose que je préfère ne pas examiner. D'ailleurs, elle n'est plus tellement séduisante. Jeûnes et prières pourraient la rapprocher du ciel et l'amendement de son esprit est de mon devoir en tant qu'époux, tu ne penses pas?
La moquerie avait quitté le visage de Jaken et il commençait à trembler violemment tandis que son monde s'écroulait autour de lui.
– A présent, mon fils, continuait le noble d'un ton dédaigneux, m'obéis-tu ou bien dois-je demander aux chevaliers de l'Église de t'administrer le châtiment que tu mérites largement?
Kurik prit note de cela et tira lentement l'épée de Bévier. Elle

produisit un bruit bizarrement désagréable en coulissant dans son fourreau.

Le jeune s'éloigna à quatre pattes à toute allure.

– J'ai une douzaine d'amis avec moi, lança-t-il d'une voix stridente.

Kurik examina les jeunes fats de la tête aux pieds; puis il cracha de dérision.

– Et alors? fit-il en déplaçant son bouclier et en bougeant le bras qui portait l'épée. Vous voulez garder sa tête, monseigneur? demanda-t-il poliment au noble. Comme souvenir, s'entend?

– Vous ne feriez pas ça!

Jaken était sur le point de s'écrouler.

Kurik fit avancer son cheval et son épée brillait au soleil d'un air menaçant.

– Chiche! dit-il sur un ton assez terrifiant pour que les rochers eux-mêmes se ratatinent.

Les yeux du jeune homme sortirent de leur orbite sous l'horreur et il se précipita en selle tandis que ses sycophantes en satin l'imitaient pour filer au quatrième galop.

– C'était bien ce que vous aviez plus ou moins en tête, monseigneur? demanda Kurik.

– Ce fut parfait, sire chevalier. Il y a des années que je voulais agir ainsi. (Puis il poussa un soupir.) Mon mariage fut arrangé, sire chevalier, dit-il en guise d'explication. La famille de ma femme avait un titre de noblesse et beaucoup de dettes. Ma famille avait de l'argent et des terres, mais notre titre n'était pas aussi impressionnant que le leur. Nos parents pensaient que cet arrangement était parfait, mais elle et moi nous parlons rarement. Je l'évite autant que possible. Je me suis consolé avec d'autres femmes, j'ai honte de l'avouer. Nombreuses sont les jeunes femmes accommodantes... si l'on est prêt à y mettre le prix. Ma femme s'est consolée par l'entremise de cette abomination que vous avez vue. Elle se passionne pour peu de chose... en dehors de me rendre la vie aussi impossible qu'elle le peut. J'ai négligé mon devoir, je le crains.

– J'ai aussi des fils, monseigneur, lui dit Kurik comme ils chevauchaient côte à côte. La plupart sont de braves garçons, mais l'un d'eux m'a grandement déçu.

Talen roula de grands yeux vers le ciel, mais il resta coi.

– Voyagez-vous loin, sire chevalier? demanda le noble, manifestement désireux de changer de sujet.

– Nous allons vers Venne, répondit Kurik.

– La route est encore longue. J'ai un pavillon d'été à l'ouest de ma propriété. Puis-je vous proposer son confort? Nous devrions l'atteindre avant le soir et les serviteurs qui s'y trouvent pourront veiller à vos besoins. (Il eut un sourire forcé.) Je vous offrirais bien l'hospitalité de mon manoir, mais je crains que les lieux ne soient cette nuit quelque peu bruyants. Ma femme possède une voix pénétrante et elle ne prendra pas à la légère certaines décisions que j'ai prises cet après-midi.

– Vous êtes excessivement aimable, monseigneur. Nous serons heureux d'accepter votre hospitalité.

– C'est le moins que je puisse faire pour compenser le comportement de mon fils. Je regrette de ne pas connaître la discipline qui puisse le sauver.

– J'ai toujours obtenu d'excellents résultats avec une ceinture de cuir, monseigneur, proposa Kurik.

Le noble rit encore d'une manière un peu forcée.

– L'idée n'est peut-être pas mauvaise, sire chevalier, acquiesça-t-il.

L'après-midi était charmant pour chevaucher et le soleil était en train de se coucher quand ils atteignirent le « pavillon d'été » qui ressemblait d'assez près à un manoir. Le noble donna ses instructions à la domesticité, puis remonta en selle.

– J'aimerais rester, sire chevalier, dit-il à Kurik, mais je crois préférable de rentrer chez moi avant que ma femme ne casse toute la vaisselle.

– Je comprends fort bien, monseigneur. Bonne chance.

– Dieu soit avec vous, sire chevalier.

Le noble fit faire volte-face à sa monture et s'éloigna.

– Kurik, dit gravement Bévier tandis qu'ils entraient dans le vestibule dallé de marbre, tu as fait honneur à mon armure, tout à l'heure. J'aurais passé ce gaillard au fil de ma lame après sa seconde remarque.

Kurik lui sourit.

Le pavillon d'été du noble pélosien était encore plus splendide à l'intérieur qu'à l'extérieur. Des bois précieux, sculptés de manière exquise, lambrissaient les murs. Les sols et les cheminées étaient en marbre et le mobilier était couvert du plus fin brocart. Les serviteurs étaient efficaces et discrets et satisfaisaient le moindre des besoins.

On servit à Émouchet et ses amis un dîner exceptionnel dans une salle à manger à peine plus petite qu'une grande salle de bal.

– Ça, c'est vivre ! fit Kalten avec un soupir de satisfaction. Émouchet, comment se fait-il que nous, nous n'ayons pas droit à davantage de luxe dans notre vie ?

– Nous sommes chevaliers de l'Église, lui rappela Émouchet. La pauvreté endurcit.

– Mais pourquoi en avoir autant ?

– Comment te sens-tu ? demanda Séphrénia à Bévier.

– Bien mieux, merci, répondit l'Arcien. Je n'ai plus craché de sang depuis ce matin. Je crois que je pourrai aller au petit trot dès demain. Cette balade tranquille nous fait perdre du temps.

– Nous irons encore doucement demain, lui apprit Émouchet. Suivant ma carte, le terrain au-delà de la ville de Venne est assez accidenté et très peu peuplé. Idéal pour les embuscades, et nous sommes suivis. Je veux que toi, Kalten et Tynian soyez prêts à vous défendre.

– Bérit, fit Kurik.

– Oui ?

– Tu veux bien me rendre service, avant que nous partions d'ici ?

– Bien entendu.

– Demain matin, tu feras descendre Talen dans la cour et tu le fouilleras... soigneusement. Le noble qui est propriétaire de ces lieux s'est montré très hospitalier et je ne veux pas l'offenser.

– Qu'est-ce qui te fait croire que je vais voler quoi que ce soit ? se plaignit Talen.

– Qu'est-ce qui me fait croire que tu ne le feras pas ? Ce n'est qu'une précaution. Cette demeure est remplie de petits objets de valeur. Certains risquent de se retrouver accidentellement dans tes poches.

Les lits étaient duveteux, profonds et confortables. Ils se levèrent à l'aube et prirent un formidable petit déjeuner. Puis ils remercièrent les domestiques, montèrent sur leurs chevaux qui les attendaient et s'en furent. Le soleil tout neuf était doré et les alouettes tournoyaient et chantaient au-dessus d'eux. Flûte, assise dans le chariot, les accompagnait au syrinx. Séphrénia paraissait plus robuste, mais, sur l'insistance d'Émouchet, elle resta dans le chariot.

Peu avant midi, un groupe d'une cinquantaine d'hommes d'apparence féroce franchit au galop une colline voisine. Ils portaient des bottes et des vêtements de cuir et ils avaient la tête rasée.

– Des hommes des marches orientales, leur apprit Tynian, qui avait déjà vécu en Pélosie. Attention, Émouchet. Ce sont des hommes aventureux.

Les cavaliers descendirent la pente avec un talent remarquable. Ils avaient à la ceinture des sabres menaçants, portaient de courtes lances et des boucliers ronds au bras gauche. Sur un bref signal de leur chef, la plupart freinèrent si brutalement que l'arrière-train des chevaux glissa sur l'herbe. Le chef, homme maigre aux yeux étroits et au cuir chevelu marqué de cicatrices, s'avança, accompagné de cinq cohortes. Avec une attitude ostentatoire, les hommes de la tribu déplacèrent leurs montures sur le côté, les fiers étalons obéissant à l'unisson. Puis, plongeant leurs lances dans la terre, les guerriers tirèrent leurs sabres étincelants en un geste grandiloquent.

– Non! lança sèchement Tynian comme Émouchet et les autres posaient instinctivement la main sur leurs épées. C'est un cérémonial. Ne bougez pas.

Les hommes au crâne rasé s'avancèrent majestueusement et, sur un signal invisible, les chevaux s'agenouillèrent tandis que les cavaliers levaient leur sabre devant leur visage pour saluer.

– Seigneur ! souffla Kalten. Je n'avais jamais vu un cheval faire ça !

Les oreilles de Faran chauvirent et Émouchet perçut son irritation.

– Salut, chevaliers de l'Église, entonna cérémonieusement le chef vêtu de cuir. Nous vous saluons et sommes à votre service.

– Puis-je régler cela ? proposa Tynian à Émouchet. Je sais que faire.

– Libre à toi, Tynian, acquiesça Émouchet en jetant un coup d'œil aux hommes sauvages encore sur la colline.

Tynian s'avança en forçant sa monture à adopter un pas lent et mesuré.

– C'est avec joie que nous accueillons les Péloï, déclama le Deiran. Nous sommes aussi heureux de cette rencontre, car les frères doivent toujours se saluer avec respect.

– Tu connais nos coutumes, sire chevalier, approuva l'homme au crâne couturé.

– Je suis déjà venu dans les marches orientales, domi, expliqua Tynian.

– Que veut dire *domi* ? chuchota Kalten.

– C'est un ancien terme pélosien qui signifie plus ou moins *chef*, expliqua Ulath.

– Plus ou moins ?

– Ce serait assez long à traduire.

– Partageras-tu le sel avec moi, sire chevalier ? demanda le guerrier.

– Avec joie, domi, répondit Tynian en descendant lentement de selle. Et peut-être pourrions-nous l'accompagner d'un mouton bien rôti, proposa-t-il.

– Excellente suggestion, sire chevalier.

– Prends-le, dit Émouchet à Talen. Il est dans le sac vert. Et pas de discussion.

– Je préférerais me mordre la langue, acquiesça nerveusement Talen en fouillant dans le sac.

– La journée est chaude, n'est-ce pas ? fit le domi sur un ton de conversation en s'asseyant en tailleur sur l'herbe épaisse.

– C'est exactement ce que nous disions il y a quelques minutes, acquiesça Tynian en s'asseyant aussi.

– Je suis Kring, chef de cette tribu.

– Je suis Tynian, chevalier alcion.

– Je l'avais supposé.

Talen rejoignit les deux hommes d'un pas légèrement hésitant en portant un gigot d'agneau rôti.

– Une viande fort bien préparée, proclama Kring en décrochant de sa ceinture un petit sac de sel. Les chevaliers de l'Église savent manger.

Avec les dents et les doigts, il coupa en deux le gigot et en tendit un bout à Tynian. Puis il lui présenta son sac de sel.

– Du sel, mon frère ?

Tynian plongea les doigts dans le sac, sortit une généreuse pincée et la saupoudra sur l'agneau. Puis il secoua les doigts aux quatre vents.

– Tu connais bien nos coutumes, ami Tynian, approuva le domi en imitant son geste. Et cet excellent garçon est peut-être ton fils ?

– Ah, non, domi, fit Tynian avec un soupir. C'est un bon garçon, mais il se livre au vol.

– Ho-ho ! (Kring éclata de rire et assena à Talen une tape sur l'épaule qui l'envoya bouler.) Le vol est la deuxième plus honorable profession au monde... après le combat. Tu t'y connais, mon garçon ?

Talen eut un mince sourire et ses yeux se plissèrent.

– Voulez-vous me mettre à l'épreuve, domi ? fit-il en se levant. Protégez tout ce que vous pouvez et je volerai le reste.

Le guerrier fit rouler la tête en arrière en éclatant de rire. Mais Talen s'était déjà approché de lui, remarqua Émouchet, et ses mains étaient déjà en action.

– Très bien, jeune voleur, glousse le domi en tendant les mains devant lui, vole ce que tu peux.

– Merci quand même, domi, dit Talen en s'inclinant poliment, mais c'est déjà fait. Je crois vous avoir pris à peu près tout ce que vous aviez de précieux.

Kring cligna les yeux et commença à se palper un peu partout, les yeux emplis de consternation.

Kurik gémit.

– Tout va s'arranger, je crois, lui marmonna Émouchet.

– Deux broches, se mit à annoncer Talen en les lui rendant, et sept bagues... celle de votre pouce gauche vous serre vraiment beaucoup, vous savez. Un bracelet en or... mais faites-le vérifier. Je pense qu'il est allié à du cuivre. Un pendentif en rubis... j'espère que vous ne l'avez pas payé trop cher. La pierre est de qualité vraiment inférieure, vous savez. Il y a ensuite cette dague ornée de joyaux et la pierre du pommeau de votre épée.

Talen se frotta les mains d'un air très professionnel.

Le domi explosa de rire.

– Je t'achète ce gamin, ami Tynian, déclara-t-il. Je te donnerai un troupeau de mes meilleurs chevaux et je l'élèverai comme mon fils. Je n'ai jamais vu un tel voleur.

– Ah... désolé, ami Kring, mais il ne m'appartient pas.

Kring poussa un soupir.

– Pourrais-tu aller jusqu'à voler des chevaux, mon garçon ?

– Un cheval est un peu difficile à mettre dans sa poche, domi, répondit Talen. Mais je devrais pouvoir y arriver.

– Ce gamin est un génie, dit le guerrier sur un ton de révérence. Son père est un homme fortuné.

– Je ne l'avais pas remarqué, marmotta Kurik.

– Ah, jeune voleur, dit Kring, presque à regret, il me semble avoir perdu une bourse... assez lourde, d'ailleurs.

– Oh, l'aurais-je oubliée ? dit Talen en se tapant sur le front. Cela a dû complètement me sortir de l'esprit.

Il prit un gros sac en cuir sous sa tunique et le lui tendit.

– Compte, ami Kring, lui conseilla Tynian.

– Comme ce garçon et moi sommes à présent amis, je me fie à son intégrité.

Talen poussa un soupir et sortit un nombre important de pièces en argent de diverses cachettes.

– Je regrette qu'on me fasse ça, dit-il en rendant les pièces. Ça gâche tout mon plaisir.

– *Deux* troupeaux de chevaux ? proposa le domi.

– Navré, mon ami, dit Tynian à regret. Prenons du sel et parlons affaires.

Les deux hommes se mirent à manger l'agneau salé tandis que Talen retournait au chariot.

– Il aurait dû prendre ces chevaux, marmotta-t-il à Émouchet. J'aurais pu m'échapper juste après la nuit.

– Il t'aurait enchaîné à un arbre.

– Je suis capable de me libérer de n'importe quelle chaîne en moins d'une minute. As-tu une idée de ce que valent les chevaux qu'il peut posséder, Émouchet ?

– Former ce gamin risque de prendre plus de temps que nous ne l'avions pensé, fit remarquer Kalten.

– As-tu besoin d'une escorte, ami Tynian ? demandait Kring. Nous étions simplement en promenade et nous pouvons la remettre à plus tard pour porter assistance à notre sainte mère l'Église et à ses vénérés chevaliers.

– Merci, ami Kring, mais notre mission ne comporte rien que nous ne puissions affronter par nous-mêmes.

– Il est vrai. Les prouesses des chevaliers de l'Église sont légendaires.

– Quelle est cette promenade dont tu as parlé, domi ? demanda Tynian, curieux. J'ai rarement vu les Péloï aussi loin à l'ouest.

– Normalement, nous sillonnons les marches orientales, admit Kring en arrachant avec les dents un gros morceau de gigot. Mais, de temps à autre au cours des générations, les Zémochs ont essayé de franchir la frontière pour entrer en Pélosie. Le roi paie une demi-couronne en or pour leurs oreilles. C'est un moyen facile de gagner de l'argent.

– Le roi exige-t-il les deux oreilles ?

– Non, rien que la droite. Mais nous devons faire attention avec nos sabres. On risque de perdre notre prime avec un coup mal ajusté. Mes amis et moi avons attrapé un joli groupe de Zémochs près de la frontière. Nous en avons eu un certain nombre, mais les autres se sont enfuis. Ils venaient par ici la dernière fois que nous les avons vus et certains étaient blessés. Le sang laisse de jolies traces. Nous allons les pourchasser et récupérer leurs oreilles... ainsi que l'or. Ce n'est qu'une question de temps.

– Je crois pouvoir vous faire gagner du temps, mon ami, dit Tynian avec un large sourire. De temps à autre, ces derniers jours, nous avons vu un groupe important de Zémochs derrière nous. Il se pourrait que ce soient ceux que vous cherchez. De toute façon, une oreille en vaut une autre et l'or du roi sera dépensé aussi agréablement, même s'il y a erreur sur les personnes.

Kring eut un rire de délectation.

– C'est ça, ami Tynian, acquiesça-t-il. Et qui sait, il pourrait bien y avoir *deux* bourses d'or disponibles. Combien sont-ils, à ton avis ?

– Nous en avons aperçu une quarantaine. Ils arrivent par la route du sud.

– Ils n'iront pas plus loin, promit Kring avec un large sourire de loup. Cette rencontre fut effectivement un plaisir, sire Tynian... du moins pour moi et mes camarades. Mais pourquoi toi et tes compagnons n'avez pas fait demi-tour pour récupérer cette prime ?

– Nous n'étions pas au courant de l'existence de cette prime, domi, confessa Tynian. Et les affaires de l'Église monopolisent notre temps. (Il eut un sourire forcé.) D'ailleurs, même si nous obtenions cette prime, nos vœux exigeraient que nous la remettions à l'Église. Un abbé bien gras profiterait quelque part de nos peines. Je n'ai aucun désir de transpirer autant pour enrichir un homme qui n'a jamais connu un jour de travail honnête de toute sa vie. Je préfère indiquer à un ami la direction où il pourra se faire un salaire honnête.

Kring l'enlaça impulsivement.

– Mon frère, dit-il, tu es vraiment mon ami. C'est un honneur de t'avoir rencontré.

– Tout l'honneur est pour moi, domi, répondit gravement Tynian.

Le domi essuya ses doigts graisseux sur ses braies en cuir.

– Fort bien, nous devons à présent nous mettre en route, ami Tynian, dit-il. Chevaucher lentement ne rapporte rien. (Il marqua un temps d'arrêt.) Es-tu sûr de ne pas vouloir vendre ce garçon ?

– C'est le fils d'un de mes amis. Je me débarrasserais de lui sans regret, mais l'amitié compte beaucoup pour moi.

– Je comprends parfaitement, mon ami. (Kring s'inclina.) Recommande-moi à Dieu la prochaine fois que tu t'entretiendras avec lui.

D'un bond, il se retrouva sur sa selle et son cheval était au galop avant qu'il eût trouvé son assiette.

Ulath s'approcha de Tynian et lui serra gravement la main.
– Quelle vivacité! Ce fut absolument brillant.
– Le marché était honnête, dit Tynian avec modestie. Nous nous débarrassons des Zémochs et Kring obtient des oreilles. Aucun marché entre amis n'est honnête si les deux parties ne gagnent pas ce qu'elles désirent.
– Tout à fait exact, acquiesça Ulath. Mais je n'avais jamais entendu parler de vente d'oreilles. D'habitude, ce sont des têtes.
– Les oreilles sont plus légères, expliqua Tynian sur un ton de professionnel, et elles ne te regardent pas fixement chaque fois que tu ouvres tes sacoches.
– Messires, *je vous en prie*! s'exclama Séphrénia. Nous avons des enfants avec nous, tout de même!
– Pardon, petite mère, fit tranquillement Ulath. Nous parlions boutique.
Elle retourna au chariot en marmottant. Émouchet eut la nette impression que certains des mots styriques qu'elle prononçait dans un souffle n'étaient jamais utilisés en société.
– Qui était-ce? demanda Bévier en regardant en direction des guerriers qui disparaissaient rapidement vers le sud.
– Ce sont des Péloï, répondit Tynian. Des meneurs de chevaux nomades. Ils furent les premiers Élènes dans cette région. Ils ont donné leur nom au royaume de Pélosie.
– Sont-ils aussi féroces qu'ils le paraissent?
– Plus encore. Leur présence à la frontière explique probablement pourquoi Otha a envahi le Lamorkand au lieu de la Pélosie. Personne, sain d'esprit, ne s'attaque aux Péloï.
Ils atteignirent le lac Venne dans la soirée du lendemain. C'était une importante étendue liquide peu profonde dans laquelle se déversaient continuellement des tourbières qui rendaient l'eau trouble et brunâtre. Flûte parut bizarrement agitée quand ils plantèrent leur camp à une certaine distance du rivage marécageux. Dès que la tente de Séphrénia eut été dressée, elle se précipita à l'intérieur et refusa d'en sortir.
– Qu'a-t-elle donc? demanda Émouchet à Séphrénia en frottant d'un air absent l'annulaire de sa main gauche, qui, lui semblait-il, palpitait mystérieusement.
– Je ne sais vraiment pas, répondit Séphrénia en se renfrognant. On dirait presque qu'elle a peur de quelque chose.
Après qu'ils eurent mangé et que Séphrénia eut porté son souper à Flûte, Émouchet interrogea soigneusement chacun de ses compagnons blessés. Ils prétendirent tous jouir d'une santé parfaite, ce qui était manifestement faux.
– Très bien. (Il abandonnait.) Nous allons reprendre nos anciennes habitudes. Messires, vous pouvez reprendre vos armures et nous essaierons d'aller au petit trot dès demain. Pas de galop; pas de course; et si nous avons le moindre ennui,

essayez de rester en arrière à moins que les événements n'empirent.

– C'est une vraie mère poule, n'est-ce pas? fit Kalten à Tynian.

– S'il nous ramasse un ver de terre, c'est toi qui auras le droit de le manger, répondit Tynian.

– Merci, mais j'ai déjà soupé.

Émouchet alla se coucher.

Il devait être aux alentours de minuit et la lune brillait. Émouchet s'assit brutalement sur sa couverture, réveillé par un grondement hideux.

– Émouchet! dit Ulath à l'extérieur de la tente. Réveille les autres! Vite!

Émouchet secoua Kalten et enfila son jaseran. Il se saisit de son épée et se précipita hors de la tente. Il examina rapidement les lieux et vit que les autres n'avaient pas besoin d'être réveillés. Ils étaient déjà occupés à enfiler leur cotte de maille et à prendre leurs armes. Ulath se tenait en bordure du camp, bouclier rond en place, hache à la main. Il regardait fixement dans les ténèbres.

Émouchet le rejoignit.

– Qu'est-ce que c'est? demanda-t-il doucement. Qu'est-ce qui produit un tel vacarme?

– Un Troll, répondit rapidement Ulath.

– Ici? En Pélosie? Ulath, c'est impossible. Il n'y pas de Trolls en Pélosie.

– Pourquoi ne vas-tu pas le lui expliquer?

– Tu es absolument sûr que c'est un Troll?

– J'ai entendu ce bruit trop souvent pour me tromper. C'est un Troll, sans doute possible, et quelque chose l'a mis dans une rage folle.

– Peut-être devrions-nous ranimer le feu, suggéra Émouchet comme les autres les rejoignaient.

– Inutile, dit Ulath. Les Trolls n'ont pas peur du feu.

– Tu connais leur langue, n'est-ce pas?

Ulath lâcha un grognement.

– Pourquoi ne l'appellerais-tu pas, afin de lui dire que nous ne lui voulons aucun mal?

– Émouchet, dit Ulath avec une expression affligée, dans ces circonstances, ce serait plutôt l'inverse. S'il attaque, essayez de le frapper aux jambes. Si vous visez le corps, il vous arrachera les armes des mains et vous les fera manger. Très bien, je vais essayer de lui parler.

Il leva la tête et beugla quelque chose dans une horrible langue gutturale.

Dans les ténèbres, quelque chose répondit en feulant et en soufflant.

– Qu'a-t-il dit? demanda Émouchet.

– Il jure. Il faudra peut-être une heure avant qu'il ait fini. Les Trolls ont beaucoup de jurons dans leur langue. (Ulath se renfrogna.) Il ne paraît pas tellement sûr de soi, ajouta-t-il sur un ton intrigué.

– C'est peut-être notre nombre qui le rend prudent, suggéra Bévier.

– Ils ne connaissent pas ce mot, répliqua Ulath. J'ai déjà vu un Troll solitaire attaquer une ville fortifiée.

Il y eut un nouveau beuglement dans les ténèbres, un peu plus près cette fois-ci.

– Et ça, qu'est-ce que ça veut dire? fit Ulath, perplexe.

– Quoi? demanda Émouchet.

– Il exige que nous lui remettions le voleur.

– Talen?

– Je ne sais pas. Comment Talen pourrait-il faire les poches d'un Troll? Les Trolls n'ont pas de poches...

Il entendit alors le son de l'instrument de Flûte retentir dans la tente de Séphrénia. Sa mélodie était sévère et vaguement menaçante. Au bout d'un moment, la bête dans les ténèbres hurla... en partie de douleur, en partie de déconvenue. Puis le hurlement s'évanouit dans le lointain.

– Pourquoi n'irions-nous pas dans la tente de Séphrénia pour embrasser cette petite fille? proposa Ulath.

– Que s'est-il passé? demanda Kalten.

– Elle a réussi à le chasser. Je n'ai jamais vu un Troll s'enfuir comme ça. J'en ai vu un attaquer un jour une avalanche. Je pense que nous devrions aller parler à Séphrénia. Il se passe ici des événements que je ne comprends pas.

Mais Séphrénia était aussi intriguée qu'eux. Elle tenait Flûte dans ses bras et la petite fille pleurait.

– Je vous en prie, messires, dit doucement la femme styrique, laissez-la tranquille pour l'instant. Elle est totalement bouleversée.

– Je monte la garde avec toi, Ulath, dit Tynian comme ils ressortaient de la tente. Ce beuglement m'a glacé les sangs. Je n'arriverai pas à retrouver le sommeil.

Deux jours plus tard, ils atteignaient la ville de Venne. Après ces événements, ils n'avaient plus vu ni entendu de signe du Troll. Venne n'était pas une ville très séduisante. Comme les taxes locales étaient basées sur le nombre de pieds carrés au sol de chaque habitation, les citoyens avaient contourné la loi en construisant des étages en surplomb. Dans la plupart des cas, le surplomb était tel que les rues ressemblaient à d'étroits tunnels sombres, même à midi. Ils descendirent dans l'auberge la plus propre qu'ils purent trouver et Émouchet emmena Kurik en quête de renseignements.

Mystérieusement, le mot « Ghasek » rendait très nerveux les citoyens de Venne. Les réponses obtenues par Émouchet et Kurik étaient vagues et contradictoires, et les citoyens s'éloignaient habituellement à toute allure.

– Là-bas, fit Kurik en indiquant un homme qui sortait d'une taverne en titubant. Il est trop ivre pour courir.

Émouchet considéra d'un œil critique l'homme vacillant.

– Il risque aussi d'être trop ivre pour parler.

Mais les méthodes de Kurik étaient d'une brutalité efficace. Il traversa la rue, saisit l'ivrogne par la peau du cou, l'attira au fond de la rue jusqu'à une fontaine et lui plongea la tête à l'intérieur.

– A présent, j'espère que nous nous comprenons, annonça-t-il d'une voix tranquille. Je vais te poser quelques questions et tu vas me donner les réponses... à moins que tu ne trouves le moyen de te faire pousser des branchies.

Le gaillard était occupé à tousser et cracher. Kurik lui tapa dans le dos pour le calmer.

– Très bien, voici la première question : Où est Ghasek ?

La figure de l'ivrogne se décomposa et les yeux lui sortirent des orbites sous l'effet de l'horreur.

Kurik lui replongea la tête dans l'eau.

– Je commence à en avoir assez, dit-il d'une voix nonchalante à Émouchet en contemplant les bulles qui montaient du fond de la fontaine. (Il redressa l'homme par les cheveux.) Ça va devenir moins drôle, l'ami. Je pense vraiment que tu devrais collaborer. J'essaie encore : Où est Ghasek ?

– Au... au nord, s'étouffa l'ivrogne en crachant de l'eau dans la rue.

Il paraissait presque avoir recouvré ses esprits.

– Nous le savons. Quelle route devons-nous prendre ?

– Passez par la porte Nord. Aux environs d'un mille et quelque après la sortie de la ville, la route bifurque. Prenez à gauche.

– Tu t'en tires très bien. Tu vois, on dirait même que tu sèches. Et à quelle distance se trouve Ghasek ?

– En... environ quarante lieues.

L'homme se tortillait sous la poigne de fer de Kurik.

– Une dernière question, lui promit Kurik. Pourquoi tous les habitants de Venne font-ils dans leur culotte quand ils entendent le nom de Ghasek ?

– C... c'est un endroit horrible. Il s'y passe des trucs trop hideux pour qu'on les raconte.

– J'ai l'estomac solide, lui assura Kurik. Vas-y. Choque-moi.

– On y boit du sang... on se baigne dedans... et on mange même de la chair humaine. C'est l'endroit le plus abominable de la terre. Rien que de prononcer son nom vous attire le mauvais œil.

L'homme frémit et se mit à pleurer.

– Là, là, fit Kurik en le lâchant et en lui tapotant doucement l'épaule. (Il donna une pièce à l'homme.) On dirait que tu t'es trempé, l'ami, ajouta-t-il. Pourquoi ne pas retourner à la taverne pour te sécher ?

L'homme décampa à toute allure.

– Les lieux ne doivent pas être très agréables, n'est-ce pas ?

– Non, pas vraiment, admit Émouchet, mais cela ne nous empêchera pas d'y aller.

Chapitre treize

COMME LA ROUTE PROPOSÉE par l'ivrogne avait la réputation de ne pas être très bonne, ils décidèrent de laisser le chariot à l'aubergiste et repartirent le lendemain matin à cheval dans les rues sombres éclairées par quelques torches. Émouchet avait diffusé les renseignements arrachés la veille par Kurik et ils jetèrent tous des regards circonspects autour d'eux en franchissant la porte Nord de Venne.

– Ce n'est probablement qu'une superstition locale, se moqua Kalten. J'ai entendu des histoires abominables sur des tas d'endroits et généralement elles se rapportaient à des événements qui s'étaient déroulés des générations auparavant.

– C'est en fait un peu absurde, acquiesça Émouchet. Le tanneur de Paler nous a dit que le comte Ghasek est un érudit. Ce n'est pas le genre d'homme qui se livre à des distractions excentriques, habituellement. Restons tout de même prudents. Nous sommes loin de chez nous et ce serait un peu tard pour appeler à l'aide.

– Je vais rester un peu en arrière, proposa Bérit. Je crois qu'on se sentira tous mieux en sachant qu'aucun Zémoch ne nous file.

– Je pense que nous pouvons compter sur l'efficacité du domi, dit Tynian.

– Malgré tout...

– Vas-y, Bérit, acquiesça Émouchet. Autant ne pas courir de risques.

Ils continuèrent au petit trot; comme le soleil se levait, ils atteignirent la bifurcation de la route. L'embranchement de gauche était creusé d'ornières, étroit et mal entretenu. La pluie qui avait ravagé la région quelques jours auparavant l'avait rendu boueux, désagréable de manière générale, et des buissons épais poussaient sur les talus.

– Notre avance va être ralentie, fit remarquer Ulath. J'ai déjà vu de meilleures routes, et elle ne va pas s'améliorer au fur et à mesure que nous monterons dans les hauteurs.

Il regarda en direction de l'alignement de montagnes basses qui se trouvait devant eux.

– Nous ferons de notre mieux, dit Émouchet, mais tu as raison. Quarante lieues représentent une distance non négligeable et un route mal carrossée ne nous donnera pas l'impression qu'elle est plus courte.

Ils s'engagèrent au trot sur la route boueuse. Comme l'avait prédit Ulath, elle ne faisait qu'empirer. Au bout d'une heure, ils pénétraient dans la forêt. Les arbres possédaient des feuilles persistantes et produisaient une pénombre sinistre, mais l'air était frais et humide, soulagement pour les chevaliers en armure. Ils firent une brève halte à midi pour manger un peu de pain et de fromage et reprirent leur avance, grimpant de plus en plus dans les montagnes.

Le vide de la région était inquiétant et la plupart des oiseaux paraissaient même muets, à l'exception des gros corbeaux qui semblaient croasser dans chaque arbre. Comme le soir commençait à tomber sur les bois ténébreux, Émouchet conduisit les autres à une certaine distance de la route où ils campèrent pour la nuit.

La forêt lugubre avait même calmé le trop loquace Kalten et ils mangèrent tous leur souper en silence. Après avoir mangé, ils allèrent se coucher.

Il devait être minuit quand Ulath réveilla Émouchet pour son tour de garde.

– On dirait qu'il y a plein de loups, par ici, dit doucement le grand génidien. Ce ne serait pas une mauvaise idée de t'installer avec le dos à un arbre.

– Je n'ai jamais entendu parler d'un loup qui attaque un homme, répondit Émouchet en parlant lui aussi à voix basse pour éviter de réveiller les autres.

– Habituellement, ils ne le font pas, acquiesça Ulath, à moins qu'ils ne soient enragés.

– Voilà une idée réjouissante.
– Je suis heureux qu'elle te plaise. Je vais au lit. La journée a été longue.

Émouchet quitta le cercle de lumière formé par le feu et s'immobilisa à une cinquantaine de pas dans la forêt pour permettre à ses yeux de s'accommoder aux ténèbres. Il entendit le hurlement des loups au fond des bois. Il songea qu'il venait de découvrir la source des nombreuses histoires qui circulaient au sujet de Ghasek. La seule forêt sinistre pouvait suffire à éveiller les craintes des gens superstitieux. Ajoutez-y les vols de corbeaux... oiseaux de mauvais augure... et les hurlements glaciaux des meutes de loups, et il était facile de voir comment étaient nées ces rumeurs. Émouchet fit prudemment le tour du camp, les yeux et les oreilles aux aguets.

Quarante lieues. Vu l'état empirant de la route, il était improbable qu'ils puissent couvrir plus de dix lieues par jour. Émouchet s'irritait de leur marche lente, mais il n'y pouvait rien. Il fallait qu'ils aillent à Ghasek. L'idée lui vint que le comte pouvait fort bien ne rien savoir de la tombe du roi Sarak et que ce long voyage qui avait pris tant de temps ne serve à rien. Il écarta rapidement cette pensée de son esprit.

De façon distante, tout en continuant de surveiller les bois environnants, il se mit à se demander à quoi ressemblerait sa vie s'ils réussissaient à guérir Ehlana. Il l'avait connue enfant, mais ce n'était plus une petite fille. Il avait eu des aperçus de sa personnalité d'adulte, mais rien de suffisamment précis pour lui donner l'impression qu'il la connaissait réellement. Ce serait une excellente reine, cela, il en était sûr, mais quel genre de femme était-elle ?

Il distingua un mouvement dans l'obscurité et s'immobilisa, sa main se porta sur son épée tandis qu'il sondait les ténèbres. Il vit alors une paire d'yeux rougeoyants qui reflétaient la lumière du feu. C'était un loup. L'animal fixa longuement les flammes, puis se retourna pour se fondre silencieusement dans la forêt.

Émouchet se rendit compte qu'il avait retenu sa respiration et il relâcha son souffle de manière explosive. Personne n'est jamais véritablement prêt à rencontrer un loup et, bien qu'il sût que cela était irrationnel, il ressentit un frisson instinctif.

La lune se leva, jetant sa lumière pâle sur la forêt noire. Émouchet leva les yeux et vit les nuages qui arrivaient. Graduellement, ils obscurcirent la lune et continuèrent leur inexorable ascension.

– Oh, parfait, marmonna-t-il. Il ne nous manquait plus que ça... encore de la pluie.

Il hocha la tête et continua de marcher, les yeux sondant les ténèbres qui l'entouraient.

Un peu plus tard, Tynian prit sa relève et il retourna dans sa tente.

– Émouchet.

C'était Talen, et il secouait avec légèreté l'épaule d'Émouchet pour réveiller le grand pandion.

– Oui.

Émouchet s'assit en distinguant le ton pressant du gamin.

– Il y a quelque chose, là dehors.

– Je sais. Des loups.

– Ce n'était pas un loup... à moins qu'il n'ait appris à marcher sur ses pattes arrière.

– Qu'as-tu vu ?

– C'était dans l'obscurité, parmi les arbres. Je ne l'ai pas bien vu, mais on aurait dit que ça avait une sorte de robe, qui ne lui allait pas très bien.

– Le Fureteur ?

– Comment le saurais-je ? Je n'en ai eu qu'un aperçu. Il est arrivé à la limite des arbres, puis il est retourné dans l'obscurité. Je ne l'aurais sans doute pas vu sans la lumière émise par son visage.

– Verte ?

Talen branla du chef.

Émouchet se mit à jurer.

– Quand tu seras à court de mots, tu m'avertiras, proposa Talen. J'en connais d'autres, tu sais.

– Tu as averti Tynian ?

– Oui.

– Qu'est-ce que tu faisais dehors ?

Talen poussa un soupir.

– Un peu de maturité, Émouchet, dit-il sur un ton de personne âgée. Aucun voleur ne dort plus de deux heures à la file sans inspecter ce qui se passe autour de lui.

– Je l'ignorais.

– Tu sais, c'est une vie peu rassurante, mais on s'amuse bien.

Émouchet mit la main derrière la nuque du jeune gaillard.

– Je vais bien arriver à faire de toi un gamin normal.

– Pourquoi te donner cette peine ? Il y a belle lurette que j'ai dépassé ce stade. Ç'aurait sans doute été chouette de jouer, de courir... si les événements avaient pris une autre tournure... mais ça n'a pas été le cas, et je m'amuse bien plus. Rendors-toi, Émouchet. Tynian et moi, on s'occupe de ça. Oh, au fait, il va pleuvoir, demain.

Mais il ne pleuvait pas le lendemain matin, malgré les nuages menaçants qui obscurcissaient le ciel. En milieu d'après-midi, Émouchet arrêta Faran.

– Qu'est-ce qu'il y a ? lui demanda Kurik.

– Il y a un village, dans cette petite vallée.

– Qu'est-ce qu'on peut bien fabriquer dans ces bois ? Pas moyen de faire de la culture, avec tous ces arbres.

– On pourrait le leur demander, sans doute. De toute façon, je veux aller leur parler. Ils sont plus proches de Ghasek que les gens de Venne et j'aimerais avoir des informations un peu plus précises. Inutile de foncer à l'aveuglette... Kalten, cria-t-il.

– Qu'est-ce qu'il y a ?

– Prends les autres en charge et continuez d'avancer. Kurik et moi, nous allons descendre poser quelques questions dans ce village. On vous rattrapera.

– Très bien.

Le ton de Kalten était sec et légèrement morose.

– Qu'as-tu ?

– Ces bois me dépriment.

– Ce ne sont que des arbres, Kalten.

– Je sais, mais est-ce qu'il faut qu'il y en ait autant ?

– Garde les yeux bien ouverts. Le Fureteur rôde quelque part.

Les yeux de Kalten s'éclairèrent. Il tira son épée et en vérifia le fil du bout du pouce.

– A quoi songes-tu ? lui demanda Émouchet.

– C'est peut-être l'occasion que nous attendions pour nous débarrasser de cette créature une bonne fois pour toutes. L'insecte d'Otha est très maigre. Un simple coup de taille devrait le couper en deux. Je crois que je vais rester en arrière pour lui réserver une embuscade de mon cru.

Émouchet réfléchit rapidement.

– Joli plan, feignit-il d'acquiescer, mais il faut que quelqu'un conduise les autres en sécurité.

– Tynian peut s'en charger.

– Peut-être, mais es-tu prêt à confier le bien-être de Séphrénia à quelqu'un que nous ne connaissons que depuis six mois et qui est encore en train de récupérer d'une blessure ?

Kalten traita son ami d'un certain nombre de noms obscènes.

– Notre devoir, mon ami, dit calmement Émouchet. Notre devoir. Son appel sévère nous interdit diverses distractions. Fais simplement ce que je t'ai demandé, Kalten. Nous nous occuperons ensuite du Fureteur.

Kalten continua de jurer. Puis il fit faire volte-face à sa monture et alla rejoindre les autres.

– Vous étiez à la limite d'une bagarre, commenta Kurik.

– Je l'ai remarqué.

– Kalten est un excellent combattant, mais c'est parfois une tête brûlée.

Ils firent tourner leurs chevaux et descendirent la colline en direction du village.

Les maisons étaient en rondins et possédaient des toits en mottes de terre. Les villageois avaient fait un certain effort pour abattre les arbres qui entouraient leur commune, créant des champs parsemés de souches qui s'étendaient peut-être à cent pas derrière les maisons.

– Ils ont dégagé le terrain, fit remarquer Kurik. Mais je ne vois que des jardins. Je me demande toujours ce qu'ils font ici.

La question reçut sa réponse dès qu'ils pénétrèrent dans le village. Un certain nombre d'habitants étaient occupés à scier des planches à partir de rondins posés sur des tréteaux grossiers. Des piles de bois vert gauchi à côté des maisons expliquaient le but du village.

L'un des hommes s'arrêta de scier et s'épongea le front avec un chiffon sale.

– Il n'y a pas d'auberge ici, lança-t-il à Émouchet sur un ton peu amical.

– Nous ne cherchons pas vraiment une auberge, voisin, dit Émouchet, rien que des renseignements. A quelle distance se trouve la maison du comte Ghasek ?

Le visage du villageois pâlit légèrement.

– Pas assez loin pour ce qui me concerne, monseigneur, répondit-il en inspectant avec nervosité l'imposant homme en armure noire.

– Quel est le problème, l'ami ? lui demanda Kurik.

– Les gens raisonnables ne s'approchent pas de Ghasek. La plupart ne veulent même pas en parler.

– Nous avons entendu à peu près la même chose à Venne, dit Émouchet. Que se passe-t-il donc chez le comte ?

– Je ne saurais dire exactement, monseigneur, fit l'homme, évasif. Je n'y suis jamais allé. Mais j'ai entendu des histoires.

– Oh ?

– Certaines personnes ont disparu, par ici. On ne les a jamais revues, et nul ne sait vraiment ce qui leur est arrivé. Mais les serfs du comte se sont enfuis et il n'a pourtant pas la réputation d'être un mauvais maître. Quelque chose de sinistre se passe dans cette maison et tous les gens qui vivent à proximité sont terrifiés.

– Penses-tu que le comte en soit responsable ?

– C'est assez peu probable. Le comte a passé la majeure partie de l'année hors de chez lui. Il voyage beaucoup.

– Nous l'avons entendu dire. (Émouchet songea à quelque chose.) Dis-moi, voisin, as-tu vu des Styriques, ces derniers temps ?

– Des Styriques ? Non, ils n'entrent pas dans cette forêt. Les gens d'ici ne les aiment pas et nous le faisons connaître.

– Je vois. La maison du comte se trouve à quelle distance, as-tu dit ?

– Je ne vous l'ai pas dit. Une quinzaine de lieues, sans doute.

– Un individu nous a dit à Venne que sa ville était à quarante lieues de Ghasek, fit Kurik.

Le villageois eut un reniflement de dérision.

– Les gens des villes ne savent même pas ce qu'est une lieue. Il ne doit pas y en avoir plus de trente de Venne à Ghasek.

– Nous avons aperçu quelqu'un dans les bois, cette nuit, dit Kurik sur un ton de conversation paisible. Il portait une robe noire et une capuche relevée. Se pourrait-il que ce soit l'un de vos voisins ?

Le visage du bûcheron blanchit.

– Personne ne porte ce genre de vêtements, par ici.

– En es-tu sûr ?

– Vous m'avez bien entendu. J'ai dit que personne ne s'habille comme ça dans la région.

– Ce devait donc être un voyageur.

– C'est ça.

Le ton du villageois était redevenu peu amical et ses yeux avaient une expression légèrement affolée.

– Merci pour le temps que tu nous as consacré, voisin, dit Émouchet en faisant tourner Faran pour quitter le village.

– Il en sait plus qu'il n'en dit, fit remarquer Kurik tandis qu'ils dépassaient les dernières maisons.

– Exact. Le Fureteur ne le tient pas, mais il a extrêmement peur. Continuons. Je veux rattraper les autres avant la nuit.

Ils les rejoignirent au moment où le ciel arborait les lumières rousses du coucher de soleil et ils campèrent à côté d'un lac de montagne silencieux non loin de la route.

– Tu penses qu'il va pleuvoir ? demanda Kalten après le souper tandis qu'ils étaient assis près du feu.

– Ne dis pas ça, protesta Talen. Je viens juste de sécher, après toute la pluie de Lamorkand.

– C'est fort possible, répondit Kurik à Kalten. C'est la saison, mais je ne sens pas beaucoup d'humidité dans l'atmosphère.

Bérit revenait de l'endroit où ils avaient entravé les chevaux.

– Sire Émouchet, dit-il doucement, quelqu'un arrive.

Émouchet se leva.

– Combien sont-ils ?

– Je n'ai entendu qu'un seul cheval. C'est apparemment quelqu'un qui arrive de l'endroit vers lequel nous nous dirigeons. (Le novice marqua un temps d'arrêt.) Il va à un train d'enfer, ajouta-t-il.

– Cela n'est pas très sage, vu la nuit et l'état de la route.

– Éteint-on le feu ? demanda Bévier.

– Je pense qu'il l'a déjà aperçu, sire Bévier, répondit Bérit.

– Nous allons voir s'il décide de s'arrêter, dit Émouchet. Un homme seul ne représente pas un bien grand danger.

– A moins que ce ne soit le Fureteur, dit Kurik en agitant sa plommée. Très bien, messires, fit-il d'une voix bourrue de sergent de garnison, dispersez-vous et tenez-vous prêts.

Les chevaliers réagirent automatiquement à ce ton péremptoire. Ils reconnaissaient tous instinctivement le fait que Kurik en savait probablement davantage qu'aucun d'eux sur le combat rapproché. Émouchet tira son épée, soudain très fier de son ami.

Le voyageur immobilisa son cheval sur la route non loin de leur camp. Ils entendirent tous sa monture haleter et souffler.

– Puis-je m'approcher ? implora l'homme dans les ténèbres. Sa voix était stridente, aux limites de l'hystérie.

– Avance, étranger, répondit Kalten après un regard adressé à Kurik.

L'homme qui sortit des ténèbres était vêtu de manière flamboyante, voire extravagante. Il portait un chapeau à plumet à bord large, un pourpoint de satin rouge, un justaucorps bleu et des bottes en cuir qui lui montaient jusqu'aux genoux. Il avait un luth en bandoulière ; en dehors d'une petite dague à la ceinture, il ne possédait aucune arme. Son cheval piaffait et titubait d'épuisement et le cavalier lui-même paraissait plus ou moins dans le même état.

– Dieu merci, dit l'homme en voyant les chevaliers en armure qui se tenaient autour du feu.

Il oscillait dangereusement sur sa selle et serait tombé si Bévier n'avait bondi en avant pour le rattraper.

– Ce pauvre diable me semble au bout du rouleau, dit Kalten. Je me demande ce qui pouvait bien le pourchasser.

– Des loups, peut-être. (Tynian haussa les épaules.) Je pense qu'il pourra nous l'indiquer dès qu'il aura repris son souffle.

– Donne-lui de l'eau, Talen, demanda Séphrénia.

– Oui, m'dame.

Le gamin prit un seau et descendit vers le lac.

– Reste allongé comme ça, dit Bévier à l'étranger. Tu es en sécurité, à présent.

– Pas le temps, haleta l'homme. Il faut que je vous dise quelque chose de vital.

– Quel est ton nom, l'ami ? lui demanda Kalten.

– Je suis Arbèle, ménestrel de profession. J'écris de la poésie et je compose des chansons pour distraire les seigneurs et les gentes dames. Je reviens de la maison d'un monstre, le comte Ghasek.

– Voilà qui semble peu prometteur, marmotta Ulath.

Talen rapporta le seau d'eau et Arbèle but avidement.

– Conduis son cheval jusqu'au lac, dit Émouchet au gamin. Ne le laisse pas boire trop goulûment, au début.

– Très bien.

– Pourquoi traites-tu le comte de monstre ? demanda alors Émouchet.

– Quel autre qualificatif pouvez-vous donner à un homme qui enferme une belle damoiselle dans un donjon ?

– Et qui est cette belle damoiselle ? demanda Bévier d'une voix étrangement attentive.

– Sa propre sœur ! (Arbèle s'étouffait sous l'indignation.) Une dame incapable d'un acte malveillant.

– T'aurait-il expliqué pour quelle raison il agit ainsi ? demanda Tynian.

– Il m'a débité des absurdités en l'accusant d'ignominies honteuses. J'ai refusé de l'écouter.

– En es-tu sûr ? (Kalten était sceptique.) As-tu jamais vu cette dame ?

– Eh bien, non, pas vraiment, mais les domestiques du comte m'ont parlé d'elle. Ils m'ont dit qu'elle était la plus belle de la région et que le comte l'avait enfermée dans ce donjon au retour d'un voyage. Il m'a chassé avec tous ses serviteurs hors du château, et à présent il se propose de garder sa sœur dans ce donjon le restant de sa vie.

– Monstrueux! s'exclama Bévier, les yeux enflammés par l'indignation.

Séphrénia avait observé le ménestrel de très près.

– Émouchet, dit-elle d'une voix pressante en lui faisant signe de s'écarter du feu.

Ils s'éloignèrent et Kurik les suivit.

– Qu'y a-t-il ? demanda Émouchet aussitôt qu'ils furent hors de portée de voix.

– Ne le touchez pas, répondit-elle, et avertis les autres de faire de même.

– Je ne te suis pas très bien.

– Il a une attitude anormale, Émouchet, expliqua Kurik. Ses yeux ont quelque chose de bizarre et il parle un peu trop vite.

– Il a été contaminé par quelque chose, dit Séphrénia.

– Une maladie contagieuse ?

Émouchet frémit en prononçant ce terme. Dans un monde où sévissaient les fléaux, ce mot sonnait dans l'imaginaire humain comme le tonnerre de la fin du monde.

– Pas dans le sens où tu l'entends. Ce n'est pas une maladie d'ordre physique. Quelque chose lui a infecté l'esprit... quelque chose d'ignoble.

– Le Fureteur ?

– Je ne pense pas. Les symptômes ne sont pas les mêmes. Mais j'ai la très nette impression qu'il peut être contagieux; que tout le monde reste donc à l'écart.

– Il parle, dit Kurik, et il n'a pas une expression figée. Je pense que tu as raison, Séphrénia. Je ne crois pas que ce soit le Fureteur. Mais autre chose.

– Il est très dangereux, à l'heure actuelle, dit-elle.

– Plus pour longtemps, dit Kurik d'une voix menaçante et en tendant la main vers sa plommée.

– Oh, Kurik, fit-elle d'une voix résignée, arrête un peu. Que dirait Aslade si elle découvrait que tu attaques des voyageurs sans défense ?

– Nous ne sommes pas forcés de le lui dire, Séphrénia.

– Quand viendra donc le jour où les Élènes cesseront de penser avec leurs seules armes ? dit-elle, exaspérée.

Elle prononça soudain des paroles en styrique, qu'Émouchet ne reconnut point.

– Je te demande pardon ?

– Peu importe.

– Mais nous avons un problème, dit Kurik avec sérieux. Si le ménestrel est contagieux, Bévier est alors infecté. Il l'a touché quand il est tombé de cheval.

– Je vais surveiller Bévier. Peut-être son armure l'a-t-elle protégé. Je serai fixée dans peu de temps.

– Et Talen ? demanda Émouchet. Est-ce qu'il a touché le ménestrel quand il lui a apporté le seau d'eau ?

– Je ne crois pas, dit-elle.

– Saurez-vous guérir Bévier s'il tombe malade ? demanda Kurik.

– J'ignore encore de quoi il s'agit. Tout ce que je sais, c'est que quelque chose a pris possession de ce ménestrel. Retournons empêcher les autres de le toucher.

– Je vous en implore, chevaliers de l'Église, disait le ménestrel d'une voix stridente, chevauchez jusqu'à la demeure de ce comte abominable. Punissez-le pour sa cruauté et libérez sa magnifique sœur de ce châtiment immérité.

– Oui ! s'exclama Bévier, plein de ferveur.

Émouchet regarda rapidement Séphrénia et elle hocha gravement la tête pour l'informer que Bévier avait été infecté.

– Reste avec lui, Bévier, dit-il à l'Arcien. Le restant d'entre vous, venez avec moi.

Ils s'éloignèrent à quelques pas du feu et Séphrénia leur donna calmement des explications.

– Et Bévier l'a aussi, à présent ? demanda Kalten.

– Je le crains. Il commence à se comporter de manière irrationnelle.

– Talen, demanda Émouchet, quand tu lui as donné ce seau d'eau, est-ce que tu l'as touché ?

– Je ne crois pas.

– Éprouves-tu un besoin de courir au secours de damoiselles en détresse ? lui demanda Kurik.

– Moi ? Kurik, sois sérieux.

– Il n'est pas atteint, dit Séphrénia avec une note de soulagement dans la voix.

– Très bien, que faisons-nous ? demanda Émouchet.

– Nous chevauchons aussi vite que possible jusqu'à Ghasek, répondit-elle. Il faut que je découvre ce qui provoque cette maladie avant de pouvoir la guérir. Il faut *absolument* que nous entrions dans le château... même si nous devons recourir à la force.

– Nous pouvons nous occuper de ça, dit Ulath, mais que faire pour le ménestrel ? S'il peut contaminer les autres par simple contact, il est probable qu'il finira par revenir avec toute une armée.

– Il existe un moyen très simple de régler la question, dit Kalten en posant la main sur le pommeau de son épée.

– Non. Je préfère l'endormir. Quelques jours de repos ne pourront pas lui faire de mal. (Elle considéra Kalten avec sévérité.) Pourquoi ta réponse à un problème est-elle toujours une épée ?

– Excès d'entraînement, sans doute, fit-il en haussant les épaules.

Séphrénia se mit à prononcer une incantation, elle traça le sortilège avec les doigts, puis le lança doucement.

– Et Bévier ? demanda Tynian. Ne serait-il pas préférable de l'endormir également ?

Elle secoua la tête.

– Il faut qu'il soit capable de monter. On ne peut pas l'abandonner ici. Mais ne le laissez pas vous toucher. J'ai déjà assez de travail.

Ils revinrent auprès du feu.

– Ce malheureux s'est endormi, leur annonça Bévier. Qu'allons-nous faire ?

– Demain matin, nous partons pour Ghasek, répondit Émouchet. Oh, un détail, Bévier, ajouta-t-il. Je sais que tu es indigné par ceci, mais essaie de garder le contrôle de tes émotions quand nous serons arrivés. Garde la main loin de ton épée et surveille ta langue. Comprenons bien la situation avant d'agir.

– C'est la prudence, sans doute, admit Bévier à contrecœur. Je feindrai la maladie une fois que nous serons là-bas. Je ne suis pas sûr de pouvoir retenir ma colère si je dois regarder à plusieurs reprises en face ce comte monstrueux.

– Bonne idée, acquiesça Émouchet. Enveloppe notre ami dans une couverture et couche-toi. La journée de demain sera pénible.

Après que Bévier fut entré dans sa tente, Émouchet s'entretint avec ses coreligionnaires.

– Ne réveillez pas Bévier pour son tour de garde, les mit-il en garde. Je n'ai pas envie qu'il lui passe soudain par la tête de se précipiter dans la nuit pour secourir la damoiselle.

Ils hochèrent tous la tête et rejoignirent leurs couvertures.

Le lendemain matin, une couverture nuageuse causait l'envahissement des bois sinistres par une pénombre obscure. Après le petit déjeuner, Kurik installa une toile protectrice au-dessus du ménestrel endormi.

– Au cas où il pleuvrait, expliqua-t-il.

– Il ira bien ? demanda Bévier.

– Il est simplement épuisé, répondit Séphrénia de manière évasive. Laissons-le dormir.

Ils montèrent en selle et revinrent sur la piste sillonnée d'ornières. Émouchet les conduisit d'abord au trot pour échauffer les chevaux, puis, au bout d'une demi-heure, il poussa Faran au galop.

– Gardez les yeux sur la route, cria-t-il aux autres. Ne blessons pas nos chevaux.

Ils traversèrent la forêt obscure, ralentissant brièvement de temps à autre pour permettre à leurs montures de se reposer. Au fur et à mesure que le jour avançait, des grondements de tonnerre se faisaient entendre à l'ouest et l'orage imminent accroissait leur désir d'atteindre le havre incertain du château de Ghasek.

En s'approchant de cette demeure, ils dépassèrent des villages déserts tombés en ruines. Les nuages d'orage roulaient et le tonnerre lointain se dirigeait délibérément vers eux.

En fin d'après-midi, après un virage, ils aperçurent le grand château perché au sommet d'une roche de l'autre côté d'un champ désolé où des maisons en ruines se serraient les unes contre les autres comme pour se protéger de l'édifice lugubre qui les regardait d'un air menaçant. Émouchet immobilisa Faran.

– Ne montons pas au pas de charge. Nous ne voulons pas que les habitants du château se méprennent sur nos intentions.

Il leur fit traverser le champ au petit trot. Ils dépassèrent le village et s'approchèrent de la base de la roche.

Une piste étroite grimpait au flanc de l'éminence et ils montèrent à la file.

– L'endroit est sinistre, dit Ulath en se tordant le cou pour lever les yeux sur le bâtiment menaçant au sommet de la roche.

– Il est certain que son apparence ne suscite aucun enthousiasme à le visiter, approuva Kalten.

La piste les amena jusqu'à un portail barricadé. Émouchet immobilisa sa monture, se pencha par-dessus sa selle et martela la porte d'un point gantelé de fer.

Ils attendirent, mais rien ne se produisit.

Émouchet frappa de nouveau.

Au bout d'un certain temps, un petit panneau coulissa au centre du portail.

– Qu'est-ce que c'est, demanda une voix caverneuse.

– Nous sommes des voyageurs, répondit Émouchet, et nous cherchons à nous abriter de l'orage qui approche.

– La maison est fermée aux étrangers.

– Ouvre cette porte, ordonna Émouchet. Nous sommes chevaliers de l'Église et refuser de nous accorder un asile raisonnable est une offense contre Dieu.

L'homme invisible de l'autre côté de la porte hésita.

– Il faut que je demande la permission du comte, dit-il à contrecœur d'une voix profonde et grondante.

– Fais, mais sur-le-champ.

– Ça ne commence pas très bien, n'est-ce pas? dit Kalten.

– Les portiers se prennent parfois un peu trop au sérieux, lui apprit Tynian. Les clés et les serrures font de drôles de trucs au sens de la proportion des gens.

Ils attendirent, tandis que les éclairs rayaient le ciel violacé à l'ouest.

Puis, après apparemment un long laps de temps, ils entendirent le grincement d'une chaîne suivi par le son d'une lourde barre de fer qui coulissait à travers des anneaux massifs. A contrecœur, le portail s'ouvrit en gémissant.

L'homme à l'intérieur était énorme. Il portait une armure en cuir et ses yeux étaient enfoncés sous des arcades sourcilières massives. Sa mâchoire inférieure était protubérante et l'expression de son visage sinistre.

Émouchet le connaissait. Il l'avait vu une fois auparavant.

Chapitre quatorze

Le couloir où les conduisit le garde grincheux était drapé de toiles d'araignées et faiblement éclairé par des torches vacillantes fichées à larges intervalles dans des anneaux de fer. Émouchet ralentit le pas pour se placer à hauteur de Séphrénia.

– Tu l'as aussi reconnu ? lui chuchota-t-il.

Elle hocha la tête.

– Ce qui se passe ici est bien plus grave que nous ne l'imaginions, lui répondit-elle. Sois très prudent, Émouchet. Il y a danger.

– Exact, grogna-t-il.

L'autre extrémité du couloir était barrée par une lourde porte. Quand leur guide silencieux la tira, les gonds rouillés émirent un croassement de protestation. Ils se retrouvèrent sur le palier d'un escalier incurvé qui descendait dans une salle immense. Le plafond était voûté et les murs peints en blanc, mais les dalles du sol étaient aussi noires que la nuit. Un feu brûlait nerveusement dans la cheminée au foyer en ogive et la seule autre source de lumière était une unique chandelle posée sur la table devant le feu. Assis à cette table se trouvait un homme pâle et grisonnant tout de noir vêtu. Son visage était mélancolique et de la pâleur de ceux qui vont rarement au soleil. Il avait un air vaguement malsain, victime de quelque obscur malaise. Il lisait un gros livre en cuir.

– Les gens dont je vous ai parlé, maître, dit l'homme au menton en galoche d'une voix caverneuse mais révérencieuse.

– Très bien, Occuda, répondit l'homme à la table d'une voix lasse. Prépare-leur des chambres. Ils resteront jusqu'à la fin de l'orage.

– Comme vous voudrez, maître.

L'impressionnant serviteur se retourna et remonta l'escalier.

– Rares sont ceux qui voyagent jusqu'à cette partie du royaume, leur apprit l'homme en noir. La région est désolée et peu peuplée. Je suis le comte Ghasek et je vous offre le piètre asile de ma demeure jusqu'à la fin du mauvais temps. Il se peut que vous finissiez par regretter d'avoir trouvé ce lieu.

– Je m'appelle Émouchet, lui dit l'imposant pandion avant de lui présenter tous les autres.

Ghasek hocha poliment la tête à l'adresse de chacun d'eux.

– Asseyez-vous. Occuda ne tardera pas à revenir et vous préparera des rafraîchissements.

– Vous êtes très aimable, monseigneur de Ghasek, dit Émouchet en ôtant son casque et ses gantelets.

– Il se peut que vous changiez rapidement d'avis, sire Émouchet.

– C'est la deuxième fois que vous faites allusion à des désordres dans vos murs, monseigneur, fit remarquer Tynian.

– Ce n'est sans doute pas la dernière, sire Tynian. Mais le terme « désordres » est, je le crains, un peu faible. En toute honnêteté, si vous n'aviez pas été des chevaliers de l'Église, mon portail vous serait resté fermé. Cette demeure est marquée par le malheur et je ne tiens pas à infliger ses chagrins à des étrangers.

– Nous avons traversé Venne il y a quelques jours, monseigneur, dit doucement Émouchet. Toutes sortes de rumeurs circulaient au sujet de votre château.

– Je n'en suis nullement surpris, répondit le comte en passant une main tremblante sur son visage.

– Vous êtes fatigué, monseigneur? demanda Séphrénia.

– C'est l'âge, sans doute, et à cela il n'existe qu'un seul remède.

– Nous n'avons vu aucun autre domestique dans votre maison, monseigneur, dit Bévier en choisissant soigneusement ses mots.

– Occuda et moi sommes seuls en ces lieux, sire Bévier.

– Nous avons rencontré un ménestrel dans la forêt, comte, lui dit Bévier d'un ton presque accusateur. Il nous a dit que vous auriez une sœur.

– Vous parlez sans doute de ce fou d'Arbèle. Oui, j'ai bel et bien une sœur.

– Cette dame se joindra-t-elle à nous ? demanda Bévier sur un ton vif.

– Non, répondit sèchement le comte. Ma sœur souffre d'une indisposition.

– Dame Séphrénia possède de grands talents de guérisseuse, proposa Bévier.

– L'affection de ma sœur n'est pas susceptible d'être guérie, répondit catégoriquement le comte.

– Cela suffit, Bévier, ordonna sèchement Émouchet.

Bévier s'empourpra et se leva de sa chaise pour aller jusqu'à l'autre bout de la salle.

– Ce jeune homme me paraît déséquilibré, fit observer le comte.

– Le ménestrel Arbèle lui a raconté certaines choses au sujet de votre demeure, expliqua Tynian d'un air détaché. Bévier est arcien et les Arciens sont très émotifs.

– Je vois. Je suis capable d'imaginer le genre de contes qu'a pu lui débiter Arbèle. Il est heureux que rares soient ceux qui le croiront.

– Je crains que vous ne soyez dans l'erreur, monseigneur, déclara Séphrénia. Les contes d'Arbèle sont symptomatiques d'un désordre qui lui embrouille la raison et ce désordre est contagieux. Pendant un certain temps, tous ceux qu'il rencontrera accepteront ce qu'il dira comme étant la pure vérité.

– Je vois que le bras de ma sœur est de plus en plus long.

Au fin fond de la maison, s'éleva un cri hideux, suivi d'une série d'éclats de rire déments.

– Votre sœur ? demanda Séphrénia avec douceur.

Ghasek hocha la tête et Émouchet vit qu'il était au bord des larmes.

– Et sa maladie n'est pas d'ordre physique ?

– Non.

– N'allons pas plus loin, messires, dit Séphrénia aux chevaliers. Ce sujet est pénible pour monsieur le comte.

– Vous êtes très aimable, madame, dit Ghasek avec gratitude. (Il poussa un soupir, puis ajouta :) Dites-moi, sires chevaliers, quelle est la raison de votre présence en cette forêt mélancolique ?

– Nous sommes précisément venus vous voir, monseigneur, lui dit Émouchet.

– Moi ?

Le comte paraissait surpris.

– Nous nous consacrons à une quête, comte. Nous recherchons l'ultime lieu de repos du roi Sarak de Thalésie, qui tomba durant l'invasion zémoch.

– Ce nom m'est vaguement familier.

– Je l'escomptais bien. Un tanneur de la ville de Paler... du nom de Berd...

– Oui, je le connais.
– Il nous a parlé des chroniques que vous accumulez.
Les yeux du comte se mirent à briller, donnant vie à son visage pour la première fois depuis qu'ils étaient entrés dans la pièce.
– L'œuvre d'une vie, sire Émouchet.
– Je le comprends, monseigneur. Berd nous a dit que vos recherches ont été plus ou moins exhaustives.
– Berd aura peut-être exagéré en ce sens. (Le comte sourit avec modestie.) Je dois dire que j'ai rassemblé la plupart des contes populaires de la Pélosie du Nord et de certaines parties de la Deira. L'invasion d'Otha fut beaucoup plus vaste qu'on ne le croit en général.
– Nous l'avons également découvert. Avec votre permission, nous aimerions examiner vos chroniques pour trouver des indices qui nous conduiraient jusqu'au lieu où a été enseveli le roi Sarak.
– Certainement, sire Émouchet, et je vous aiderai personnellement, mais l'heure est tardive et mes chroniques sont pesantes. (Il eut un sourire d'autodérision.) Une fois que je serais lancé, nous pourrions y passer la majeure partie de la nuit. Je perds toute notion du temps quand je me plonge dans ces pages. Pourquoi ne pas attendre demain matin avant de commencer ?
– Comme vous voudrez, monseigneur.
Occuda entra alors avec une grosse marmite de ragoût épais et une pile d'assiettes.
– Je l'ai nourrie, maître, dit-il paisiblement.
– As-tu constaté un changement ?
– Non, maître. Malheureusement pas.
Le comte poussa un soupir et son visage redevint mélancolique.
Les talents d'Occuda en matière culinaire apparurent limités. Le ragoût qu'il leur avait apporté était à peine mangeable, mais le comte était à ce point absorbé par ses études qu'il semblait être indifférent à ce qu'on lui mettait dans l'assiette.
Après le souper, le comte leur souhaita une bonne nuit, Occuda les conduisit en haut de l'escalier et, après un long couloir, vers les chambres qu'il avait préparées. Comme ils s'approchaient de celles-ci, ils entendirent à nouveau les hurlements de la folle. Bévier réprima un sanglot.
– Elle souffre, dit-il d'une voix douloureuse.
– Non, sire chevalier, déclara Occuda. Elle est complètement folle et les gens dans son état ne peuvent appréhender leur situation.
– Je serais intéressé par la manière dont un domestique a pu devenir un tel expert dans les maladies de l'esprit.
– Il suffit, Bévier, lança Émouchet.
– Non, sire chevalier. La question de votre ami est pertinente. (Il se tourna vers Bévier.) Dans ma jeunesse, j'étais moine. Mon ordre se vouait aux soins apportés aux infirmes. L'une de nos

abbayes avait été convertie en hospice pour les malades mentaux et c'était là que je servais. J'ai beaucoup d'expérience en matière de démence. Croyez-moi quand je vous dis que dame Bellina est désespérément folle.

Bévier parut un peu moins sûr de soi, mais son visage ne tarda pas à se durcir à nouveau.

– Je ne te crois pas, lâcha-t-il.

– C'est votre droit le plus strict, sire chevalier. Ceci sera votre chambre. (Il ouvrit la porte.) Dormez bien.

Bévier entra et claqua la porte derrière lui.

– Tu sais que, dès que la maison sera silencieuse, il partira à la recherche de la sœur du comte, n'est-ce pas ? murmura Séphrénia.

– Tu as probablement raison, acquiesça Émouchet. Occuda, existe-t-il une manière de verrouiller cette porte ?

L'énorme Pélosien hocha la tête.

– Je peux l'enchaîner, monseigneur.

– Fais-le, donc. Nous n'avons pas envie que Bévier se promène dans toutes les pièces en plein milieu de la nuit. (Émouchet réfléchit un moment.) Nous devrions également poster un garde devant sa porte, dit-il aux autres. Il a sa Lochabre et s'il est poussé par l'excitation il risque d'attaquer la porte à coups de hache.

– Cela risque de s'avérer compliqué, Émouchet, dit Kalten d'un air hésitant. Nous ne voulons pas le blesser, mais nous ne voulons pas davantage qu'il nous saute dessus avec son atroce hache.

– S'il essaie de sortir, il faudra que nous le maîtrisions, dit Émouchet.

Occuda leur montra leurs chambres et Émouchet fut le dernier à se retirer.

– Est-ce que ce sera tout, sire chevalier ? demanda poliment le serviteur comme ils entraient dans la pièce.

– Reste un moment, Occuda.

– Oui, monseigneur.

– Je t'ai déjà vu, tu sais.

– Moi, monseigneur ?

– J'étais à Chyrellos, il y a un certain temps, et je surveillais avec Séphrénia une maison appartenant à des Styriques. Nous t'avons vu accompagner une femme dans cette maison. Était-ce dame Bellina ?

Occuda poussa un soupir et branla du chef.

– C'est ce qui s'est passé dans cette maison qui l'a rendue folle, tu le sais.

– Bien entendu.

– Peux-tu tout me raconter ? Je ne veux pas déranger le comte avec des questions pénibles, mais il faut débarrasser sire Bévier de son obsession.

– Je comprends, monseigneur. Ma fidélité première va au

comte, mais il faut sans doute que vous connaissiez tous les détails. De la sorte, vous pourrez peut-être vous protéger de cette démente. (Occuda s'assit, et son visage rugueux était lugubre.) Le comte est un érudit, sire chevalier, et il quitte fréquemment la maison pendant de longues périodes, à la poursuite des histoires qu'il réunit depuis des décennies. Sa sœur, dame Bellina, est... ou plutôt était... une femme ni belle ni laide, assez ronde, d'âge moyen, sans perspective raisonnable de trouver un mari. La maison est isolée de tout et Bellina souffrait de solitude et d'ennui. L'hiver dernier, elle supplia le comte de la laisser rendre visite à des amies de Chyrellos et il lui donna sa permission, pourvu que je l'accompagne.

– Je me demandais comment elle était arrivée là-bas, dit Émouchet en s'asseyant au bord du lit.

– Quoi qu'il en soit, continua Occuda, les amies de Bellina sont des écervelées qui lui remplirent les oreilles d'histoires sur une maison styrique où la magie pouvait restaurer la jeunesse et la beauté d'une femme. Bellina s'enflamma d'un désir fou de se rendre dans cette maison. Les femmes ont parfois des comportements tout à fait inexplicables.

– A-t-elle effectivement rajeuni ?

– Je n'eus point le droit de l'accompagner dans la salle où se trouvait le magicien styrique, et je ne puis donc dire ce qui lui fut fait, mais quand elle ressortit c'est à peine si je la reconnus. Elle avait le corps et le visage d'une fille de seize ans, mais ses yeux étaient terribles. Comme je l'ai dit à votre ami, j'ai déjà travaillé auprès de déments, et je reconnus aussitôt les signes. Je l'habillai chaudement et la conduisis immédiatement en cette demeure dans l'espoir de réussir à la traiter. Le comte était en voyage et il n'eut donc aucun moyen de savoir ce qui commença à se produire après que je la ramenai ici.

– C'est-à-dire ?

Occuda eut un frémissement.

– Ce fut horrible, sire chevalier, dit-il d'une voix au bord des haut-le-cœur. Mystérieusement, elle était capable de dominer totalement les autres domestiques. C'était comme s'ils étaient impuissants à résister à ses ordres.

– A l'exception de toi ?

– Je pense que le fait que j'aie été moine m'a protégé... ou bien elle estimait que je ne méritais pas ses attentions.

– Que fit-elle précisément ?

– Ce qu'elle rencontra dans cette maison de Chyrellos devait être absolument abominable et prit totalement possession d'elle, sire chevalier. Pendant la nuit, elle envoyait les domestiques devenus ses esclaves enlever pour son compte des serfs innocents dans les villages environnants. Je découvris ultérieurement qu'elle avait installé une salle de torture dans la cave. Elle se délectait de sang et de souffrance. (Le visage d'Occuda se tordit sous la révulsion.) Sire chevalier, elle se nourrissait de chair humaine et baignait son corps nu dans le sang humain. Je l'ai vu de mes propres yeux.

Il marqua un temps d'arrêt, puis reprit :

– Le comte revint à peine une semaine plus tard. La nuit était avancée et, à peine arrivé, il me demanda d'aller chercher une bouteille de vin dans la cave, bien qu'il ne boive pratiquement que de l'eau. Quand je fus en bas, j'entendis une espèce de cri. J'allai enquêter et ouvris la porte de la salle secrète. Je regrette de l'avoir fait, grand Dieu ! (Il se couvrit le visage et un sanglot grinçant lui échappa.) Bellina était nue, continua-t-il après avoir recouvré son sang-froid. Et une petite serve était enchaînée sur une table. Sire chevalier, elle découpait vivante cette pauvre fille et se fourrait des morceaux de chair encore frémissante dans la bouche !

Occuda lâcha un haut-le-cœur, puis serra les dents.

Émouchet ne put savoir ce qui le poussa à poser la question suivante.

– Était-elle seule ?

– Non, monseigneur. Les domestiques qui lui servaient d'esclaves étaient là aussi, lapant le sang sur les pierres humides. Et...

L'homme au menton en galoche hésita.

– Continue.

– Je ne pourrais le jurer, monseigneur. J'avais la tête qui tournait, mais il me sembla qu'au fond de la salle se trouvait un personnage tout en noir avec une capuche, et sa présence me glaça le sang.

– Pourrais-tu me donner d'autres détails ?

– Grand, très maigre, totalement enveloppé dans cette robe noire.

– Et ? insista Émouchet en sachant parfaitement ce qui allait suivre.

– La salle était sombre, monseigneur, s'excusa Occuda, en dehors des feux dans lesquels Bellina chauffait ses fers rouges, mais dans ce coin-là semblait régner une lueur verte. Cela aurait-il une signification particulière ?

– Cela se peut, répondit Émouchet d'une voix lugubre. Continue ton récit.

– Je courus en informer le comte. Au début, il refusa de me croire, mais je le forçai à m'accompagner à la cave. Je pensai qu'il allait la tuer quand il vit ce qu'elle faisait. Quel dommage qu'il ne l'ait fait ! Elle se mit à hurler quand elle le vit à la porte et elle essaya de l'attaquer avec le couteau qu'elle utilisait sur la petite serve, mais je le lui arrachai.

– Est-ce alors qu'il l'enferma dans le donjon ?

Émouchet était ébranlé par cette horrible histoire.

– Ce fut en fait mon idée. A l'hospice où je servais, les plus violents étaient toujours enfermés. Nous la traînâmes jusqu'au donjon et verrouillâmes la porte avec des chaînes. Elle restera là jusqu'à la fin de sa vie, si je puis m'en assurer.
– Qu'est-il arrivé aux autres domestiques ?
– Au début, ils essayèrent de la libérer et je dus en tuer plusieurs. Hier, le comte en entendit certains qui racontaient leur folle histoire au ménestrel. Il m'ordonna de tous les chasser du château. Ils tournèrent un moment devant le portail, puis ils s'enfuirent.
– Avaient-ils une expression un peu bizarre ?
– Leur visage était absolument dépourvu d'expression et ceux que j'ai tués n'ont pas émis un seul bruit.
– C'est bien ce que je craignais. Nous avons déjà rencontré ça.
– Que lui est-il arrivé, dans cette maison, sire chevalier ? Qu'est-ce qui l'a rendue folle ?
– Tu étais moine, Occuda, aussi as-tu probablement reçu une instruction théologique. Connais-tu le nom d'Azash ?
– Le Dieu des Zémochs ?
– C'est lui. Les Styriques de cette maison de Chyrellos étaient des Zémochs et c'est Azash qui possède l'âme de dame Bellina. Existe-t-il un moyen par lequel elle aurait pu s'échapper de ce donjon ?
– Absolument aucun, monseigneur.
– Elle est parvenue à contaminer ce ménestrel, qui a réussi à infecter Bévier.
– Elle n'aurait pu quitter le donjon, sire chevalier.
– Il faut que j'en parle avec Séphrénia. Merci pour ton honnêteté, Occuda.
– Je vous ai dit tout ceci dans l'espoir que vous puissiez aider le comte.
Occuda se leva.
– Nous ferons tout notre possible.
– Merci. Je vais aller enchaîner la porte de votre ami. (Il se dirigea vers la porte, puis se retourna.) Sire chevalier, dit-il d'une voix sombre, pensez-vous que je devrais la tuer ? Cela ne vaudrait-il pas mieux ?
– Il se peut, Occuda, répondit franchement Émouchet, et ce jour-là, tu devrais lui couper la tête. Autrement, elle risquerait de revenir.
– Je pourrai le faire si nécessaire. J'ai une hache et je suis capable de tout pour épargner au comte de nouvelles souffrances.
Émouchet posa une main réconfortante sur l'épaule du serviteur.
– Tu es un homme brave et loyal, Occuda. Le comte a de la chance de t'avoir à son service.
– Merci, monseigneur.

Émouchet ôta son armure et longea le couloir jusqu'à la porte de Séphrénia.

– Oui ?

– C'est moi, Séphrénia.

– Entre, mon petit.

Il s'exécuta.

– J'ai parlé avec Occuda.

– Oh ?

– Il m'a raconté ce qui se passe ici. Je ne suis pas sûr que tu veuilles l'apprendre.

– Si c'est pour guérir Bévier, j'y suis bien forcée.

– Nous avions raison. La femme pélosienne que nous avions vue entrer dans cette maison zémoch de Chyrellos était la sœur du comte.

– J'en étais certaine. Quoi d'autre ?

Brièvement, Émouchet lui répéta ce qu'Occuda lui avait dit, en passant sur les détails les plus sanglants.

– Cela se tient, dit-elle sur un ton presque clinique. Cette forme de sacrifice fait partie du culte d'Azash.

– Il y a plus. Quand il est entré dans la cave, Occuda a aperçu un personnage obscur dans l'un des coins. Il portait une robe et une capuche et son visage émettait une lueur verte.

Elle reprit rapidement son souffle.

– Se pourrait-il qu'Azash ait ici plus d'un seul Fureteur ? demanda Émouchet.

– Avec un Dieu Aîné, tout est possible.

– Ce ne peut être le même. Rien ne peut se trouver à deux endroits en même temps.

– Comme je l'ai dit, mon petit, avec un Dieu Aîné, tout est possible.

– Séphrénia, fit-il d'une voix tendue, je regrette de devoir l'avouer, mais tout ceci commence à m'effrayer un peu.

– Moi aussi, cher Émouchet. Garde près de toi l'épieu d'Aldréas. Le pouvoir du Bhelliom peut te protéger. A présent, va te coucher. J'ai besoin de réfléchir.

– Me bénis-tu avant que je m'endorme, petite mère ? demanda-t-il en se mettant à genoux.

Il avait soudain l'impression de n'être plus qu'un petit enfant impuissant. Il lui embrassa doucement la paume des mains.

– De tout mon cœur, mon petit, répondit-elle en lui prenant la tête entre les bras et en l'attirant contre elle. Tu es le meilleur de tous, Émouchet, et si tu peux garder ta force, les portes même de l'Enfer ne pourront rien contre toi.

Comme il se relevait, Flûte se glissa du lit et s'approcha gravement de lui. Il se sentit soudain incapable de bouger. La petite fille lui étreignit doucement les poignets. Elle lui retourna les mains et embrassa délicatement les deux paumes : ses baisers lui brûlèrent le sang comme un feu sacré. Émou, Émouchet quitta la pièce sans un mot de plus.

Son sommeil fut agité, il se réveilla plusieurs fois et remua nerveusement dans son lit. La nuit parut interminable et les grondements du tonnerre ébranlaient jusqu'aux fondations du château. La pluie apportée par l'orage griffait la fenêtre de la chambre où Émouchet essayait de dormir et l'eau coulait en torrents du toit en ardoise sur les dalles de la cour. Bien après minuit, il abandonna. Il rejeta sa couverture et s'assit au bord du lit. Qu'allaient-ils faire pour Bévier ? Il savait que la foi de l'Arcien était grande, mais le chevalier cyrinique n'avait pas la volonté de fer d'Occuda. Il était jeune et inexpérimenté et souffrait de la passion innée chez tous les Arciens. Bellina pouvait en profiter. Même si Séphrénia arrivait à débarrasser Bévier de ses pulsions obsessionnelles, quelle garantie auraient-ils que Bellina ne pût se réimposer à lui à tout moment ? Bien que l'idée lui fît horreur, Émouchet était forcé d'admettre que l'issue suggérée par Occuda risquait d'être la seule possible.

Brutalement, il fut presque envahi par une sensation de terreur. Quelque chose d'irrésistiblement malveillant était à proximité. Il se leva et chercha son épée dans les ténèbres. Puis il s'approcha de la porte et l'ouvrit.

Le couloir était éclairé par une unique torche. Kurik était assis et sommeillait dans la chaise à l'extérieur de la chambre de Bévier, mais personne d'autre n'était en vue. La porte de Séphrénia s'ouvrit soudain et elle apparut, suivie par Flûte.

– Tu l'as également ressenti ?

Elle désigna la porte de Bévier.

– C'est là-dedans.

– Kurik, dit Émouchet en touchant l'épaule de son écuyer.

Les yeux de Kurik s'ouvrirent immédiatement.

– Qu'y a-t-il ?

– Quelque chose se trouve avec Bévier. Sois prudent.

Émouchet défit la chaîne d'Occuda, fit glisser le loquet et poussa lentement la porte.

La pièce était emplie d'une lumière inquiétante. Bévier s'agitait sur son lit et au-dessus de lui planait la forme brumeuse et luisante d'une femme nue. Séphrénia reprit brutalement son souffle.

– Une succube, chuchota-t-elle.

Elle commença immédiatement une incantation en faisant un signe rapide à Flûte. La petite fille leva son instrument et se mit à jouer une mélodie si complexe qu'Émouchet ne put la suivre.

La femme lumineuse et d'une beauté indicible se tourna vers la porte et pinça les lèvres pour révéler ses crocs humides. Elle leur adressa un sifflement de colère, sifflement quelque peu teinté d'une stridulation d'insecte, mais le personnage semblait incapable de bouger. Le sortilège continuait et la succube se mit à hurler en se tenant la tête. Le chant de Flûte se faisait de plus en plus grave et l'incantation de Séphrénia de plus en plus forte. La succube commença à se tortiller en hurlant des imprécations si ignobles qu'Émouchet en fut ébranlé. Séphrénia leva alors une main et parla, en élène et non en styrique.

– Retourne là d'où tu es venue! ordonna-t-elle, et ne t'aventure plus à sortir cette nuit!

La succube s'évapora dans un hurlement discordant de déconvenue, laissant derrière elle l'odeur immonde de pourriture et de déliquescence.

Chapitre quinze

– Comment est-elle sortie de ce donjon ? demanda Émouchet d'une voix étouffée. Il n'y a qu'une porte et Occuda l'a fermée avec une chaîne.
– Elle n'est pas sortie, répondit Séphrénia d'un air absent, les sourcils froncés. Je n'avais vu cela qu'une seule fois, ajouta-t-elle. (Puis elle eut un sourire forcé.) Nous avons eu de la chance que je me rappelle ce sortilège.

– Ce que vous dites est absurde, Séphrénia, déclara Kurik. Elle était bel et bien ici.

– Pas en réalité. La succube n'a pas de chair. C'est l'esprit de celle qui l'envoie. Le corps de Bellina est toujours enfermé dans le donjon, mais son esprit sillonne les salles de cette maison mélancolique, infectant tout ce qu'il touche.

– Bévier est donc perdu, n'est-ce pas ? demanda Émouchet d'une voix sinistre.

– Non. Je l'ai en partie libéré de son influence. Si nous agissons assez vite, je pourrai dégager totalement son esprit. Kurik, va chercher Occuda. Il faut que je lui pose quelques questions.

– Tout de suite, répondit l'écuyer en se dirigeant vers la porte.

– Est-ce qu'elle ne va pas revenir cette nuit infecter à nouveau Bévier ?

– Je pense qu'il existe un moyen d'éviter cela, mais il me faut interroger Occuda pour en être sûre. Ne parle pas tant, Émouchet. J'ai besoin de réfléchir.

Elle s'assit sur le lit et posa la main sur le front de Bévier d'une manière légèrement absente. Il s'agita nerveusement.

– Oh, arrête, dit-elle à l'homme endormi.

Elle marmotta quelques mots en styrique et le jeune Arcien s'affaissa soudain tranquillement dans son oreiller.

Émouchet attendit impatiemment que la petite femme eût réfléchi à la situation. Plusieurs minutes plus tard, Kurik revenait avec Occuda. Séphrénia se leva.

– Occuda, commença-t-elle, mais elle parut changer d'avis. Non. Il y a un moyen plus rapide. Voici ce que je veux que tu fasses. Je veux que tu ramènes tes pensées jusqu'au moment où tu as ouvert la porte de la cave... rien que quand tu as ouvert la porte. Ne t'attarde pas sur ce que faisait Bellina.

– Je ne comprends pas tout à fait, madame, dit Occuda.

– Ce n'est pas nécessaire. Obéis simplement. Le temps manque.

Elle murmura doucement, puis tendit la main pour toucher son front hirsute. Elle dut pour cela se dresser sur la pointe des pieds.

– Pourquoi êtes-vous tous si grands ? se plaignit-elle.

Elle garda un moment les doigts doucement posés sur le front d'Occuda, puis relâcha un souffle explosif.

– Comme je le pensais, dit-elle en exultant. Il fallait bien qu'il soit là. Occuda, où se trouve le comte, actuellement ?

– Je crois qu'il est encore dans la salle centrale, madame. Il passe la majeure partie de la nuit à lire, habituellement.

– Parfait. (Elle regarda le lit et claqua les doigts.) Bévier, lève-toi.

L'Arcien se leva raidement, les yeux dépourvus d'expression.

– Kurik, toi et Occuda, aidez-le. Ne le laissez pas tomber. Flûte, retourne au lit. Je ne veux pas que tu voies ceci.

Le petite fille hocha la tête.

– Venez, messires, ordonna sèchement Séphrénia. Il nous reste peu de temps.

– Que faisons-nous, précisément ? demanda Émouchet en la suivant dans le couloir. (Pour une personne de petite taille, elle se déplaçait très rapidement.)

– Je n'ai pas le temps d'expliquer. Il nous faut la permission du comte pour descendre dans la cave... ainsi que sa présence, je le crains.

– La cave ? fit Émouchet, stupéfait.

– Ne pose pas de questions idiotes, Émouchet. (Elle s'arrêta et le contempla d'un œil critique.) Je t'ai dit de garder les mains sur cette lance, le réprimanda-t-elle. Retourne la chercher dans ta chambre.

Il leva les mains en haussant les épaules avec une expression d'impuissance, puis fit demi-tour.

– Au pas de course, Émouchet! lui cria-t-elle.

Il les rattrapa au moment où ils ouvraient la porte donnant sur l'escalier conduisant à la salle centrale du château. Le comte Ghasek était toujours assis avec un livre, à la lumière vacillante de sa chandelle prête à s'éteindre. Le feu n'était plus que charbons et le vent de l'orage hurlait méchamment dans la cheminée.

– Vous allez vous abîmer les yeux, monseigneur, lui dit Séphrénia. Posez ce livre. Nous avons à faire.

Il la fixa avec stupéfaction.

– Il me faut vous demander une faveur, monseigneur.

– Une faveur? Bien entendu, madame.

– N'acceptez pas si vite, comte... car vous ignorez ce que je vais vous demander. Il existe une salle dans votre cave. Je dois m'y rendre avec sire Bévier et il faut que vous nous accompagniez. Si nous agissons suffisamment vite, je pourrai guérir Bévier et purger cette maison de la malédiction qui l'habite.

Ghasek fixait Émouchet, le visage totalement atterré.

– Je vous conseille de faire ce qu'elle dit, monseigneur. Vous devrez en arriver là, de toute façon, et autant vous exécuter de bonne grâce.

– Est-elle souvent comme cela? demanda le comte en se levant.

– Fréquemment.

– Le temps passe, messires, dit Séphrénia en tapant impatiemment du pied.

– Suivez-moi donc, dit le comte en abandonnant toute résistance.

Il les conduisit en haut de l'escalier, puis dans le couloir envahi par les toiles d'araignées.

– L'entrée de la cave est par ici.

Il désigna un étroit corridor latéral, puis les guida de nouveau. Il prit une grande clé en fer dans son pourpoint et déverrouilla une petite porte.

– Nous aurons besoin de lumière, dit-il.

Kurik décrocha une torche et la lui tendit.

Le comte leva la torche et regarda en bas d'une longue volée de marches en pierre. Occuda et Kurik soutinrent Bévier toujours somnolent jusqu'en bas de l'escalier. Arrivé au pied, le comte tourna à gauche.

– L'un de mes ancêtres se targuait d'être grand connaisseur en vins, dit-il en indiquant des futailles et des bouteilles poussiéreuses reposant dans l'obscurité le long des murs. Personnellement, je ne prise le vin que modérément et je descends rarement ici. Ce n'est que par hasard que j'ai envoyé Occuda ici, une nuit, et qu'il est tombé sur cette salle terrifiante.

– Ceci ne sera pas agréable pour vous, monseigneur, l'avertit Séphrénia. Peut-être préférez-vous rester à la porte.

– Non, madame. Si vous pouvez le supporter, j'en serai capable également. Ce n'est qu'une pièce vide, à présent. Ce qui s'est passé dedans se trouve dans le passé.

– C'est le passé que j'ai l'intention de ressusciter, monseigneur.

Il la regarda vivement.

– Séphrénia est adepte des secrets, expliqua Émouchet. Elle peut réaliser bien des choses.

– J'ai entendu parler de personnes de ce genre, admit le comte, mais les Styriques sont rares en Pélosie, aussi n'ai-je jamais assisté à ces rites.

– Après cela, vous regretterez peut-être de l'avoir fait, l'avertit-elle. Il est nécessaire que Bévier constate toute l'étendue des perversions de votre sœur afin d'être guéri de son obsession. Votre présence en tant que propriétaire de la maison est obligatoire, mais si vous restez juste à la porte, cela suffira.

– Non, madame, assister à ce qui s'est passé ici pourra raffermir ma résolution. Si ma sœur ne peut être retenue par l'emprisonnement, je me verrai probablement forcé d'adopter des mesures plus sévères.

– Espérons que vous n'en viendrez pas là.

– Voici la porte de la salle, dit le comte en produisant une autre clé.

Il déverrouilla la porte et l'ouvrit largement. La puanteur écœurante de sang et de chair pourrie les frappa.

A la lumière vacillante de la torche, Émouchet vit immédiatement pourquoi la pièce avait inspiré une telle horreur. Un chevalet était planté au centre des dalles tachées de sang et des crochets inquiétants dépassaient des murs. Il broncha en voyant les masses de chair noircie encore collées à bon nombre des crochets. A un mur étaient fixés les sinistres instruments du métier de bourreau, des couteaux, des pinces, des fers à marquer et d'autres crochets encore. On trouvait aussi des poucettes, un brodequin ainsi qu'un assortiment de fouets.

– Cela risque de prendre un certain temps, annonça Séphrénia, et nous devons en terminer avant le matin. Kurik, prends cette torche et tiens-la aussi haut que possible au-dessus de ta tête. Émouchet, tiens ta lance prête. Quelque chose risque d'essayer d'intervenir. (Elle prit le bras de Bévier et le conduisit vers le chevalet.) Parfait. Bévier, réveille-toi.

Bévier cligna les yeux et regarda autour de lui, désorienté.

– Quel est cet endroit ?

– Tu es ici pour regarder, pas pour parler, Bévier, lui dit-elle sèchement.

Elle se mit à parler en styrique, ses doigts bougeant rapidement dans l'air devant elle. Puis elle braqua l'index sur la torche pour lancer le sort.

Au début, rien ne parut se produire, mais Émouchet avisa alors un léger mouvement près du terrible chevalet. Le personnage était indistinct et brumeux, au début, mais la torche prit soudain de la force et il le distingua plus clairement. C'était la forme d'une femme et il en reconnut le visage. Il s'agissait de la femme pélosienne qu'il avait vue ressortir de la maison styrique de Chyrellos. Et son visage était celui de la succube qui avait flotté au-dessus du lit de Bévier plus tôt dans la nuit. Elle était nue et elle affichait une expression d'exultation. D'une main elle tenait un long couteau menaçant et de l'autre un crochet. Petit à petit, une autre personne commença à apparaître, ligotée au chevalet. C'était apparemment une petite serve, à en juger d'après ses vêtements. Son visage était déformé par une expression de terreur indicible et elle se débattait futilement dans ses liens.

La femme au couteau s'approcha de la fille attachée au chevalet et, avec une lenteur calculée, se mit à découper ses vêtements. Quand la petite serve eut été dépouillée, la sœur du comte attaqua méthodiquement sa chair en marmottant tout du long en dialecte styrique. La jeune villageoise hurlait et l'expression de jubilation sur le visage de dame Bellina se figea en une grimace hideuse. Émouchet vit avec révulsion qu'elle s'était fait tailler les dents en pointe. Il détourna le regard, incapable d'en supporter davantage, et il aperçut la figure de Bévier. L'Arcien regardait avec une incrédulité horrifiée tandis que Bellina se gorgeait de chair féminine.

Quand ce fut terminé, le sang coulait à la commissure des lèvres de Bellina et son corps en était souillé.

L'image changea alors. Cette fois-ci, la victime de Bellina était un homme et il se tordait à l'un des crochets du mur tandis que Bellina découpait lentement des petits morceaux de son corps et les dévorait avec délectation.

L'une après l'autre, les victimes défilèrent. A présent, Bévier sanglotait et essayait de se cacher les yeux.

– Non! dit brutalement Séphrénia en rabattant ses mains. Il faut que tu voies jusqu'au bout!

L'horreur continua de surgir sous le poignard de Bellina. Le pire se produisit avec les enfants. Émouchet ne put le supporter.

Puis, au bout d'une éternité de sang et de souffrance, ce fut terminé. Séphrénia scruta le visage de Bévier.

– Sais-tu qui je suis, sire chevalier?

– Bien entendu, sanglota-t-il. Je vous en prie, dame Séphrénia, la supplia-t-il, pas davantage, je vous en prie.

– Et cet homme? fit-elle en désignant Émouchet.

– Sire Émouchet, de l'ordre des Pandions, mon frère d'armes.

– Et lui?

– Kurik, écuyer d'Émouchet.
– Et ce gentilhomme?
– Le comte Ghasek, propriétaire de cette infortunée demeure.
– Et lui? ajouta-t-elle en montrant Occuda.
– C'est le serviteur du comte, un homme bon et honnête.
– Est-ce encore ton intention de libérer la sœur du comte?
– La libérer? Êtes-vous folle? Cette ignominie devrait se trouver au plus profond des fosses de l'Enfer!
– Cela a marché, dit Séphrénia à Émouchet. Nous n'aurons pas à le tuer.

Sa voix était emplie d'un immense soulagement.

Émouchet broncha sous ce qu'impliquaient ces paroles prononcées avec autant de brutalité.

– Je vous en prie, madame, dit Occuda d'une voix tremblante, pouvons-nous sortir de ce lieu horrible, maintenant?
– Nous n'avons pas encore terminé. Nous en arrivons à la séquence dangereuse. Kurik, porte cette torche au fond de la salle. Accompagne-le, Émouchet, et sois prêt à tout.

Épaule contre épaule, les deux hommes reculèrent jusqu'au fond de la pièce. Puis, à la lumière vacillante de la torche, ils aperçurent la petite idole en pierre dans une niche du mur. Ses formes étaient grotesques et elle avait un visage hideux.

– Qu'est-ce que c'est? souffla Émouchet.
– C'est Azash, répondit Séphrénia.
– Est-ce qu'il ressemble vraiment à *ça?*
– Approximativement. Certains détails sont trop horribles pour qu'un sculpteur puisse les rendre.

L'air devant l'idole semblait vibrer et un grand personnage squelettique en robe noire à capuche apparut soudain entre l'image d'Azash et Émouchet. La lueur verte qui émanait de la capuche devint de plus en plus vive.

– Ne regardez pas son visage! leur lança Séphrénia. Émouchet, fais glisser ta main gauche sur la hampe de ton épieu jusqu'à ce que tu tiennes la lame.

Il comprit vaguement et, une fois que sa main eut atteint le fer, il ressentit un énorme élan d'énergie.

Le Fureteur poussa un cri et recula devant lui, la lueur de son visage vacilla et commença à refluer. Inexorablement, pas à pas, Émouchet avança sur la créature en tenant la lame devant lui comme s'il s'agissait d'un poignard. Le Fureteur poussa un nouveau hurlement et disparut.

– Détruis l'idole, Émouchet, ordonna Séphrénia.

Tout en tenant la lance, il tendit l'autre main en avant et ôta l'idole de sa niche. Elle paraissait terriblement lourde et brûlante au toucher. Il la souleva très haut et la précipita au sol, où elle se fracassa en centaines de morceaux.

Dans les hauteurs de la demeure, retentit un cri de désespoir indicible.

– Réussi ! annonça Séphrénia. Votre sœur est à présent impuissante, comte. La destruction de l'image de son Dieu l'a dépourvue de toutes capacités surnaturelles et je pense que, si vous veniez à la regarder, vous la trouveriez telle qu'elle était avant d'entrer dans la maison styrique de Chyrellos.

– Jamais je ne pourrai vous remercier suffisamment, dame Séphrénia.

– Était-ce le même être qui nous suivait ? demanda Kurik.

– Son image, répondit Séphrénia. Azash l'a appelé quand il s'est rendu compte que l'idole était en danger.

– Si ce n'était qu'une image, elle n'était donc pas vraiment dangereuse, n'est-ce pas ?

– Ne commets jamais l'erreur de croire cela, Kurik. Les images qu'appelle Azash sont parfois plus dangereuses que les originaux. (Elle regarda autour d'elle avec dégoût.) Quittons cet endroit révoltant, suggéra-t-elle. Reverrouillez la porte, comte... pour l'instant du moins. Par la suite, peut-être serait-il plus sage de murer l'entrée.

– J'y veillerai, promit-il.

Ils remontèrent l'escalier étroit et revinrent à la grande salle où ils avaient trouvé le comte. Les autres s'y étaient déjà rassemblés.

– Quel était cet horrible cri ? demanda Talen.

Le visage du gamin était blême.

– Ma sœur, je le crains, répondit tristement le comte Ghasek.

Kalten jeta un regard prudent en direction de Bévier.

– C'est sans danger de parler d'elle devant lui ? demanda-t-il doucement à Émouchet.

– Il va bien, désormais, répondit Émouchet, et dame Bellina a été dépouillée de ses pouvoirs.

– C'est un soulagement. Je ne dormais pas très bien, sous le même toit qu'elle. (Il regarda Séphrénia.) Comment y es-tu arrivée ? Pour guérir Bévier, je veux dire ?

– Nous avons découvert comment cette dame influençait autrui. Il existe un sort qui contre temporairement ce genre de choses. Nous sommes ensuite descendus dans la cave pour parachever la guérison. (Elle fronça les sourcils.) Nous avons un problème en suspens, dit-elle au comte. Le ménestrel est encore en liberté. Il est contaminé, ainsi que les domestiques que vous avez renvoyés. Ils peuvent en infecter d'autres et toute une armée pourrait revenir. Je ne puis rester ici pour les guérir tous. Notre quête est bien trop importante pour être retardée.

– Je recruterai des hommes en armes, déclara le comte. J'ai assez de ressources pour cela et je barricaderai le portail du château. Si nécessaire, je tuerai ma sœur pour prévenir son évasion.

– Il ne sera peut-être pas nécessaire d'en arriver là, monseigneur, lui dit Émouchet en se rappelant quelque chose qu'avait dit Séphrénia dans la cave. Allons jeter un coup d'œil à ce donjon.

– Vous avez un plan, sire Émouchet?

– N'ayons pas trop d'espoirs tant que je n'ai pas vu le donjon.

Le comte les conduisit dans la cour. L'orage était passé depuis longtemps. Les éclairs illuminaient l'orient et la pluie n'était plus qu'averses intermittentes qui martelaient les dalles brillantes de la cour.

– C'est celui-ci, sire Émouchet, dit le comte en désignant l'angle sud-est du château.

Émouchet prit une torche à côté de l'entrée, traversa la cour et se mit à examiner le donjon. C'était un édifice trapu et rond d'une vingtaine de pieds de haut et d'une quinzaine de diamètre. Un escalier en pierre s'enroulait d'un côté jusqu'à une porte solidement barricadée et enchaînée. Les fenêtres n'étaient que d'étroites fentes. Il existait une seconde porte à la base de la tour; celle-là était non verrouillée. Émouchet l'ouvrit et entra. Il devait s'agir d'un magasin. Des boîtes et des sacs étaient empilés le long des murs et la pièce paraissait poussiéreuse et inutilisée. A la différence du donjon, toutefois, la salle n'était pas ronde mais semi-circulaire. Des arcs-boutants sortaient des murs pour soutenir l'étage. Émouchet hocha la tête avec satisfaction et ressortit.

– Qu'y a-t-il derrière le mur de ce magasin, monseigneur?

– Un escalier en bois qui monte des cuisines, sire Émouchet. A l'époque où le donjon devait être défendu, les cuistots pouvaient y monter des provisions aux soldats. Occuda l'utilise à présent pour nourrir ma sœur.

– Les domestiques que vous avez congédiés connaissent-ils cet escalier?

– Uniquement les cuisiniers et ils étaient parmi ceux qu'Occuda dut tuer.

– De mieux en mieux. Y a-t-il une porte en haut de cet escalier?

– Non. Rien qu'une fente étroite où l'on peut passer la nourriture.

– Parfait. Dame Bellina s'est assez mal conduite, mais je ne crois pas qu'aucun de nous désirerait qu'elle meure de faim. Messires, dit-il, nous allons apprendre un nouveau métier.

– Je ne te suis pas, Émouchet, admit Tynian.

– Nous allons devenir maçons. Kurik, tu sais monter un mur de briques ou de pierres?

– Bien entendu, Émouchet, répondit Kurik avec écœurement. Vous devriez le savoir.

– Très bien. Tu seras donc notre contremaître. Messires, ce que je vais vous proposer risque de vous choquer, mais je ne crois pas que nous ayons le choix. (Il regarda Séphrénia.) Si Bellina sort jamais de ce donjon, elle ira probablement chercher des Zémochs ou le Fureteur. Seraient-ils capables de restaurer ses pouvoirs?

– Oui, j'en suis sûre.

– Nous ne pouvons le permettre. Je ne veux pas que cette cave soit à nouveau utilisée de cette manière.

– Que suggérez-vous, sire Émouchet ? demanda le comte.

– Nous allons murer la porte en haut de l'escalier, répondit Émouchet. Puis nous abattrons l'escalier et utiliserons les pierres pour murer également cette porte à la base de la tour. Ensuite, nous dissimulerons la porte qui mène des cuisines à l'escalier à l'intérieur du donjon. Occuda pourra toujours l'alimenter, mais si le ménestrel ou les serviteurs parviennent jamais à pénétrer dans le château, ils n'arriveront jamais à atteindre la pièce en haut du donjon. Dame Bellina finira donc sa vie là où elle se trouve.

– Quelle suggestion horrible, Émouchet, dit Tynian.

– Tu préfères peut-être que nous la tuions ?

Le visage de Tynian blêmit.

– C'est donc entendu. Nous allons l'emmurer.

Le sourire de Bévier fut glacial.

– Parfait, Émouchet, dit-il. (Puis il regarda le comte.) Dites-moi, monseigneur, quelle construction pouvez-vous sacrifier dans ce château ?

Le comte lui adressa un regard intrigué.

– Nous allons avoir besoin de pierres de construction, expliqua Bévier. En grand nombre, je pense. Je veux que le mur devant cette porte soit solide et bien épais.

Chapitre seize

ILS ÔTÈRENT LEURS armures, enfilèrent de simples blouses d'ouvriers fournies par Occuda et se mirent au travail. Ils abattirent une section du mur arrière de l'écurie en travaillant selon les instructions de Kurik. Occuda prépara une grosse gâchée de mortier et ils commencèrent à porter les pierres en haut de l'escalier.

– Avant de démarrer, messires, dit Séphrénia, il faut que je la voie.

– Tu en es vraiment sûre ? lui demanda Kalten. Elle risque d'être encore dangereuse, tu sais.

– C'est ce qu'il faut que je découvre. Je suis certaine qu'elle est sans pouvoir, mais mieux vaut vérifier, et je ne peux le faire qu'en la voyant.

– J'aimerais aussi voir son visage une dernière fois, ajouta le comte Ghasek. Je ne puis supporter ce qu'elle était devenue, mais je l'aimais, jadis.

Ils grimpèrent l'escalier et Kurik écarta la lourde chaîne de la porte à l'aide d'une barre en acier. Puis le comte sortit une grosse clé et déverrouilla la porte.

Bévier tira son épée.

– Est-ce vraiment nécessaire ? lui demanda Tynian.

– C'est toujours possible, répondit Bévier sur un ton sinistre.

– Très bien, monseigneur, dit Séphrénia au comte, ouvrez la porte.

Dame Bellina se tenait juste derrière le panneau. Le visage follement déformé était bouffi et le cou ridé. Elle avait des cheveux enchevêtrés rayés de gris et des plis déplaisants pendaient sur son corps nu. Ses yeux étaient totalement déments et elle pinça les lèvres pour révéler ses dents pointues dans un feulement de haine.

Bellina... commença le comte sur un ton attristé, mais elle lui adressa un souffle furieux et se rua en avant, les doigts tendus comme des griffes.

Séphrénia prononça un seul mot en braquant l'index et Bellina recula brutalement comme si elle venait de recevoir un coup violent. Elle hurla de frustration et tenta de les attaquer à nouveau, mais elle s'immobilisa soudain, griffant l'air devant elle comme si elle s'en prenait à un mur invisible.

– Refermez, monseigneur, demanda tristement Séphrénia. Ce que j'ai vu me suffit.

– A moi aussi, répondit le comte d'une voix étouffée, les yeux emplis de larmes tandis qu'il refermait le panneau. Elle est désespérément folle, n'est-ce pas ?

– Totalement. Bien entendu, elle est folle depuis qu'elle a quitté la maison de Chyrellos, mais à présent nous ne pouvons plus rien pour elle. Elle ne représente plus la moindre menace, hormis pour elle-même. (La voix de Séphrénia était pleine de pitié.) J'espère que cette pièce ne contient aucun miroir.

– Non. Cela serait-il dangereux ?

– Pas vraiment, mais autant lui épargner le spectacle d'elle-même. Ce serait trop cruel. (Elle réfléchit un instant.) J'ai remarqué certaines herbes alentour. On peut en extraire des jus qui ont un effet calmant. J'en parlerai à Occuda et lui donnerai des instructions pour qu'il en mette dans sa nourriture. Cela ne la guérira pas, mais diminuera les risques de blessures auto-infligées. Verrouillez cette porte, monseigneur. Je rentre pendant que vous travaillez, messires. Avertissez-moi quand vous aurez terminé.

Flûte et Talen la suivirent comme elle retournait vers la bâtisse principale.

– On ne bouge plus, jeune homme, dit Kurik à son fils.

– Comment ça ?

– Tu restes ici.

– Kurik, je ne sais rien de la maçonnerie.

– Ce n'est pas grave, puisque tu vas porter des pierres en haut de l'escalier.

– Tu n'es pas sérieux!

Kurik posa la main sur sa ceinture et Talen se hâta de rejoindre le tas de pierres taillées au fond de l'écurie.

– Brave petit, nota Ulath. Il appréhende la réalité presque instantanément.

Bévier insista pour être en première ligne de leur ouvrage. Le jeune Cyrinique posait les pierres dans une sorte de frénésie.

– Mettez-les bien de niveau, lui aboya Kurik. Cette construction sera permanente et il faut que le travail soit parfait.

Émouchet ne put s'empêcher d'éclater de rire.

– Quelque chose d'amusant, monseigneur? lui demanda froidement Kurik.

– Non. Je viens simplement de me rappeler un détail.

– Il faudra que vous nous en fassiez part un peu plus tard. Bougez-vous, Émouchet. Allez aider Talen à porter les pierres.

L'embrasure dans laquelle était placée la porte était très épaisse, car le donjon faisait partie des fortifications du château. Ils montèrent un mur tout contre la porte tandis que la sœur du comte hurlait des insanités et martelait follement la porte qu'ils étaient en train de boucher. Puis ils s'attaquèrent à un second mur collé contre le premier. En milieu de matinée, Émouchet retourna au château avertir Séphrénia qu'ils avaient terminé.

– Parfait, dit-elle.

Ils revinrent ensemble dans la cour. La pluie avait cessé et le ciel commençait à s'éclaircir.

Émouchet considéra qu'il s'agissait d'un excellent signe. Il conduisit Séphrénia à l'escalier collé à la moitié du donjon.

– Très joli, messires, lança Séphrénia aux autres, qui étaient occupés à mettre la dernière touche au second mur. A présent, descendez de là. J'ai un dernier détail à régler.

Ils descendirent à la queue leu leu et la petite femme grimpa. Elle se mit à prononcer une incantation en styrique. Quand elle jeta le sort, le mur à peine construit se mit à vibrer. Puis la vibration disparut. Elle redescendit.

– Très bien, vous pouvez abattre cet escalier, à présent.

– Qu'as-tu fait? demanda Kalten, curieux.

Elle eut un sourire.

– Votre ouvrage est bien plus réussi que vous ne l'imaginez, mon petit. Ce mur est maintenant totalement indestructible. Le ménestrel ou les domestiques peuvent l'attaquer avec une barre à mine autant qu'ils voudront jusqu'à ce qu'ils aient une longue barbe blanche, ils ne pourront l'endommager.

Kurik, qui était remonté, se pencha et leur déclara :

– Le mortier est complètement sec. Habituellement, cela prend plusieurs jours.

Séphrénia indiqua la porte à la base du donjon.

– Avertissez-moi quand vous en aurez fini avec celle-ci. Il fait froid et humide, ici. Je crois que je vais rentrer au chaud.

Le comte, qui avait été attristé davantage qu'il ne l'admettait par le nécessaire emmurement de sa sœur, la raccompagna à l'intérieur, tandis que Kurik expliquait à ses ouvriers improvisés de quelle manière procéder.

Il leur fallut la majeure partie de la journée pour abattre l'escalier en pierre conduisant à la porte supérieure désormais murée, puis occulter celle du bas. Séphrénia ressortit alors, répéta son sortilège et rentra dans le château.

Séphrénia et les autres se rendirent aux cuisines, qui étaient situées dans une aile accolée au donjon.

Kurik contempla la petite porte conduisant à l'escalier intérieur.

– Eh bien? lui demanda Émouchet.

– Ne me bousculez pas, Émouchet.

– Il se fait tard, Kurik.

– Vous tenez à ce que nous le fassions?

Émouchet ferma la bouche et regarda sans mot dire Talen qui s'éclipsait. Le gamin paraissait fatigué et Kurik était un contremaître inflexible. Émouchet était aussi dur que cela, à l'occasion.

Kurik consulta Occuda pendant quelques instants, puis il inspecta ses ouvriers couverts de taches de mortier.

– C'est l'heure d'apprendre un nouveau métier, messires. Vous allez devenir charpentiers. Nous allons construire une armoire à vaisselle à partir de cette porte. Les gonds fonctionneront toujours et je vais confectionner un loquet caché. La porte sera complètement dissimulée. (Il réfléchit un instant en inclinant la tête pour écouter les cris étouffés en provenance de l'étage.) Je vais avoir besoin de capitonnage, Occuda, annonça-t-il. Nous le clouerons de l'autre côté de la porte pour que le bruit soit filtré.

– Bonne idée, acquiesça Occuda. Comme nous n'avons plus de cuisiniers, je passe pas mal de temps ici et ces cris me tapent sur les nerfs.

– Ce n'est pas l'unique raison, mais je te comprends. Très bien, messires, au travail. (Kurik eut un large sourire.) Je finirai par faire de vous des gens utiles.

Quand ce fut terminé, l'armoire à vaisselle était un meuble solide. Kurik la décora généreusement de taches de graisse, puis il recula pour examiner l'ouvrage d'un œil critique.

– Tu la cireras plusieurs fois quand les taches auront séché, dit-il à Occuda, puis tu l'écorcheras un peu. Tu as même intérêt à mettre de la poussière dessus. Ensuite, garnis-la de vaisselle. Tout le monde croira qu'elle est ici depuis un siècle ou davantage.

– Tu as là un homme précieux, signala Ulath à Émouchet. Est-ce que tu prendrais en considération une offre d'achat?

– Sa femme me tuerait, répondit Émouchet. D'ailleurs, nous ne vendons pas les êtres humains, en Élénie.

– Nous ne sommes pas en Élénie.

– Pourquoi ne pas retourner dans la salle principale ?

– Pas encore, messires chevaliers, dit fermement Kurik. Il vous faut d'abord balayer la sciure et ranger les outils.

Émouchet poussa un soupir et alla chercher un balai.

Après avoir nettoyé les cuisines, ils se lavèrent pour se débarrasser de la sciure et du mortier collés à leurs blouses et enfilèrent leurs tuniques et leurs hauts-de-chausse, puis retournèrent à la grande salle au plafond voûté où ils trouvèrent Séphrénia et le comte en sérieuse conversation tandis que Talen et Flûte étaient assis à proximité. Le gamin semblait apprendre le jeu de dames à la petite fille.

– Vous avez l'air beaucoup plus net, à présent, leur dit Séphrénia sur un ton approbateur. Vous étiez tous vraiment très sales, dans la cour.

– On ne peut pas monter un mur sans se salir, répondit Kurik en haussant les épaules.

– Je crois que j'ai une ampoule, se lamenta Kalten en examinant la paume de sa main.

– C'est son premier travail honnête depuis qu'il a été fait chevalier, dit Kurik au comte. Avec un peu d'entraînement, il ne ferait pas un trop mauvais charpentier, mais tous les autres ont encore beaucoup de chemin à faire, je le crains.

– Comment avez-vous dissimulé la porte dans la cuisine ? lui demanda le comte.

– Nous avons construit contre elle une armoire à vaisselle, monseigneur. Occuda va s'occuper de lui donner une certaine patine, puis il y placera de la vaisselle. Nous avons capitonné le fond pour étouffer le bruit des cris de votre sœur.

– Elle ne s'est pas arrêtée ? demanda le comte avec un soupir.

– Cela ne diminuera pas avec les ans, monseigneur, lui apprit Séphrénia. Je crains qu'elle ne crie jusqu'au jour de sa mort. Quand elle s'arrêtera, vous saurez que tout est fini.

– Occuda nous prépare quelque chose à manger, dit Émouchet au comte. Il lui faudra un certain temps, aussi pourrions-nous en profiter pour jeter un coup d'œil aux chroniques que vous avez rassemblées.

– Excellente idée, sire Émouchet, dit le comte en se levant de son fauteuil. Vous voudrez bien nous excuser, madame ?

– Bien entendu.

– Peut-être aimeriez-vous nous accompagner ?

Elle éclata de rire.

– Ah, non, monseigneur. Je ne serais bonne à rien dans une bibliothèque.

– Séphrénia ne sait pas lire, expliqua Émouchet. Cela a à voir avec sa religion, je crois.

– Non. Cela a à voir avec le langage, mon petit. Je ne veux pas prendre l'habitude de penser en élène. Cela pourrait me gêner à un moment où j'aurais besoin de penser... et de parler... très rapidement en styrique.

– Bévier, Ulath, pourquoi ne pas nous accompagner? suggéra Émouchet. A vous deux, vous devriez pouvoir indiquer quelques détails qui l'aideront à localiser l'histoire dont nous avons besoin.

Ils remontèrent l'escalier et quittèrent la pièce. Les trois chevaliers suivirent le comte à travers les corridors poussiéreux du château pour atteindre finalement une porte dans l'aile Ouest. Le comte ouvrit le panneau et les conduisit dans une pièce obscure. Il farfouilla un moment sur une grande table, prit une chandelle et retourna dans le couloir l'allumer à la torche qui brûlait à côté de la porte.

La pièce n'était pas grande et elle était truffée de livres. Ils étaient rangés sur des rayonnages, du sol au plafond, et empilés dans les coins.

– Vous êtes vraiment versé dans les belles-lettres, monseigneur, dit Bévier au comte.

– C'est là l'usage chez les savants, sire Bévier. On n'arrive pas à faire pousser grand-chose, par ici, en dehors des arbres... et la culture des arbres n'est pas une activité très passionnante pour un homme civilisé. (Il regarda autour de lui avec affection.) Voici mes amis, dit-il. A présent, j'aurai plus que jamais besoin de leur compagnie, je le crains. Je ne pourrai plus jamais quitter cette maison. Il me faudra demeurer pour veiller sur ma sœur.

– Les fous ne vivent habituellement pas très longtemps, monseigneur, lui assura Ulath. Une fois qu'ils sombrent dans la folie, ils commencent à se négliger. J'avais une cousine qui a perdu l'esprit, un hiver. C'en était fini d'elle au printemps.

– Il est bien douloureux d'espérer la mort d'un être cher, sire Ulath, mais, que Dieu me vienne en aide, c'est là ce que je ressens. (Le comte posa la main sur trois pieds de papiers non reliés posés sur son bureau.) L'œuvre de ma vie, messires. (Il s'assit.) Au travail, donc. Que cherchez-vous, très précisément?

– La tombe du roi Sarak de Thalésie, lui répondit Ulath. Il n'a jamais atteint le champ de bataille en Lamorkand, aussi présumons-nous qu'il est tombé dans quelque embuscade en Pélosie ou en Deira... à moins que son bateau ne se soit perdu en mer.

Émouchet n'avait jamais songé à cela. La possibilité que le Bhelliom repose au fond du détroit de Thalésie ou de la mer de Pélos lui glaça les sangs.

– Voyons cela d'un peu plus près. Quel côté du lac était la destination du roi? J'ai découpé mes chroniques en secteurs pour les organiser plus facilement.

– Selon toutes les probabilités, le roi Sarak devait rejoindre la rive orientale, répondit Bévier. C'est là que l'armée thalésienne affronta les Zémochs.

– Existe-t-il des indices sur l'endroit où son navire aurait abordé?

– Aucun, à ma connaissance, admit Ulath. J'ai bien fait quelques estimations, mais la marge d'erreur est d'une bonne centaine de lieues. Sarak a pu entrer dans n'importe quel port de la côte nord, mais les vaisseaux thalésiens n'ont pas l'habitude de se comporter ainsi. Nous avons une réputation de pirates à entretenir et Sarak a pu vouloir éviter d'ennuyeuses questions et simplement échouer son embarcation sur une plage déserte.

– Cela complique un peu les choses. Si je savais où il débarqua, je saurais quels secteurs il traversa. La tradition thalésienne donne-t-elle une description du roi ?

– Elle est assez peu détaillée, répondit Ulath, à part le fait qu'il faisait sept pieds de haut.

– Ce sera toujours ça. Les gens du peuple ne connaissaient probablement pas son nom, mais un homme de cette taille n'aura pas été oublié. (Il commença à feuilleter son manuscrit.) Serait-il possible qu'il eût atterri sur la côte nord de la Deira ?

– Possible, mais peu probable, répondit Ulath. Les relations entre la Deira et la Thalésie étaient un peu tendues, à l'époque. Sarak n'aurait probablement pas voulu courir le risque de se faire capturer.

– Commençons donc par le port d'Apalia. La route la plus courte jusqu'au rivage oriental du lac Randéra passe au sud d'ici. (Il feuilleta de nouvelles pages, puis fronça les sourcils.) Je ne vois pas grand-chose d'utile, par ici. Et de quelle taille était la troupe du roi ?

– Peu importante, gronda Ulath. Sarak a quitté Emsat à la hâte et il n'a pris avec lui que quelques membres de sa suite.

– Tous les récits que j'ai glanés à Apalia parlent de corps d'armée thalésiens importants. Bien entendu, il serait possible que tout se fût passé comme vous l'avez laissé entendre, sire Ulath. Le roi Sarak a pu débarquer sur une plage solitaire et éviter totalement Apalia. Essayons le port de Nadéra avant de nous mettre à passer au peigne fin les plages et les villages de pêcheurs isolés.

Il consulta une carte, puis revint en arrière au milieu de son manuscrit.

– Je crois tenir quelque chose ! s'exclama-t-il avec un enthousiasme de savant. Un paysan, près de Nadéra, m'a parlé d'un bateau thalésien qui évita discrètement la ville au début de la campagne, pour remonter le fleuve sur plusieurs lieues avant de s'échouer. Un certain nombre de guerriers débarquèrent et l'un d'eux dominait tous les autres de la tête et des épaules. La couronne de Sarak possédait-elle un détail inhabituel ?

– Elle se terminait par un gros joyau bleu, répondit Ulath, une expression très attentive sur le visage.

– C'était bien lui, dit le comte, exultant. Le récit parle bien de cette pierre. On dit qu'elle était de la taille du poing.

Émouchet lâcha un souffle explosif.

– Au moins le navire de Sarak n'a-t-il pas sombré en mer, dit-il avec soulagement.

Le comte prit un bout de ficelle et l'étira en diagonale sur la carte. Puis il plongea sa plume dans l'encrier et procéda à un certain nombre de notations.

– Parfait, dit-il gravement. En supposant que le roi Sarak ait suivi la route la plus courte de Nadéra jusqu'au champ de bataille, il a dû traverser les secteurs de cette liste. J'ai procédé à des recherches dans chacun d'eux. Nous nous rapprochons, messires chevaliers. Nous allons retrouver votre roi. (Il commença à tourner les pages rapidement.) On ne parle pas de lui ici, marmonna-t-il en partie pour lui-même. (Il continua de lire, les lèvres pincées.) Là! fit-il avec un sourire triomphant. Un groupe de Thalésiens traversa un village à vingt lieues au nord du lac Venne. Leur chef était un homme de grande taille qui portait une couronne. Nous touchons au but.

Émouchet se surprit à retenir son souffle. Il avait accompli bien des missions et mené à leur terme de nombreuses quêtes, durant sa vie, mais cette poursuite d'un piste à travers le papier avait un côté bizarrement excitant. Il commençait à comprendre qu'un homme pût vouer sa vie à la science, et ce avec une satisfaction totale.

– Voilà! s'exclama le comte. Nous l'avons trouvé!

– Où? demanda Émouchet, impatient.

– Je vais vous lire tout le passage. Vous comprendrez naturellement que j'ai rapporté le récit dans un langage plus châtié que celui de l'homme qui me le narra. (Il eut un sourire.) La langue des paysans et des serfs est très colorée, mais guère adaptée au travail scientifique. (Il plissa les yeux devant la page.) Oh, oui. Je me rappelle, à présent. C'était un serf. Son maître m'apprit qu'il aimait à raconter des histoires. Je le trouvai en train de briser des mottes de terre dans un champ avec un hoyau près du rivage oriental du lac Venne. Voici ce qu'il me relata :

> *Ceci se passa lors des premiers temps de la campagne; les Zémochs aux ordres d'Otha avaient franchi la frontière orientale de Lamorkand et dévastaient la campagne dans leur avance. Les rois d'Élénie occidentale se hâtaient pour les affronter avec toutes les forces qu'ils avaient pu rassembler et d'importants corps d'armées passaient en Lamorkand, bien au sud du lac Venne. Les troupes descendant du Nord étaient essentiellement composées de Thalésiens. Or, avant même que l'armée thalésienne eût abordé la côte, une avant-garde descendit au sud en longeant le lac Venne.*
>
> *« Otha, comme nous le savons, avait envoyé ses voltigeurs et des patrouilles en avant de ses forces principales. Ce fut l'une de ces patrouilles qui intercepta le groupe de Thalésiens mentionné ci-dessus, près d'un lieu dénommé le Mont du Géant.*

– Ce nom fut-il donné avant ou après la bataille ? demanda Ulath.

– Ce dut être après, répondit le comte. Les Pélosiens n'élèvent pas de tumulus. Il s'agit d'une coutume thalésienne, n'est-ce pas ?

– Exact, et le terme *géant* s'applique assez bien à Sarak, vous ne trouvez pas ?

– Tout à fait. Mais nous avons bien plus. (Le comte reprit sa lecture.)

Le combat entre Thalésiens et Zémochs fut bref et sauvage. Le nombre de Zémochs était nettement supérieur à celui de la petite troupe de guerriers nordiques qui ne tardèrent pas à être submergés. Parmi les derniers à tomber se trouvait leur chef, un homme d'une dimension gigantesque. L'un de ses compagnons, quoique gravement blessé, prit un objet sur le corps de son chef abattu et s'enfuit en l'emportant en direction du lac. Il n'existe nulle relation concernant la nature de cet objet ou ce qu'il en fit. Les Zémochs poursuivirent l'homme avec acharnement et il mourut de ses blessures au bord du lac. Une colonne de chevaliers alcions, qui rentraient à leur maison mère en Deira pour se remettre de leurs blessures reçues au cours de la campagne de Rendor, vint à passer près du lac Randéra et extermina la patrouille zémoch jusqu'au dernier homme. Ils ensevelirent le fidèle serviteur et reprirent leur route; le hasard voulut que celle-ci leur fasse éviter le lieu du premier combat.

« Or, il advint que des forces thalésiennes importantes suivirent ces éclaireurs un jour plus tard. Quand les paysans de la région leur apprirent ce qui s'était déroulé, ils enterrèrent leurs compatriotes et élevèrent des tumulus au-dessus de leurs corps. Cette seconde armée thalésienne n'atteignit jamais le lac Randéra, car elle tomba dans une embuscade deux jours plus tard et fut anéantie.

– Ce qui explique que personne n'ait jamais su ce qui était arrivé à Sarak, commenta Ulath. Il ne restait personne en vie pour en parler.

– Ce serviteur, fit Bévier, méditatif, se pourrait-il qu'il eût pris la couronne du roi ?

– Possible, admit Ulath. Mais c'était plus probablement son épée. Les Thalésiens accordent une grande valeur aux épées royales.

– Ce ne sera pas difficile à trouver, dit Émouchet. Nous allons nous rendre au Mont du Géant et Tynian invoquera le fantôme de Sarak. Il pourra nous dire ce qui est arrivé à son épée... et à sa couronne.

– Je vois ici quelque chose de bizarre, ajouta le comte. Je me rappelle avoir failli ne pas le noter parce que cela se produisit *après* la bataille. Les serfs aperçoivent depuis des siècles une forme monstrueuse qui rôde dans les marais entourant le lac Venne.

– Une créature des marais ? avança Bévier. Un ours, peut-être.

– Je crois que des serfs sauraient reconnaître un ours, dit le comte.

– Ou un orignal, dit Ulath. La première fois que j'ai vu un orignal, je n'ai pu croire qu'une créature pouvait atteindre une telle taille, et un orignal n'a pas la figure la plus charmante du monde.

– Je me rappelle que les serfs m'ont dit que l'être marchait sur ses pattes arrière.

– Se pourrait-il que ce soit un Troll ? demanda Émouchet. Celui qui rôdait autour de notre camp, près du lac ?

– Les serfs ont-ils dit qu'il était hirsute et très grand ? demanda Ulath.

– Hirsute, certes, mais il serait trapu et aurait des membres tout déformés.

Ulath fronça les sourcils.

– Je n'ai jamais entendu parler d'un Troll de ce type... à part peut-être... (Ses yeux s'écarquillèrent soudain.) Ghwerig ! s'écria-t-il en claquant les doigts. C'est nécessairement Ghwerig. Nous y sommes, Émouchet. Ghwerig cherche le Bhelliom et il sait où il doit chercher.

– Je crois que nous avons intérêt à retourner rapidement au lac Venne, dit Émouchet. Je ne veux pas que Ghwerig découvre le Bhelliom avant moi. Je n'ai absolument aucune envie d'être obligé de le lui arracher par la force.

Chapitre dix-sept

– Je vous dois une dette éternelle, mes amis, leur dit Ghasek dans la cour du château, le lendemain matin, alors qu'ils se préparaient à partir.

– Et nous aussi, monseigneur, lui assura Émouchet. Sans votre assistance, nous n'aurions eu aucune chance de découvrir ce que nous cherchons.

– Dieu soit avec vous, sire Émouchet, dit Ghasek en serrant avec chaleur la main du pandion.

Émouchet sortit le premier de la cour pour prendre la piste étroite qui descendait au pied de la roche.

– Je me demande ce qui va lui arriver, dit Talen avec une certaine tristesse dans la voix.

– Il n'a aucun choix, expliqua Séphrénia. Il lui faut rester là-haut jusqu'à la mort de sa sœur. Elle ne présente plus aucun danger, mais il faut toujours veiller sur elle.

– Je crains que le restant de sa vie ne soit très solitaire, fit Kalten avec un soupir.

– Il a ses livres et ses chroniques, le contredit Émouchet. Voilà toute la compagnie dont un savant ait besoin.

Ulath marmottait quelque chose dans un souffle.

– Qu'est-ce qui ne va pas? lui demanda Tynian.

– J'aurais dû savoir que le Troll du lac Venne était là pour une raison spécifique. J'aurais pu nous éviter une perte de temps si j'étais allé voir.

– Mais aurais-tu reconnu Ghwerig en le voyant?

Ulath branla du chef.

– C'est un nain et les Trolls nains sont plutôt rares. Les Trolls femelles ont pour habitude de dévorer leurs petits malformés dès leur naissance.

– Quelle pratique féroce!

– Les Trolls ne sont pas connus pour leurs dispositions aimables. La plupart du temps, ils ne s'entendent même pas entre eux.

Le soleil était éclatant, ce matin-là, et les oiseaux chantaient dans les buissons près du village désert sous le château du comte Ghasek. Talen se détourna pour entrer dans le village.

– Il ne doit plus rien y avoir à voler, lui lança Kurik.

– Simple curiosité, lui répondit Talen. Je vous rattrape dans deux minutes.

– Veux-tu que j'aille le chercher? demanda Bérit.

– Qu'il farfouille un peu, sinon il passera la journée à se plaindre.

Talen ressortit alors du village au grand galop. Il avait le visage d'une pâleur mortelle et des yeux épouvantés. Quand il les eut rejoints, il se précipita au bas de sa monture et s'affala au sol, pris de haut-le-cœur, incapable de parler.

– Nous devrions aller jeter un coup d'œil, dit Émouchet à Kalten. Vous autres, restez ici.

Les deux chevaliers descendirent prudemment dans le village, lances baissées.

– Il est parti par là, dit Kalten doucement en désignant de la pointe de sa lance les traces laissées par les sabots du cheval de Talen dans la rue boueuse.

Émouchet hocha la tête et ils allèrent ainsi jusqu'à une maison un peu plus grande que les autres. Ils mirent alors pied à terre, tirèrent leurs épées et entrèrent.

Les pièces étaient poussiéreuses et dépourvues de mobilier.

– Pas grand-chose, là-dedans, dit Kalten. Je me demande ce qui a pu l'effrayer à ce point.

Émouchet ouvrit la porte d'une pièce du fond et regarda à l'intérieur.

– Tu devrais aller chercher Séphrénia, dit-il d'un ton sinistre.

– Qu'est-ce que c'est?

– Un enfant. Il n'est pas en vie et il est mort depuis longtemps.

– Tu es sûr?

– Regarde par toi-même.

Kalten s'exécuta et lâcha un son étranglé.

– Tu penses vraiment qu'il faut qu'elle voie cela?

– Il faut que nous sachions ce qui est arrivé.

– Je vais donc la chercher.

Ils ressortirent. Kalten remonta en selle et rejoignit les autres qui les attendaient tandis qu'Émouchet restait à la porte de la maison. Quelques minutes plus tard, le chevalier blond revenait en compagnie de Séphrénia.

– Je lui ai dit de laisser Flûte avec Kurik. Il ne faut pas qu'elle voie ce qui se trouve ici.

– Non. Petite mère, fit-il sur un ton d'excuse, ceci ne sera pas agréable.

– Peu de choses sont agréables, dit-elle d'une voix déterminée.

Ils la conduisirent à l'intérieur et jusqu'à la pièce du fond. Elle regarda rapidement, puis se détourna.

– Kalten, va creuser une tombe.

– Je n'ai pas de pelle.

– Alors, sers-toi de tes mains! fit-elle d'une voix nerveuse, presque brutale.

– Oui, Séphrénia.

Il semblait impressionné par cette véhémence inhabituelle. Il quitta rapidement la maison.

– Oh, pauvre petite chose, se lamenta Séphrénia en contemplant le petit corps desséché.

Le cadavre de l'enfant était tout ratatiné. La peau était grise et les yeux enfoncés dans les orbites étaient grands ouverts.

– Encore Bellina? demanda Séphrénia.

Sa voix lui parut trop forte.

– Non. Ceci est l'œuvre du Fureteur. C'est ainsi qu'il se nourrit. Là... (Elle désigna des marques de piqûres sur le corps de l'enfant.) ...là, là et là. Le Fureteur absorbe tous les fluides du corps et ne laisse qu'une carcasse desséchée.

– Ce sera bientôt terminé, dit Émouchet, son poing se refermant sur la hampe de la lance d'Aldréas. La prochaine fois que je le rencontrerai, il mourra.

– Pourras-tu te permettre cela, mon petit?

– Je ne pourrais me permettre de ne pas le faire. Je vengerai cet enfant... du Fureteur, d'Azash, voire des portes de l'Enfer elles-mêmes!

– Tu es en colère, Émouchet.

– Oui. On peut le dire.

Cela était ridicule et inutile, mais Émouchet arracha soudain son épée à son fourreau et détruisit un mur inoffensif. Cela ne servait à rien, mais il se sentit un peu mieux.

Les autres descendirent en silence dans le village et jusqu'à la tombe qu'avait creusée Kalten de ses mains nues. Séphrénia sortit de la maison, le corps desséché de l'enfant dans les bras. Flûte s'avança avec un linge en toile et elles enveloppèrent toutes deux l'enfant défunt. Puis elles le déposèrent dans la tombe grossière.

– Bévier, dit Séphrénia, s'il te plaît ? Ceci est un enfant élène et tu es le plus dévot de tous les chevaliers.

– Je n'en suis pas digne, dit Bévier qui pleurait à chaudes larmes.

– Qui en serait digne, mon petit ? dit-elle. Plongerais-tu cet enfant inconnu dans les ténèbres sans la moindre assistance ?

Bévier la regarda fixement, puis il tomba à genoux à côté du trou et se mit à réciter l'antique prière pour les morts de l'Église élène.

Assez bizarrement, Flûte s'avança auprès de l'Arcien agenouillé. Ses doigts peignèrent doucement les boucles bleu-noir d'une manière qui le réconforta curieusement. Émouchet se surprit alors à penser que cette étrange petite fille était peut-être beaucoup plus âgée qu'aucun d'eux ne pouvait l'imaginer. Elle leva alors son syrinx. L'hymne était ancien, presque au cœur de la foi élène, mais il possédait aussi des tonalités styriques. Brièvement, au son de la chanson de la fillette, Émouchet commença à distinguer quelques incroyables possibilités.

Quand la cérémonie fut terminée, ils remontèrent en selle et reprirent leur route. Ils restèrent tous silencieux le restant de la journée et s'arrêtèrent pour la nuit à l'endroit où ils avaient campé précédemment et rencontré le ménestrel. L'homme avait disparu.

– Je redoutais cela, dit Émouchet. C'était trop espérer que de s'imaginer qu'il serait encore là.

– Peut-être le rattraperons-nous plus au sud, suggéra Kalten. Son cheval n'était pas très frais.

– Que pourrons-nous faire pour lui si nous le rattrapons ? demanda Tynian. Tu ne comptes tout de même pas le tuer, non ?

– En dernier ressort uniquement, répondit Kalten. A présent que Séphrénia sait comment Bellina l'a influencé, elle pourra probablement le guérir.

– Ta confiance est charmante, Kalten, dit-elle, mais peut-être est-elle exagérée.

– Le sort qu'elle lui a jeté s'effacera-t-il ? voulut savoir Bévier.

– Dans une certaine mesure. Il sera de moins en moins désespéré, mais il n'en sera jamais totalement libéré. En revanche, il se peut qu'il écrive de meilleurs poèmes. L'important, c'est qu'il sera de moins en moins contagieux. A moins qu'il ne rencontre un grand nombre de personnes durant cette semaine, il ne présentera plus un très grand danger pour le comte ; et il en va de même pour ses anciens domestiques.

– C'est toujours cela, dit le jeune cyrinique. (Il se renfrogna légèrement.) Comme j'étais déjà infecté, pourquoi cette créature est-elle venue me voir, cette nuit ? N'était-ce pas pour elle une perte de temps ?

Bévier paraissait encore fortement marqué par les funérailles de l'enfant défunt.

– C'était pour se renforcer, Bévier. Tu étais agité, mais tu ne serais pas allé jusqu'à attaquer tes compagnons. Elle devait s'assurer que tu irais jusqu'au bout pour la libérer de ce donjon.

Comme ils s'installaient pour la nuit, Émouchet eut une idée. Il rejoignit Séphrénia qui était assise près du feu, sa tasse de thé au creux des mains.

– Séphrénia, que cherche donc Azash ? Pourquoi se donner tout ce mal pour corrompre soudain des Élènes ? Il ne l'avait jamais fait auparavant, n'est-ce pas ?

– Te rappelles-tu ce que t'a dit le fantôme d'Aldréas dans la crypte ? Que le temps est venu que le Bhelliom émerge de l'endroit où il gisait ?

– Oui.

– Azash le sait également et il agit de manière désespérée. Je suppose qu'il a enfin découvert que les Zémochs ne sont pas fiables. Ils suivent les ordres, mais ils ne sont pas très malins. Il y a des siècles qu'ils retournent le champ de bataille et ils n'ont cessé de revenir sur les mêmes lieux. Nous en avons découvert davantage sur l'emplacement du Bhelliom durant ces quelques semaines qu'ils ne l'ont fait en cinq cents ans.

– Nous avons eu de la chance.

– Ce n'est pas totalement exact, Émouchet. Je sais que je te taquine parfois pour ta logique élène, mais c'est précisément elle qui nous a conduits si près du Bhelliom. Un Zémoch est incapable de logique. C'est la faiblesse d'Azash. Un Zémoch ne réfléchit pas, parce qu'il n'a pas besoin de le faire. Azash réfléchit à sa place. C'est pourquoi Azash a tant besoin de convertir des Élènes. Ce n'est pas qu'il veuille leur vénération, mais leur esprit. Il lancé des Zémochs dans tous les royaumes occidentaux pour rassembler d'anciens récits... comme nous l'avons fait. Je crois qu'il s'imagine que l'un d'eux tombera sur l'histoire appropriée et que ses adorateurs élènes pourront alors en reconstituer la signification.

– C'est un peu compliqué, non ?

– Azash ne vit pas dans la même trame temporelle que nous.

Plus tard dans la nuit, Émouchet montait la garde à une certaine distance du feu et contemplait l'autre côté du petit lac qui miroitait au clair de lune. L'écho du hurlement des loups retentissait à nouveau dans les bois, mais il paraissait bien moins menaçant. L'esprit immonde qui avait hanté cette forêt était à tout jamais emprisonné et les loups n'étaient plus que de simples animaux et non des messagers de mauvais augure. Le Fureteur était bien entendu une tout autre affaire. Émouchet se promit sévèrement que, la prochaine fois qu'ils le rencontreraient, il planterait l'épieu d'Aldréas dans cette créature hideuse.

– Émouchet, où es-tu ?

C'était Talen. Il parlait doucement et se tenait debout près du feu, fixant les ténèbres.

– Par ici.

Le gamin se dirigea vers lui en posant précautionneusement les pieds pour éviter les obstacles sur le sol.

– Quel est ton problème ? lui demanda Émouchet.

– Je n'arrivais pas à dormir. J'ai pensé que tu apprécierais un peu de compagnie.

– Je te remercie, Talen. Monter la garde est effectivement un travail bien solitaire.

– Je suis rudement content d'être loin du château, dit Talen. Je n'ai jamais eu aussi peur de toute ma vie.

– J'étais également assez nerveux, admit Émouchet.

– Tu sais une chose ? Il y avait plein de trucs très chouettes, au château de Ghasek, et pas une fois je n'ai songé à les voler. Ce n'est pas bizarre ?

– Peut-être que tu grandis ?

– Je connais des voleurs très âgés, protesta Talen avant de pousser un soupir à fendre l'âme.

– Pourquoi cette morosité, Talen ?

– Je ne voudrais en parler à personne, Émouchet, mais ce n'est plus aussi amusant qu'avant. Maintenant que je sais que je suis capable de prendre n'importe quoi à n'importe qui, le plaisir n'y est plus.

– Peut-être devrais-tu te chercher un autre travail.

– A quoi d'autre serais-je bon ?

– Il faut que j'y réfléchisse ; je t'avertirai quand j'aurai la réponse.

Talen éclata soudain de rire.

– Qu'est-ce qui t'amuse comme ça ?

– Je risque d'avoir des difficultés à trouver des références, lui répondit le gamin. Mes clients n'ont généralement pas su qu'ils faisaient affaire avec moi.

Émouchet eut un large sourire.

– C'est un problème, en effet. Mais nous trouverons bien un système.

Le gamin poussa un nouveau soupir.

– C'est presque terminé, n'est-ce pas, Émouchet ? Nous savons à présent où se trouve enterré le roi. Il ne nous reste plus qu'à récupérer sa couronne et nous rentrerons à Cimmura. Tu retourneras au palais et moi à la rue.

– Je ne crois pas. Peut-être pourrons-nous trouver une autre solution que la rue.

– Oui, mais dès que ça m'ennuiera je m'enfuirai. Tout ceci va me manquer, tu sais ? Même si quelquefois j'ai eu peur au point que j'ai cru me faire dessus, à d'autres occasions ç'a été bien amusant. Je me rappellerai uniquement celles-ci.

– Au moins, on t'aura procuré quelque chose. (Émouchet posa la main sur l'épaule du gamin.) Retourne au lit, Talen. On se lève tôt, demain matin.

– Comme tu voudras, Émouchet.

Ils reprirent la route à l'aube en chevauchant toujours prudemment pour éviter de blesser leurs montures sur la route creusée d'ornières. Ils dépassèrent le village de bûcherons sans s'arrêter.

– Nous sommes à quelle distance ? demanda Kalten en milieu de matinée.

– Encore trois ou quatre jours... cinq, tout au plus. Une fois que nous serons sortis de cette forêt, la route s'améliorera et nous irons plus vite.

– Il ne nous reste donc plus qu'à retrouver le Mont du Géant.

– Cela ne devrait pas présenter de problème. D'après ce qu'a dit Ghasek, les paysans des lieux s'en servent comme point de repère. Nous poserons des questions dans la région.

– Et nous nous mettrons à creuser.

– Ce n'est pas tout à fait le genre de chose que l'on laisserait à quelqu'un d'autre.

– Tu te rappelles ce qu'a dit Séphrénia au château d'Alstrom, en Lamorkand ? demanda Kalten plus sérieusement. Selon elle, son dégagement retentirait comme un bourdon dans le monde entier.

– Je m'en souviens vaguement.

– Dès l'instant où nous l'aurons déterré, Azash le saura et la route de Cimmura sera bordée de Zémochs. Le voyage du retour risque d'être très agité.

Ulath chevauchait juste derrière eux.

– Pas vraiment, avança-t-il. Émouchet détient déjà les bagues. Je peux encore lui enseigner quelques termes dans la langue des Trolls. Une fois qu'il aura le Bhelliom entre les mains, il sera pratiquement invincible. Il pourra envoyer bouler des régiments entiers de Zémochs.

– Est-il réellement aussi puissant ?

– Kalten, tu ne peux l'imaginer. Si la moitié seulement des récits est exacte, le Bhelliom est capable de presque tout. Avec lui, Émouchet pourrait probablement stopper le soleil, s'il le voulait.

Émouchet regarda Ulath par-dessus son épaule.

– Faut-il connaître le langage des Trolls pour utiliser le Bhelliom ? demanda-t-il.

– Je n'en suis pas vraiment sûr, mais on dit qu'il est imprégné du pouvoir des Dieux des Trolls. Ceux-ci risqueraient de ne pas réagir aux paroles prononcées en élène ou en styrique. La prochaine fois que je m'adresserai à un Dieu des Trolls, je le lui demanderai.

La nuit venue, ils campèrent à nouveau dans la forêt. Après le souper, Émouchet s'éloigna du feu pour réfléchir un petit peu. Bévier le rejoignit tranquillement.

– Nous arrêterons-nous à Venne ? demanda le cyrinique.
– C'est plus que probable. Je doute que nous soyons capables d'aller beaucoup plus loin demain.
– Parfait. J'aurai besoin de trouver une église.
– Oh ?
– J'ai été contaminé par le mal. Il me faut prier un certain temps.
– Ce n'était pas ta faute, Bévier. Cela aurait pu arriver à n'importe lequel d'entre nous.
– Mais ce fut moi, Émouchet, fit Bévier avec un soupir. La sorcière m'a probablement visé parce qu'elle savait que je serais le plus accessible.
– Absurde, Bévier. Tu es le plus dévot des hommes que j'aie rencontrés.
– Non, le contredit Bévier avec tristesse. Je connais mes propres faiblesses. Je suis fortement attiré par les membres du beau sexe.
– Tu es jeune, mon ami. Ce que tu ressens n'est que naturel. Cela s'apaise avec le temps... c'est du moins ce qu'on m'a dit.
– Éprouvez-vous encore ces pulsions ? J'espérais que lorsque j'aurais atteint votre âge, elles ne m'importuneraient plus.
– Cela ne marche pas exactement de la sorte, Bévier. J'ai connu des hommes très âgés dont un joli minois pouvait encore tourner la tête. Cela fait partie de la nature humaine, sans doute. Si Dieu ne voulait pas que nous ressentions cela, il ne le permettrait pas. Le patriarche Dolmant me l'a expliqué jadis, quand cela me perturbait. Je ne suis pas sûr de l'avoir totalement cru, mais il a un peu dissipé mon sentiment de culpabilité.
Bévier gloussa.
– Vous, Émouchet ? C'est une facette de votre personnalité dont j'ignorais tout. Je vous croyais entièrement dévoré par votre sens du devoir.
– Pas entièrement, Bévier. Il me reste encore un peu de temps pour d'autres pensées. Dommage que tu n'aies pas eu l'occasion de rencontrer Lillias.
– Lillias ?
– Une femme rendor. J'ai vécu avec elle quand j'étais en exil.
– *Émouchet !* s'étouffa Bévier.
– Cela faisait partie d'un déguisement indispensable.
– Mais vous n'avez tout de même pas...
Bévier s'arrêta. Émouchet était sûr que le jeune homme était furieusement empourpré, mais les ténèbres ne permirent pas de le voir.
– Oh, si, assura-t-il à son ami. Lillias m'aurait quitté, autrement. C'est une femme aux appétits dévorants. J'avais besoin d'elle pour dissimuler mon identité véritable, aussi étais-je plus ou moins tenu d'essayer de lui permettre de trouver le bonheur.

– Je suis scandalisé par cela, Émouchet, véritablement scandalisé.

– Les pandions constituent un ordre plus pragmatique que les cyriniques, Bévier. Nous faisons tout ce qu'il faut pour que notre travail soit réalisé. Ne t'inquiète pas, mon ami. Ton âme n'a pas été endommagée... du moins pas trop.

– Il me faut tout de même passer un certain temps dans une église.

– Pourquoi ? Dieu est partout, n'est-ce pas ?

– Bien entendu.

– Parle-lui donc ici, alors.

– Ce ne serait pas tout à fait la même chose.

– Enfin, fais ce qui te semble le mieux.

Ils repartirent aux premières lueurs de l'aube. La route tendait à descendre, à présent, car ils quittaient l'alignement de collines boisées. De temps à autre, après un virage ou une colline, ils apercevaient dans le lointain le lac Venne qui miroitait au soleil printanier ; en milieu d'après-midi, ils atteignaient la bifurcation de la route. La route principale était bien meilleure que celle qui venait de Ghasek et ils se retrouvèrent à la porte Nord de Venne au moment même où le coucher du soleil emplissait de ses feux le ciel occidental.

Une nouvelle fois, ils traversèrent les rues étroites aux maisons en surplomb qui provoquaient des ténèbres prématurées et ils arrivèrent à l'auberge où ils étaient descendus auparavant. L'aubergiste, jovial Pélosien grassouillet, leur souhaita la bienvenue et les conduisit au premier, où étaient situées les chambres.

– Eh bien, messeigneurs, comment s'est passé votre séjour dans ces bois maudits ?

– Fort bien, voisin, répondit Émouchet, et je pense que tu peux commencer à faire savoir que Ghasek n'est plus un endroit à redouter. Nous avons découvert ce qui provoquait ces problèmes et nous avons réglé la question.

– Que Dieu bénisse les chevaliers de l'Église ! s'écria l'aubergiste, plein d'enthousiasme. Ces histoires qui circulaient étaient un désastre pour les affaires. Les gens choisissaient d'autres itinéraires pour éviter ces bois.

– Tout est arrangé, à présent, lui assura Émouchet.

– Était-ce une sorte de monstre ?

– D'une certaine manière, répondit Kalten.

– L'avez-vous tué ?

– Nous l'avons emmuré, répondit Kalten en haussant les épaules et en commençant à ôter son armure.

– Bien joué, monseigneur.

– Oh, au fait, dit Émouchet, il nous faut retrouver un endroit appelé le Mont du Géant. Saurais-tu par hasard où nous devrions commencer à chercher ?

– Je crois que c'est sur la rive orientale du lac, répondit l'aubergiste. Il y a des villages par là-bas. Ils sont un peu en retrait du rivage à cause de toutes ces tourbières. (Il éclata de rire.) Les villages ne sont pas difficiles à trouver. Les paysans de là-bas brûlent la tourbe dans leurs fours. Ça produit une belle fumée et il vous suffira de vous fier à votre odorat.

– Que prévois-tu de nous proposer au souper ? demanda Kalten avec impatience.

– Tu ne penses vraiment qu'à ça ? demanda Émouchet.

– Le voyage a été long, Émouchet. J'ai besoin de nourriture vraie. Messires, vous êtes de charmants compagnons, mais votre cuisine laisse un peu à désirer.

– J'ai un quartier de bœuf sur le tournebroche depuis ce matin, monseigneur, lui signala l'aubergiste. Il devrait être bien cuit, à cette heure.

Kalten eut un sourire de béatitude.

Fidèle à ses paroles, Bévier passa la nuit dans une église voisine et les rejoignit au matin. Émouchet décida de ne pas l'interroger quant à l'état de son âme.

Ils sortirent de Venne et prirent la route du sud qui longeait le lac. Ils avancèrent bien plus vite que lorsqu'ils étaient arrivés en ville. A cette occasion, Kalten, Bévier et Tynian étaient en train de se remettre de leur rencontre avec la créature monstrueuse qui avait surgi du tumulus au nord du lac Randéra. Désormais, tout le monde était en pleine forme et capable de galoper.

En fin d'après-midi, Kurik se mit à hauteur d'Émouchet.

– Je viens de sentir une trace de fumée de tourbe dans l'air, rapporta-t-il. Il doit y avoir un village, par ici.

– Kalten, lança Émouchet.

– Oui ?

– Il y a un village à proximité. Kurik et moi allons y jeter un coup d'œil. Installe le camp et fais un bon feu. Il se peut que nous soyons de retour bien après la tombée de la nuit et nous aurons besoin d'un point de repère.

– Je sais comment faire, Émouchet.

– Parfait. Vas-y.

Émouchet et son écuyer quittèrent la route et traversèrent un champ au galop pour rejoindre une rangée de petits arbres à environ un mille à l'est.

L'odeur de tourbe en combustion devenait de plus en plus forte... senteur qui avait un côté familier. Émouchet se laissa aller dans sa selle en se sentant étrangement à l'aise.

– Ne soyez pas trop confiant, le mit en garde Kurik. La fumée tourne les têtes. Les brûleurs de tourbe ne sont pas toujours fiables. Par certains côtés, ils sont pires que les Lamorks.

– Où as-tu trouvé toutes ces informations, Kurik ?

– Nombreux sont les procédés, Émouchet. L'Église et la

noblesse obtiennent leurs informations par des messages et des rapports. Les gens du commun sont au cœur des événements.

– Je m'en souviendrai. Voici le village.

– Vous auriez intérêt à me laisser parler quand on sera arrivés, conseilla Kurik. Malgré tous vos efforts, vous n'avez pas grand-chose d'un vrai roturier.

Les maisons étaient basses, larges, construites en pierre grise et couvertes de chaume, alignées de part et d'autre d'une seule rue. Un paysan trapu assis sur un tabouret dans un appentis trayait une vache brune.

– Salut, l'ami, lui lança Kurik en se laissant glisser de sa selle.

Le paysan se retourna et le regarda fixement avec un air de stupidité révélé par ses lèvres molles.

– Est-ce que tu connais un endroit qui s'appelle le Mont du Géant ?

Le bonhomme continua de le fixer sans répondre.

Un homme maigre aux yeux louches sortit d'une maison voisine.

– Ça sert à rien de lui parler, annonça-t-il. Il a reçu un coup de pied de cheval quand il était jeune et il est un peu détraqué depuis.

– Oh, dit Kurik. C'est bien triste. Peut-être peux-tu nous aider. On cherche un endroit qui s'appelle le Mont du Géant.

– Vous ne prévoyez pas d'y aller de nuit, n'est-ce pas ?

– Non, nous pensions attendre le matin.

– C'est un peu mieux, mais guère. Le lieu est hanté, vous savez.

– Non, je l'ignorais. Où est-ce ?

– Vous voyez la piste qui mène au sud-est ? dit l'homme en tendant la main.

Kurik hocha la tête.

– Au lever du soleil, suivez-la. Elle dépasse le tumulus... à quatre ou cinq milles d'ici.

– As-tu déjà vu quelqu'un qui fouillait par là ? Voire qui y creusait ?

– Jamais entendu parler d'un truc pareil. Les gens qu'ont du bon sens vont pas creuser dans un endroit hanté.

– Nous avons entendu dire que vous aviez un Troll, par ici ?

– Qu'est-ce que c'est qu'un Troll ?

– Une créature hideuse toute couverte de poils. Celui-ci est sacrément déformé.

– Oh ! lui ? Il a sa tanière quelque part dans les tourbières. Il ne sort que la nuit. Il va et vient le long du rivage du lac. Il fait des bruits horribles pendant un moment, puis il tape sur le sol avec ses pattes de devant comme s'il était en colère. Moi, j'l'ai vu deux ou trois fois, quand je découpais d'la tourbe. J'm'en approcherais pas, si j'étais vous. On dirait qu'il a un sacré mauvais caractère.

– Ton conseil me semble judicieux. Déjà vu des Styriques, par ici ?

– Non. Ils viennent pas par ici. Les gens du secteur approuvent pas tellement les païens. Pour sûr, z'avez plein de questions, l'ami.

Kurik haussa les épaules.

– Le meilleur moyen d'apprendre quelque chose, c'est de poser des questions, répondit-il tranquillement.

– Eh bien, allez les poser ailleurs, parce que j'ai du travail. L'expression de l'homme était devenue inamicale. Il fronça les sourcils devant le demeuré sous l'appentis.

– Alors, t'as fini ta traite ?

L'idiot aux lèvres molles secoua la tête avec appréhension.

– Eh ben, qu'est-ce que t'attends ? T'auras pas de souper tant que t'auras pas fini.

– Merci pour le temps que tu nous as consacré, l'ami, dit Kurik en remontant en selle.

L'homme maigre grogna et rentra chez lui.

– Utile, dit Émouchet comme ils quittaient le village pour plonger dans la lumière roussâtre du soleil couchant. Du moins n'y a-t-il pas de Zémochs dans le coin.

– Je n'en suis pas si sûr, Émouchet, le contredit Kurik. Je ne crois pas que ce gaillard était ce qu'on fait de mieux en matière de source d'information. Il ne me paraît pas s'intéresser énormément à ce qui se passe autour de lui. D'ailleurs, les Zémochs ne sont pas les seuls dont il nous faille nous méfier. Ce Fureteur pourrait lancer n'importe qui contre nous et il nous faut également avoir l'œil pour guetter ce Troll. Si Séphrénia a raison sur la réapparition bruyante du joyau, le Troll sera le premier de tous à être au courant, n'est-ce pas ?

– Je ne sais pas. Il faut le lui demander.

– Je pense qu'on doit supposer que oui. Si nous déterrons la couronne, nous devrons plus ou moins nous attendre à une visite de sa part.

– Voilà une idée réjouissante. Du moins avons-nous découvert l'endroit où est situé le tumulus. Allons voir si nous pouvons retrouver le camp installé par Kalten avant qu'il fasse nuit.

Kalten avait planté le camp dans une foutelaie à environ un mille du lac et il avait fait un grand feu à l'orée du bosquet. Il se tenait à proximité quand Émouchet et Kurik arrivèrent.

– Eh bien ? demanda-t-il.

– Nous connaissons la route du tumulus, répondit Émouchet en descendant de selle. Il n'est pas très loin. Allons parler à Tynian.

L'alcion lourdement cuirassé se tenait debout près du feu et bavardait avec Ulath.

Émouchet communiqua les informations que Kurik avait obtenues du villageois, puis il regarda Tynian.

– Comment te sens-tu ? lui demanda-t-il de but en blanc.
– Je me sens bien. Pourquoi ? Je donne l'air d'aller mal ?
– Pas vraiment. Je me demandais simplement si tu te sentais capable d'un peu de nécromancie. La dernière expérience t'a quelque peu fatigué, autant que je me souvienne.
– Je suis prêt, lui assura Tynian. A condition de ne pas me demander d'évoquer des régiments entiers.
– Non, un seul fantôme. Nous devons parler au roi Sarak avant de le déterrer. Il sait probablement ce qui est arrivé à sa couronne et je veux m'assurer qu'il ne s'oppose pas à être ramené en Thalésie. Je n'ai pas envie de traîner derrière nous un fantôme en colère.
– A très juste titre !
Ils se levèrent avant l'aube et attendirent impatiemment le premier signe de lumière sur la ligne d'horizon orientale. Quand elle fut là, ils étaient prêts et se mirent en route à travers les champs encore sombres.
– Je pense que nous aurions dû attendre qu'il y ait davantage de lumière, Émouchet, grommela Kalten. On va probablement tourner en rond.
– On va vers l'est, Kalten. C'est là que se lève le soleil. Nous n'avons qu'à chevaucher en direction de la partie la plus claire du ciel.
Kalten marmotta dans un souffle.
– Je n'ai pas bien entendu ?
– Ce n'était pas à toi que je parlais.
– Oh. Pardon.
La pâle lumière crépusculaire crût graduellement et Émouchet regarda autour de lui pour s'orienter.
– Le village est là-bas, dit-il en tendant le bras. La piste que nous allons suivre est de l'autre côté.
– N'allons pas trop vite, le mit en garde Séphrénia en enveloppant Flûte de sa robe. Je veux que le soleil soit levé avant que nous atteignions le tumulus. Les rumeurs de hantement ne sont peut-être que superstition locale, mais ne prenons pas de risques inutiles.
Émouchet réprima son impatience avec une certaine difficulté. Ils traversèrent au pas le village silencieux et s'engagèrent dans la piste que le villageois maussade leur avait indiquée. Émouchet poussa Faran au trot.
– Ce n'est pas très rapide, Séphrénia, dit-il en réponse à son expression réprobatrice. Le soleil sera haut quand nous arriverons.
La piste était bordée de part et d'autre de murets bas en pierre et, comme tous les chemins de campagne, elle était sinueuse. Les fermiers, en règle générale, ne s'intéressaient guère aux lignes droites en dehors de celles de leurs sillons et ils suivaient habi-

tuellement la loi du moindre effort. L'impatience d'Émouchet croissait à chaque mille qui passait.

– Voilà, dit enfin Ulath en tendant la main. J'en ai vu des centaines comme ça en Thalésie.

– Attendons que le soleil soit un peu plus haut, dit Tynian en plissant les yeux devant le soleil levant. Je ne veux pas la moindre ombre pour travailler. Où est censé être enterré le roi ?

– Au centre, répondit Ulath, les pieds dirigés vers l'ouest. Ses compagnons doivent être alignés autour de lui.

– C'est toujours utile de savoir cela.

– Faisons-en le tour, dit Émouchet. Je veux m'assurer que personne ne l'a creusé et surtout que nous n'aurons pas de témoins. C'est le genre de chose qu'il faut accomplir en privé.

Ils firent le tour du tumulus au petit trot. Il était assez élevé et devait avoir dans les cent pieds de long sur vingt de large. Les pentes à peu près symétriques étaient couvertes d'herbe. On ne voyait aucun signe d'excavations.

– Je monte au sommet, dit Kurik quand ils eurent regagné la piste. C'est le lieu le plus élevé des environs et je pourrai avoir un excellent point de vue.

– Vous êtes vraiment prêt à marcher sur une tombe ? s'étonna Bévier.

– Nous n'allons pas tarder à marcher tous dessus, lui apprit Tynian. Il faut que je sois très près du roi Sarak, pour invoquer son fantôme.

Kurik grimpa en haut du tumulus et s'y assit en regardant autour de lui.

– Je n'aperçois personne, leur lança-t-il. Mais il y a des arbres au sud. Cela ne nous ferait aucun mal d'aller y jeter un coup d'œil.

Émouchet grinça des dents, mais il dut admettre que son écuyer avait raison.

Kurik se laissa glisser en bas du monticule et remonta en selle.

– Séphrénia, dit Émouchet, pourquoi ne pas rester ici avec les enfants ?

– Non, Émouchet. S'il y a des gens qui se cachent dans ce bois, il ne faut pas leur montrer que nous nous intéressons particulièrement à ce tumulus.

– Tu n'as pas tort, acquiesça-t-il. Faisons comme si nous repartions en direction du sud.

Ils reprirent donc le chemin vicinal pour traverser les champs.

– Émouchet, dit doucement Séphrénia comme ils s'approchaient de la lisière du bois. Il y a des gens, dans cette forêt, et ils n'ont rien d'amical.

– Combien sont-ils ?

– Une douzaine, au moins.

– Reste un peu en arrière avec Talen et Flûte. Parfait, messires, vous savez que faire.

Mais, avant même qu'ils aient pu pénétrer dans le bois, un groupe de paysans piètrement armés surgit de sous les arbres. Ils affichaient l'expression vacante qui les identifiait immédiatement. Émouchet baissa sa lance et chargea en même temps que ses compagnons.

La bataille fut brève. Les paysans étaient maladroits et, autre désavantage, ils étaient à pied. Tout fut terminé en quelques minutes.

– Bien joué, sssires sssevaliers, fit une voix métallique sardonique dans l'obscurité du bois. (Le Fureteur sortit alors avec sa monture en plein soleil.) Mais peu importe, car je sssais à présssent où vous êtes.

Émouchet tendit sa lance à Kurik et tira l'épieu d'Aldréas de sous ses fontes.

– Et nous savons également où tu es, Fureteur, répondit-il d'une voix d'une tranquillité menaçante.

– Pas de sssottissses, sssire Émoussset, siffla-t-il. Tu n'es pas de taille contre moi.

– Pourquoi ne pas m'affronter ?

Le visage dissimulé sous la capuche se mit à émettre une forte lueur verte. Puis celle-ci clignota et baissa.

– Tu as les bagues ! siffla-t-il, son assurance apparemment altérée.

– Je pensais que tu étais déjà au courant.

Séphrénia rejoignit alors Émouchet.

– Le temps a passssssé, Sssséphrénia, fit la créature.

– Pas autant que je l'aurais désiré, répondit-elle froidement.

– Je t'épargnerai sssi tu t'agenouilles pour m'adorer.

– Non, Azash. Jamais. Je resterai fidèle à ma Déesse.

Émouchet, stupéfait, fit passer son regard du Fureteur à Séphrénia.

– Penssssses-tu qu'Aphraël puissssse te protéger ssssi je déssside que ta vie ne ssssert plus à rien ?

– Tu l'avais déjà décidé auparavant sans effet notable. Je continuerai de servir Aphraël.

– Comme tu voudras, Sssséphrénia.

Émouchet fit avancer Faran, sa main baguée glissant sur la hampe de l'épieu pour reposer sur la partie métallique. Une nouvelle fois, il ressentit la montée gigantesque d'énergie.

– Le jeu est presssque terminé et sssa conclussssion approsssse. Nous nous retrouverons, Sssséphrénia, et sssse pour une dernière fois.

La créature en capuche fit alors faire volte-face à son cheval et s'enfuit devant Émouchet qui approchait, menaçant.

TROISIÈME PARTIE

LA CAVERNE DU TROLL

Chapitre dix-huit

– ÉTAIT-CE VÉRITABLEMENT Azash ? demanda Kalten d'une voix où perçait une crainte révérencielle.

– C'était sa voix, répondit Séphrénia.

– Est-ce qu'il parle vraiment comme ça ? En sifflant de la sorte ?

– Non. La bouche du Fureteur déforme en partie les sons.

– Je crois comprendre que tu l'as déjà rencontré, dit Tynian en déplaçant les épaulettes de sa lourde armure.

– Une fois, il y a très longtemps. (Émouchet eut la nette impression qu'elle n'était pas désireuse de s'attarder sur ce sujet.) Nous devrions remonter sur le tumulus, ajouta-t-elle. Allons faire notre travail et partons avant que le Fureteur ne revienne avec des renforts.

Ils firent faire demi-tour à leurs montures et revinrent sur le chemin sinueux. Le soleil était désormais en plein ciel, mais Émouchet avait froid. La rencontre avec le Dieu Aîné, même si c'était par procuration, lui avait glacé les sangs et semblait avoir ôté toute force au soleil.

Une fois le tumulus atteint, Tynian sortit sa longueur de corde et monta péniblement la pente abrupte. Il traça une nouvelle fois le dessin spécial sur le sol.

– Es-tu sûr de ne pas réveiller par erreur l'un des serviteurs du roi ? lui demanda Kalten.

Tynian secoua la tête.

– J'appellerai Sarak par son nom.

Il commença l'incantation et la paracheva en tapant sèchement des mains.

Au début, rien ne sembla se produire, puis le fantôme du roi défunt commença à émerger du tumulus. Son armure en cotte de mailles était archaïque et elle était gravement endommagée par les coups d'épées et de haches. Son bouclier était défoncé et son antique épée ébréchée et rayée. Il était énorme, mais il ne portait pas de couronne.

– Qui es-tu ? demanda le fantôme du roi Sarak d'une voix caverneuse.

– Je m'appelle Tynian, Votre Majesté, chevalier alcion de Deira.

Les yeux enfoncés dans les orbites le contemplèrent sévèrement.

– Ceci est inconvenant, sire Tynian. Renvoie-moi derechef en ce lieu où je reposais, de crainte de mon courroux.

– Pardonnez-moi, Votre Majesté, s'excusa Tynian. Nous n'eussions dérangé votre repos si ce n'était d'une question de la plus haute importance.

– Rien n'est plus important parmi les morts.

Émouchet s'avança.

– Je m'appelle Émouchet, Votre Majesté.

– Tu es un pandion, à en juger d'après ton armure.

– Oui, Votre Majesté. La reine d'Élénie est gravement malade et seul le Bhelliom peut la guérir. Nous sommes venus vous implorer de nous permettre d'user du joyau pour lui rendre la santé. Nous le remettrons dans votre tombe dès que notre tâche aura été accomplie.

– Remets-le ou non, sire Émouchet, dit le fantôme d'un ton indifférent. Mais tu ne le trouveras point dans ma tombe.

Émouchet eut l'impression de recevoir un coup de poing au creux de l'estomac.

– Cette reine d'Élénie, quel est son mal, pour que seul le Bhelliom puisse l'en guérir ?

Sa voix ne contenait qu'un soupçon de curiosité.

– Elle fut empoisonnée, Votre Majesté, et par ceux qui voulaient s'emparer de son trône.

L'expression de Sarak, d'indifférente, devint brutalement coléreuse.

– Un acte de trahison, sire Émouchet. Et connais-tu ceux qui le perpétrèrent ?

– Oui.
– Et ne les as-tu point châtiés ?
– Pas encore, Votre Majesté.
– Ils possèdent encore leurs têtes ? Les pandions seraient-ils devenus des couards, au fil des siècles ?
– Nous crûmes préférable de guérir d'abord la reine, Votre Majesté, afin qu'elle puisse personnellement décider de leur condamnation.
Sarak sembla réfléchir à cette solution.
– Ceci est approprié, annonça-t-il enfin. Très bien, donc, sire Émouchet, je vais t'apporter mon aide. Ne désespère point que le Bhelliom ne soit dans le lieu où je gis, car je puis t'indiquer l'endroit où il est caché. Quand je chus sur le champ, mon cousin, le comte de Heid, se saisit de ma couronne et s'enfuit afin de la garder des mains de nos ennemis. Ils le pourchassèrent et il était gravement blessé. Il atteignit les rives du lac que tu vois là-bas avant de mourir et il m'a juré dans la Maison des Morts que, dans son ultime souffle, il jeta la couronne dans les eaux boueuses, et que nos ennemis ne purent la retrouver. Cherche donc dans ce lac, car le Bhelliom y repose sans nul doute.
– Merci, Votre Majesté, répondit Émouchet avec une profonde gratitude.
Ulath s'avança.
– Je suis Ulath de Thalésie, déclara-t-il, et je revendique une lointaine parenté avec toi, ô roi. Il est indigne que ton ultime lieu de repos soit en terre étrangère. Que Dieu m'en donne la force, je te jure qu'avec ta permission je rapporterai tes ossements en notre patrie et te ferai ensevelir dans le sépulcre royal d'Emsat.
Sarak considéra le génidien aux cheveux nattés d'un air assez approbateur.
– Qu'il en soit ainsi, cousin, car en vérité mon sommeil n'est guère paisible en ce lieu sauvage.
– Dors donc encore quelque temps en ce lieu, ô roi, car, dès que notre tâche aura été accomplie, je reviendrai ici et te ramènerai en notre patrie. (Il y avait des larmes dans les yeux bleu de glace d'Ulath.) Qu'il repose, Tynian, dit-il. Son ultime voyage sera long.
Tynian hocha la tête et laissa le roi Sarak s'enfoncer dans la terre.
– C'est donc ça ? dit Kalten, impatient. Nous chevauchons jusqu'au lac Venne et nous allons nager.
– C'est plus facile que de creuser, lui dit Kurik. Nous avons uniquement à nous soucier du Fureteur et du Troll. (Il fronça légèrement les sourcils.) Sire Ulath, continua-t-il, si Ghwerig sait exactement où se trouve le Bhelliom, pourquoi ne l'a-t-il pas récupéré depuis toutes ces années ?
– Si j'ai bien compris, Ghwerig ne sait pas nager, répondit

Ulath. Son corps est trop déformé. Mais nous aurons probablement à le combattre. Dès que nous aurons sorti le Bhelliom du lac, il nous attaquera.

Émouchet regarda en direction de l'ouest, où la lumière du soleil étincelait sur les eaux du lac. Les hautes herbes verdoyantes des champs près du tumulus ondulaient en longues vagues au gré de la brise matinale et les champs étaient bordés près du lac par la laîche et l'herbe des marais qui recouvraient les tourbières.

– Nous nous inquiéterons de Ghwerig quand nous le verrons, dit-il. Allons examiner le lac de plus près.

Ils se laissèrent tous glisser le long des pentes herbeuses du tumulus et montèrent en selle.

– Le Bhelliom ne devrait pas se trouver très loin du rivage, dit Ulath. Les couronnes sont en or et l'or est un métal pesant. Un homme à l'agonie ne devrait pas être capable de la jeter très loin. (Il se gratta le menton.) J'ai déjà cherché des objets sous l'eau. Il faut se montrer très méthodique. Farfouiller au petit bonheur ne sert à rien.

– Une fois que nous serons arrivés, tu nous montreras de quelle manière il faut s'y prendre.

– Exact. Chevauchons plein ouest jusqu'au lac. Si le comte de Heid était mourant, il n'a pas dû faire de détours.

Ils continuèrent leur route. L'enthousiasme d'Émouchet était teinté d'une certaine inquiétude. Il était impossible de savoir dans combien de temps le Fureteur serait de retour avec ses hordes d'hommes au visage inexpressif et il savait que lui et ses amis ne pourraient porter d'armures tant qu'ils seraient occupés à sonder les profondeurs du lac. Ils seraient sans défense. En outre, dès qu'Azash les verrait dans le lac, il saurait ce qu'ils faisaient, et il en irait de même pour Ghwerig.

La brise légère soufflait toujours et des moutons blancs avançaient d'un pas majestueux sur l'azur.

– Voilà un bosquet de cèdres, annonça Kurik en indiquant une tache de végétation peu élevée à un quart de mille. Il va falloir construire un radeau. Viens, Bérit. Allons couper du bois.

Suivi de près par le novice, il conduisit son enfilade de chevaux de bât en direction du bosquet.

Émouchet et ses amis atteignirent le lac en milieu de matinée et contemplèrent l'eau qui ondulait sous la brise.

– Il ne va pas être facile de trouver quelque chose au fond de ça, dit Kalten en indiquant les profondeurs boueuses et souillées de tourbe.

– Une idée de l'endroit où le comte de Heid a pu atteindre le rivage ? demanda Émouchet à Ulath.

– Le récit du comte Ghasek affirme que des chevaliers alcions l'ont découvert et enterré, répondit le génidien. Ils étaient pressés : sans doute n'ont-ils pas déplacé son corps sur une longue distance. Cherchons donc une tombe.

– Après cinq cents ans ? fit Kalten, sceptique. On ne pourra rien retrouver, Ulath.

– C'est là que tu te trompes, Kalten, le contredit Tynian. Les Deirans placent un cairn sur la tombe, quand ils enterrent quelqu'un. La terre peut se tasser sur une tombe, mais les pierres sont un peu plus permanentes.

– Parfait, dit Émouchet. Déployons-nous et mettons-nous à chercher un tas de pierres.

Ce fut Talen qui découvrit la tombe, monticule peu élevé de pierres tachées de brun en partie couvertes de vase qui s'était accumulée lorsque le niveau du lac était monté. Tynian marqua l'emplacement en plantant la hampe de sa lance à pennon dans la boue au pied de la tombe.

– On commence ? demanda Kalten.

– Attendons Kurik et Bérit, dit Émouchet. Le fond du lac est un peu trop fangeux pour y marcher. Nous allons avoir besoin du radeau.

Une demi-heure après, l'écuyer et le novice les rejoignaient. Les chevaux de bât tiraient péniblement une douzaine de fûts de cèdres.

Peu après midi, ils eurent fini de lier les rondins ensemble pour former un radeau grossier. Les chevaliers avaient ôté leurs armures et travaillaient en pagne, transpirant sous le soleil brûlant.

– Tu es en train d'attraper un coup de soleil, dit Kalten à Ulath, dont la peau était naturellement pâle.

– Comme toujours. Les Thalésiens ne bronzent pas très bien. (Il se redressa en serrant le dernier nœud de la corde qui tenait une extrémité du radeau.) Eh bien, lançons-le et voyons s'il flotte, suggéra-t-il.

Ils poussèrent l'embarcation le long de la rive glissante. Une fois qu'elle fut dans l'eau, Ulath la considéra d'un œil critique.

– Je ne m'en servirais pas pour un voyage en mer, mais il fera l'affaire pour aujourd'hui. Bérit, va dans ce bouquet de saules et coupe deux arbrisseaux.

Le novice hocha la tête et revint quelques instants plus tard avec deux longues cannes souples.

Ulath alla jusqu'à la tombe et prit deux pierres un peu plus grosses que le poing. Il les soupesa chacune dans une main et en jeta une à Émouchet.

– A ton avis ? Elle a à peu près le poids d'une couronne en or ?

– Comment le saurais-je ? Je n'ai jamais porté de couronne.

– Approximativement, Émouchet. Le jour avance et les moustiques ne tarderont pas à sortir.

– Très bien, c'est à peu près le poids d'une couronne, à une ou deux livres près.

– C'est bien ce que je pensais. Parfait, Bérit, prends tes perches et pousse le radeau dans le lac. Nous allons marquer le secteur à fouiller.

Bérit parut quelque peu intrigué, mais il s'exécuta.

Ulath souleva l'une des pierres.

– Ça suffit, Bérit, lança-t-il. (Il jeta la pierre en direction du radeau.) Marque l'emplacement!

Bérit essuya l'eau qui lui avait éclaboussé le visage.

– Oui, sire Ulath, dit-il en poussant l'embarcation en direction des cercles qui s'agrandissaient à la surface du lac.

Puis il prit l'une des cannes de saule et en enfonça une extrémité dans le fond limoneux.

– A présent, déplace le radeau vers la gauche. Je vais lancer l'autre pierre derrière toi.

– Votre gauche ou la mienne? s'enquit poliment Bérit.

– Comme tu voudras. C'est simplement que je n'ai pas envie de te défoncer le crâne.

Ulath faisait passer la pierre d'une main à l'autre en fixant les eaux tachées de brun du lac.

Bérit écarta le radeau et Ulath lança sa pierre très loin.

– Seigneur! dit Kalten. Aucun homme à l'agonie n'aurait pu lancer quelque chose aussi loin!

– C'est bien ça, dit Ulath avec modestie. Nous avons à présent la limite maximale du secteur que nous devons inspecter. Bérit! fit-il d'une voix de stentor. Marque cet emplacement, puis plonge. Il faut que je connaisse la profondeur que nous allons trouver et quel genre de fond nous devrons affronter.

Bérit hésita après avoir marqué le point de chute de la seconde pierre.

– Voudriez-vous demander à dame Séphrénia de se retourner? implora-t-il, le visage soudain empourpré.

– Si quelqu'un se permet de rire, il passera le restant de ses jours sous la forme d'un crapaud, menaça Séphrénia en tournant résolument le dos et en faisant faire de même à la petite Flûte intriguée.

Bérit se déshabilla et plongea comme une loutre. Il réémergeait une minute plus tard. Tous ceux qui se trouvaient sur le rivage, remarqua Émouchet, avaient retenu leur souffle tout le temps que l'agile novice restait sous l'eau. Bérit exhala de manière explosive avec force éclaboussures.

– Environ huit pieds de profondeur, sire Ulath, annonça-t-il en s'accrochant à l'extrémité du radeau, mais le fond est plein de boue... deux pieds au moins... collante et très peu agréable. L'eau est marron foncé. On ne voit pas le bout de son bras.

– C'est bien ce que je redoutais, marmonna Ulath.

– Et comment est l'eau? lança Kalten au jeune homme dans le lac.

– Extrêmement froide, fit Bérit en claquant des dents.

– Je le redoutais également, dit Kalten d'un air morose.

– Eh bien, messires, annonça Ulath, c'est l'heure de se mouiller.

Le restant de l'après-midi fut nettement déplaisant. Ainsi que l'avait annoncé Bérit, l'eau était froide et opaque et le fond mou était couvert d'une épaisse couche de boue issue des tourbières voisines.

– N'essayez pas de chercher avec les mains, leur conseilla Ulath. Fouillez avec les pieds.

Ils ne trouvèrent rien. Quand le soleil se coucha, ils étaient tous épuisés et avaient la peau violacée sous l'effet du froid.

– Il nous faut prendre une décision, annonça simplement Émouchet quand ils se furent séchés et rhabillés. Combien de temps allons-nous rester ici en sécurité ? Le Fureteur sait à peu près où nous nous trouvons et il suivra sans peine notre piste à l'odeur. Dès qu'il nous verra dans le lac, Azash saura où est le Bhelliom. Cela, nous ne pouvons le permettre.

– Tu as raison, Émouchet, acquiesça Séphrénia. Il faudra un certain temps au Fureteur pour rassembler des forces et un peu plus pour les amener jusqu'ici, mais je pense qu'il faut que nous fixions une limite au temps dont nous pouvons disposer.

– Mais nous touchons au but, se plaignit Kalten.

– Ça ne nous servirait à rien de retrouver le Bhelliom pour le donner à Azash, signala-t-elle. Si nous repartons, nous entraînerons le Fureteur loin d'ici. Nous savons où est le Bhelliom, à présent. Nous pourrons toujours revenir ici dès que le danger sera passé.

– Demain à midi ? proposa Émouchet.

– Je ne pense pas que nous puissions rester davantage.

– C'est donc entendu, dit Émouchet. A midi, nous ferons nos paquets et retournerons à Venne. J'ai l'impression que le Fureteur ne conduira pas ses hommes dans une ville. Ils seraient vraiment trop voyants, étant donné la façon maladroite dont ils marchent.

– Un bateau, annonça alors Ulath, le visage rougeoyant à la lumière du feu.

– Où ? demanda Kalten en scrutant le lac enveloppé dans la nuit.

– Non. Ce que je voulais dire, c'est qu'on pourrait se rendre à Venne à cheval puis y louer un bateau. Le Fureteur suivra notre piste jusqu'à Venne, mais il ne pourra pas flairer notre trace sur l'eau, n'est-ce pas ? Il campera devant Venne en attendant que nous ressortions, mais nous serons alors revenus. Nous aurons alors tout le temps de chercher le Bhelliom.

– Excellente idée, Émouchet, dit Kalten.

– Est-ce qu'il a raison ? demanda Émouchet à Séphrénia. Est-ce qu'en voyageant sur l'eau nous pouvons nous débarrasser du Fureteur ?

– Je crois que oui.

– Parfait. Nous allons donc essayer.

Ils mangèrent un maigre repas et allèrent se coucher.

Ils se levèrent en même temps que le soleil, prirent rapidement leur petit déjeuner et ramenèrent le radeau jusqu'aux marques qu'ils avaient plantées la veille. Ils ancrèrent leur embarcation et se remirent à sonder les eaux glaciales en fouillant le fond avec les pieds.

Il était presque midi quand Bérit refit surface non loin de l'endroit où Émouchet pataugeait en reprenant son souffle.

– Je crois avoir découvert quelque chose, dit le novice en haletant.

Puis il replongea tête la première. Au bout d'une longue et pénible minute, il reparaissait. Ce n'était pas une couronne qu'il tenait à la main, mais un crâne humain taché de brun. Il nagea jusqu'au radeau et posa le crâne sur les rondins. Émouchet plissa les yeux vers le soleil et jura. Puis il suivit Bérit en direction de l'embarcation et se hissa dessus.

– Ça y est, lança-t-il à Kalten dont la tête venait de sortir de l'eau. Nous ne pouvons plus rester ici. Rassemble les autres et retournons sur le rivage.

Quand ils eurent atteint la berge, Ulath, brûlé par le soleil, examina le crâne avec curiosité.

– Je ne sais pas pourquoi, il me semble terriblement allongé et étroit, dit-il.

– C'est parce qu'il s'agissait d'un Zémoch, expliqua Séphrénia.

– S'est-il noyé ? demanda Bérit.

Ulath gratta un peu la boue, puis enfonça un doigt dans une ouverture située dans la tempe gauche.

– Sûrement pas avec un tel trou dans la tête.

Il descendit jusqu'au lac et lava le crâne pour en ôter la boue séculaire. Puis il le rapporta et le secoua. Il émit un bruit de crécelle. L'imposant Thalésien le posa sur la tombe couverte de pierres du comte de Heid, prit l'un des cailloux et le cassa comme s'il s'était agi d'une noisette. Il récupéra un objet parmi les fragments.

– C'est bien ce que je pensais, dit-il. Quelqu'un lui a percé le crâne avec une flèche, à partir du rivage probablement. (Il tendit la pointe de flèche à Tynian.) Tu reconnais ça ?

– Forgée par des Deirans, répondit Tynian après avoir examiné le bout de métal.

Émouchet réfléchit un instant.

– Selon le récit de Ghasek, les chevaliers alcions de Deira arrivèrent et anéantirent les Zémochs qui avaient poursuivi le comte de Heid. Nous sommes à peu près certains que les Zémochs virent le comte jeter la couronne dans le lac. Ils durent essayer de la récupérer, n'est-ce pas ? Et à l'endroit exact où elle coula. A présent, voici ce crâne avec une flèche dans la tête. Il n'est pas très difficile de reconstituer les événements. Bérit, es-tu capable de repérer le point précis où tu as découvert ce crâne ?

– A quelques pieds près, sire Émouchet. J'ai pris des points de repère sur le rivage. J'étais droit en face de cette souche, là-bas, et à une trentaine de pieds dans l'eau.

– Voilà donc, dit Émouchet, exultant. Les Zémochs plongeaient pour récupérer la couronne et les alcions arrivèrent pour les abattre avec leurs flèches. Ce crâne ne doit pas être à plus de quelques pieds du Bhelliom.

– Nous savons à présent où il est, dit Séphrénia. Nous reviendrons le chercher après.

– Mais...

– Il nous faut partir sur-le-champ, Émouchet, et il serait bien trop dangereux d'avoir le Bhelliom en notre possession alors que le Fureteur est juste derrière nous.

A contrecœur, Émouchet dut admettre qu'elle avait sans doute raison.

– Très bien, donc, fit-il d'une voix déçue, levons le camp et filons d'ici. Nous porterons nos cottes de mailles et non nos armures, pour ne pas être trop voyants. Ulath, lance le radeau loin sur le lac. Nous allons effacer toute trace de notre passage et rejoindre Venne à cheval.

Il leur fallut à peu près une demi-heure ; ils purent alors se mettre en route. Ils longèrent le lac au galop en direction du nord. Comme d'habitude, Bérit restait à l'arrière pour guetter tout signe de poursuite.

Émouchet se sentait mélancolique. Il avait la désagréable impression de marcher depuis des semaines dans des sables mouvants. Chaque fois qu'il se rapprochait de ce qui devait sauver sa reine, une force mystérieuse semblait intervenir et l'éloigner de son but. Il commençait à se sentir sinistrement superstitieux. Émouchet était élène et chevalier de l'Église. Officiellement du moins, il était voué à la foi élène et à son rejet très strict de tout ce qui était de près ou de loin lié à ce que l'Église appelait le « paganisme ». Mais Émouchet avait trop voyagé de par le monde pour accepter aveuglément les diktats de son Église. Il se rendait compte que, de bien des manières, il balançait entre la foi absolue et le scepticisme total. Quelque chose, quelque part, essayait désespérément de le tenir à l'écart du Bhelliom, et il avait une idée de son identité... mais pourquoi Azash éprouvait-il une telle inimitié envers la jeune reine d'Élénie ? Émouchet se mit morbidement à songer armées et invasions. Si Ehlana venait à mourir, il se jura qu'il anéantirait le Zémoch et réduirait Azash à pleurer seul parmi les ruines sans un seul humain pour l'adorer.

Ils arrivèrent en ville peu après midi, le lendemain, et chevauchèrent le long des rues obscures menant à l'auberge désormais familière.

– Pourquoi ne pas simplement acheter cet endroit ? suggéra Kalten tandis qu'ils posaient le pied sur le sol de la cour. C'est un peu comme si j'avais passé toute ma vie ici.

– Occupe-toi de tout, lui dit Émouchet. Kurik, marchons jusqu'au bord du lac et voyons si nous pouvons trouver un bateau avant le coucher du soleil.

Le chevalier et son écuyer sortirent de la cour et descendirent la rue pavée qui conduisait vers le lac.

– La beauté de la ville ne s'améliore même pas quand on la connaît mieux, fit remarquer Kurik.

– Nous ne sommes pas ici pour jouer aux touristes, grommela Émouchet.

– Qu'est-ce qu'il y a, Émouchet ? Vous êtes d'humeur massacrante, depuis une bonne semaine.

– C'est le temps, Kurik, répondit Émouchet avec un soupir. Le temps. J'ai parfois l'impression de le sentir me couler entre les doigts. Nous n'étions pas à plus de quelques pieds du Bhelliom et nous avons dû lever le camp et partir. Ma reine se meurt à petit feu et les événements ne cessent de me barrer la route. Je commence à avoir une folle envie de taper sur quelqu'un.

– Ne me regardez pas comme ça.

Émouchet eut un léger sourire.

– Je crois que tu n'as rien à craindre, mon ami, dit-il en posant une main affectueuse sur l'épaule de Kurik. De toute façon, s'il fallait en venir là, je ne parierais pas sur moi quant au résultat d'un tel affrontement.

– Oui, il y a cela également, acquiesça Kurik. (Puis il tendit la main.) Là, fit-il.

– Là, quoi ?

– Cette taverne. Il y a des gens qui ont des bateaux.

– Et comment le sais-tu ?

– Je viens d'en voir un entrer. Les bateaux ont tendance à prendre l'eau et leurs propriétaires essaient de boucher les fuites avec du goudron. Chaque fois qu'on voit un individu avec du goudron sur sa tunique, on peut être pratiquement sûr qu'il a un rapport avec les bateaux.

– Tu es un véritable puits de science, parfois.

– Il y a un moment que je roule ma bosse en ce bas monde, Émouchet. Si on garde les yeux ouverts, on peut apprendre des tas de choses. Une fois à l'intérieur, laissez-moi parler. Cela ira plus vite.

Le pas de Kurik adopta soudain un roulis particulier et il ouvrit la porte de la taverne avec une violence tout à fait inutile.

– Salut, compagnons, fit-il d'une voix rocailleuse. Est-ce que par hasard on s'rait tombés sur un endroit où des gens qui naviguent sur l'eau ont coutume d's'rassembler ?

– Tu as trouvé l'endroit idéal, l'ami, répondit le tavernier.

– Dieu soit loué. J'déteste boire avec des terriens. Y savent que parler du temps, d'leurs récoltes et une fois qu'on a causé des nuages et des navets, on a épuisé toutes les possibilités de conversation.

Les occupants de la taverne eurent un rire d'appréciation.

– Pardonne-moi si je me mêle de ce qui me regarde pas, mais tu parles comme un marin d'eau salée.

– Eh oui, et c'est qu'ça m'manque, l'odeur de l'océan et le doux baiser des embruns sur ma joue.

– Tu es loin de l'eau salée, compagnon, dit un individu tout taché de goudron assis à une table dans un coin, avec une curieuse note de respect dans la voix.

Kurik soupira longuement.

– J'ai raté mon bateau, compagnon. On a r'lâché à Apalia et on v'nait d'Yosut, en Thalésie. J'étais en bordée et j'me suis fait avoir par les vignes du Seigneur. Le cap'taine était pas du genre à attendre les retardataires et il a mis les voiles avec la marée du matin et me v'là échoué à terre. Par chance, j'ai rencontré ce m'sieur... (Il tapa familièrement sur l'épaule d'Émouchet.) ...et y m'a donné un emploi. Y veut un bateau à louer et y lui fallait quéqu'un qui s'y connaît pour éviter d's'retrouver au fond du lac.

– Eh bien, compagnon, dit l'homme dans le coin en étrécissant les yeux, combien ton employeur serait prêt à donner pour louer un bateau ?

– Ça s'rait qu'pour deux jours, précisa Kurik. (Il scruta le visage d'Émouchet.) Qué'qu'vous pensez, cap'taine ? Est-ce qu'une d'mi-couronne, ça f'rait l'affaire ?

– Je pourrais payer une demi-couronne, répondit Émouchet en s'efforçant de dissimuler sa stupéfaction devant la transformation brutale de Kurik.

– Deux jours, tu dis ?

– Ça dépendra du vent et du temps, compagnon, mais c'est toujours comme ça, sur l'eau, hein ?

– Vrai. Peut-être qu'on peut faire affaire, alors. En fait, je possède un bateau de pêche de taille respectable et la pêche n'est pas très bonne, ces derniers temps. Je pourrais vous le louer ces deux jours et en profiter pour réparer mes filets.

– Pourquoi pas filer jusqu'au rivage pour j'ter un coup d'œil à c't'embarcation ? On pourra p'têt' ben conclure un marché.

L'homme taché de goudron vida sa chope et se leva.

– Venez, dit-il en se dirigeant vers la porte.

– Kurik, dit doucement Émouchet sur un ton affligé, ne me fais plus des surprises comme ça. J'ai les nerfs plus fragiles que dans le temps.

– C'est la variété qui rend la vie intéressante, cap'taine.

Kurik souriait largement en quittant la taverne dans le sillage du pêcheur.

Le bateau devait faire dans les trente pieds et il était bas sur l'eau.

– On dirait qu'il prend un peu l'eau, fit remarquer Kurik en indiquant le bon pied d'eau dans le fond.

– On était justement en train de le réparer, s'excusa le pêcheur. J'ai heurté une souche affleurante et une couture a lâché. Les gars qui travaillent pour moi ont voulu manger un brin avant de finir et d'écoper. (Il tapota affectueusement le plat-bord.) C'est un bon rafiot, dit-il modestement. Il réagit bien à la gouverne et il résiste à tous les temps qu'on peut trouver sur ce lac.

– Il sera réparé au matin ?

– Sans problème, compagnon.

– Qu'est-ce qu'vous en pensez, cap'taine ? demanda Kurik à Émouchet.

– Ça me semble bon, mais ce n'est pas moi l'expert. Je t'ai embauché pour ça.

– Alors, c'est parfait, on tente le coup, compagnon, dit Kurik au pêcheur. On r'viendra au l'ver du soleil et on appareillera.

Il se cracha dans la main et lui et le pêcheur en serrèrent deux.

– V'nez, cap'taine, dit Kurik à son maître. Allons nous trouver un peu d'alcool et pis un lit. D'main, la journée s'ra longue.

Et, de son pas chaloupé, il s'éloigna du rivage.

– Tu pourrais m'expliquer tout ça ? demanda Émouchet quand ils furent à une certaine distance du propriétaire du bateau.

– Ce n'est pas difficile, Émouchet. Les hommes qui naviguent sur les lacs ont un grand respect pour ceux qui vont sur la mer, et ils se mettent en quatre pour leur rendre service.

– J'ai remarqué, mais comment as-tu appris à parler comme ça ?

– Je suis allé en mer quand j'avais seize ans. Je vous l'avais déjà dit.

– Non, je ne me rappelle pas.

– J'ai dû le faire.

– Ça m'est sans doute sorti de l'esprit. Où as-tu pêché l'idée de prendre la mer ?

– C'est Aslade. (Kurik éclata de rire.) Elle devait avoir alors quatorze ans et elle devenait bien appétissante. Mais elle avait dans l'œil ce petit air sérieux pour le mariage. Je n'étais pas encore prêt, alors je me suis enfui en mer. C'est la plus belle erreur que j'aie jamais commise. Je me suis embarqué sur le rafiot le plus percé de la côte ouest d'Éosie. J'ai passé six mois à écoper. En revenant à terre, je me suis juré de ne jamais remettre les pieds sur un navire. Aslade fut très heureuse de me revoir, ç'a toujours été une grosse émotive.

– C'est à ce moment-là que tu t'es décidé à l'épouser ?

– Un peu après. Quand je suis rentré, elle m'a fait monter dans le grenier à foin de son père et elle a usé de méthodes assez persuasives. Aslade a d'immenses facultés de persuasion, quand elle s'y met.

– *Kurik!*

Émouchet était véritablement scandalisé.

– Soyez adulte, Émouchet. Aslade est une fille de la campagne et la plupart de ces filles sont déjà pleines quand elles se marient. C'est une façon relativement directe pour faire sa cour, mais il y a des compensations.

– Dans un *grenier à foin*?

Kurik eut un sourire.

– Il faut parfois improviser, Émouchet.

Chapitre dix-neuf

Émouchet était assis dans la chambre qu'il partageait avec Kalten et examinait sa carte tandis que son ami ronflait sur le lit voisin. L'idée qu'avait émise Ulath de prendre un bateau était excellente. L'affirmation de Séphrénia selon laquelle cela leur permettrait de brouiller leur piste était rassurante. Ils pourraient retourner à la plage boueuse isolée où reposait le comte de Heid et reprendre leur recherche interrompue sans guetter les signes d'un personnage en capuche reniflant le sol derrière eux. Le crâne zémoch qu'avait trouvé Bérit au fond du lac avait pratiquement localisé le Bhelliom. Avec un peu de chance, ils le récupéreraient en un après-midi. Seulement, il leur faudrait revenir à Venne pour reprendre leurs chevaux, et là résidait le problème. Si, ainsi qu'ils l'avaient supposé, les cohortes décérébrées du Fureteur rôdaient dans les champs et les bois autour de la ville, il leur faudrait sortir par la force. En des circonstances ordinaires, le combat n'aurait nullement inquiété Émouchet; toute sa vie tournait autour de cela. Mais s'il avait le Bhelliom en sa possession, ce ne serait pas seulement sa vie qu'il mettrait en jeu, mais aussi celle d'Ehlana, ce qui ne pouvait être accepté. En outre, dès qu'Azash percevrait l'émergence du Bhelliom, le Fureteur précipiterait contre eux des armées entières dans un effort désespéré pour s'emparer du joyau.

Bien entendu, la solution était simple. Il leur suffisait de trouver un moyen de transporter les chevaux sur la rive occidentale du lac. Le Fureteur pourrait alors écumer la région autour de Venne jusqu'à ce qu'il meure de vieillesse sans causer de gêne supplémentaire à Émouchet et ses amis. Le bateau qu'il avait loué avec Kurik ne pourrait pas transporter plus de deux chevaux à la fois. L'idée de se trouver forcé d'effectuer huit ou neuf voyages jusqu'à l'autre côté du lac lui donnait presque envie de hurler d'impatience. La location de plusieurs bateaux semblait peu discrète. Peut-être pourraient-ils donc trouver quelqu'un de fiable pour convoyer leurs montures sur la rive ouest. Le seul problème était qu'Émouchet ignorait si le Fureteur était capable d'identifier l'odeur des chevaux aussi bien que celle de ceux qui les montaient. Il gratta d'un air absent le doigt qui portait la bague. Mystérieusement, ce doigt semblait palpiter et picoter. On frappa légèrement à la porte.

– Je suis occupé, dit-il, irrité.

– Émouchet.

La voix était douce et musicale, et elle avait cette tonalité mélodieuse qui identifiait son propriétaire comme étant styrique. Émouchet fronça les sourcils. Il ne reconnaissait pas cette voix.

– Émouchet, il faut que je te parle.

Il se leva et alla jusqu'à la porte. A sa stupéfaction, il découvrit Flûte. Elle se glissa dans la chambre et referma la porte derrière elle.

– Tu sais donc parler ?

– Bien sûr.

– Pourquoi ne parlais-tu pas, auparavant ?

– Ce n'était pas nécessaire. Vous autres Élènes, vous avez tendance à bavarder un peu trop. (Si la voix était celle d'une petite fille, les mots et les inflexions étaient tout à fait adultes.) Écoute-moi, Émouchet. Ceci est très important. Il faut que nous partions immédiatement.

– Nous sommes au milieu de la nuit, Flûte.

– Tu es terriblement observateur, dit-elle en regardant en direction de la fenêtre obscure. A présent, tais-toi et écoute-moi. *Ghwerig a récupéré le Bhelliom!* Nous devons l'intercepter avant qu'il puisse rejoindre la côte septentrionale et s'embarquer sur un navire en partance pour la Thalésie. S'il nous échappe, nous devrons le suivre jusqu'à sa caverne des montagnes de Thalésie, et cela prendra un certain temps.

– Suivant Ulath, personne ne sait où est située cette caverne.

– Je sais où elle est. J'y suis déjà allée.

– Tu *quoi* ?

– Émouchet, tu perds du temps. Il faut que je sorte de cette ville. Il y a ici trop de confusion. Je ne sens pas ce qui se passe. Mets ton costume en fer et allons-y.

Le ton était brutal, impérieux même. Elle le fixait de ses grands yeux sombres et sévères.

– Est-il possible que tu sois si insensible que tu ne sentes les déplacements du Bhelliom ? Cette bague ne te dit donc rien ?

Il sursauta légèrement et examina la bague de rubis sur sa main gauche. Elle semblait encore palpiter. La petite enfant debout devant lui avait l'air de savoir bien trop de choses.

– Est-ce que Séphrénia est au courant de tout ça ?

– Bien entendu. Elle est en train de faire nos paquets.

– Allons lui parler.

– Tu commences à m'irriter, Émouchet.

Ses yeux sombres étincelaient et la commissure de ses lèvres roses bien ourlées retomba.

– Je te demande pardon, Flûte, mais il faut absolument que je lui parle.

Elle roula de grands yeux.

– Ah, les Élènes, fit-elle sur le même ton que Séphrénia, au point qu'Émouchet faillit éclater de rire.

Il la prit par la main et la conduisit dans le couloir.

Séphrénia était occupée à ranger ses vêtements et ceux de Flûte dans un sac en toile, sur le lit de leur chambre.

– Entre donc, Émouchet, lui dit-elle quand il s'immobilisa à la porte. Je t'attendais.

– Que se passe-t-il, Séphrénia ? fit-il d'une voix embarrassée.

– Tu ne lui as rien dit ? demanda-t-elle à Flûte.

– Si, mais on dirait qu'il ne me croit pas. Comment réussis-tu à tolérer des gens pareils ?

– Ils possèdent un certain charme. Crois-la, Émouchet. Elle sait de quoi elle parle. Le Bhelliom vient de remonter à la surface du lac. Je l'ai senti et à présent Ghwerig l'a en son pouvoir. Il faut que nous sortions en terrain libre pour que Flûte sache où il se dirige. Va réveiller les autres et fais seller nos chevaux par Bérit.

– Tu es sûre qu'il faille agir de la sorte ?

– Oui. Vite, Émouchet. Autrement, Ghwerig va nous échapper.

Il fit volte-face et ressortit dans le couloir. Tout allait tellement vite qu'il n'avait pas le temps de réfléchir. Il passa d'une chambre à l'autre, réveilla les autres et leur demanda de se réunir dans la chambre de Séphrénia. Il envoya Bérit aux écuries seller les chevaux et, pour finir, il s'occupa de Kalten.

– Qu'est-ce qu'il y a ? demanda le pandion blond en s'asseyant et en frottant ses yeux endormis.

– Quelque chose s'est produit. Nous partons.

– En plein milieu de la nuit ?

– Oui. Habille-toi, Kalten, et je vais empaqueter nos affaires.

– Que se passe-t-il donc ?

Kalten posa les pieds sur le sol.

– Séphrénia va nous donner toutes les explications. Vite, Kalten.

Kalten commença à s'habiller en grommelant tandis qu'Émouchet fourrait leurs vêtements de rechange dans le sac qu'il avait monté. Puis ils ressortirent tous deux dans le couloir et Émouchet frappa à la porte de Séphrénia.

– Oh, entre donc, Émouchet. Nous n'avons pas le temps de faire des cérémonies.

– Qui vient de parler ? demanda Kalten.

– C'est Flûte, répondit Émouchet en poussant la porte.

– Flûte ? Elle sait parler ?

Les autres s'étaient déjà rassemblés dans la chambre et considéraient tous avec stupéfaction la petite fille qu'ils avaient crue muette.

– Nous allons gagner du temps, dit-elle : oui, je sais parler, et non, je n'avais pas envie de parler auparavant. A présent, écoutez-moi bien. Ghwerig, le Troll nain, est parvenu à remettre la main sur le Bhelliom et il essaie de l'emporter jusqu'à sa caverne dans les montagnes de Thalésie. Si nous ne nous dépêchons pas, il nous échappera.

– Comment l'a-t-il sorti du lac alors qu'il n'avait pu le faire auparavant ? demanda Bévier.

– Il a reçu une aide. (Elle scruta les visages autour d'elle et marmonna un gros mot en styrique.) Tu devrais leur montrer, Séphrénia. Autrement, ils passeront le restant de la nuit à poser des questions idiotes.

Un grand miroir – une plaque de cuivre poli, en fait – était accroché à un mur de la chambre de Séphrénia.

– Voulez-vous bien venir jusqu'ici ? demanda Séphrénia en s'approchant du miroir.

Ils se rassemblèrent autour d'elle et elle commença une incantation qu'Émouchet ne connaissait pas. Puis elle fit un geste. Le miroir s'embruma momentanément. Quand il se clarifia, ils avaient l'impression de regarder un lac.

– Voilà le radeau, dit Kalten, stupéfait. Et voici Émouchet qui remonte à la surface. Je ne comprends pas, Séphrénia.

– Nous assistons à ce qui s'est passé hier, juste avant midi.

– Nous savons déjà ce qui s'est passé !

– Nous savions ce que *nous* faisions, le reprit-elle. Mais d'autres se trouvaient également présents.

– Je n'ai vu personne.

– Ils ne voulaient pas que nous les voyions. Regardez bien.

La perspective dans le miroir parut changer, passant du lac aux joncs épais qui poussaient sur la tourbière. Une forme en robe sombre était accroupie, dissimulée dans les herbes des marécages.

– Le Fureteur ! s'exclama Bévier. Il nous observait !
– Il n'était pas le seul, lui apprit Séphrénia.
La perspective changea de nouveau, glissant sur plusieurs centaines de pas au nord du lac, jusqu'à un bouquet d'arbres rabougris. Une forme grotesque aux longs poils était cachée parmi les arbres.
– Et voilà Ghwerig, leur dit Flûte.
– C'est un nain, ça ? s'exclama Kalten. Il est aussi gros qu'Ulath. Comment sont les Trolls normaux ?
– Deux fois plus gros que Ghwerig. (Ulath haussa les épaules.) Les Ogres sont encore plus grands.
Le miroir s'obscurcit à nouveau tandis que Séphrénia parlait rapidement en styrique.
– Rien d'important ne s'est passé pendant un certain temps, aussi allons-nous sauter cette partie, expliqua-t-elle.
Le miroir s'éclaircit.
– Nous voilà en train de nous éloigner du lac, dit Kalten.
Le Fureteur se leva des herbes, encadré d'une dizaine d'hommes au visage figé qui semblaient être des serfs pélosiens. Mollement, les serfs descendirent jusqu'au rivage et pataugèrent dans l'eau.
– Nous avions peur que cela ne se produise, commenta Tynian.
Le miroir s'obscurcit.
– Ils ont continué à fouiller hier, la nuit dernière et toute la journée d'aujourd'hui, leur apprit Séphrénia. Il y a environ une heure, l'un d'eux a découvert le Bhelliom. Cette séquence sera peut-être assez difficile à distinguer, parce qu'il faisait nuit. Je vais éclairer l'image au maximum.
L'image manquait de netteté, mais l'un des serfs parut émerger du lac avec à la main un objet recouvert d'une croûte de boue.
– La couronne du roi Sarak, expliqua Séphrénia.
Le Fureteur se précipita le long du rivage, ses griffes de scorpion tendues et claquant impatiemment, mais Ghwerig atteignit le serf avant la créature d'Azash. D'un coup de poing noueux, il écrasa la tempe du serf et se saisit de la couronne. Puis, il se retourna et s'enfuit avant que le Fureteur ait pu ordonner à ses créatures de sortir du lac. La course de Ghwerig était vraiment spéciale, car il utilisait ses deux jambes et un bras d'une longueur extraordinaire. Un homme pouvait courir plus vite, mais de peu.
L'image s'éteignit.
– Que s'est-il passé ensuite ? demanda Kurik.
– Ghwerig s'arrêtait de temps à autre quand l'un des serfs paraissait sur le point de le rattraper, répondit Séphrénia. On dirait qu'il ralentissait volontairement. Il les tuait l'un après l'autre.
– Et où se trouve Ghwerig, à présent ? demanda Tynian.

– Nous l'ignorons, lui apprit Flûte. C'est très difficile de suivre un Troll dans la nuit. C'est pour cela qu'il faut que je sois en pleine campagne. Séphrénia et moi sommes capables de sentir le Bhelliom, mais seulement si nous nous éloignons de tous ces citadins.

Tynian réfléchit.

– Le Fureteur est plus ou moins hors course. Il va lui falloir chercher d'autres esclaves avant de se lancer à la poursuite de Ghwerig.

– Cette idée est réconfortante, commenta Kalten. Je ne voudrais pas avoir à les combattre tous les deux à la fois.

– Nous devrions partir immédiatement, leur dit Émouchet. Mettez vos armures, messires, suggéra-t-il. Quand nous rencontrerons Ghwerig, nous en aurons sans doute besoin.

Ils retournèrent à leurs chambres pour rassembler leurs affaires et se cuirasser. Émouchet descendit bruyamment l'escalier pour régler le gros aubergiste, qui était appuyé contre la porte du bar, bâillant et les yeux ensommeillés.

– Nous allons partir tout de suite, lui apprit Émouchet.

– Il fait encore nuit, sire chevalier.

– Je sais, mais un événement imprévu s'est produit.

– Vous avez appris la nouvelle, si j'ai bien compris.

– Et quelle nouvelle ? lui demanda précautionneusement Émouchet.

– Des troubles se sont déclenchés en Arcie. Je n'ai pas réussi à recoller tous les bouts ensemble, mais on raconte que c'est une sorte de guerre.

Émouchet fronça les sourcils.

– C'est assez absurde, voisin. L'Arcie ne ressemble pas au Lamorkand. Les nobles arciens ont laissé tomber leurs vendettas il y a des générations, sur ordre du roi.

– Je ne fais que répéter ce que j'ai entendu dire, sire chevalier. Selon les rumeurs, les royaumes d'Éosie occidentale sont tous en train de mobiliser. En début de nuit, des gaillards ont traversé Venne à toute allure... des individus qui n'avaient pas envie d'être impliqués dans une guerre étrangère... et ils ont dit qu'une énorme armée s'amassait à l'ouest du lac, enrôlant tous les hommes qu'elle rencontrait.

– Les royaumes occidentaux ne mobiliseraient pas en raison d'une guerre civile en Arcie, lui dit Émouchet. Ce genre de chose est purement interne.

– C'est aussi ce qui m'intrigue, acquiesça l'aubergiste, mais ce qui m'intrigue encore plus, c'est que certains de ces timorés ont dit qu'une bonne portion de l'armée est constituée de Thalésiens.

– Ils devaient se tromper. Le roi Wargun boit beaucoup, mais il n'envahirait quand même pas un royaume ami. Si ces hommes dont tu parles essayaient d'éviter la conscription, ils ne se sont sans doute pas donné la peine de s'arrêter pour examiner ceux qui les pourchassaient, et un homme en cotte de mailles ressemble assez à un autre.

– C'est probablement vrai, sire chevalier.

Émouchet paya leur séjour.

– Merci pour les renseignements, voisin, dit-il à l'aubergiste tandis que les autres commençaient à descendre l'escalier.

Il se retourna et sortit dans la cour.

– Qu'est-ce qui se passe, sire Émouchet ? demanda Bérit en tendant à Émouchet les rênes de Faran.

– Le Fureteur nous observait quand nous étions dans le lac, répondit Émouchet. L'un de ses hommes a retrouvé le Bhelliom, mais Ghwerig le Troll le lui a arraché. A présent, il faut que nous rattrapions Ghwerig.

– Cela risque d'être difficile, sire Émouchet. La brume monte du lac.

– Espérons qu'elle se dissipera avant que Ghwerig n'arrive jusqu'ici.

Les autres sortirent de l'auberge.

– Tous en selle, dit Émouchet. Quelle direction prenons-nous, Flûte ?

– Au nord, pour l'instant, répondit-elle comme Kurik la hissait vers Séphrénia.

Bérit cligna les yeux.

– Elle sait parler ! s'exclama-t-il.

– Je t'en prie, Bérit, ne répète pas une évidence. Allons-y, Émouchet. Je ne pourrai pas repérer le Bhelliom tant que nous serons ici.

Ils sortirent de la cour pour s'enfoncer dans les rues brumeuses. Le brouillard était épais, à la limite de la bruine, et il était porteur des senteurs âcres des tourbières qui entouraient le lac.

– Ce n'est pas une nuit idéale pour s'attaquer à un Troll, déclara Ulath en se mettant à la hauteur d'Émouchet.

– Je doute que nous le croisions cette nuit. Il est à pied, et la route est longue jusqu'ici... en présumant bien sûr qu'il passera par ici.

– Il y est presque forcé, Émouchet, dit le génidien. Il veut repartir en Thalésie, ce qui signifie qu'il doit rejoindre un port de la mer de Pélos.

– Nous saurons plus précisément quel est son itinéraire quand nous serons hors de la ville avec Séphrénia et Flûte.

– A mon avis, il ira à Nadéra, suggéra Ulath. C'est un port plus important qu'Apalia et les navires y sont plus nombreux. Ghwerig va devoir se glisser à bord de l'un d'eux. Il est peu probable qu'il paie sa place. La plupart des capitaines sont superstitieux en ce qui concerne les Trolls à leur bord.

– Est-ce que Ghwerig comprend suffisamment notre langue pour découvrir quels bateaux vont en Thalésie ?

Ulath hocha la tête.

– La plupart des Trolls ont des notions d'élène, voire de styrique. Habituellement, ils sont incapables de parler d'autre langue que la leur, mais ils comprennent quelques mots de la nôtre.

Ils franchirent la porte de la ville et atteignirent la bifurcation sur la route au nord de Venne peu avant le lever du jour. Ils hésitèrent en considérant la piste creusée d'ornières qui menait dans les montagnes en direction de Ghasek et, plus loin, du port d'Apalia.

– J'espère qu'il ne décidera pas de passer par là, dit Bévier avec un frisson. Je n'ai pas tellement envie de retourner à Ghasek.

– Est-ce qu'il se déplace, en ce moment? demanda Émouchet à Flûte.

– Oui. Il longe le lac en direction du nord.

– Je ne comprends pas très bien tout cela, dit Talen à la petite fille. Si tu es capable de sentir où se trouve le Bhelliom, pourquoi ne pas être restée à l'auberge jusqu'à ce qu'il se soit rapproché?

– Parce qu'il y a trop de monde, à Venne, lui apprit Séphrénia. Nous n'arrivons pas à avoir une image claire de l'emplacement du Bhelliom au milieu de tout ce fouillis de pensées et d'émotions.

– Oh, cela est logique... je crois.

– Nous pourrions longer le lac vers le sud pour aller à sa rencontre, suggéra Kalten. Cela nous ferait gagner du temps.

– Pas dans le brouillard, dit fermement Ulath. Je veux être capable de le voir arriver. Je ne tiens pas à me faire surprendre par un Troll.

– Il est obligé de passer par ici, dit Tynian, ou du moins tout près d'ici, s'il se dirige vers la côte pélosienne. Il ne peut pas traverser le lac à la nage, ni entrer dans Venne. Les Trolls sont un peu voyants, à ce qu'on prétend. Quand il se sera rapproché, nous pourrons lui tendre une embuscade.

– Voilà qui est encourageant, Émouchet, dit Kalten. Si nous avons repéré son itinéraire avec suffisamment d'exactitude, nous pourrons le prendre ici par surprise. Nous pourrons le tuer et être à mi-chemin de Cimmura avant que quiconque ait pu lever le petit doigt.

– Oh, Kalten! fit Séphrénia avec un soupir.

– Tuer est notre métier, petite mère. Tu n'es pas obligée de regarder si cela ne te plaît pas. Un Troll de plus ou de moins en ce monde ne fera pas une grande différence.

– Un problème risque toutefois de se présenter, dit Tynian à Flûte. Le Fureteur sera juste sur les talons de Ghwerig et il est probablement capable de sentir le Bhelliom aussi bien que toi et Séphrénia, n'est-ce pas?

– Oui, dut-elle admettre.

– Tu oublies que nous risquons d'avoir à l'affronter dès que nous nous serons débarrassés de Ghwerig, non?

– Et tu oublies que nous aurons alors le Bhelliom et qu'Émouchet dispose des bagues.

– Le Bhelliom éliminerait-il le Fureteur ?

– Sans peine aucune.

– Retirons-nous parmi ces arbres, suggéra Émouchet. Je ne sais pas combien de temps il faudra à Ghwerig pour parvenir jusqu'ici et je ne veux pas le voir arriver alors que nous sommes en plein milieu de la route, occupés à parler de la pluie et du beau temps.

Ils allèrent se mettre à couvert dans un bosquet et posèrent pied à terre.

– Séphrénia, dit Bévier sur un ton intrigué, si le Bhelliom est capable de détruire le Fureteur par la magie, ne pourriez-vous utiliser la magie styrique ordinaire pour obtenir le même résultat ?

– Bévier, répondit-elle patiemment, si j'en étais capable, ne penses-tu pas que je l'aurais fait depuis longtemps ?

– Oh, fit-il, quelque peu penaud, je n'y avais pas songé.

Le soleil était morose, ce matin-là. Le brouillard en provenance du lac et la lourde brume de la forêt du nord envahissaient l'air au niveau du sol, bien que le ciel fût clair au-dessus de leurs têtes. Ils établirent des tours de garde et vérifièrent selles et équipements. Après cela, la plupart d'entre eux somnolèrent dans la chaleur humide en changeant fréquemment de tour de garde. Une sentinelle qui manque de sommeil par temps maussade n'est pas toujours sur le qui-vive.

Peu après midi, Talen réveilla Émouchet.

– Flûte veut te parler, lui dit-il.

– Je croyais qu'elle dormirait.

– Je ne pense pas qu'il lui arrive de dormir. Impossible de s'approcher d'elle sans que ses yeux s'ouvrent tout grands.

– Un jour, il faudra que je lui en parle.

Émouchet rejeta sa couverture, se leva et s'aspergea le visage à une source voisine. Puis il rejoignit Séphrénia contre qui Flûte était confortablement nichée.

Les yeux immenses de la petite fille s'ouvrirent immédiatement.

– Où étais-tu ? lui demanda-t-elle.

– Il m'a fallu quelques instants pour me réveiller vraiment.

– Reste vigilant, Émouchet. Le Fureteur arrive.

Il jura et tendit la main vers son épée.

– Oh, non, pas ça, fit-elle, écœurée. Il est encore à un mille d'ici.

– Comment est-il monté si vite au nord ?

– Il ne s'est pas arrêté en route pour recruter des esclaves comme nous le pensions. Il est seul, et il est en train de tuer son pauvre cheval.

– Et Ghwerig est encore à bonne distance ?

– Oui, le Bhelliom est encore au sud de Venne. Je capte quelques-unes de ses pensées. (Elle frémit.) C'est hideux, mais il a tenu à peu près le même raisonnement que nous. Il essaie de prendre de l'avance sur Ghwerig pour essayer de lui tendre une embuscade. Il pourra alors s'emparer d'esclaves à l'endroit qu'il aura choisi. Je crois que nous allons devoir le combattre.

– Sans le Bhelliom ?

– Je le crains, Émouchet. Il n'a personne pour l'aider et cela nous facilitera peut-être la tâche.

– Est-ce que nous pouvons le tuer avec des armes ordinaires ?

– Je ne crois pas. Mais un autre système pourrait marcher. Je n'ai jamais essayé, mais ma sœur aînée m'en a parlé.

– Je ne savais pas que tu avais de la famille.

– Oh, Émouchet ! fit-elle en éclatant de rire. Ma famille est beaucoup plus étendue que tu ne pourrais l'imaginer. Rassemble les autres. Le Fureteur va arriver par cette route dans quelques minutes. Affrontez-le et je viendrai avec Séphrénia. Il s'arrêtera pour réfléchir... c'est-à-dire qu'Azash réfléchira, puisque c'est Azash qui lui sert de cerveau. Mais Azash est bien trop arrogant pour éviter une occasion de défier Séphrénia, et c'est alors que j'attaquerai le Fureteur.

– Tu vas le tuer ?

– Non, bien entendu. Nous ne tuons personne, Émouchet. Nous laissons la nature se charger de cela. Vas-y, à présent. Nous n'avons pas beaucoup de temps.

– Je ne comprends pas.

– Ce n'est pas important. Va chercher les autres.

Ils se déployèrent en travers de la route, à la bifurcation, lances baissées.

– Est-ce qu'elle sait vraiment de quoi elle parle ? demanda Tynian, dubitatif.

– Je l'espère assurément, murmura Émouchet.

Ils entendirent alors le halètement pénible d'un cheval près de rendre le dernier souffle, le martèlement irrégulier de sabots qui titubaient, le sifflement et le claquement sauvages d'un fouet. Le Fureteur, en robe noire, replié sur sa selle, arriva au virage en fouettant sans merci sa monture agonisante.

– Halte, chien de l'enfer ! s'écria Bévier d'une voix de stentor, car ici s'arrête ton avance impitoyable !

– Il va falloir que je parle un jour à ce gamin, marmonna Ulath à Émouchet.

Mais le Fureteur s'était déjà prudemment immobilisé.

Séphrénia, Flûte à son côté, s'avança alors hors des arbres. Le visage de la petite femme styrique était encore plus pâle que d'habitude. Assez bizarrement, Émouchet ne s'était jamais vraiment rendu compte à quel point son professeur était minuscule... à peine plus grande que Flûte elle-même. Sa présence en imposait toujours à un tel point qu'elle lui avait paru plus grande qu'Ulath.

– Si c'est là l'affrontement que tu m'as promis, Azash, je suis prête.

– Ainsssi donc, Sssséphrénia, dit la voix odieuse, nous nous rencontrons encore, et de manière tout à fait inattendue. Sssesssi sssera peut-être le dernier de tes jours.

– Ou le tien, Azash, répondit-elle avec calme et courage.

– Tu ne peux me détruire, fit-il avec un rire hideux.

– Le Bhelliom en est capable, et nous t'en refuserons l'accès pour l'utiliser à nos propres fins. Fuis, Azash, si tu t'attaches encore à ta vie. Rabats sur ta tête toutes les roches du monde et tremble de peur devant le courroux des Dieux Cadets.

– Elle ne va pas un peu loin, tout de même ? demanda Talen d'une voix étranglée.

– Elles trament un stratagème, murmura Émouchet. Émouchet et Flûte poussent délibérément la créature à agir de manière imprudente.

– Pas tant qu'il me restera un souffle ! déclara Bévier avec zèle en agitant sa lance.

– Restez où vous êtes, Bévier ! aboya Kurik. Elles savent ce qu'elles font ! Et Dieu sait si aucun de nous n'est pourtant au courant.

– Ne sssessseras-tu jamais de t'esssbaudir en compagnie de ssses enfants d'Élènes, Sssséphrénia ? Sssi ton appétit est sssi vassste, viens à moi et je t'en rasssasssierai.

– Possibilité qui n'est plus en ton pouvoir, Azash, à moins que tu n'aies oublié ton émasculation ? Tu es une abomination aux yeux de tous les Dieux, et c'est pourquoi ils te chassèrent, te castrèrent et t'enfermèrent en un lieu de tourment et de regret éternels.

La créature sur le cheval brisé émit un sifflement de fureur et Séphrénia hocha calmement la tête à l'adresse de Flûte. La petite fille leva le syrinx à ses lèvres et commença à jouer. Sa mélodie était rapide, série de notes capricieuses et discordantes, et le Fureteur parut reculer.

– Sss'est sssans essspoir, Sssséphrénia, déclara Azash d'une voix stridente. Il me ressste du temps.

– Le penses-tu vraiment, puissant Azash ? dit-elle d'une voix moqueuse. Alors, les siècles infinis d'emprisonnement t'ont privé de ton cerveau ainsi que de ta virilité.

Le Fureteur eut un cri de rage à l'état brut.

Séphrénia continuait de l'aiguillonner :

– Divinité impuissante, retourne souiller le Zémoch et ronger ton âme en vains regrets devant les délices qui te sont à tout jamais refusées.

Azash hurla et la chanson de Flûte accéléra encore.

Le Fureteur subissait une transformation. Son corps semblait se tordre sous sa robe noire et de terribles sons inarticulés jaillissaient de sous sa capuche. Avec un horrible mouvement convulsif, il descendit de son cheval à l'agonie. Il s'avança en titubant, ses griffes de scorpion tendues en avant.

Instinctivement, les chevaliers de l'Église réagirent pour protéger Séphrénia et la petite fille.

– Restez en arrière! lâcha Séphrénia. Il ne peut plus arrêter ce qui est en train de se passer.

Le Fureteur tomba en se tordant, arrachant la robe noire. Émouchet réprima un violent haut-le-cœur. Le Fureteur avait un corps allongé divisé au milieu par une taille de guêpe, et il luisait sous une bave grisâtre semblable à du pus. Ses membres maigrelets avait de nombreuses articulations et on ne pouvait dire qu'il possédait un visage, mais deux yeux globuleux et une mâchoire béante entourée d'une série d'appendices pointus semblables à des crocs.

Azash cria quelque chose à Flûte. Émouchet reconnut une inflexion styrique, mais – et il en fut heureux – il ne connaissait pas ces mots.

Le Fureteur se mit alors à s'ouvrir avec un horrible bruit de déchirement. Une créature se trouvait à l'intérieur, une créature qui se tortillait, essayait de se libérer. Le déchirement du corps du Fureteur s'élargissait et ce qui était à l'intérieur se mit à émerger. Cela était d'un noir luisant et humide. Des ailes translucides pendaient aux épaules. L'être possédait deux énormes yeux protubérants, des antennes délicates et n'avait pas de bouche. Il frémit et se débattit, se libérant de la carcasse ratatinée du Fureteur. Finalement, il sortit totalement, s'accroupit sur la terre de la route et agita rapidement ses ailes d'insecte pour les sécher. Quand les ailes furent sèches et parcourues de ce qui était peut-être du sang, elles se mirent à bourdonner, battant si rapidement qu'elles semblaient invisibles. La créature qui avait connu devant eux une cette horrible naissance s'éleva dans les airs et s'envola en direction de l'est.

– Arrêtez-le! s'écria Bévier. Ne le laissez pas partir!

– Il est inoffensif, à présent, lui dit calmement Flûte en abaissant son instrument.

– Qu'avez-vous fait? demanda-t-il avec une voix pleine de crainte révérencielle.

– Le sortilège a simplement accéléré sa maturation, répondit l'enfant. Ma sœur avait raison de m'apprendre ce sort. Il est adulte et tous ses instincts le poussent à la reproduction. Azash lui-même ne peut réprimer sa quête désespérée d'une compagne.

– Et quel était le but de ce petit échange d'insultes? demanda Kalten à Séphrénia.

– Il fallait qu'Azash soit irrité au point de commencer à perdre le contrôle du Fureteur, pour que le sortilège de Flûte puisse fonctionner. C'est pour cela que je lui ai lancé à la tête quelques désagréables vérités.

– Ce n'était pas un peu dangereux ?

– Très dangereux.

– L'adulte trouvera-t-il une compagne ? demanda Tynian à Flûte d'une voix impressionnée. Je n'aimerais pas voir le monde grouiller de Fureteurs.

– Il ne trouvera aucune compagne. C'est le seul de son espèce à la surface de la terre. Il n'a plus de bouche, aussi ne peut-il plus s'alimenter. Il errera désespérément pendant environ une semaine.

– Et alors ?

– Alors ? Alors, il mourra.

Elle avait parlé d'une voix indifférente tout à fait glaciale.

Chapitre vingt

Ils traînèrent la carcasse du Fureteur à l'écart de la route et retournèrent aux arbres pour attendre Ghwerig.

– Où est-il, à présent ? demanda Émouchet à Flûte.

– Non loin de l'extrémité nord du lac. Il ne bouge pas, en ce moment. A mon avis, maintenant que le brouillard s'est levé, les serfs sont sortis dans les champs. Il y a probablement tant de gens dehors qu'il doit se cacher.

– Ce qui signifie qu'il passera sans doute par ici après la tombée de la nuit, n'est-ce pas ?

– Sans doute, oui.

– L'idée d'affronter un Troll dans la nuit ne me réjouit pas particulièrement.

– Je pourrai donner de la lumière, Émouchet... suffisamment pour ce que nous avons à faire, en tout cas.

– Cela ne me déplairait pas. (Il fronça les sourcils.) Ce que tu as réussi avec le Fureteur, pourquoi ne l'avais-tu jamais entrepris auparavant ?

– Le temps manquait. Il nous tombait toujours dessus par surprise. Il faut un moment pour se préparer à ce sortilège. Es-tu obligé de parler autant, Émouchet ? J'essaie de me concentrer sur le Bhelliom.

– Pardon. Je vais aller bavarder avec Ulath. Je veux savoir comment on s'y prend exactement pour attaquer un Troll.

Le grand chevalier génidien dormait sous un arbre.

– Qu'est-ce qui se passe ? fit Ulath en ouvrant l'un de ses yeux bleus.

– Flûte dit que Ghwerig est probablement caché, en ce moment. Du moins ne bouge-t-il pas. Il devrait passer par ici dans la nuit.

Ulath hocha la tête.

– Les Trolls aiment à circuler la nuit. C'est leur période de chasse habituelle.

– Quel est le meilleur moyen de se débarrasser de lui ?

– Les lances peuvent marcher... si nous le chargeons tous ensemble. L'un de nous pourra avoir un peu de chance et toucher un point vital.

– Le moment est trop crucial pour se fier à la chance.

– On peut essayer... au début du moins. Nous devrons probablement nous rabattre sur les épées et les haches. Mais il faudra se montrer très prudents. Attention à ses bras. Ils sont très longs et les Trolls sont bien plus agiles qu'il ne paraît.

– Tu sembles bien renseigné sur le sujet. As-tu déjà combattu un Troll ?

– Quelquefois, oui. Ce n'est pas vraiment le genre de chose dont on veut faire une habitude, tu sais. Bérit a toujours son arc ?

– Oui, je pense.

– Parfait. C'est généralement le meilleur moyen de s'attaquer à un Troll : on le ralentit avec quelques flèches et ensuite on s'approche pour l'achever.

– Il aura des armes ?

– Une massue, peut-être. Les Trolls ne sont pas vraiment doués pour travailler l'acier.

– Comment as-tu donc appris leur langue ?

– Nous avions un Troll apprivoisé à notre chapitoire de Heid. Nous l'avions trouvé quand il était bébé, mais les Trolls ont une connaissance innée de leur langue. C'était un petit coquin affectueux... au début du moins. Par la suite, il a mal tourné. C'est auprès de lui que j'ai appris la langue au fur et à mesure qu'il grandissait.

– Tu dis qu'il a mal tourné ?

– Ce n'était pas vraiment sa faute, Émouchet. Quand un Troll grandit, des pulsions s'emparent de lui et nous n'avions pas le temps de chasser une femelle à son intention. Puis son appétit a explosé. Il mangeait chaque semaine deux vaches ou un cheval.

– Qu'a-t-il fini par lui arriver ?

– L'un de nos frères est allé le nourrir et il l'a attaqué. La fraternité ne pouvait supporter cela et nous avons décidé qu'il fallait le tuer. Nous avons dû nous y mettre à cinq et, pour la plupart, nous avons été alités une bonne semaine par la suite.

– Ulath, fit Émouchet sur un ton soupçonneux, est-ce que tu serais en train de plaisanter ?

– Est-ce que j'oserais le faire ? Les Trolls ne sont pas vraiment dangereux... une fois qu'on est encadré par une armée d'hommes cuirassés. Une flèche dans le ventre les rend habituellement prudents. C'est des Ogres qu'il faut se méfier. Ils n'ont pas assez de cervelle pour savoir ce qu'est la prudence. (Il se gratta la joue.) Un jour, une Ogresse s'est mise à manifester une passion irraisonnée pour l'un de nos frères de Heid. Elle n'était pas laide... pour une Ogresse. Elle tenait sa fourrure assez propre et ses cornes brillantes. Elle polissait même ses crocs. Ils mâchent du granit, pour ça, tu sais. Enfin, comme je disais, elle était follement amoureuse de ce chevalier. Elle rôdait dans les bois et lui adressait des chansons d'amour... le bruit était abominable ; elle faisait tomber toutes les aiguilles des pins à cent pas à la ronde. Le chevalier a fini par ne plus pouvoir le supporter et il est entré dans un monastère. Par la suite, elle s'est laissée mourir de chagrin.

– Ulath, à présent *je sais* que tu te moques de moi.

– Voyons, Émouchet, fit Ulath, ne protestant que faiblement.

– La meilleure manière de nous débarrasser de Ghwerig est donc de rester en arrière et de le larder de flèches ?

– Pour commencer. Mais nous allons quand même devoir nous rapprocher. Le cuir des Trolls est dur et leur fourrure épaisse. Les flèches ne pénètrent pas très profondément et les toucher dans le noir n'a rien de facile.

– Flûte a dit qu'elle pourra nous éclairer.

– C'est une personne bien étrange, n'est-ce pas... même pour une Styrique ?

– Pour sûr, mon ami.

– Quel âge penses-tu qu'elle ait véritablement ?

– Je n'en ai aucune idée. Séphrénia se refuse même à me donner un indice. Je sais toutefois qu'elle est bien plus âgée qu'il n'y paraît et bien plus sage qu'aucun de nous ne peut l'imaginer.

– Après la façon dont elle nous a libérés du Fureteur, je ne crois pas que ça nous fera grand mal de suivre ses conseils pendant un certain temps.

– Tout à fait d'accord.

– Émouchet, lança la petite fille d'une voix cassante. Viens ici.

– Si seulement elle n'était pas aussi autoritaire... marmotta Émouchet en se retournant pour répondre à son appel.

– Ghwerig fait quelque chose que je ne comprends pas, dit-elle quand il l'eut rejointe.

– Quoi donc ?

– Il se déplace sur le lac.

– Il a dû trouver un bateau. Ulath nous a dit qu'il est incapable de nager. Dans quelle direction va-t-il ?

Elle ferma les yeux pour se concentrer.

– Au nord-ouest, plus ou moins. Il va éviter la ville de Venne et débarquer sur la rive ouest du lac. Il faut que nous y allions à cheval, si nous voulons l'intercepter.

– Je vais le dire aux autre, déclara Émouchet. A quelle vitesse va-t-il ?

– Très lentement, pour l'instant. Je crois qu'il ne sait pas très bien ramer.

– Cela nous donne donc un petit avantage.

Ils levèrent leur camp improvisé et prirent au sud en direction de l'ouest du lac comme le crépuscule tombait sur la Pélosie.

– Seras-tu capable de repérer l'endroit où il débarquera, d'après ce que tu sens du Bhelliom ? demanda Émouchet à Flûte qui se trouvait dans les bras de Séphrénia.

– A un demi-mille près, oui. Tout se précisera quand il se rapprochera du rivage. Mais il y a des courants, des vents et tout ce genre de choses, tu sais.

– Il se déplace encore lentement ?

– De plus en plus. Ghwerig éprouve certaines difficultés avec ses épaules et ses hanches. Ramer doit lui être très pénible.

– Peux-tu dire à peu près à quel moment il rejoindra la rive ouest du lac ?

– Dans son état actuel, pas avant demain matin. En ce moment, il est occupé à pêcher. Il faut aussi qu'il se nourrisse.

– Avec ses mains nues.

– Les Trolls sont extrêmement habiles de leurs mains. La surface du lac le perturbe. La plupart du temps, il ne sait pas vraiment dans quelle direction il va. Les Trolls ont un très mauvais sens de l'orientation... sauf en ce qui concerne le nord. Ils ressentent l'attraction du pôle à travers la terre. Mais, sur l'eau, ils sont pratiquement désarmés.

– Donc, nous le tenons.

– Ne prévois pas de fêter la victoire tant que tu n'as pas gagné la bataille, Émouchet, dit-elle sèchement.

– Tu es une petite fille très désagréable, Flûte. Le sais-tu ?

– Mais tu m'aimes quand même, n'est-ce pas ? demanda-t-elle avec une ingénuité désarmante.

– Que faire ? implora-t-il Séphrénia. Elle est impossible.

– Réponds à sa question, Émouchet, lui suggéra son professeur. Cela est plus important que tu ne l'imagines.

– Oui, que Dieu me pardonne, dit-il à Flûte, je t'aime. J'ai quelquefois envie de te donner la fessée, mais je t'aime bel et bien.

– Il n'y a que cela qui compte.

Elle poussa un soupir. Puis elle se nicha dans la robe protectrice de Séphrénia et ne tarda pas à s'endormir.

Ils patrouillèrent sur une importante longueur de la rive ouest, sondant les ténèbres qui s'étaient installées sur le lac. Petit à petit, durant la nuit, Flûte rétrécit la zone à scruter.

– Comment peux-tu y arriver? lui demanda Kalten quelques heures après minuit.

– Pourrait-il le comprendre? demanda Flûte à Séphrénia.

– Probablement pas, mais tu peux essayer de le lui expliquer, si tu veux. (Séphrénia eut un sourire.) Il faut bien connaître des déconvenues, au cours de notre vie, de temps à autre.

– Quand le Bhelliom se déplace en diagonale, on éprouve une impression différente que s'il nous arrivait droit dessus.

– Oh, fit-il sur un ton hésitant, cela se tient, sans doute.

– Tu vois? fit Flûte, triomphante, je savais que je saurais lui faire comprendre.

– Une seule question, ajouta Kalten. Qu'est-ce qu'une diagonale?

– Oh, Seigneur! dit-elle en appuyant son visage contre Séphrénia en un geste de désespoir.

– Eh bien, qu'est-ce que c'est? demanda Kalten en faisant appel à ses frères d'armes.

– Prenons légèrement au sud, Kalten, et surveille le lac, dit Tynian. Je vais t'expliquer en cours de route.

– Eh, toi! lança Séphrénia à Ulath, qui avait un léger sourire sur le visage. Pas un mot.

– Je n'ai rien dit.

Émouchet fit tourner Faran et revint sur leurs pas en direction du nord pour scruter les eaux sombres.

La lune se levait tard, cette nuit, et elle projetait une longue piste scintillante à la surface du lac. Émouchet se détendit quelque peu. Chercher un Troll dans les ténèbres avait été une source de tension extrême. Tout semblait à présent bien trop facile. Il leur suffisait d'attendre que Ghwerig ait rejoint la rive. Après toutes les difficultés, tous les revers qui les avaient accablés depuis qu'ils s'étaient mis en quête du Bhelliom, la simple idée de pouvoir rester assis à attendre qu'il leur soit livré rendait Émouchet un peu nerveux. Il avait le sinistre soupçon qu'un détail allait clocher. Si tout ce qui s'était passé en Lamorkand et en Pélosie devait être une indication, il fallait qu'un détail cloche. Ils avaient frôlé le désastre dès le moment où ils avaient quitté le chapitoire de Cimmura et Émouchet ne voyait aucune raison d'espérer que la situation vînt à changer.

Une nouvelle fois, le soleil se leva dans un ciel roussâtre, disque cuivré accroché juste au-dessus des eaux du lac tachées de brun. Émouchet retraversa avec lassitude le bosquet où ils montaient la garde et où attendaient Séphrénia et les enfants.

– A quelle distance est-il? demanda-t-il à Flûte?

– Il est à environ un mille. Il s'est encore immobilisé.

– Pourquoi s'arrête-t-il tout le temps ?

Émouchet s'irritait de plus en plus des haltes périodiques du Troll.

– Tu veux une explication ?

– Vas-y.

– J'ai un jour volé un bateau parce qu'il fallait que je traverse la Cimmura. Le bateau prenait l'eau. Je devais m'arrêter toutes les cinq minutes environ pour écoper. Ghwerig s'arrête toutes les demi-heures. Peut-être son embarcation fuit-elle moins que la mienne.

Émouchet regarda fixement le gamin, puis il éclata soudain de rire.

– Merci, Talen, dit-il, se sentant beaucoup mieux, tout d'un coup.

– C'est gratuit, répondit impudemment le gamin. Tu vois, Émouchet, la réponse la plus simple est généralement la bonne.

– J'ai donc là un Troll dans un bateau, et il faut que j'attende sur la rive qu'il vide toute l'eau.

– En résumé, c'est un peu ça, oui.

Tynian arriva au petit galop.

– Émouchet, dit-il placidement, voilà des cavaliers qui arrivent de l'ouest.

– Combien sont-ils ?

– Trop nombreux pour être comptés.

– Allons jeter un coup d'œil.

Ils retraversèrent le bois où Kalten, Ulath et Bévier avaient parqué leurs chevaux; ils regardaient à l'ouest.

– Je les ai examinés, Émouchet, annonça Ulath. Je crois qu'il s'agit de Thalésiens.

– Que feraient des Thalésiens en Pélosie ?

– Tu te souviens de ce que t'a dit l'aubergiste de Venne ? fit remarquer Kalten. Au sujet d'une guerre qui a éclaté en Arcie ? N'a-t-il pas prétendu que les royaumes occidentaux sont en train de mobiliser ?

– Je l'avais oublié, admit Émouchet. Eh bien, cela ne nous concerne nullement... pour le moment du moins.

Kurik et Bérit arrivèrent au galop.

– Je crois que nous l'avons vu, Émouchet, annonça Kurik. Bérit l'a vu, je veux dire.

Émouchet regarda rapidement le novice.

– J'ai grimpé à un arbre, sire Émouchet, expliqua Bérit. Il y a un petit bateau au large. Je n'ai pas pu distinguer tous les détails, mais il semble dériver et on dirait qu'il y a plein d'éclaboussures.

Émouchet eut un rire forcé.

– Talen doit avoir raison.

– Je ne vous suis pas bien, sire Émouchet.

– Il a dit que Ghwerig a probablement volé un bateau qui prend l'eau et c'est pour cela qu'il doit s'arrêter pour écoper.

– Tu veux dire que nous avons attendu toute la nuit tandis que Ghwerig vidait l'eau de son bateau ? demanda Kalten.

– On dirait.

– Ils se rapprochent, Émouchet, signala Tynian en tendant le bras vers l'ouest.

– Et ce sont effectivement des Thalésiens, ajouta Ulath.

Émouchet lâcha un juron et rejoignit l'orée du bois. Les hommes qui approchaient étaient en colonne; en tête chevauchait un homme imposant en jaseran et cape pourpre. Émouchet le reconnut. C'était le roi Wargun de Thalésie et il paraissait saoul perdu. A son côté chevauchait un homme pâle et mince portant une armure complète très décorée mais assez délicate.

– Celui qui est à côté de Wargun, c'est le roi Soros de Pélosie, dit doucement Tynian. Je ne crois pas qu'il représente un grand danger. Il passe la majeure partie de son temps à prier et jeûner.

– Mais nous avons un gros problème, Émouchet, dit Ulath avec gravité. Ghwerig ne va pas tarder à aborder et il porte la couronne royale de Thalésie. Wargun donnerait son âme pour récupérer cette couronne. Je suis forcé de proposer que nous l'écartions d'ici avant que Ghwerig touche le rivage.

Frustré, Émouchet se mit à jurer. Ses soupçons de la veille s'étaient avérés.

– Tout se passera bien, Émouchet, lui assura Bévier. Flûte peut suivre la trace du Bhelliom. Nous allons éloigner un peu le roi Wargun, puis nous prendrons congé. Nous pourrons revenir plus tard pourchasser le Troll.

– Il semblerait que nous n'ayons guère le choix, acquiesça Émouchet. Allons chercher Séphrénia et les enfants et écartons Wargun de ce lieu.

Ils montèrent rapidement en selle et retournèrent là où Séphrénia, Talen et Flûte les attendaient.

– Il va falloir partir, annonça froidement Émouchet. Des Thalésiens arrivent et le roi Wargun les accompagne. Ulath affirme que, si Wargun découvre pour quelle raison nous sommes ici, il essaiera de nous arracher la couronne dès que nous aurons mis la main dessus. En route.

Ils abandonnèrent au grand galop les arbres en bordure du lac et se dirigèrent vers le nord. Comme ils l'avaient prévu, la colonne des troupes thalésiennes se lança à leur poursuite.

– Il nous faut gagner au moins deux milles, cria Émouchet aux autres. Il faut que Ghwerig ait la possibilité de s'échapper.

Ils atteignirent la route qui prenait vers le nord-est et revenait vers Venne; ils s'engagèrent dessus sans s'en cacher ni jeter un regard en arrière vers leurs poursuivants.

– Ils arrivent très vite, lança à Émouchet le jeune Talen qui semblait capable de regarder par-dessus son épaule sans se retourner.

– J'aimerais les éloigner un peu plus de Ghwerig, mais je suppose que nous ne pourrons pas aller beaucoup plus loin.

– Ghwerig est un Troll, Émouchet, lui rappela Ulath. Il sait se cacher.

– Très bien, acquiesça Émouchet.

Il regarda ostensiblement par-dessus son épaule, puis leva la main pour leur signaler de s'immobiliser. Ils tirèrent sur leurs rênes et firent tourner leurs montures pour se retrouver face aux Thalésiens.

Ces derniers firent également halte et l'un d'entre eux avança au petit pas.

– Le roi Wargun de Thalésie aimerait s'entretenir avec vous, messires chevaliers, dit-il respectueusement. Il va nous rejoindre dans un instant.

– Parfait, lâcha Émouchet.

– Wargun est ivre, marmonna Ulath à son ami. Essaie de te montrer diplomate, Émouchet.

Le roi Wargun et le roi Soros arrivèrent effectivement et immobilisèrent leurs montures.

– Ho-ho, Soros! gronda Wargun en oscillant dangereusement sur sa selle. On dirait qu'on vient de piéger une bande de chevaliers de l'Église. (Il cligna les yeux en examinant les cavaliers.) Je connais celui-ci. Ulath, que fais-tu ici, en Pélosie?

– Des affaires qui concernent l'Église, Votre Majesté, répondit posément Ulath.

– Et celui-là, avec le nez cassé, c'est le pandion Émouchet, ajouta Wargun à l'intention du roi Soros. Pourquoi chevauchiez-vous aussi vivement, Émouchet?

– Notre mission présente un caractère assez pressant, Votre Majesté.

– Et quelle est cette mission?

– Il ne nous est pas loisible d'en discuter, Votre Majesté. Vous comprendrez qu'il s'agit là d'une procédure ecclésiastique coutumière.

– De la politique, donc, fit Wargun avec un reniflement. J'aimerais bien que l'Église ne fourre pas son nez dans la politique.

– Nous accompagnerez-vous sur quelque distance, Votre Majesté? demanda poliment Bévier.

– Non, je crois que ce sera l'inverse, sire chevalier... et ce sera davantage que quelque distance. (Wargun les examina.) Savez-vous ce qui s'est passé en Arcie?

– Nous n'avons entendu que quelques rumeurs déformées, Votre Majesté, répondit Tynian, mais rien de très solide.

– Très bien, fit Wargun, je vais vous donner du solide. Les Rendors ont envahi l'Arcie.

– Cela est impossible! s'exclama Émouchet.

– Allez dire cela aux gens qui vivaient à Coumbe. Les Rendors ont pillé et brûlé la ville. A présent, ils marchent vers l'est en direction de Larium, la capitale. Le roi Drégos a invoqué les traités de défense mutuelle. Soros et moi-même réunissons tous les hommes en âge de combattre que nous rencontrons. Nous filons au sud anéantir une bonne fois pour toutes cette infection rendorienne.

– Je regrette que nous ne puissions vous accompagner, Votre Majesté, dit Émouchet, mais nous avons d'autres engagements. Peut-être pourrons-nous joindre nos forces aux vôtres dès l'accomplissement de notre tâche.

– Vous l'avez déjà fait, lui apprit Wargun sans ménagement.

– Nous avons un autre engagement pressant, Votre Majesté, répéta Émouchet.

– L'Église est éternelle, Émouchet, et elle est très patiente. Votre autre engagement devra attendre.

C'en était trop. Émouchet, dont le sang-froid n'était pas le fort, regarda tout droit le visage du monarque de Thalésie. A la différence de la colère d'autres hommes dont la rage se dissipait dans les cris et les jurons, celle d'Émouchet croissait dans un calme glacial.

– Nous sommes chevaliers de l'Église, Votre Majesté, dit-il d'une voix atonale dépourvue de toute émotion. Nous ne sommes point sujets des rois de cette terre. Nous n'avons à répondre que devant Dieu et notre mère l'Église. Nous obéissons à ses ordres, pas aux vôtres.

– J'ai mille hommes armés de piques derrière moi, éructa Wargun.

– Et combien êtes-vous prêt à perdre ? demanda Émouchet de sa voix paisible et sinistre. (Il se redressa sur sa selle et abaissa lentement sa visière.) Gagnons du temps, Wargun de Thalésie, dit-il cérémonieusement en ôtant son gantelet droit. Je trouve votre attitude indigne, irreligieuse et offensante.

D'un geste apparemment négligent, il jeta son gantelet dans la poussière de la route devant le roi thalésien.

– C'est ça, ce qu'il entend par diplomatie ? murmura Ulath à Kalten, quelque peu décontenancé.

– C'est à peu près ce qu'il peut faire de mieux, répondit Kalten en faisant coulisser son épée dans son fourreau. Tu peux tirer ta hache, Ulath. Le matin promet d'être intéressant. Séphrénia, conduis les enfants à l'arrière.

– Es-tu fou, Kalten ? explosa Ulath. Tu veux que je tire ma hache contre mon propre roi ?

– Non, bien entendu, fit Kalten avec un large sourire, rien que devant son cortège funéraire. Si Wargun s'attaque à Émouchet, il boira de l'hydromel après la première passe.

– Il ne me restera donc plus qu'à combattre Émouchet, dit Ulath avec regret.

– Comme tu voudras, mon ami, dit Kalten avec tout autant de regret, mais je ne te le conseille pas. Si tu fais quelque chose à Émouchet, il te faudra encore m'affronter, et je triche beaucoup.

– Je ne permettrai point ceci! gronda une voix de stentor.

L'homme qui poussait son cheval parmi les Thalésiens attroupés était énorme, plus grand encore qu'Ulath. Il portait un jaseran et un casque à cornes d'Ogre, et il avait une hache massive. Un large ruban noir autour du cou signalait qu'il s'agissait d'un homme d'Église.

– Reprenez votre gantelet, sire Émouchet, et retirez votre défi! C'est un ordre de votre mère l'Église!

– Qui c'est? demanda Kalten à Ulath.

– Bergsten, le patriarche d'Emsat.

– Un *patriarche*? Vêtu de la sorte?

– Bergsten n'est pas un ecclésiastique courant.

– Votre Grâce, bégaya le roi Wargun. Je...

– Reprends ton épée, Wargun, tonna Bergsten, sinon c'est moi que tu devras affronter en combat singulier!

– Jamais je n'oserais, dit Wargun à Émouchet sur une sorte de ton de conversation. Et vous?

Émouchet jaugea le patriarche d'Emsat.

– Pas à moins d'y être forcé, admit-il. Comment est-il donc devenu aussi grand?

– C'était un fils unique. Il n'a pas eu à se battre chaque soir pour son souper avec neuf frères et sœurs. Que penseriez-vous d'une trêve, à ce stade, Émouchet?

– Cela me paraît la plus élémentaires des prudences, Votre Majesté. Mais nous avons vraiment quelque chose d'important à faire.

– Nous en parlerons par la suite... quand Bergsten sera occupé à prier.

– Voici les ordres de l'Église, gronda le patriarche d'Emsat. Les chevaliers de l'Église se joindront à nous dans notre mission sacrée. L'hérésie éshandiste est une offense à Dieu. Elle périra dans les plaines rocheuses de l'Arcie. Dieu nous donnant la force, mes enfants, accomplissons son œuvre grandiose. (Il fit tourner son cheval vers le sud.) Et n'oubliez pas votre gantelet, sire Émouchet, dit-il par-dessus l'épaule. Vous risquez d'en avoir besoin en arrivant en Arcie.

– Oui, Votre Grâce, répondit Émouchet, les dents serrées.

Chapitre vingt et un

A MIDI PRÉCIS, LE ROI soros de Pélosie ordonna une halte. Il donna ses instructions à ses serviteurs pour dresser son pavillon et, accompagné de son chapelain personnel, il se retira pour les prières de midi.

– Grenouille de bénitier, marmotta le roi Wargun dans un souffle. Bergsten ! beugla-t-il.

– Oui, Votre Majesté, répondit doucement le patriarche guerrier juste derrière son roi.

– Es-tu remis de ton accès de mauvaise humeur ?

– Quelle mauvaise humeur, Votre Majesté ? Je m'efforçais simplement d'épargner des vies... la vôtre comprise.

– Qu'est-ce que cela est censé signifier ?

– Si vous aviez commis la folie d'accepter le défi de sire Émouchet, vous seriez ce soir en train de dîner au Paradis... ou de souper en Enfer, en fonction du Jugement divin.

– Voilà qui est assez direct.

– Sire Émouchet est précédé par sa réputation, Votre Majesté, et le combat ne serait pas égal. A présent, à quoi pensiez-vous ?

– Le Lamorkand est à quelle distance d'ici ?

– Pour rejoindre la partie sud du lac, monseigneur... deux jours environ.

– Et la ville lamork la plus proche ?

– Ce sera Agnak, Votre Majesté. Juste de l'autre côté de la frontière et légèrement à l'est.

– Parfait. C'est donc là que nous irons. Je veux éloigner Soros de son propre pays et de tous ces sanctuaires. S'il s'arrête pour prier encore une fois, je vais l'étrangler. Nous rejoindrons le gros de l'armée en fin de journée. Ils sont déjà en marche pour le sud. Je vais envoyer Soros mobiliser les barons lamorks. Tu l'accompagneras, et s'il essaie de prier plus d'une fois par jour, tu as ma permission de lui écraser la tête.

– Ceci pourrait avoir d'intéressantes ramifications politiques, Votre Majesté, fit remarquer Bergsten.

– Il suffirait de mentir. De dire que c'est un accident.

– Comment peut-on casser la tête de quelqu'un par accident ?

– Tu imaginerais bien quelque chose. A présent, écoute-moi, Bergsten. J'ai besoin de ces Lamorks. Ne laisse pas Soros se disperser en pèlerinages multiples. Qu'il avance. Cite-lui des textes sacrés, si nécessaire. Attrapez tous les Lamorks que vous pourrez et passez en Élénie. Je vous retrouverai à la frontière arcienne. Il faut que j'aille jusqu'à Acie, en Deira. Obler a convoqué un conseil de guerre. (Il regarda derrière lui.) Émouchet, dit-il, écœuré, allez prier ailleurs. Un chevalier de l'Église ne devrait pas s'abaisser à écouter les conversations d'autrui.

– Oui, Votre Majesté.

– Vous avez là un fort vilain cheval, vous savez ? dit Wargun en considérant Faran d'un œil critique.

– Nous sommes assortis, Votre Majesté.

– A votre place, je me méfierais, ô roi, conseilla Kalten par-dessus son épaule comme lui et Émouchet se dirigeaient vers l'endroit où leurs amis avaient mis pied à terre. Il mord.

– Lequel ? Émouchet, ou le cheval ?

– A vous de choisir, Votre Majesté.

Kalten et Émouchet descendirent de leurs montures.

– Où est Ghwerig ? demanda Émouchet à Flûte.

– Il se cache toujours, répondit la petite fille. Je le pense, du moins. Le Bhelliom ne bouge pas. Il va probablement attendre la nuit avant de repartir.

Émouchet lâcha un grognement.

Kalten regarda Ulath.

– Quelle a été la vie de Bergsten ? demanda-t-il. Je n'avais jamais vu d'ecclésiastique en armure, auparavant.

– Il était chevalier génidien. Il serait précepteur, à présent, s'il n'était pas entré en religion.

Kalten hocha la tête.

– Il m'avait bien donné l'air de porter cette hache comme s'il savait s'en servir. Ce n'est pas un peu inhabituel, pour un membres des ordres combattants, de prendre l'habit ecclésiastique ?

– Cette démarche n'est pas tellement inhabituelle, Kalten, signala Bévier, non loin de là. En Arcie, bon nombre d'ecclésiastiques de haut rang ont été cyriniques. Pour ma part, je quitterai un jour notre ordre pour servir Dieu plus personnellement.

– Il va falloir que nous trouvions une brave fille accommodante pour ce garçon, Émouchet, marmotta Ulath. Qu'il soit impliqué dans un péché un peu sérieux et il oubliera cette idée. C'est un homme trop précieux pour endosser la soutane.

– Que penses-tu de Naween ? suggéra Talen, qui se tenait à côté d'eux.

– Qui est Naween ? demanda Ulath.

Talen haussa les épaules.

– La meilleure putain de Cimmura. Elle fait son travail avec enthousiasme. Émouchet l'a rencontrée.

– Vraiment ? fit Ulath en regardant Émouchet, un sourcil levé.

– Pour affaires, précisa Émouchet.

– Bien entendu, mais... les tiennes, ou les siennes ?

– Et si nous laissions tomber le sujet ? (Émouchet s'éclaircit la gorge et vérifia qu'aucun des soldats du roi Wargun ne se trouvait à portée de voix.) Il faut se séparer d'eux avant que Ghwerig ne prenne trop d'avance.

– Ce soir, suggéra Tynian. Selon ce qu'on raconte, le roi Wargun s'endort en se saoulant, tous les soirs. Nous devrions pouvoir nous échapper sans trop de problèmes.

– Assurément, nous ne pouvons désobéir à un ordre direct du patriarche d'Emsat, dit Bévier sur un ton offusqué.

– Bien sûr que non, Bévier, répondit tranquillement Kalten. Nous allons simplement nous échapper pour trouver un curé de campagne ou un bon père abbé afin de recevoir l'ordre de retourner à notre quête première.

– C'est immoral ! s'étouffa Bévier.

– Je sais, fit Kalten sur un ton moqueur. Écœurant, n'est-ce pas ?

– Mais cela est bel et bien techniquement légitime, Bévier, assura Tynian au jeune cyrinique. Nous sommes tenus par nos vœux d'obéir aux ordres des membres consacrés du clergé. L'ordre d'un curé ou d'un abbé l'emporterait sur l'ordre du patriarche Bergsten, n'est-ce pas ?

Les grands yeux de Tynian paraissaient innocents.

Bévier le considéra d'un air impuissant, puis il se mit à rire.

– Je crois qu'il sera parfait, Émouchet, dit Ulath, mais gardons ton amie Naween en réserve... au cas où.

– Qui est Naween ? demanda Bévier, intrigué.

– Une de mes connaissances, répondit Émouchet d'un ton distant. Un jour, je vous présenterai peut-être.

– J'en serai honoré, dit sincèrement Bévier.

Talen s'éloigna de quelques pas pour s'écrouler d'un rire irrépressible.

Ils rattrapèrent la meute de conscrits pélosiens de la dernière heure à l'expression déconfite. Comme l'avait redouté Émouchet, les brutes puissamment armées de Wargun patrouillaient tout autour du campement.

Les soldats dressèrent un pavillon rien que pour eux juste avant le coucher du soleil. Une fois à l'intérieur, Émouchet ôta son armure et endossa un jaseran.

– Vous autres, attendez ici. Je vais examiner les lieux avant la nuit.

Il ceignit son épée et sortit de la tente. Deux Thalésiens à l'air menaçant se trouvaient à l'extérieur.

– Où vous pensez que vous allez? voulut savoir l'un d'eux.

Émouchet lui adressa un regard froid et inamical et attendit.

– Monseigneur, ajouta à contrecœur le soldat.

– Je veux jeter un coup d'œil à mes chevaux.

– Nous avons des palefreniers pour ça, sire chevalier.

– Nous n'allons pas nous disputer à ce sujet, tout de même, voisin?

– Ah... non, en effet, sire chevalier.

– Parfait. Où sont parqués les chevaux?

– Je vais vous montrer, sire Émouchet.

– Ce n'est pas la peine. Contente-toi de m'indiquer le chemin.

– Il faut que je vous accompagne de toute façon, sire chevalier. Ordre du roi.

– Je vois. Passe le premier.

Comme ils se mettaient en route, Émouchet entendit soudain une voix tonitruante.

– Hé là, sire chevalier!

Il se retourna.

– Je vois qu'ils vous ont eus aussi, toi et tes amis.

C'était Kring, le domi de la bande de maraudeurs péloï.

– Je te salue, mon ami, lança Émouchet à l'homme au crâne rasé. Avez-vous rattrapé ces Zémochs?

Kring éclata de rire.

– J'ai un sac plein d'oreilles. Ils ont essayé de nous résister. Des idiots, ces Zémochs. Mais le roi Soros nous a rattrapés avec son armée de bric et de broc et il a bien fallu que nous le suivions pour récupérer notre prime. (Il frotta sa tête rasée.) Mais ça ne fait rien. Nous n'avions rien de pressant à faire, à la maison, à présent que les juments ont pouliné. Dis-moi, ce jeune voleur vous accompagne toujours?

– La dernière fois que j'ai regardé, il était toujours là. Bien entendu, il a pu voler deux ou trois trucs et filer. Il file très vite, quand l'occasion l'exige.

– Je l'admets bien volontiers, sire chevalier. Et comment va mon ami Tynian ? Je vous ai tous vus entrer à cheval et je me suis dit que j'allais lui rendre une petite visite.

– Il va fort bien.

– Parfait. (Le domi considéra Émouchet avec sérieux.) Peut-être pourras-tu me donner quelques renseignements sur l'étiquette militaire, sire chevalier. Je n'ai jamais appartenu à une véritable armée, auparavant. Quelle est la règle, en matière de détroussement des cadavres, en général ?

– Je ne pense pas que quiconque s'en soucie énormément, répondit Émouchet, tant que tu te limites aux morts de l'ennemi. Il est habituellement mal vu de piller le corps de ses propres compagnons.

– Quelle règle idiote, fit Kring avec un soupir. Pourquoi un mort se soucierait-il de ses biens ? Et pour le viol ?

– Très mal vu. Nous allons être en Arcie et il s'agit d'un pays ami. Les Arciens sont très susceptibles au sujet de leurs femmes. Toutefois, Wargun a rassemblé un joli nombre de professionnelles, si cela te chatouille un peu trop.

– Les professionnelles ont toujours l'air de s'ennuyer. Rien ne vaut une bonne petite vierge, de temps à autre. Tu sais, je trouve cette campagne de moins en moins sympathique. Et les incendies ? C'est beau, le feu.

– Je ne te le conseille pas. Comme je l'ai dit, nous allons être en Arcie, et toutes les villes et les maisons appartiennent aux habitants. Je suis sûr qu'il n'aimeraient guère cela.

– La guerre civilisée laisse beaucoup à désirer, n'est-ce pas, sire Émouchet ?

– Que puis-je te dire ? fit Émouchet en écartant les mains d'un air impuissant.

– Si tu permets, je pense que c'est à cause de l'armure. Vous êtes tous tellement coincés, là-dedans, que vous avez perdu toute vision de ce qui est important : le butin, les femmes, les chevaux. C'est un grave défaut, sire chevalier.

– C'est un défaut, domi, admit Émouchet. Les siècles de tradition, tu comprends.

– Rien de mal à la tradition... tant qu'elle ne se met pas en travers de ce qui est important.

– Je ne l'oublierai pas, domi. Notre tente est juste là. Tynian sera heureux de te voir.

Émouchet suivit la sentinelle thalésienne à travers le camp jusqu'à l'endroit où les chevaux étaient parqués. Il feignit de vérifier les sabots de Faran tout en examinant soigneusement le périmètre du camp plongé dans la pénombre. Comme il l'avait noté auparavant, des douzaines d'hommes patrouillaient à l'extérieur.

– Pourquoi tant de patrouilles ? demanda-t-il au Thalésien.

– Les conscrits pélosiens ne sont pas très enthousiastes au sujet de cette campagne, sire chevalier, répondit le guerrier. Nous ne nous sommes pas donné la peine de les récupérer pour les voir s'enfuir au beau milieu de la nuit.

– Je vois. Nous pouvons rentrer, à présent.

– Oui, monseigneur.

Les patrouilles de Wargun compliquaient sérieusement les choses, sans parler de la présence des deux sentinelles à l'extérieur de leur tente. Ghwerig s'éloignait de plus en plus avec le Bhelliom et il semblait qu'Émouchet ne pût y faire grand-chose. Il savait que, seul, grâce à la ruse et une dose de manière forte, il pourrait s'échapper du camp, mais où cela le mènerait-il ? Sans Flûte, il aurait peu de chances de retrouver la trace du Troll, et l'emmener seule avec lui sans les autres pour la garder risquait de la mettre en danger de façon absolument inacceptable. Il leur faudrait trouver une autre idée.

Ils passaient devant la tente de quelques conscrits pélosiens quand il aperçut un visage familier.

– Occuda ? fit-il, incrédule. Est-ce bien toi ?

L'homme au menton en galoche vêtu d'une armure en cuir se leva, son visage sinistre n'affichant aucun plaisir particulier devant cette rencontre.

– Je le crains, monseigneur.

– Que s'est-il passé ? Qu'est-ce qui t'a forcé à quitter le comte Ghasek ?

Occuda dévisagea rapidement les hommes qui partageaient sa tente.

– Pourrions-nous discuter de cela en privé, sire Émouchet ?

– Certainement, Occuda.

– Par ici, monseigneur.

– Nous resterons en vue, dit Émouchet à son cerbère.

Émouchet et Occuda s'éloignèrent des tentes et s'arrêtèrent près d'un bosquet de jeunes sapins si serrés qu'aucune tente ne pouvait être plantée parmi eux.

– Le comte est tombé malade, monseigneur, annonça sombrement Occuda.

– Et tu l'as laissé seul avec cette démente ? Tu me déçois, Occuda.

– La situation a quelque peu évolué, monseigneur.

– Oh ?

– Dame Bellina est morte.

– Que lui est-il arrivé ?

– Je l'ai tuée, répondit Occuda d'une voix sourde. Je ne pouvais plus supporter ses cris incessants. Au début, les herbes recommandées par dame Séphrénia l'apaisaient quelque peu, mais très rapidement elle parut en rejeter les effets. Je tentai d'augmenter les doses, mais en vain. Un soir, alors que je poussais son souper par la fente, je l'aperçus. Elle délirait et bavait comme un chien enragé. Elle souffrait l'agonie, de toute évidence. C'est alors que je décidai de lui accorder le repos.

– Nous savions tous qu'il faudrait en arriver là, le rassura Émouchet d'un ton grave.

– Peut-être. Je ne pus me forcer à l'assassiner comme ça. Les herbes ne la calmaient plus. Mais le crève-chien en fut capable. Elle s'arrêta de hurler peu de temps après qu'elle l'eut avalé. (Les yeux d'Occuda étaient remplis de larmes.) Je pris mon gros marteau et défonçai le mur du donjon. Puis j'utilisai ma hache ainsi que vous me l'aviez recommandé. Je n'avais jamais rien fait d'aussi difficile de toute ma vie. Ensuite, j'enveloppai son corps dans une toile et l'emportai hors du château. Là, je la brûlai. Cela fait, je ne pus affronter le comte. Je lui laissai un billet où je confessais mon crime, puis je me rendis à un village de bûcherons non loin du château. J'engageai des domestiques pour qu'ils prennent soin du comte. Même après que je leur eus dit qu'il n'existait plus aucun danger au château, je dus payer double salaire pour qu'ils acceptent. Je quittai alors la région et m'enrôlai dans cette armée. J'espère que les combats commenceront bientôt. Ma vie est achevée. Je ne veux plus que mourir.

– Tu as fait le nécessaire, Occuda.

– Peut-être, mais cela ne m'ôte point mon sentiment de culpabilité.

Émouchet prit alors une décision rapide.

– Accompagne-moi.

– Où allons-nous, monseigneur ?

– Voir le patriarche d'Emsat.

– Je ne pourrai me présenter à un ecclésiastique de haut rang avec le sang de dame Bellina sur les mains.

– Le patriarche Bergsten est thalésien. Il ne doit pas être très pusillanime. Il nous faut voir le patriarche d'Emsat, annonça-t-il à son cerbère thalésien. Conduis-nous à sa tente.

– Oui, monseigneur.

Ils traversèrent tout le camp jusqu'au pavillon du patriarche Bergsten. Son visage de brute paraissait particulièrement thalésien à la lumière des chandelles. Il avait de grosses bosses sur le front et des pommettes et une mâchoire proéminentes. Il portait toujours sa cotte de mailles, bien qu'il eût ôté son casque à cornes d'Ogre et que sa hache reposât dans un coin.

– Votre Grâce, dit Émouchet en le saluant, mon ami ici présent a un problème de nature spirituelle. Je me demande si vous pourriez le secourir.

– C'est là ma vocation, sire Émouchet, répondit le patriarche.

– Merci, Votre Grâce. Occuda fut jadis moine. Puis il entra au service d'un comte du nord de la Pélosie. La sœur du comte se trouva mêlée à un culte malfaisant et elle se mit à pratiquer des rites comportant des sacrifices humains, ce qui lui conférait certains pouvoirs.

Les yeux de Bergsten s'étaient écarquillés.

– Or, continua Émouchet, lorsque la sœur du comte fut enfin dépouillée de ces pouvoirs, elle devint folle et son frère se trouva contraint de l'enfermer. Occuda s'occupa d'elle jusqu'à ce qu'il ne puisse supporter les souffrances qu'elle endurait. Alors, par compassion, il l'empoisonna.

– C'est là une terrible histoire, sire Émouchet, commenta Bergsten de sa voix de basse.

– Ce fut une série d'événements terribles, acquiesça Émouchet. Occuda est désormais envahi par un sentiment de culpabilité et il est convaincu d'avoir perdu son âme. Pouvez-vous l'absoudre afin qu'il puisse affronter le restant de sa vie ?

L'impressionnant patriarche considéra songeusement le visage souffrant d'Occuda, les yeux à la fois rusés et compatissants. Il parut réfléchir à la question plusieurs instants, puis il se redressa et son expression se durcit.

– Non, sire Émouchet, annonça-t-il, je ne le puis.

Émouchet allait protester, mais le patriarche leva une main épaisse. Il regarda le Pélosien trapu.

– Occuda, dit-il sévèrement, tu fus jadis moine.

– Oui, Votre Grâce.

– Parfait. Tel sera donc ton châtiment : tu endosseras de nouveau la bure, frère Occuda, et tu entreras à mon service. Quand j'aurai décidé que tu as payé pour ton péché, je t'accorderai l'absolution.

– V-votre Grâce, sanglota Occuda en tombant à genoux, comment pourrai-je jamais vous remercier ?

Bergsten eut un sourire sinistre.

– Il se peut que tu changes d'avis avec le temps, frère Occuda. Tu découvriras que je suis un maître fort sévère. Tu paieras bien des fois pour ton péché avant que ton âme ne soit purifiée. A présent, va rassembler tes affaire. Tu emménageras chez moi.

– Oui, Votre Grâce.

Occuda se leva et quitta la tente.

– Si vous permettez, Votre Grâce, déclara Émouchet, vous êtes un homme très retors.

– Non, pas vraiment, sire Émouchet. (L'énorme ecclésiastique eut un sourire.) J'ai simplement suffisamment d'expérience pour savoir que la nature humaine est chose très complexe. Ton ami estime qu'il doit souffrir pour expier son péché et si je l'absolvais tout bonnement, il douterait jusqu'à la fin d'avoir été totalement purifié. Il veut souffrir, aussi vais-je veiller à ce qu'il souffre... modérément, naturellement. Je ne suis pas un monstre, après tout.

– Ce qu'il fit était-il réellement un péché ?

– Non, bien entendu. Il a agi par pure pitié. Il fera un excellent moine et, quand j'estimerai qu'il a suffisamment souffert, je lui trouverai un gentil petit monastère dont il deviendra l'abbé. Il sera trop occupé pour ruminer et l'Église aura gagné un abbé fidèle. Sans parler de toutes les années où ses services ne m'auront rien coûté.

– Vous n'êtes pas vraiment un brave homme, Votre Grâce.

– Je n'ai jamais eu cette prétention, mon fils. Ce sera tout, sire Émouchet. Ma bénédiction t'accompagne.

Le patriarche eut un petit clin d'œil.

– Merci, Votre Grâce, répondit Émouchet sans risquer le moindre sourire.

Il se sentait assez satisfait de soi en traversant le camp en compagnie de son gardien. Peut-être n'était-il pas toujours capable de résoudre ses propres problèmes, mais du moins semblait-il réussir à résoudre ceux d'autrui.

– Kring nous disait que l'extérieur du camp est cerné par des patrouilles, annonça Tynian quand Émouchet rentra dans la tente. Cela va rendre notre évasion plus difficile, n'est-ce pas ?

– Beaucoup plus, en effet.

– Oh, ajouta Tynian. Flûte a posé certaines questions concernant les distances. Kurik a regardé dans les sacs, mais il n'a pas retrouvé ta carte.

– Elle est dans ma sacoche.

– J'aurais quand même dû y penser, commenta Kurik.

– Que désires-tu savoir ? demanda Émouchet à la petite fille en ouvrant sa sacoche.

– Combien y a-t-il, d'ici à Acie ?

Émouchet étala sa carte sur la table au centre du pavillon.

– Joli dessin, mais cela ne répond pas à ma question.

Émouchet reporta les distances.

– Environ trois cents lieues, répondit-il.

– Mais tu ne réponds toujours pas à ce que je t'ai demandé, Émouchet. Je veux savoir quel laps de temps il faut pour y aller.

Il effectua un rapide calcul.

– Une vingtaine de jours.

Elle fronça les sourcils.

– Peut-être pourrai-je raccourcir cela un petit peu.

– Mais de quoi sommes-nous en train de parler, exactement ?

– Acie se trouve sur la côte, n'est-ce pas ?

– Oui.

– Nous allons avoir besoin d'un bateau pour gagner la Thalésie. Ghwerig emporte le Bhelliom dans sa caverne au milieu des montagnes.

– Nous sommes suffisamment nombreux pour maîtriser les sentinelles, déclara Kalten, et s'occuper d'une patrouille en pleine nuit n'est pas si difficile. Nous n'avons pas tellement de retard sur Ghwerig : nous devrions pouvoir le rattraper.

– Nous avons un détail à régler à Acie, lui apprit-elle. Du moins cela me regarde-t-il. Et cela doit être réalisé avant que nous partions à la poursuite du Bhelliom. Nous savons où va Ghwerig et il ne sera pas difficile à retrouver. Ulath, va dire à Wargun que nous l'accompagnerons jusqu'à Acie. Imagine une raison plausible.

– Oui, madame, répondit-il avec un soupçon de sourire.

– Je voudrais bien que vous cessiez tous de vous comporter de la sorte. Oh, au fait, en te rendant à la tente de Wargun, demande à quelqu'un de nous apporter de quoi souper.

– Qu'aimerais-tu ?

– De la chèvre me conviendrait parfaitement, mais je me contenterai de n'importe quoi tant que ce n'est pas du porc.

Ils atteignirent Agnak le lendemain, juste avant le coucher du soleil, et ils plantèrent leur camp gigantesque. Les citadins fermèrent immédiatement leurs portes. Le roi Wargun insista pour qu'Émouchet et les autres chevaliers de l'Église l'accompagnent sous un pavillon de trêve jusqu'à la porte Nord.

– Je suis Wargun de Thalésie, tonna-t-il en direction des murailles de la ville. Je suis accompagné par le roi Soros de Pélosie... ainsi que par ces chevaliers de l'Église. Le royaume d'Arcie a été envahi par les Rendors et j'adjure tous les hommes valides ayant foi en Dieu de nous rejoindre dans nos efforts pour écraser l'hérésie éshandiste. Je ne suis pas ici pour vous importuner de quelque manière que ce soit, mes amis, mais si cette porte n'est pas ouverte quand le soleil sera couché, je réduirai en ruines vos murailles et vous chasserai tous dans les étendues sauvages, d'où vous pourrez contempler l'incendie de votre cité.

– Vous pensez qu'ils l'ont entendu ? demanda Kalten.

– On l'a probablement entendu jusqu'à Chyrellos, répondit Tynian. Ton roi a une voix des plus pénétrantes, sire Ulath.

– En Thalésie, il y a loin d'une montagne à l'autre, expliqua Ulath en haussant les épaules. Il faut parler très fort pour se faire entendre.

Le roi Wargun lui adressa un large sourire matois.

– Quelqu'un désire-t-il parier que la porte sera encore fermée avant que le soleil ait glissé derrière cette colline ? demanda-t-il.

– Nous sommes chevaliers de l'Église, Votre Majesté, répondit pieusement Bévier. Nous avons fait vœu de pauvreté et il ne nous est guère possible de parier lors d'événements sportifs.

Le roi Wargun explosa de rire.

La porte de la ville s'ouvrit avec une certaine hésitation.

– Je me doutais bien qu'ils se rangeraient à mon point de vue, dit Wargun en prenant la tête pour entrer en ville. Où puis-je trouver votre premier magistrat ? demanda-t-il à l'un des portiers tremblants.

– Je-je crois qu'il est dans l'hôtel du conseil, Votre Majesté, bégaya l'homme. Il se cache sans doute dans la cave.

– Sois un brave garçon, va me le chercher.

– Sur-le-champ, Votre Majesté.

Le garde jeta sa pique et s'en fut en courant dans la rue.

– J'aime bien les Lamorks, dit Wargun, en veine d'épanchements. Ils sont toujours prêts à rendre service.

Le premier magistrat était un homme rondouillard. Il avait le visage pâle et transpirait abondamment lorsque le portier le traîna de force en présence de Wargun.

– Je sollicite des appartements appropriés pour le roi Soros, moi-même et notre entourage, Votre Excellence, lui apprit Wargun. Ceci ne dérangera guère vos citoyens qui, de toute façon, passeront toute la nuit à s'équiper pour une campagne militaire prolongée.

– Aux ordres de Votre Majesté, répondit le magistrat d'une voix de fausset.

– Vous voyez ce que je veux dire, pour les Lamorks? Soros n'aura aucun problème ici... s'il ne s'arrête pas trop souvent pour prier. Pourquoi ne pas aller en un lieu où nous pourrons boire tranquillement tandis que Son Excellence vide à notre intention une douzaine de maisons?

Le lendemain matin, après consultation avec le roi Soros et le patriarche Bergsten, Wargun prit avec lui un bataillon de cavaliers thalésiens et les conduisit à l'ouest, Émouchet à son côté. La matinée était belle. Le soleil scintillait sur le lac et une brise légère soufflait de l'ouest.

– Je suppose que vous n'allez pas me dire ce que vous faisiez en Pélosie? dit Wargun à Émouchet.

Le roi thalésien paraissait relativement sobre, aussi Émouchet se risqua-t-il à mettre son humeur à l'épreuve.

– Vous êtes naturellement au courant de la maladie de la reine Ehlana, commença-t-il.

– Le monde entier connaît cela. C'est pour cela que son cousin illégitime essaie de s'emparer du pouvoir.

– Ce n'est pas tout, Votre Majesté. Nous avons réussi à isoler la cause de sa maladie. Le primat Annias voulait avoir librement accès à ses finances, aussi l'a-t-il fait empoisonner.

– Qu'a-t-il fait?

Émouchet hocha la tête.

– Annias ne s'encombre pas de scrupules et il est prêt à tout pour atteindre à l'archiprélature.

– Cet homme est un gredin, grommela Wargun.

– Mais nous avons découvert un remède possible pour Ehlana. Il implique l'utilisation de la magie et il nous faut un certain talisman pour qu'elle fonctionne. Nous avons découvert que ce talisman est dans le lac Venne.

– Quel est ce talisman ? demanda Wargun, les yeux plissés.
– C'est une sorte d'ornement, répondit Émouchet en restant dans le vague.
– Est-ce que vous accordez tant de crédit à cette magie absurde ?
– Je l'ai vue marcher plus d'une fois, Votre Majesté. C'est pour cela que nous avons rechigné à ce point quand vous avez insisté pour que nous vous accompagnions. Nous ne voulions pas nous montrer irrespectueux. La vie d'Ehlana est suspendue à un sortilège, mais celui-ci n'est pas éternel. Si elle meurt, Lychéas s'emparera du trône.
– Pas si je peux l'en empêcher. Je ne veux pas qu'un trône d'Éosie soit occupé par un homme qui ne sait rien de son père.
– Cette idée ne plaît pas plus qu'à vous, mais je crois que Lychéas sait fort bien qui est son père.
– Oh ? Et qui est-ce ? Le savez-vous ?
– C'est le primat Annias.
Les yeux de Wargun s'écarquillèrent.
– En êtes-vous sûr ?
Émouchet hocha la tête.
– Je le tiens de source on ne peut plus sûre. Le fantôme du roi Aldréas me l'a appris. Sa sœur s'était livrée à certains dévergondages.
Wargun fit le signe du diable, geste de paysan qui paraissait fort étrange chez un monarque.
– Un fantôme, dites-vous ? La parole d'un fantôme ne tient devant aucun tribunal, sire Émouchet.
– Je ne songe nullement à le traîner devant un tribunal, Votre Majesté, dit Émouchet sur un ton lugubre en posant la main sur le pommeau de son épée. Dès que j'en aurai le loisir, les auteurs principaux du crime comparaîtront devant un tribunal supérieur.
– Brave garçon, approuva Wargun. Mais je n'aurais pas cru qu'un ecclésiastique pût succomber aux charmes d'Arissa.
– Arissa est parfois capable de se montrer très persuasive. Quoi qu'il en soit, votre campagne est dirigée contre un autre des complots d'Annias. Je soupçonne fortement l'invasion rendorienne d'être menée par un homme du nom de Martel. Martel travaille pour Annias et il essaie de causer suffisamment d'agitation pour attirer les chevaliers de l'Église loin de Chyrellos durant l'élection. Nos précepteurs pourraient probablement écarter Annias du trône de l'archiprélature, de telle sorte qu'il lui faut se débarrasser d'eux.
– Ce type est un vrai serpent, n'est-ce pas ?
– L'épithète est assez juste.
– Vous m'avez donné matière à réflexion, ce matin, Émouchet. Je vais y songer et nous en reparlerons un peu plus tard.
Une lumière brilla soudain dans les yeux d'Émouchet.
– Mais n'ayez pas trop d'espoir. Je pense toujours avoir besoin

de vous en Arcie. D'ailleurs, les ordres combattants sont déjà en route pour le sud. Vous êtes le bras droit de Vanion et je crois que vous lui manqueriez si vous restiez à l'écart.

Le temps et la distance paraissaient s'éterniser. Ils pénétrèrent en Pélosie et traversèrent les plaines interminables sous la lumière éclatante de l'été.

Une nuit, alors qu'ils se trouvaient encore à une certaine distance de la frontière deirane, Kalten eut un accès de mauvaise humeur.

– Je pensais que tu avais dit que tu allais accélérer un peu les choses, dit-il à Flûte sur un ton accusateur.

– Je l'ai fait.

– Vraiment ? fit-il, sarcastique. Il y a déjà une semaine que nous sommes sur la route et nous n'avons pas encore atteint la Deira.

– En réalité, Kalten, nous sommes sur la route depuis deux jours seulement. J'ai seulement fait en sorte que le temps *paraisse* plus long, pour que Wargun n'ait pas de soupçons.

Il la considéra d'un air incrédule.

– J'ai une autre question pour toi, Flûte, dit Tynian. Au lac, tu étais très désireuse de rattraper Ghwerig pour lui arracher le Bhelliom. Soudain, tu as changé d'avis et tu as dit que nous devions rejoindre Acie. Que s'est-il passé ?

– J'ai reçu des informations de ma famille, lui apprit-elle. On m'a parlé d'un ouvrage à terminer à Acie avant que nous repartions à la poursuite du Bhelliom. (Elle eut une grimace forcée.) J'y aurais probablement pensé quand même.

– Revenons au premier sujet, dit Kalten, impatient. Comment as-tu rétréci le temps de la manière que tu prétends ?

– Il existe des procédés, répondit-elle, évasive.

– Je n'insisterais pas, à ta place, Kalten, lui conseilla Séphrénia. Tu ne comprendrais pas ce qu'elle a fait, alors pourquoi t'en soucier ? D'ailleurs, si tu continues à lui poser des questions, elle risque de décider de te répondre, ce qui ne manquerait pas de te perturber.

Chapitre vingt-deux

ILS EURENT L'IMPRESSION de mettre encore deux semaines pour atteindre les collines basses dominant Acie. La capitale sinistre et laide de la Deira était perchée sur une roche usée donnant sur le port original et le golfe d'Acie, allongé et étroit.

Flûte leur apprit toutefois le soir même qu'il ne s'était pas écoulé plus de cinq jours depuis qu'ils avaient quitté la ville d'Agnak en Lamorkand. La plupart d'entre eux décidèrent d'accepter sa parole, mais sire Bévier, qui avait une tournure d'esprit érudite et décidément élène, l'interrogea sur la façon dont ce miracle apparent avait pu se produire. Son explication fut patiente, bien que terriblement obscure. Bévier finit par s'excuser et sortit un certain temps contempler les étoiles et rétablir le contact avec tout ce qu'il avait toujours considéré comme immuable et éternel.

– As-tu compris quoi que ce soit ? lui demanda Tynian quand il revint dans la tente, pâle, couvert de transpiration.

– Quelque peu, répondit Bévier en se rasseyant. Mais à peine. (Il considéra Flûte d'un œil effrayé.) Je pense que le patriarche

Ortzel avait peut-être raison. Nous ne devrions pas frayer avec les Styriques. Rien n'est sacré, pour eux.

Flûte traversa la tente sur ses petits pieds tachés d'herbe verte et lui posa sur la joue une main consolatrice.

– Cher Bévier, dit-elle avec tendresse. Tu es tellement sérieux et dévot. Il nous faut rejoindre rapidement la Thalésie... dès que j'aurai pu en finir avec la raison de notre venue à Acie. Nous n'avions vraiment pas le temps de cheminer à travers la moitié du continent; j'ai donc dû procéder de l'autre façon.

– Je comprends ces raisons, mais...

– Je ne te ferai jamais aucun mal et je ne laisserai jamais personne te blesser, tu le sais, mais il faut que tu t'efforces d'être moins rigide. Cela ne facilite pas les explications qu'on te donne. Cela va-t-il mieux?

– Pas de manière appréciable.

Elle se leva sur la pointe des pieds et l'embrassa.

– A présent, dit-elle d'un ton joyeux, tout est redevenu parfait, n'est-ce pas?

Il abandonna.

– Fais comme tu veux, Flûte, lui dit-il avec un sourire doux et presque timide. Je ne puis réfuter tes arguments et tes baisers en même temps.

– C'est un si gentil garçon, dit-elle aux autres avec plaisir.

– On peut dire que nous éprouvons à peu près le même sentiment à son égard, annonça Ulath brutalement, et nous avons des plans pour lui.

– Mais toi, en revanche, tu n'es pas du tout un gentil garçon, dit-elle au chevalier génidien.

– Je sais, admit-il sans broncher, et tu ne peux imaginer combien cela put décevoir ma mère... et un certain nombre d'autres dames, de temps à autre.

Elle lui accorda un regard appuyé et s'en fut à grands pas fiers en marmonnant en styrique. Émouchet reconnut certains des termes et se demanda s'il en connaissait la signification réelle.

Le lendemain matin, comme il en avait pris l'habitude, Wargun demanda à Émouchet de chevaucher à son côté tandis qu'ils descendaient la longue pente rocheuse en direction de la côte.

– Il faudrait vraiment que je sorte davantage, lui confia le roi de Thalésie. Au bout de près de trois semaines à cheval depuis Agnak, je devrais être sur le point de tomber de selle, mais en fait j'ai l'impression de n'être sur la route que depuis quelques jours.

– C'est sans doute dû à l'air des montagnes qui est revigorant, suggéra prudemment Émouchet.

– Peut-être.

– Avez-vous pu réfléchir à la discussion que nous avons eue l'autre jour, Votre Majesté? demanda prudemment Émouchet.

– J'ai beaucoup de soucis, Émouchet. J'apprécie l'attention que vous portez à la reine Ehlana, mais, d'un strict point de vue politique, l'important est actuellement d'écraser cette invasion rendorienne. Les précepteurs des ordres combattants pourront alors retourner à Chyrellos barrer la route au primat Annias. Si Annias échoue dans sa tentative, le bâtard Lychéas n'aura aucune chance de monter sur le trône d'Élénie. J'ai tout à fait conscience que ce choix est pénible, mais la politique est un jeu pénible.

Un peu plus tard, alors que Wargun s'entretenait avec le commandant de ses troupes, Émouchet communiqua l'essentiel de leur conversation à ses compagnons.

– Il n'est pas plus raisonnable à jeun, n'est-ce pas? commenta Kalten.

– Son point de vue se tient parfaitement, fit remarquer Tynian. L'aspect politique de la situation exige que nous fassions tout notre possible pour ramener les précepteurs à Chyrellos avant la mort de Cluvonus. Je doute qu'il se soucie beaucoup d'Ehlana. Mais il existe une autre possibilité. Nous sommes à présent en Deira, dont le roi est Obler. C'est un vieillard très sage. Si nous lui expliquons la situation, il se peut qu'il l'emporte sur Wargun.

– Je n'ai pas envie que la vie d'Ehlana soit suspendue à cette maigre possibilité, dit Émouchet, qui se retourna pour rejoindre Wargun.

Malgré les assurances de Flûte concernant le temps réel écoulé pour leur voyage, Émouchet était encore impatient. Il était irrité par cette avance apparemment nonchalante. Si, intellectuellement, il arrivait à accepter ce qu'elle avait dit, il ne pouvait l'appréhender émotionnellement. Vingt jours, c'est toujours vingt jours pour les sens, et les sens d'Émouchet étaient à vif. Des idées noires lui traversaient la tête. Tout allait mal de façon tellement constante que des prémonitions semblaient lui chatouiller l'esprit. L'issue de la rencontre future avec Ghwerig lui semblait bien moins certaine.

Aux environs de midi, ils atteignirent Acie, capitale du royaume de Deira. L'armée deirane était installée autour de la cité et il se manifestait une activité fébrile dans le camp. Wargun avait encore bu, mais il regardait autour de lui avec satisfaction.

– Parfait, je vois qu'ils sont presque prêts. Venez, Émouchet, et amenez vos amis. Nous allons parler à Obler.

Comme ils parcouraient les rues étroites d'Acie, Talen amena son cheval à hauteur de celui d'Émouchet.

– Je vais rester un peu en arrière, dit-il doucement. Je veux inspecter les lieux. S'échapper dans la campagne est très difficile. Mais nous sommes ici en ville et les villes sont pleines d'endroit où se cacher. Je ne manquerai pas au roi Wargun. C'est à peine s'il sait que je suis là. Si je peux trouver une bonne cachette, peut-être pourrons-nous nous y glisser et y rester jusqu'à ce que l'armée se mette en route. Nous pourrons alors foncer en Thalésie.

– Sois simplement prudent.
– Naturellement.
Quelques rues plus loin, Séphrénia tira brutalement sur ses rênes et immobilisa sa blanche haquenée. Elle descendit de selle avec Flûte et s'approcha d'une ruelle étroite pour saluer un Styrique âgé à la longue barbe qui portait une robe d'un blanc soutenu. Une sorte de cérémonie sembla alors se dérouler, mais Émouchet ne put distinguer les détails. Séphrénia et Flûte parlèrent assez longuement au vieillard, puis elles s'inclinèrent et revinrent.
– De quoi s'agissait-il ? demanda Wargun, soupçonneux.
– C'est un vieil ami, Votre Majesté, répondit Séphrénia, et l'homme le plus respecté et le plus sage du Styricum occidental.
– Vous voulez dire qu'il s'agit d'un roi ?
– C'est un terme qui n'a aucune signification en Styricum, Votre Majesté.
– Comment pouvez-vous avoir un gouvernement, si vous n'avez pas de roi ?
– Il existe d'autres systèmes, Votre Majesté, et d'ailleurs les Styriques ont dépassé le stade où ils avaient besoin d'un gouvernement.
– C'est absurde.
– Bien des choses ont cette apparence... au premier abord. Cela arrivera peut-être aux Élènes, un beau jour.
– Cette femme est parfois très irritante, Émouchet, grommela Wargun en poussant son cheval jusqu'à l'avant de la colonne.
– Émouchet, fit tout doucement Flûte.
– Oui ?
– Notre mission à Acie est terminée. Nous pouvons partir pour la Thalésie dès que possible.
– Et comment proposes-tu que nous procédions ?
– Je t'en parlerai tout à l'heure. Va tenir compagnie à Wargun. Il se sent seul, sans toi.
Le palais n'avait rien de particulièrement imposant. Il ressemblait plus à un complexe administratif qu'à une construction érigée dans un seul but ostentatoire.
– Je ne sais pas comment fait Obler pour vivre dans cette masure, dit Wargun avec dédain au moment où il descendait de selle. Toi, là ! tonna-t-il à l'adresse de l'un des gardes postés à la porte principale. Va dire à Obler que Wargun de Thalésie est arrivé. Nous devons discuter de quelques petites choses.
– Sur-le-champ, Votre Majesté.
Le garde salua et entra. Wargun décrocha l'outre de vin accrochée à sa selle. Il ôta le bouchon et but longuement.
– J'espère qu'Obler aura de la bière fraîche. Ce vin commence à m'irriter l'estomac.
Le garde revint.

– Le roi Obler va vous recevoir, Votre Majesté. Si vous voulez bien me suivre.

– Je connais le chemin. Je suis déjà venu. Que quelqu'un s'occupe de nos montures. (Il adressa à Émouchet un clin d'œil injecté de sang.) Venez donc, ordonna-t-il.

Apparemment, il n'avait pas remarqué l'absence de Talen.

Ils traversèrent les couloirs dénudés du palais d'Obler et trouvèrent le vieux roi de Deira assis derrière une grande table jonchée de cartes et de papiers.

– Pardon pour ce retard, Obler, dit Wargun en défaisant sa cape pourpre et en la laissant tomber au sol. Je suis passé par la Pélosie pour prendre Soros et constituer une armée improvisée. (Il s'affala dans un fauteuil.) Je ne suis plus au courant des événements. Que s'est-il passé ?

– Les Rendors assiègent Larium, répondit le roi chenu. Les alcions, les génidiens et les cyriniques tiennent encore la ville et les pandions s'occupent des bandes de pillards rendoriens.

– C'est plus ou moins ce à quoi je m'attendais, grogna Wargun. Peux-tu faire quérir de la bière, Obler ? Mon estomac me tracasse, ces derniers jours. Tu te rappelles Émouchet, n'est-ce pas ?

– Bien entendu. C'est lui qui a sauvé le comte Radun en Arcie.

– Et celui-ci est Kalten. Le plus grand est Ulath. Celui qui a la peau sombre s'appelle Bévier, et je suis sûr que tu connais Tynian. La femme styrique a pour nom Séphrénia... mais je ne suis pas vraiment sûr. Aucun d'entre nous ne pourrait sans doute le prononcer. Elle enseigne la magie aux pandions, et cette enfant adorable est sa petite-fille. (Il tourna la tête et l'on vit ses yeux chassieux.) Qu'est-il arrivé au gamin qui était avec vous ? demanda-t-il à Émouchet.

– Il doit probablement visiter le palais, répondit Émouchet sans hésiter. Les discussions politiques l'ennuient.

– Moi aussi, parfois. (Wargun reporta son regard sur le roi Obler.) Les Élènes ont-ils mobilisé ?

– Mes agents n'en ont constaté aucun signe.

Wargun se mit à jurer.

– Je pense que je vais m'arrêter à Cimmura en cours de route pour pendre ce jeune bâtard de Lychéas.

– Je vous prêterai une corde, Votre Majesté, proposa Kalten.

Wargun éclata de rire.

– Et que se passe-t-il à Chyrellos, Obler ?

– Cluvonus a sombré dans le délire. Il n'en a plus pour très longtemps, je le crains. La majeure partie des ecclésiastiques se préparent d'ores et déjà à l'élection de son successeur.

– Le primat de Cimmura part favori, sans doute, grommela Wargun avec humeur. (Il prit un pichet de bière à un domestique.) C'est bon, mon garçon. Laisse ici le tonnelet. (Sa voix traînait.) Voilà comment je vois la chose, Obler. Nous avons intérêt à rejoindre Larium aussi vite que possible. Nous repousserons les Rendors à la mer pour que les ordres militaire puissent retourner à Chyrellos empêcher Annias de devenir archiprélat. Si cela devait se produire, nous devrions déclarer la guerre.

– A l'Église ? fit Obler, apparemment stupéfait.

– On a déjà déposé des archiprélats, Obler. Annias ne saura que faire d'une mitre s'il n'a pas de tête. Émouchet a déjà proposé sa dague.

– Cela provoquerait une guerre civile générale, Wargun. Il y a des siècles que l'Église n'a pas été directement attaquée.

– Le temps est donc peut-être venu. D'autres événements ?

– Le comte de Lenda et le précepteur Vanion de l'ordre des Pandions sont arrivés il y a à peine une heure. Ils désiraient se laver. Je les ai fait mander dès que j'ai appris votre venue. Ils ne tarderont pas à se joindre à nous.

– Parfait. Nous allons donc pouvoir régler un tas de questions ici même. Quel jour sommes-nous ?

Le roi Obler lui répondit.

– Ton calendrier doit être faux, Obler, commenta Wargun après avoir compté sur ses doigts.

– Qu'as-tu fait de Soros ? lui demanda Obler.

– J'ai bien failli le tuer, grogna Wargun. Je n'ai jamais vu quelqu'un prier autant alors qu'il y a du travail à faire. Je l'ai envoyé en Lamorkand enrôler les barons. Il chevauche en tête de l'armée, mais c'est Bergsten qui est responsable, de fait. Bergsten ferait un excellent archiprélat, si on arrivait à l'extraire de son armure. (Il se mit à rire.) Tu imagines un peu la réaction de la Hiérocratie devant un archiprélat en cotte de mailles et casque à cornes, une hache d'armes à la main ?

– Cela mettrait un peu de vie dans l'Église, Wargun, admit Obler avec un léger sourire.

– Et Dieu sait si elle en a besoin. Elle agit comme une vieille fille frigide, depuis que Cluvonus est tombé malade.

– Vos Majestés pourraient-elles m'excuser ? demanda Émouchet avec déférence. J'aimerais voir Vanion. Il y a un certain temps que nous sommes séparés et j'ai un rapport à lui faire.

– Encore les affaires de l'Église ? demanda Wargun.

– Vous savez ce qu'il en est, Votre Majesté.

– Non, Dieu merci, je l'ignore. Va, chevalier de l'Église. Parle avec ton père supérieur, mais ne le retiens pas trop longtemps. Nous avons des affaires importantes à régler ici.

– Oui, Votre Majesté.

Émouchet s'inclina devant les deux rois et quitta silencieusement la salle.

Vanion était en train de se débattre pour s'introduire dans son armure quand Émouchet entra dans sa chambre. Il fixa son subordonné avec un certain étonnement.

– Que fais-tu ici, Émouchet? Je te croyais en Lamorkand?

– Je ne fais que passer, Vanion. La situation a quelque peu changé. Je vais t'en préciser l'essentiel maintenant et nous pourrons te donner tous les détails quand le roi Wargun se sera couché. (Il considéra son précepteur d'un œil critique.) Tu parais bien fatigué, mon ami.

– C'est l'âge, et toutes ces épées que j'ai demandé à Séphrénia de me donner pèsent de plus en plus chaque jour. Tu sais qu'Olven est mort?

– Oui. Son fantôme a apporté son épée à Séphrénia.

– Je le craignais. Il faudra que je la lui enlève.

Émouchet tapa des phalanges sur la plaque thoracique de Vanion.

– Tu n'es pas obligé de porter ça, tu sais. Obler est assez peu cérémonieux; quant à Wargun, il ignore la signification du mot cérémonie.

– Les apparences, mon ami, et l'honneur de l'Église. C'est parfois ennuyeux, je te l'accorde, mais... (Il haussa les épaules.) Aide-moi à rentrer là-dedans, Émouchet. Tu pourras me parler en serrant les lanières et en fermant les boucles.

– Oui, monseigneur Vanion.

Émouchet commença à assister son ami, résumant brièvement les événements qui avaient eu lieu en Lamorkand et en Pélosie.

– Pourquoi n'avez-vous pas chassé le Troll? lui demanda Vanion.

– Un événement s'est produit, répondit Émouchet en accrochant la cape noire de Vanion à ses épaulettes. Wargun, d'une part. Je me suis même proposé à le combattre, mais le patriarche Bergsten s'est interposé.

– Tu as défié *un roi*? demanda Vanion, stupéfait.

– Cela m'a semblé approprié, sur le moment.

– Oh, mon ami, fit Vanion avec un soupir.

– Nous devrions y aller. J'ai encore beaucoup à dire, mais Wargun commence à s'impatienter. (Émouchet plissa les yeux devant l'armure de Vanion.) Raidis-toi. Tu es tout de guingois. (Il tapa alors des poings sur les épaulettes de Vanion.) Là, c'est mieux.

– Merci, dit sèchement Vanion, les genoux légèrement cotonneux.

– Il y va de l'honneur de l'ordre, monseigneur. Je ne veux pas que tu donnes l'impression de porter des plaques de fer-blanc bon marché.

Vanion décida de ne pas répondre.

Le comte de Lenda était dans la salle quand Émouchet et Vanion entrèrent.

– Te voilà, Vanion, dit le roi Wargun. A présent, nous allons pouvoir commencer. Qu'est-ce qui se passe en Arcie?

– La situation n'a pas changé tant que cela, Votre Majesté. Les Rendors assiègent toujours Larium, mais les génidiens, les cyriniques et les alcions sont à l'intérieur des murailles avec la majeure partie de l'armée arcienne.

– La ville serait-elle en danger ?

– Non. Elle a été bâtie comme une montagne. Tu sais le goût des Arciens pour la maçonnerie. Elle peut probablement tenir une vingtaine d'années. (Vanion regarda en direction d'Émouchet.) J'ai vu un de tes vieux amis, là-bas. Martel semble être à la tête de l'armée rendorienne.

– Je m'en doutais un peu, à vrai dire. Je pensais lui avoir cloué les pieds au sol en Rendor, mais, étant beau parleur, il est apparemment parvenu à se sortir des griffes d'Arasham.

– Il n'a pas eu à se donner cette peine, précisa le roi Obler. Arasham est mort il y a un mois... dans des circonstances on ne peut plus suspectes.

– On dirait que Martel a encore trempé la main dans le bocal à poison, commenta Kalten.

– Qui est donc le nouveau chef spirituel de Rendor ? demanda Émouchet.

– Un nommé Ulésim, répondit le roi Obler. Si j'ai bien compris, c'était l'un des disciples d'Arasham.

Émouchet éclata de rire.

– Arasham ne connaissait même pas son existence. J'ai rencontré Ulésim. Cet homme est un idiot. Il n'en aura pas pour six mois.

– De toute façon, continua Vanion, j'ai demandé à l'ordre des Pandions de sortir régler leur sort aux pillards rendoriens qui écument les campagnes. Martel sera très vite affamé. C'est à peu près tout, Votre Majesté, conclut-il.

– Parfait, droit au but. Merci, Vanion. Lenda, que se passe-t-il à Cimmura ?

– Tout est à peu près calme... seulement Annias est parti pour Chyrellos.

– Et, tel un vautour, il est probablement perché sur un montant du lit de Cluvonus, supposa Wargun.

– Je n'en serais pas surpris, Votre Majesté, acquiesça Lenda. Il a laissé à Lychéas la charge du royaume. J'ai au palais un certain nombre d'agents qui travaillent pour moi et l'un d'eux s'est débrouillé pour entendre Annias donner ses dernières instructions à Lychéas. Il lui a ordonné d'empêcher l'armée élène de se joindre à la campagne contre Rendor. Dès la mort de Cluvonus, l'armée... et les soldats de l'Église à Cimmura... sont censés marcher sur Chyrellos. Annias veut que la Ville Sainte grouille d'hommes à lui pour intimider les membres encore indécis de la Hiérocratie.

– L'armée élène est donc mobilisée ?

– Totalement, Votre Majesté. Un camp a été planté à une dizaine de lieues au sud de Cimmura.

– Nous allons probablement devoir les combattre, Votre Majesté, dit Kalten. Annias a chassé la plupart des anciens généraux pour les remplacer par des hommes qui lui sont fidèles.

Wargun se mit à jurer.

– Ce n'est peut-être pas aussi grave qu'il paraît, Votre Majesté, reprit le comte de Lenda. J'ai étudié la législation en détail. En période de crise religieuse, les ordres combattants ont le pouvoir de prendre le commandement de toutes les forces d'Éosie occidentale. Vous ne pensez pas qu'une invasion par l'hérésie éshandiste puisse être qualifiée de crise religieuse ?

– Par Dieu, vous avez raison, Lenda. Est-ce là une loi élène ?

– Non, Votre Majesté. C'est la loi ecclésiastique.

Wargun fut alors pris d'un accès de rire bruyant.

– Oh, c'est vraiment trop bon ! gronda-t-il en tapant d'un poing massif sur l'accoudoir de son fauteuil. Annias essaie de devenir chef de l'Église et nous utilisons la loi ecclésiastique pour lui river son clou. Lenda, vous êtes un génie.

– J'ai mes bons moments, Votre Majesté, répondit Lenda avec modestie. Je suppose que le précepteur Vanion pourra persuader l'état-major général de se joindre à vos forces... surtout du fait que la loi ecclésiastique lui donne pouvoir de recourir à des mesures extrêmes si un officier vient à refuser d'accepter son autorité dans de telles circonstances.

– Sans doute quelques décapitations pourraient-elles s'avérer instructives pour l'état-major général, dit Ulath. Si nous raccourcissons quatre ou cinq généraux, le reste d'entre eux s'aligneront probablement.

– Et vite, ajouta Tynian avec un large sourire.

– Garde donc ta hache bien affûtée, Ulath, dit Wargun.

– Oui, Votre Majesté.

– Le seul problème subsistant est le suivant : qu'allons-nous faire de Lychéas ? demanda le comte de Lenda.

– J'ai déjà pris ma décision, répondit Wargun. Dès notre arrivée à Cimmura, je le pends.

– Voilà une excellente idée, dit doucement Lenda, mais je pense qu'il nous faudra peut-être y réfléchir un peu. Vous savez naturellement qu'Annias est le père du prince régent, n'est-ce pas ?

– C'est ce que m'a dit Émouchet, mais peu m'importe qui est son père ; je le pendrai envers et contre tout.

– Je ne sais pas exactement quelle affection Annias peut porter à son fils, mais il s'est bel et bien donné beaucoup de mal pour le placer sur le trône élène. Il se peut que les ordres combattants puissent l'utiliser à leur avantage en arrivant à Chyrellos. La simple proposition de le soumettre à la torture pourrait convaincre Annias de sortir ses troupes de Chyrellos, de sorte que l'élection se déroule sans interférence.

– Vous enlevez tout plaisir à la chose, se plaignit Wargun. (Il se renfrogna.) Mais vous avez probablement raison. Très bien, en arrivant à Cimmura, nous le jetterons aux oubliettes... avec ses séides. Vous êtes prêt à prendre les rênes du palais?

– Comme le voudra Votre Majesté, fit Lenda avec un soupir. Mais Émouchet ou Vanion ne seraient-ils pas davantage qualifiés?

– Peut-être, mais je vais avoir besoin d'eux en Arcie. Qu'en penses-tu, Obler?

– J'ai une confiance absolue dans le comte de Lenda.

– Je ferai de mon mieux, Vos Majestés, mais gardez à l'esprit le fait que je ne rajeunis pas.

– Vous n'êtes pas aussi âgé que moi, mon ami, lui rappela le roi Obler, et personne ne m'a laissé la possibilité d'échapper à mes responsabilités.

– Fort bien, ce point est réglé, annonça Wargun. A présent, passons à l'action. Nous allons marcher au sud sur Cimmura, emprisonner Lychéas et pousser l'état-major général à nous rejoindre avec son armée. Nous pourrons également récupérer les soldats de l'Église. Puis nous retrouverons Soros et Bergsten à la frontière arcienne. Nous descendrons ensuite sur Larium, encerclerons les Rendors et les exterminerons jusqu'au dernier.

– Ceci n'est-il pas un peu extrême, Votre Majesté? protesta Lenda.

– Non, pas du tout. Je veux qu'il s'écoule au moins dix générations avant que l'hérésie éshandiste ne relève la tête. (Il adressa à Émouchet un grand sourire entendu.) Si vous me servez fidèlement, mon ami, je vous laisserai même tuer Martel.

– Je vous en saurai gré, Votre Majesté, répondit poliment Émouchet.

– Oh, quel malheur! soupira Séphrénia.

– Cela est nécessaire, petite dame, lui dit Wargun. Obler, ton armée est-elle prête à partir?

– Elle attend les ordres, Wargun.

– Parfait. Si tu n'as rien prévu d'autre, pourquoi ne pas démarrer demain?

– C'est aussi bien.

Le vieux roi Obler haussa les épaules. Wargun se leva, s'étira et bâilla longuement.

– Dormons un peu, dit-il. Nous partirons tôt demain.

Plus tard, Émouchet et ses amis se rassemblèrent dans la chambre de Vanion pour lui raconter en détail ce qui s'était passé en Lamorkand et en Pélosie.

Quand ils eurent terminé, Vanion considéra Flûte avec curiosité.

– Quel est exactement ton rôle dans tout ceci? lui demanda-t-il.

– Je suis venue apporter mon aide, répondit-elle avec un haussement d'épaules.

– Par le Styricum ?
– D'une certaine manière.
– Et quelle est la tâche que tu dois accomplir ici même ?
– Je l'ai déjà finie, Vanion. Séphrénia et moi devions parler avec un certain Styrique. Nous l'avons vu dans la rue en venant ici et nous avons réglé la question.
– Que deviez-vous lui dire qui fût plus important que la récupération du Bhelliom ?
– Nous devions préparer le Styricum à ce qui va se produire.
– Tu veux parler de l'invasion par les Rendors ?
– Oh, cela n'est rien, Vanion. Ceci est énormément plus grave.
Vanion regarda Émouchet.
– Vous partez donc pour la Thalésie ?
Émouchet hocha la tête.
– Même s'il me faut marcher sur les eaux pour ce faire.
– Parfait, je vais tout mettre en œuvre pour vous aider à sortir de la ville. Mais un détail me dérange. Si vous partez tous, Wargun va remarquer votre absence. Séphrénia et un ou deux autres pourraient disparaître sans donner l'alerte, mais c'est à peu près tout.
Flûte se planta au beau milieu de la pièce et les dévisagea.
– Émouchet, dit-elle en tendant le bras, et Kurik. Séphrénia et moi... et Talen.
– Ceci est absurde ! explosa Bévier. Émouchet aura besoin de chevaliers pour l'accompagner, s'il doit affronter Ghwerig.
– Émouchet et Kurik suffiront pour cela, dit-elle d'un ton hautain.
– N'est-il pas dangereux d'emmener Flûte ? demanda Vanion à Émouchet.
– Peut-être, mais elle est la seule à connaître le chemin de la caverne de Ghwerig.
– Et pourquoi Talen ? demanda Kurik à Flûte.
– Il doit accomplir quelque chose à Emsat.
– Je suis navré, mes amis, annonça Émouchet aux autres chevaliers, mais nous nous sommes plus ou moins engagés à agir selon ses recommandations.
– Vous allez partir tout de suite ? demanda Vanion.
– Non, il nous faut attendre Talen.
– Parfait. Séphrénia, va chercher l'épéc d'Olven.
– Mais...
– Obéis, Séphrénia. Je t'en prie, ne discute pas avec moi.
– Oui, mon petit.
Elle poussa un soupir.
Après avoir reçu l'épée d'Olven, Vanion était si faible qu'il tenait à peine debout.
– Tu vas te tuer, si tu continues, tu sais, lui dit-elle.
– On meurt toujours de quelque chose. A présent, messires,

dit-il aux chevaliers, je suis accompagné par un groupe de pandions. Ceux d'entre vous qui restent devraient se mêler à eux au moment du départ. Lenda et Obler sont tous deux très âgés et je vais suggérer à Wargun de les mettre dans un chariot en sa compagnie. Cela devrait l'occuper suffisamment. (Il regarda Émouchet.) Un jour ou deux, voilà probablement le délai que je pourrai obtenir, s'excusa-t-il.

– Cela devrait suffire. Wargun pensera probablement que je retourne au lac Venne. S'il me fait poursuivre, ce sera certainement dans cette direction.

– Le seul problème, c'est qu'il faut à présent vous sortir du palais.

– Je m'en charge, annonça Flûte.

– Et comment?

– Par la mââägie, répondit-elle d'une voix traînante volontairement comique, et en agitant l'index.

Il éclata de rire.

– Comment avons-nous pu vivre sans toi?

– Fort mal, je suppose, fit-elle en reniflant.

Une heure plus tard, Talen se glissait dans la chambre.

– Des ennuis? lui demanda Kurik.

– Non. (Talen haussa les épaules.) J'ai pris quelques contacts et je nous ai trouvé une cachette.

– Des contacts? lui demanda Vanion. Avec qui?

– Quelques voleurs, des mendiants et deux ou trois assassins. Ils m'ont dirigé vers l'homme qui contrôle les bas-fonds d'Acie. Il doit quelques faveurs à Platime et, quand j'ai prononcé le nom de celui-ci, il s'est montré très coopératif.

– Tu vis dans un monde étrange, Talen, commenta Vanion.

– Pas beaucoup plus étrange que celui où vous vivez, monseigneur, répondit Talen avec un salut exagéré.

– Cela se peut fort bien, Émouchet, dit Vanion. Nous sommes peut-être tous voleurs et brigands, au fond. Très bien, dit-il à Talen, où se trouve cette cachette?

– Je préfère ne pas en parler, répondit Talen d'un ton évasif. Vous êtes une sorte de personnage officiel et j'ai donné ma parole.

– L'honneur existe, dans cette profession?

– Oh, oui, monseigneur. Mais elle n'est pas fondée sur un code de chevalerie. Elle est fondée sur les moyens de ne pas se faire trancher la gorge.

– Tu as là un fils fort sagace, Kurik, déclara Kalten.

– Il fallait que vous le disiez, n'est-ce pas, Kalten? demanda Kurik d'un ton acide.

– As-tu honte de moi, père? demanda Talen d'une petite voix, la figure baissée.

Kurik le regarda.

– Non, Talen, pas du tout. (Il posa son bras épais sur les

épaules du gamin.) Ceci est mon fils, Talen, dit-il sur un ton de défi, et si quiconque veut en faire une affaire, je serai plus qu'heureux de lui donner satisfaction. Et qu'on oublie ces absurdités sur l'interdiction des nobles et des roturiers de se livrer duel.

– Ne sois pas bête, Kurik, lui dit Tynian avec un large sourire. Félicitations à tous deux.

Les autres chevaliers se rassemblèrent autour du robuste écuyer et de son sacripant de fils, leur tapant sur l'épaule et ajoutant leurs félicitations à celles de Tynian.

Talen les regardait tous, les yeux soudain immenses et emplis de larmes d'avoir été ainsi reconnu. Puis il s'enfuit vers Séphrénia, tomba à genoux, enfouit son visage dans ses mains et se mit à pleurer.

Flûte eut un grand sourire.

Chapitre vingt-trois

C'ÉTAIT LA MÊME MÉLODIE soporifique que Flûte avait jouée sur les quais de Vardenais et à nouveau à l'extérieur du chapitoire de Cimmura.

– Qu'est-ce qu'elle fait, à présent ? chuchota Talen à Émouchet tandis qu'ils étaient tous tapis derrière la balustrade de la large véranda du palais du roi Obler.

– Elle endort les sentinelles de Wargun, répondit Émouchet. (Il ne jugea pas utile de donner davantage d'explications.) Ils nous ignoreront quand nous passerons à côté d'eux.

Émouchet portait son jaseran et sa cape de voyageur.

– En es-tu sûr ? demanda Talen, dubitatif.

– Je l'ai vue faire à plusieurs reprises.

Flûte se dressa et s'approcha du grand escalier qui descendait dans la cour. Le syrinx tenu d'une seul main, elle leur fit signe de la suivre.

– Allons-y, dit Émouchet en se levant.

– Émouchet, attention, on te voit de partout.

– Ce n'est rien, Talen. Ils ne feront pas attention à nous.

– Tu veux dire qu'ils ne nous voient pas ?

– Ils nous voient, expliqua Séphrénia au gamin, du moins avec leurs yeux, mais notre présence n'a aucune signification pour eux.

Émouchet les conduisit à l'escalier et ils suivirent Flûte dans la cour.

L'un des soldats thalésiens était posté au pied des marches et, à leur passage, ne leur accorda qu'un regard lointain et désabusé.

– Nerveusement, cela est épuisant, tu sais, chuchota Talen.

– Tu n'as pas besoin de chuchoter, Talen, lui dit Séphrénia.

– Ils ne nous entendent pas non plus ?

– Ils nous entendent bel et bien, mais nos voix ne les marquent pas.

– Ça ne fait rien, si je me prépare à courir ?

– Ce n'est pas vraiment nécessaire.

– Je vais quand même le faire.

– Détends-toi, Talen, lança Séphrénia. Tu ne facilites pas la tâche de Flûte.

Ils entrèrent dans l'écurie, sellèrent leurs chevaux et les menèrent dans la cour tandis que Flûte continuait de jouer. Puis ils sortirent par le portail devant les sentinelles indifférentes et la patrouille du roi Wargun dans la rue.

– Par où passe-t-on ? demanda Kurik à son fils.

– La ruelle à l'autre bout de la rue.

– C'est loin ?

– On a à peu près la moitié de la ville à traverser. Méland n'aime pas trop se rapprocher du palais à cause de toutes ces patrouilles.

– Méland ?

– Notre hôte. Il contrôle tous les voleurs et mendiants d'Acie.

– On peut compter sur lui ?

– Bien sûr que non, Kurik. C'est un voleur. Mais il ne nous trahira pas. J'ai invoqué le droit d'asile des voleurs. Il est tenu de nous recueillir et de nous cacher de quiconque viendra nous chercher. S'il avait refusé, il aurait dû en répondre devant Platime, à la prochaine réunion du conseil des voleurs, à Chyrellos.

– Il existe là tout un monde dont nous ne savons rien, dit Kurik à Émouchet.

– Je l'ai remarqué.

Le gamin les conduisit par les rues tortueuses d'Acie jusqu'à un quartier décrépit non loin des portes de la ville.

– Restez ici, dit-il quand ils atteignirent une taverne apparemment mal famée. (Il entra et ressortit un instant après, accompagné par un homme qui avait tout du furet.) Il va s'occuper de nos chevaux.

– Attention à celui-ci, voisin, l'avertit Émouchet en lui tendant les rênes de Faran. Il est très taquin. Faran, tiens-toi bien.

Faran agita les oreilles avec irritation comme Émouchet tirait des fontes la lance d'Aldréas.

Talen les introduisit dans la taverne. Elle était éclairée par des chandelles qui fumaient et elle possédait de longues tables burinées flanquées de bancs instables. Un certain nombre d'hommes qui ressemblaient à des voyous étaient assis aux tables. Aucun d'eux ne prêta particulièrement attention à Émouchet et ses amis, mais leurs yeux restèrent sur le qui-vive. Talen se dirigea vers un escalier du fond.

– C'est là-haut, dit-il en indiquant le premier palier.

L'étage était immense et parut bizarrement familier à Émouchet. Il était chichement meublé et des paillasses longeaient les murs. Il ressemblait en fait assez à la cave de Platime à Cimmura.

Méland était un homme maigre à la joue gauche rayée par une vilaine cicatrice. Il était assis à une table où étaient posés une nappe en papier et un encrier. Un tas de bijoux se trouvait à sa gauche et il devait établir le catalogue de toutes les pièces.

– Méland, dit Talen en s'approchant, voici les amis dont je t'ai parlé.

– Je croyais que vous seriez dix, lança Méland d'une voix nasale désagréable.

– Nos plans ont dû changer. Voici Émouchet. C'est lui qui est plus ou moins le chef.

Méland grogna.

– Combien de temps penses-tu que vous resterez ici ?

– Si je peux trouver un navire, jusqu'à demain matin.

– Tu ne devrais pas avoir de mal à trouver un navire. Il y en a en provenance de toute l'Éosie occidentale, au port. Des thalésiens, des arciens, des élènes, et même quelque cammoriens.

– Les portes de la ville sont-elles ouvertes la nuit ?

– Habituellement, non, mais toute une armée campe devant les murailles. Les soldats entrent et sortent de la ville, de telle sorte qu'elles sont restées ouvertes. (Méland considéra le chevalier d'un œil critique.) Si tu descends au port, tu as intérêt à te débarrasser de cette cotte de mailles... et de cette épée. Talen dit que tu voudrais passer inaperçu. Les gens du port se souviendraient de quelqu'un habillé comme toi. Il y a des vêtements accrochés à ces patères. Trouve-toi quelque chose qui t'aille.

Méland parlait d'un ton sec.

– Quel est le meilleur chemin pour rejoindre le port ?

– Sors par la porte Nord. Une simple voie de roulage descend jusqu'à la mer. Elle quitte la route principale, à gauche, à environ un demi-mille de la ville.

– Merci, voisin.

Méland lâcha un grognement et retourna à son classement.

– Kurik et moi allons descendre au port chercher un bateau, annonça Émouchet à Séphrénia. Tu devrais rester ici avec les enfants.

– Comme tu voudras.

Émouchet se trouva un pourpoint bleu un peu défraîchi qui semblait lui aller. Il ôta son jaseran et son épée et l'enfila. Puis il remit sa cape.

– Où sont tous tes gens? demandait Talen à Méland.

– C'est la nuit. Ils sont sortis travailler... ou plus exactement : ils ont intérêt à travailler.

– Oh, je n'y avais pas songé.

Émouchet et Kurik descendirent.

– Vous voulez que je prenne nos chevaux? demanda Kurik.

– Non. Allons-y à pied. On se fait trop remarquer quand on est à cheval.

– Très bien.

Ils franchirent la porte de la ville et s'engagèrent sur la route principale jusqu'à la voie de roulage dont avait parlé Méland. Puis ils descendirent vers le port.

– L'endroit paraît sordide, n'est-ce pas? fit remarquer Émouchet en examinant les bâtisses assemblées autour du port.

– Comme la plupart des fronts de mer, commenta Kurik. Posons quelques questions. (Il accosta un passant qui avait l'air d'être un marin.) On cherche un bateau en partance pour la Thalésie, dit-il en recourant à nouveau à la langue particulière dont il avait fait usage à Venne. Dis-moi, compagnon, p'têt que tu pourrais nous rancarder sur une taverne où s'réunissent les cap'taines

– Essayez la Cloche et l'Ancre, répondit le marin. C'est par là, à deux rues... au bord de l'eau.

– Merci, compagnon.

Émouchet et Kurik se dirigèrent vers les longs débarcadères qui mordaient sur les eaux sombres et souillées du golfe d'Acie. Kurik s'arrêta soudain.

– Émouchet, le navire qui se trouve au bout de cet appontement ne vous semble pas familier?

– L'inclinaison des mâts paraît familière, non? acquiesça Émouchet. Regardons d'un peu plus près.

Ils s'avancèrent sur l'embarcadère.

– Cammorien, proposa Kurik.

– Comment le sais-tu?

– Les haubans et l'inclinaison des mâts.

– Tu ne penses tout de même pas... (Émouchet s'arrêta net et contempla le nom du vaisseau peint sur sa proue.) Ça alors, c'est le navire du capitaine Sorgi. Qu'est-ce qu'il fabrique par ici?

– Pourquoi ne pas le trouver et le lui demander? S'il s'agit bien de Sorgi et non de quelqu'un qui aura acheté son bateau, cela pourrait résoudre notre problème.

– À condition qu'il prévoie de faire voile dans la bonne direction. Allons à la Cloche et l'Ancre.

– Vous vous rappelez le moindre détail de l'histoire que vous aviez racontée à Sorgi?

– Suffisamment pour me débrouiller, je pense.

La Cloche et l'Ancre était une taverne paisible et bien tenue, ainsi qu'il convenait à un lieu fréquenté par des capitaines. Les tavernes visitées par les matelots avaient tendance à être plus bruyantes et révélaient une utilisation plus rude. Émouchet et Kurik entrèrent et se tinrent sur le seuil en examinant les lieux.

– Là, annonça Kurik en désignant un homme trapu aux cheveux bouclés rayés d'argent occupé à boire dans un coin avec un groupe d'hommes imposants. C'est bien Sorgi.

Émouchet avisa l'homme qui les avait transportés de Madel, en Cammorie, jusqu'à Cippria, en Rendor, et il branla du chef.

– Dirigeons-nous par là. Peut-être vaut-il mieux que ce soit lui qui nous voie le premier.

Ils traversèrent la salle en faisant de leur mieux pour paraître nonchalants.

– Mais, je n'ai pas la berlue, c'est maître Cluff ! s'exclama Sorgi. Que faites-vous ici en Deira ? Je croyais que vous alliez rester en Rendor jusqu'à ce que tous ces cousins se lassent de vous rechercher.

– Mais... je crois qu'il s'agit du capitaine Sorgi, dit Émouchet à Kurik en feignant la stupéfaction.

– Joignez-vous à nous, maître Cluff, l'invita Sorgi avec bonhomie. Et amenez votre compagnon.

– Vous êtes très aimable, capitaine, murmura Émouchet en prenant une chaise à la table des marins.

– Que vous est-il donc arrivé, mon ami ?

Émouchet afficha une expression lugubre.

– Les cousins en question sont parvenus à retrouver ma trace. J'ai eu assez de chance pour apercevoir l'un d'eux dans une rue de Cippria avant qu'il ne me voie, et j'ai filé. Je suis en fuite depuis lors.

Sorgi éclata de rire.

– Maître Cluff, ici présent, a un petit problème, expliqua-t-il à ses compagnons. Il a commis l'erreur de faire la cour à une héritière avant d'avoir vu son visage. Cette dame s'est avérée remarquablement laide et il s'est enfui en hurlant.

– Enfin, je n'ai pas exactement hurlé, capitaine, dit Émouchet. Mais j'admets bien volontiers avoir gardé les cheveux dressés sur la tête pendant une bonne semaine.

– Par la suite, continua Sorgi avec un large sourire, comme cette dame possédait une multitude de cousins, depuis des mois ceux-ci se sont lancés après les basques du pauvre maître Cluff. S'ils l'attrapent, ils le traîneront de force pour l'épouser.

– Je crois que je préférerais me suicider, lâcha Émouchet sur un ton sinistre. Mais que faites-vous si au nord, capitaine ? Je croyais que vous sillonniez le Pas-d'Arcie et la mer Intérieure.

– Je me trouvais au port de Zenga, sur la côte cammorienne, et j'ai eu l'occasion d'acheter une cargaison de satin et de brocart. Il n'existe pas de marché pour cette sorte de produits en Rendor. Ils portent tous ces affreuses robes noires, comme vous le savez. Le meilleur des marchés pour ces tissus se situe en Thalésie. On ne s'en douterait pas, vu le climat, mais les dames thalésiennes sont passionnées de satin et de brocart. Je m'attends à un joli bénéfice pour cette cargaison.

Émouchet éprouva une joie soudaine.

– Vous allez donc en Thalésie ? Peut-être auriez-vous de la place pour des passagers ?

– Vous voulez vous rendre en Thalésie, maître Cluff ? demanda Sorgi avec une certaine surprise.

– Je veux me rendre *n'importe où*, capitaine Sorgi, répondit Émouchet d'une voix désespérée. J'ai un groupe de ces cousins à deux jours derrière mois. Si j'arrive en Thalésie, peut-être pourrai-je aller me cacher dans les montagnes.

– Je serais plus prudent, mon ami, conseilla l'un des autres capitaines. Ces montagnes de Thalésie sont infectées de brigands... sans parler des Trolls.

– Je suis capable de courir plus vite que les brigands et les Trolls ne peuvent pas être plus laids que la dame en question, fit Émouchet en feignant un frisson. Que pensez-vous, capitaine ? l'implora-t-il. M'aiderez-vous à nouveau ?

– Au même prix ? demanda Sorgi d'une voix rusée.

– Tout ce que vous voudrez.

– Marché conclu, maître Cluff. Mon bateau se trouve au bout du troisième débarcadère. Nous levons l'ancre avec la marée du matin.

– Je serai là, capitaine, promit Émouchet. A présent, si vous voulez bien m'excuser, mon compagnon et moi avons des paquets à faire. (Il se leva et tendit la main au marin.) Vous m'avez à nouveau sauvé, capitaine, dit-il avec une gratitude non feinte.

Émouchet et Kurik sortirent de la taverne. Mais Kurik restait renfrogné.

– Vous n'auriez pas l'impression que quelqu'un manipule les événements ? demanda-t-il.

– Qu'entends-tu par là ?

– N'est-il pas bizarre que nous soyons tombés à nouveau sur Sorgi... l'homme idéal sur qui nous puissions compter dans de telles circonstances ? Et n'est-il pas plus curieux encore qu'il aille justement en Thalésie... à l'endroit même que nous voulons ?

– Je crois que ton imagination te joue des tours, Kurik. Tu l'as entendu comme moi. Il est tout à fait logique qu'il se trouve ici.

– Mais à l'instant précis où nous puissions le rencontrer ?

Cette question-là était plus embarrassante.

– Nous pourrons en parler à Flûte une fois que nous serons revenus en ville.

– Vous pensez qu'elle pourrait en être responsable ?

– Pas directement, mais c'est la seule personne que je connaisse qui puisse avoir fait en sorte que ceci se produise... bien que je doute qu'elle-même ait pu le réaliser.

Mais ils n'eurent pas l'occasion de parler à Flûte en arrivant à leur cachette malpropre, car un personnage familier était assis à une table en face de Méland. Énorme, la barbe hirsute, portant une cape incroyable, Platime était plongé dans un marchandage.

– Émouchet! rugit le bandit élène en guise de salut.

Émouchet le fixa avec un certain étonnement.

– Que fais-tu à Acie, Platime?

– Plusieurs choses, en fait. Méland et moi nous échangeons des bijoux volés. Il vend ce que je vole à Cimmura, et ce qu'il a volé par ici, je le rapporte à Cimmura pour le vendre. Les gens ont tendance à reconnaître leurs bijoux, et il n'est pas très prudent de revendre dans la ville même où l'on a volé.

– Ceci ne vaut pas ce que tu me demandes, Platime, annonça sèchement Méland en levant un bracelet orné de joyaux.

– Très bien, fais-moi une autre offre, suggéra Platime.

– Encore une coïncidence, Émouchet? demanda Kurik, soupçonneux.

– Nous verrons.

– Le comte de Lenda est à Acie, Émouchet, annonça Platime très sérieusement. C'est ce que l'on trouve de plus honnête au conseil royal, et il assiste à une sorte de conférence au palais. Il se trame quelque chose et je veux être au courant. Je n'aime pas les surprises.

– Je peux te dire ce qui se passe, lui apprit Émouchet.

– Vraiment? Platime paraissait légèrement surpris.

– Si tu me proposes un prix convenable, fit Émouchet avec un large sourire.

– De l'argent?

– Non, un peu plus que cela, je crois. J'ai assisté à la conférence dont tu viens de parler. Tu sais qu'il y a la guerre en Arcie, n'est-ce pas?

– Bien entendu.

– Et ce que j'ai à te dire n'ira pas plus loin qu'ici?

Platime fit signe à Méland de s'écarter de la table, puis il regarda Émouchet droit dans les yeux avec un grand sourire.

– Les affaires avant tout, mon ami.

Cette réaction n'était pas particulièrement encourageante.

– Tu as manifesté un certain degré de patriotisme, par le passé, dit prudemment Émouchet.

– J'éprouve de temps à autre des sentiments comme ça, admit Platime à contrecœur. Tant qu'ils n'interfèrent pas avec d'honnêtes bénéfices.

– Parfait, j'ai besoin de ta coopération.

– A quoi songes-tu? demanda Platime, soupçonneux.

– Mes amis et moi cherchons à replacer sur son trône la reine Ehlana.

– Cela fait un certain temps, Émouchet, mais cette pâle gamine peut-elle réellement diriger un royaume ?

– Oui, et je serai juste derrière elle.

– Ce qui lui donne un certain avantage. Et qu'allez-vous faire du bâtard Lychéas ?

– Le roi Wargun veut le pendre.

– En temps normal, je n'apprécie pas les pendaisons ; mais, dans le cas de Lychéas, je ferai une exception. Penses-tu que je pourrais parvenir à un arrangement avec Ehlana ?

– Je ne parierais pas là-dessus.

Platime eut une grimace.

– Il fallait bien que je tente ma chance. Contente-toi de dire à ma reine que je suis le plus fidèle de ses serviteurs. Je pourrai régler les détails avec elle par la suite.

– Tu es une fripouille, Platime.

– Je n'ai jamais prétendu être autre chose. Parfait, Émouchet, de quoi as-tu besoin ? Je te suis... jusqu'à un certain point.

– J'ai avant tout besoin d'informations. Tu connais Kalten ?

– Ton ami ? Bien entendu.

– Il est au palais, à l'heure actuelle. Enfile des vêtements qui te donnent un air à peu près respectable. Va là-bas et demande-le. Prends toutes dispositions pour la transmission de l'information. Je crois comprendre que tu as le moyen d'avoir tous les détails sur la plupart des événements qui se produisent dans le monde connu ?

– Aimerais-tu savoir ce qui se produit dans l'Empire tamoul, en ce moment ?

– Pas vraiment. J'ai déjà assez de problèmes avec l'Éosie, pour l'instant. Nous nous occuperons du continent darésien quand le temps sera venu.

– Tu es ambitieux, mon ami.

– Non. Aujourd'hui, je veux seulement rétablir notre reine sur son trône.

– Je m'arrêterai donc là. N'importe quoi pour me débarrasser de Lychéas et d'Annias.

– Nous œuvrons donc tous dans le même but. Parle à Kalten. Il trouvera des systèmes pour que tu lui fasses parvenir des renseignements et il les transmettra aux gens qui sauront les utiliser.

– Tu me transformes en espion, Émouchet, déclara Platime d'une voix chagrine.

– C'est une profession au moins aussi honorable que celle de voleur.

– Je sais. Mais le seul problème, c'est que je ne sais pas si elle paie bien. Où vas-tu ensuite ?

– Nous devons rejoindre la Thalésie.

– Le propre royaume de Wargun ? Après l'avoir fui ? Émouchet, tu es soit plus brave, soit plus bête que je l'imaginais.

– Tu sais donc que nous nous sommes évadés du palais ?

– Talen m'en a parlé. (Platime réfléchit un moment.) Vous débarquerez probablement à Emsat, n'est-ce pas ?

– C'est ce que dit notre capitaine.

– Talen, viens ici, lança Platime.

– Pour quoi faire ? répondit sèchement le gamin.

– Tu n'as pas encore réussi à lui faire perdre cette habitude, Émouchet ?

– Ce n'était qu'en souvenir du bon vieux temps, Platime, fit Talen avec un large sourire.

– Écoute-moi soigneusement. Quand tu arriveras à Emsat, tu iras voir un type du nom de Stragen. C'est lui qui commande plus ou moins, là-bas... de la même manière que moi à Cimmura et Méland ici. Il pourra vous apporter toute l'aide dont vous aurez besoin.

– Très bien, répondit Talen.

– Tu penses vraiment à tout, Platime ? commenta Émouchet.

– Dans mon domaine, c'est pratiquement obligatoire. Autrement, on a tendance à se retrouver désagréablement pendu au bout d'une corde.

Le lendemain matin, ils atteignirent le port peu après le lever du soleil et, après avoir surveillé l'embarquement des chevaux, ils montèrent à bord.

– On dirait que vous avez hérité d'un nouveau valet, maître Cluff, dit le capitaine Sorgi à Émouchet en voyant Talen.

– C'est le fils cadet de mon valet, répondit Émouchet sans mentir.

– En témoignage de l'amitié que je vous porte, maître Cluff, je ne vous demanderai pas davantage pour ce gamin. A propos, si nous réglions la question avant de lever l'ancre ?

Émouchet poussa un soupir et mit la main à sa bourse.

Un vent arrière favorable soufflait quand ils sortirent du golfe d'Acie pour éviter le promontoire au nord. Puis ils entrèrent dans le détroit de Thalésie et laissèrent les terres derrière eux. Émouchet se tenait sur le pont et parlait avec Sorgi.

– Combien de temps pensez-vous que nous mettrons pour rejoindre Emsat ? demanda-t-il au marin aux cheveux bouclés.

– Nous toucherons probablement le port demain à midi. Si le vent continue d'être favorable. Nous serrerons les voiles et installerons des ancres de pleine mer cette nuit. Ces eaux ne me sont pas aussi familières que celles de la mer Intérieure ou du Pas-d'Arcie, et je n'ai pas envie de courir de risques.

– La prudence me plaît, chez le capitaine d'un bateau sur lequel je voyage. Oh, en parlant de prudence, est-ce que vous pensez que nous pourrions trouver quelque crique discrète avant d'arriver à Emsat ? Je ne sais pas pourquoi, mais les villes me rendent très nerveux.

Sorgi éclata de rire.

– Vous voyez ces cousins à tous les coins de rues, n'est-ce pas, capitaine Cluff ? C'est pour cela que vous êtes ainsi armé ? demanda Sorgi en jetant un coup d'œil intrigué à la cotte de mailles et à l'épée d'Émouchet.

– Dans ma situation, on n'est jamais trop prudent.

– Nous vous trouverons votre crique, maître Cluff. La côte de Thalésie n'est qu'une longue crique discrète. Nous vous débarquerons sur une plage tranquille pour que vous puissiez rendre visite aux Trolls sans avoir des cousins sur les talons.

– Je vous en saurai gré, capitaine Sorgi.

– Hé, toi, là ! beugla Sorgi à l'adresse de l'un des marins dans les haubans. Un peu de nerf ! Tu es ici pour travailler, pas pour bayer aux corneilles !

Émouchet remonta sur le pont supérieur et s'appuya au platbord pour contempler nonchalamment les longues vagues bleu outremer qui miroitaient au soleil de midi. Les questions de Kurik le troublaient encore. Les rencontres avec Sorgi et Platime étaient-elles vraiment des coïncidences ? Pourquoi fallait-il qu'ils eussent été tous deux en Acie à l'instant précis où Émouchet et ses amis avaient réussi leur évasion du palais ? Si Flûte était réellement capable de manipuler le temps, pouvait-elle aussi attirer sur des distances fabuleuses les personnes qu'il leur fallait au moment idoine ? Quelle était exactement l'étendue de son pouvoir ?

Comme si ses pensées l'avaient appelée, Flûte remonta la coursive et regarda autour d'elle. Émouchet traversa le pont pour aller à sa rencontre.

– J'ai une ou deux questions pour toi.

– Je m'en doutais.

– As-tu un rapport quelconque avec la venue de Platime et de Sorgi à Acie ?

– Non, pas personnellement.

– Mais tu savais qu'ils y seraient ?

– On gagne du temps quand on a affaire à des gens que l'on connaît déjà, Émouchet. J'ai émis quelques requêtes et certains membres de ma famille ont réglé les détails.

– Tu n'arrêtes pas de parler de ta famille. Tu ne pourrais pas...

– Mais, qu'est-ce que c'est que ça ? demanda-t-elle en tendant le bras à tribord.

Émouchet regarda. Un gonflement énorme apparaissait juste sous la surface, une grande queue plate jaillit de l'eau et s'abattit en projetant un grand nuage d'éclaboussures.

– Une baleine, je crois, dit-il.

– Est-ce que les poissons peuvent devenir aussi gros ?

– Je ne pense pas qu'il s'agisse vraiment d'un poisson... d'après ce que j'ai entendu dire, du moins.

– Et elle *chante*! s'étonna Flûte en tapant des mains de plaisir.

– Je n'entends rien.

– Tu n'écoutes pas, Émouchet.

Elle courut vers l'avant et se pencha par-dessus la proue.

– Flûte! cria-t-il. Sois prudente!

Il se précipita vers le bastingage de l'avant et se saisit d'elle.

– Arrête! dit-elle.

Elle porta son instrument à ses lèvres, mais un coup de roulis violent lui fit lâcher prise et il tomba dans la mer.

– Oh, saperlipopette! dit-elle avant de faire la grimace. Tant pis, tu sauras bientôt, de toute façon.

Elle leva son petit visage. Le son qui sortit de sa gorge était celui du syrinx grossier de berger. Émouchet resta ébahi. L'instrument n'était là que pour les apparences. Depuis le début, ce qu'ils entendaient était le son de la voix de Flûte. Son chant s'envola au-dessus des vagues.

La baleine reparut, roula légèrement sur le côté, et il distingua son grand œil intrigué. Flûte chanta, la voix plus aiguë. L'énorme créature se rapprocha davantage et l'un des marins dans les vergues poussa un cri d'alarme.

– Il y a des baleines, ici, capitaine!

D'autres baleines se mirent alors à monter des profondeurs, comme pour répondre au chant de la petite fille. Le navire roula et tangua dans leur sillage bouillonnant tandis qu'elles se rassemblaient autour de l'étrave, lançant d'énormes nuages de vapeur par leurs évents situés au sommet de la tête.

Un marin s'avança avec une longue gaffe, les yeux remplis de panique.

– Oh, ne fais pas la bête, lui dit Flûte. Elles ne font que jouer.

– Euh... Flûte, dit Émouchet d'une voix marquée par une crainte révérencielle, tu ne penses pas qu'il faudrait leur dire de rentrer chez elles?

Il se rendit compte aussitôt de l'énormité de ce qu'il venait de dire : les baleines *étaient* chez elles.

– Mais je les aime bien, protesta-t-elle. Elles sont très belles.

– Oui, je sais, mais les baleines ne sont pas idéales comme animaux de compagnie. Dès que nous serons en Thalésie, je t'achèterai un petit chat. Je t'en prie, Flûte, dis au revoir à tes baleines et fais-les partir. Elles nous ralentissent.

– Oh. (Sur son visage se peignait la déception.) Très bien, donc.

Elle leva encore la voix en un trille aigu où perçait le regret. Les baleines s'éloignèrent, puis plongèrent, leurs vastes ailerons arrière s'écrasant à la surface de la mer, la déchirant en haillons d'écume.

Émouchet tourna la tête. Les marins, bouches bées, regardaient la petite fille. A ce stade, toute explication eût été extrêmement difficile.

– Pourquoi ne pas rentrer dans notre cabine pour déjeuner ? proposa-t-il.

– Très bien. (Elle leva les bras.) Tu peux me porter, si tu veux.

C'était le moyen le plus rapide de la soustraire au regard ébahi de l'équipage de Sorgi, aussi l'emporta-t-il jusque dans la coursive.

– J'aimerais vraiment que tu ne portes pas ça, dit-elle en jouant de l'ongle avec sa cotte de mailles. Ça sent terriblement mauvais, tu sais.

– Dans mon métier, c'est plus ou moins nécessaire. Pour me protéger, tu vois.

– Il existe d'autres méthodes pour te protéger, Émouchet, et elles sont loin d'être aussi répugnantes.

En atteignant la cabine, ils découvrirent Séphrénia, blême et tremblante, assise une épée de cérémonie sur les genoux. Kurik, les yeux légèrement perdus, s'occupait d'elle.

– C'était sire Gared, Émouchet, dit-il tout doucement. Il a traversé le panneau de la porte comme s'il n'existait pas et il a remis cette épée à Séphrénia.

Émouchet ressentit un pincement violent de douleur. Gared était un de ses amis. Il se redressa et poussa un soupir. Si tout allait bien, ceci serait la dernière épée que Séphrénia serait forcée de porter.

– Flûte, dit-il, peux-tu l'aider à dormir ?

La petite fille hocha la tête, le visage grave.

Émouchet souleva Séphrénia entre ses bras. Elle paraissait dépourvue de poids. Il la porta jusqu'à sa couchette et l'allongea avec douceur. Flûte s'approcha d'elle et se mit à chanter. C'était une berceuse comme celles que l'on chante aux enfants. Séphrénia soupira et ferma les yeux.

– Elle va devoir se reposer, dit Émouchet à Flûte. La route sera longue, jusqu'à la caverne de Ghwerig. Maintiens-la endormie jusqu'à ce que nous ayons touché la côte de Thalésie.

– Bien sûr, mon grand.

Ils touchèrent la côte thalésienne aux environs de midi, le lendemain, et le capitaine Sorgi poussa jusqu'à une petite crique juste à l'ouest du port d'Emsat.

– Vous ne pouvez savoir à quel point j'apprécie votre aide, capitaine, dit Émouchet à Sorgi tandis qu'ils se préparaient à débarquer.

– Tout le plaisir est pour moi, maître Cluff. Nous autres célibataires devons bien nous serrer les coudes, dans ce genre de circonstances.

Émouchet lui adressa un large sourire.

Le petit groupe conduisit les chevaux sur la plage grâce à une longue passerelle. Ils se mirent en selle tandis que les marins effectuaient de prudentes manœuvres pour sortir le bateau de la crique.

– Tu veux m'accompagner à Emsat ? demanda Talen à Émouchet. Il faut que je parle à Stragen.

– Je préfère éviter cette ville. Wargun a probablement eu le temps d'envoyer un messager et l'on me reconnaît assez facilement.

– Je l'accompagne, proposa Kurik. De toute façon, nous allons avoir besoin de provisions.

– Entendu. Mais enfonçons-nous d'abord dans les bois afin de planter un camp pour la nuit.

Ils s'installèrent dans une petite clairière et Kurik et Talen partirent en milieu d'après-midi.

Assise près du feu, l'épée de sire Gared sur les genoux, Séphrénia était blême et elle avait les traits tirés.

– Je regrette pour toi, Séphrénia, lui dit Émouchet, mais nous allons devoir aller au galop si nous voulons atteindre la caverne de Ghwerig avant qu'il ne l'ait bouchée. Existe-t-il un moyen pour que tu me confies cette épée ?

Elle secoua la tête.

– Non, mon petit. Tu n'étais pas présent dans la salle du trône. Seuls ceux qui étaient là lorsque j'ai jeté le sort peuvent se charger de ces épées.

– C'est bien ce que je redoutais. Bon, je vais m'occuper du souper.

A minuit, Kurik et Talen étaient de retour.

– Des ennuis ? demanda Émouchet.

– Rien qui vaille la peine d'être mentionné. (Talen haussa les épaules.) Le nom de Platime ouvre toutes sortes de portes. Mais Stragen nous a appris que le territoire au nord d'Emsat est infesté de brigands. Il va nous fournir une escorte armée et des chevaux de supplémentaires... ça, c'est une idée de mon père.

– Nous pourrons aller plus vite si nous changeons de montures à peu près toutes les heures, expliqua Kurik. Stragen nous enverra aussi des provisions avec les hommes qui nous accompagneront.

– Tu vois comme c'est chouette d'avoir des amis, Émouchet ? demanda Talen avec impudence.

Émouchet feignit de l'ignorer.

– Les hommes de Stragen viendront-ils jusqu'ici ?

– Non, répondit Talen. Nous les retrouverons avant le lever du soleil à un mille sur la route au nord d'Emsat. (Il regarda autour de lui.) Qu'est-ce qu'on mange ? J'ai une faim de loup.

Chapitre vingt-quatre

ILS PARTIRENT AUX premières lueurs de l'aube, traversèrent la forêt au nord d'Emsat et s'arrêtèrent non loin de la route convenue.

– J'espère que ce Stragen tiendra parole, marmonna Kurik à Talen. Je n'ai jamais été en Thalésie auparavant et ça ne me plaît pas tellement de chevaucher en pays hostile sans savoir ce qui se passe.

– Nous pouvons nous fier à Stragen, père, répondit Talen, confiant. Les voleurs thalésiens ont un sens de l'honneur très strict. C'est des voleurs cammoriens dont il faut se méfier. Ils sont capables de se voler eux-mêmes s'ils trouvent un moyen d'en tirer profit.

– Sire chevalier, dit une voix basse parmi les arbres.

Émouchet porta immédiatement la main à l'épée.

– Inutile, monseigneur, dit la voix. Stragen nous envoie. Il y a des brigands dans les collines avancées et il nous a demandé de vous aider à passer en sécurité.

– Sors donc de la pénombre, voisin, dit Émouchet.

– Voisin ? (L'homme éclata de rire.) Voilà qui me plaît. Vous avez un voisinage bien vaste, voisin.

– Il s'étend sur la majeure partie du monde, depuis ces derniers temps, admit Émouchet.

– Eh bien, bienvenue en Thalésie, voisin.

L'homme qui sortit à cheval de la pénombre de la forêt avait des cheveux blond filasse. Il était rasé de près, vêtu grossièrement, portait une pique menaçante, et une hache se balançait à sa selle.

– Stragen nous a dit que vous voulez aller au nord. Nous devons vous accompagner jusqu'à Heid.

– Cela ira-t-il ? demanda Émouchet à Flûte.

– Parfaitement. Nous quitterons la route un mille après cette ville.

– Vous prenez vos ordres d'une enfant ? s'étonna l'homme aux cheveux de lin.

– Elle sait où nous devons aller, expliqua Émouchet en haussant les épaules. Il ne faut jamais discuter avec son guide.

– C'est probablement vrai, sire Émouchet. Je m'appelle Tel... si cela peut vous intéresser. J'ai une douzaine d'hommes et des chevaux supplémentaires... ainsi que les provisions demandées par votre valet. (Il se passa la main sur le visage.) Je dois admettre que je suis interloqué, sire chevalier. Jamais je n'avais vu Stragen à ce point désireux de rendre service à un étranger.

– As-tu entendu parler de Platime ? lui demanda Talen.

Tel jeta un coup d'œil rapide au gamin.

– Le chef de Cimmura ?

– Soi-même. Stragen a quelques dettes envers Platime et je travaille pour ce dernier.

– Oh, voilà qui explique tout, sans doute. Le jour avance, sire chevalier. Pourquoi ne pas nous mettre en route ?

– En effet, pourquoi pas ? acquiesça Émouchet.

Les hommes de Tel étaient tous vêtus du costume utilitaire des paysans thalésiens et portaient leurs armes comme s'ils savaient s'en servir. Ils étaient uniformément blonds et avaient le visage sévère des hommes qui se soucient fort peu des aménités polies de la vie.

Quand le soleil se leva, ils augmentèrent leur allure. Émouchet savait que la présence de Tel et de ses coupe-jarrets risquait de les ralentir considérablement, mais les chevaux supplémentaires constituaient une sauvegarde pour Séphrénia et Flûte. Il avait éprouvé quelques inquiétudes au sujet de leur vulnérabilité en cas d'embuscade dans les montagnes.

Ils traversèrent rapidement des champs où l'on voyait de temps à autre des fermes bien tenues. Une attaque était improbable, sur un terrain aussi peuplé. Ce jour-là, ils purent couvrir une distance considérable. Ils campèrent à une certaine distance de la route et repartirent tôt le lendemain matin.

– Ma selle commence à devenir douloureuse, admit Kurik quand ils s'installèrent sur leurs montures.

– Je croyais que tu t'étais habitué, lui dit Émouchet.

– Émouchet, cela fait bientôt six mois que nous chevauchons pratiquement sans arrêt. Je crois que mes fesses ont commencé à attaquer ma selle.

– Je t'en achèterai une neuve.

– Afin que je puisse avoir la joie de la roder ? Non, merci.

Le paysage devenait plus accidenté et, au nord, ils distinguaient à présent les montagnes vert foncé.

– Si je puis me permettre une suggestion, sire Émouchet, dit Tel, pourquoi ne pas installer notre camp avant de nous engager dans les collines ? C'est là que se trouvent les brigands et une attaque de nuit serait gênante. Par contre, je doute qu'ils descendent dans la plaine.

Émouchet dut admettre que Tel avait probablement raison, même si ce retard l'irritait. La sécurité de Séphrénia et Flûte était d'une importance primordiale.

Ils s'arrêtèrent donc avant le coucher du soleil et s'abritèrent dans un vallon peu profond. Les hommes de Tel s'y connaissaient parfaitement en dissimulation, remarqua Émouchet.

Le lendemain matin, ils attendirent le jour avant de repartir.

– Très bien, dit Tel comme ils avançaient au trot. Je connais certains des gars qui se cachent dans les montagnes et ils ont des endroits favoris pour leurs embuscades. Je vous avertirai quand nous nous en approcherons. Le meilleur moyen de les franchir, c'est de passer au galop. Cela les prend par surprise et il leur faut généralement une ou deux minutes avant de monter en selle. Nous pourrons les avoir largement dépassés quand ils commenceront la poursuite.

– Et combien seront-ils, environ ?

– Une trentaine au maximum, en tout. Mais ils se séparent. Ils ont plusieurs endroits pour attaquer et il est probable qu'ils les utilisent tous.

– Ton plan n'est pas mauvais, Tel. Mais je crois en avoir un meilleur. Nous franchissons l'embuscade au galop ainsi que tu l'as suggéré. Et quand ils sont tous lancés à notre poursuite, nous nous retournons contre eux. Inutile de leur laisser l'occasion de joindre leurs forces à d'autres un peu plus loin.

– Vous aimez le sang, Émouchet, n'est-ce pas ?

– J'ai un ami thalésien qui me dit tout le temps qu'il ne faut jamais laisser d'ennemi derrière soi.

– Il n'a peut-être pas tort.

– Comment en sais-tu autant sur ces gens-là ?

– J'appartenais à leur bande, mais je me suis lassé de dormir à la belle étoile sous les intempéries. Je suis alors allé à Emsat et je me suis mis au service de Stragen.

– Nous sommes à quelle distance de Heid?
– Une cinquantaine de lieues. Nous y parviendrons à la fin de la semaine, si nous faisons vite.
– Parfait. Allons-y.
Ils s'engagèrent au trot dans les montagnes en scrutant les arbres et les buissons de part et d'autre de la route.
– C'est là devant, annonça doucement Tel. La route passe dans un défilé, à cet endroit.
– Fonçons donc, dit Émouchet.
Il s'avança le premier. Ils entendirent un cri de surprise en haut de l'éminence à leur gauche. Un seul homme se tenait là.
– Il est seul, cria Tel en regardant par-dessus son épaule. Il surveille la route et, quand des voyageurs apparaissent, il fait des signaux de fumée à l'intention de ceux qui sont plus loin.
– Sûrement pas cette fois-ci, grommela l'un des hommes de Tel en se saisissant de l'arc qu'il portait dans le dos en bandoulière. Il immobilisa son cheval et décocha une flèche en direction du guetteur sur la roche. L'homme se plia en deux quand le trait se ficha dans son estomac et il s'abattit dans la poussière de la route.
– Joli coup, commenta Kurik.
– Pas mal, répondit l'archer avec modestie.
– Tu penses que quelqu'un l'aura entendu crier? demanda Émouchet à Tel.
– Cela dépend de la distance à laquelle ils se trouvent. Ils ne savent probablement pas ce qu'il aura voulu dire, mais quelques-uns d'entre eux risquent de descendre enquêter.
– Qu'ils viennent, dit l'archer sur un ton sinistre.
– Nous devrions peut-être ralentir, à présent, conseilla Tel. Ce ne serait pas très agréable de nous retrouver face à face avec eux à un tournant.
– Tu t'y connais, Tel.
– C'est l'habitude, Émouchet, et je connais le terrain. J'ai vécu par ici plus de cinq ans. C'est pour cela que Stragen m'a envoyé, au lieu de quelqu'un d'autre. Laissez-moi aller jeter un coup d'œil à ce tournant.
Il se glissa au bas de son cheval et prit sa pique. Il courut plié en deux; juste avant d'atteindre le tournant, il se fondit dans les buissons et disparut. Un instant plus tard, il reparaissait et faisait quelques gestes obscurs.
– Ils sont trois, traduisit l'archer d'une voix étouffée. Ils arrivent au trot.
Il plaça une flèche sur son arc.
Émouchet tira son épée.
– Protège Séphrénia, dit-il à Kurik.
Le premier homme après le tournant tomba de selle avec une flèche dans la gorge. Émouchet secoua ses rênes et Faran chargea.

Les deux autres hommes fixaient leur camarade à terre avec une stupéfaction manifeste. D'un seul coup d'épée, Émouchet fit tomber le premier de selle et l'autre se retourna pour s'enfuir. Mais Tel sortit des buissons et plongea sa pique en biais dans le corps de l'homme. Il gargouilla un gémissement et tomba de cheval.

– Prenez les chevaux! aboya Tel à ses hommes. Ne les laissez pas retourner là où se cachent les autres!

Ses hommes galopèrent à la poursuite des chevaux qui s'enfuyaient et les ramenèrent quelques minutes plus tard.

– Joli boulot, dit Tel en libérant sa pique du cadavre sur la route. Pas un cri et aucun ne s'est échappé. (Il fit rouler le corps avec son pied.) Je connais celui-ci. Les deux autres doivent être des nouveaux. L'espérance de vie de ces brigands n'est pas très grande, de telle sorte que Dorga est obligé de faire souvent de nouvelles recrues.

– Dorga? demanda Émouchet en mettant pied à terre.

– C'est le chef de la bande. Il ne m'a jamais plu. Il se donne un peu trop d'importance.

– Traînons-les dans les buissons, dit Émouchet. Je préfère que la petite fille ne les voie pas.

– Très bien.

Après que les corps eurent été dissimulés, Émouchet revint sur ses pas et fit signe à Séphrénia et Kurik de s'avancer.

Ils reprirent leur route avec prudence.

– Ce sera peut-être plus facile que je l'imaginais, dit Tel. Je crois qu'ils se séparent en groupes très réduits pour mieux surveiller la route. Nous devrions entrer dans les bois à la gauche de la route. Sur le côté droit, il y a des éboulis et Dorga aime y poster quelques archers. Une fois que nous les aurons dépassés, j'enverrai quelques hommes les prendre à revers.

– Est-ce vraiment nécessaire? demanda Séphrénia.

– Je ne fais que suivre les conseils de sire Émouchet, madame, répondit Tel. Ne pas laisser d'ennemis derrière soi... surtout ceux qui ont des arcs comme armes. Ni vous ni moi ne tenons à recevoir une flèche dans le dos.

Ils pénétrèrent donc dans les bois avant d'avoir atteint l'éboulis et ils continuèrent prudemment au pas. L'un des hommes de Tel rampa jusqu'à la lisière du bosquet et les rejoignit quelques minutes plus tard.

– Ils sont deux, rapporta-t-il à voix basse. A une cinquantaine de pas de l'éboulis.

– Prends deux hommes, lui dit Tel. Vous serez à couvert à deux cents pas d'ici. Vous pourrez traverser la route à cet endroit-là. Remontez le long de l'éboulis et prenez-les à revers. Essayez de ne faire aucun bruit.

Le coupe-jarret blond et mal rasé eut un large sourire, fit un signe à deux de ses compagnons et partit vers l'avant.

– J'avais oublié combien ceci peut être amusant, dit Tel. Du moins quand il fait beau. Mais c'est très éprouvant en hiver.

Ils avaient peut-être parcouru un demi-mille quand les trois truands les rattrapèrent.

– Des problèmes ? demanda Tel.

– Ils étaient à moitié endormis. (L'un des hommes gloussa.) A présent, ils sont complètement endormis.

– Parfait. (Tel regarda derrière lui.) Émouchet, nous pouvons galoper un certain temps, maintenant. Les bas-côtés sont trop dégagés pour qu'on puisse nous attaquer pendant quelques milles.

Ils galopèrent pratiquement jusqu'à midi, quand ils atteignirent une crête où Tel fit signe de s'arrêter.

– Cette portion de route risque d'être dangereuse, annonça-t-il à Émouchet. Le chemin s'enfonce dans un défilé que nous ne pouvons éviter à partir d'ici. C'est l'un des endroits préférés de Dorga et il est probable qu'il y ait posté quelques hommes. Je crois que ce que nous avons de mieux à faire, c'est de foncer à bride abattue. Un archer éprouve une certaine difficulté à tirer vers le bas sur des cibles qui se déplacent... disons que ç'a toujours été mon cas.

– Quelle distance avant d'être sortis du défilé ?

– Environ un mille.

– Et nous serons à découvert tout du long ?

– Plus ou moins, oui.

– Nous n'avons donc guère le choix ?

– A moins que vous ne vouliez attendre la nuit, ce qui rendrait le restant de la route deux fois plus dangereux.

– Parfait. (Émouchet avait pris sa décision.) Tu connais le terrain, alors tu prends la tête. (Il décrocha son bouclier du pommeau de sa selle et se le fixa au bras.) Séphrénia, tu resteras à mon côté. Je pourrai vous protéger, toi et Flûte, grâce à mon bouclier. Vas-y, Tel.

Le plongeon dans le défilé prit par surprise les brigands invisibles. Émouchet entendit quelques cris d'étonnement en haut du ravin et une unique flèche tomba loin derrière eux.

– Déployez-vous ! cria Tel. Ne restez pas groupés !

Ils continuèrent leur course. D'autres flèches se fracassèrent sur le bouclier qu'Émouchet tenait au-dessus de Séphrénia et Flûte. Il entendit un cri étouffé et jeta un coup d'œil en arrière. L'un des hommes de Tel oscillait sur sa selle, les yeux emplis de douleur. Puis il bascula et tomba lourdement au sol.

– Continuez ! ordonna Tel. Nous sommes presque arrivés !

La route sortait effectivement du défilé, traversait un bosquet, puis longeait la courbe d'une falaise surplombant une gorge profonde.

Quelques flèches supplémentaires s'abattirent derrière eux.

Ils galopèrent à travers les arbres et le long de la falaise.

– Continuez au galop ! ordonna encore Tel. Qu'ils s'imaginent que nous allons continuer tout du long comme ça.

Là où s'arrêtait la falaise, la route formait un virage brutal avant de replonger dans la forêt. Tel immobilisa son cheval haletant.

– L'endroit paraît idéal, annonça-t-il. La route rétrécit un peu, après, et ils devront arriver deux de front au maximum.

– Tu penses vraiment qu'ils vont essayer de nous suivre? demanda Kurik.

– Je connais Dorga. Il ne sait pas exactement qui nous sommes, mais il ne tient pas du tout à ce que nous avertissions les autorités de Heid. L'idée que des groupes importants d'hommes du shérif viennent écumer ces montagnes le rend nerveux. L'échafaud de Heid est très robuste.

– Cette forêt est sûre ? demanda Émouchet en tendant la main.

Tel hocha la tête.

– Les fourrés sont trop épais pour rendre possible une embuscade. Ce défilé était la dernière portion de route vraiment dangereuse de ce côté-ci des montagnes.

– Séphrénia, dit Émouchet, descends dans cette forêt. Kurik, accompagne-la.

Le visage de Kurik révéla qu'il allait protester, mais il resta coi. Il conduisit Séphrénia et les enfants par la route jusqu'à l'abri de la forêt.

– Ils arriveront vite, expliqua Tel. Nous sommes passés devant eux à toute allure et ils vont essayer de nous rattraper. (Il considéra le coupe-jarret avec son arc.) A quelle vitesse es-tu capable de tirer ? demanda-t-il.

– Je peux mettre trois flèches en l'air en même temps, répondit l'individu en haussant les épaules.

– Essaie avec quatre. Peu importe si tu touches les chevaux. Ils tomberont en bas de la falaise et emporteront leurs cavaliers avec eux. Touches-en autant que tu pourras, et nous chargerons le restant d'entre eux. Ça te semble correct, Émouchet ?

– Cela peut fonctionner.

Émouchet déplaça le bouclier sur son bras gauche, puis il tira son épée.

Ils entendirent alors des claquements rapides de sabots sur la corniche rocheuse, de l'autre côté du virage serré. L'archer de Tel descendit de sa monture et accrocha son carquois à un arbre rabougri au bord de la route pour l'avoir à portée de la main.

– Voilà qui va te coûter un quart de couronne par flèche, Tel, annonça-t-il calmement en sortant le premier projectile de son carquois pour le placer sur l'arc. Les bonnes flèches coûtent cher.

– Présente ta facture à Stragen, suggéra Tel.

– Stragen traîne la patte pour payer ses factures. Je préférerais me faire payer par toi et te laisser discuter avec lui.

– Très bien, répondit Tel sur un ton légèrement bougon.

– Les voilà, annonça un autre coupe-jarret sans excitation particulière.

Les deux premiers brigands à négocier le tournant ne les virent probablement pas. L'archer de Tel était aussi qualifié qu'il le prétendait. Les deux hommes tombèrent de selle, un sur le côté de la route et l'autre au fond de la gorge. Leurs chevaux continuèrent leur course sur quelques pas, puis s'immobilisèrent en voyant ceux qui barraient la route.

L'archer rata l'un des deux arrivants suivants.

– Il s'est baissé, dit-il. On va voir s'il peut éviter celle-ci.

Il tira une nouvelle fois : sa flèche se ficha dans le front du malheureux. L'homme tomba en arrière et resta allongé sur la route, les jambes agitées de tressautements.

Les brigands arrivèrent alors en masse. L'archer lâcha plusieurs flèches dans le tas.

– Il faut y aller, maintenant, Tel. Ils vont un peu trop vite.

– En avant! cria Tel en coinçant sa pique sous le bras d'une manière qui rappelait curieusement celle utilisée par les chevaliers. Les hommes de Tel étaient dotés d'un assortiment d'armes très varié, mais ils les manipulaient très professionnellement.

Faran étant le plus robuste et le plus rapide des chevaux présents, Émouchet distança les autres sur les cinquante pas à parcourir. Il s'écrasa au centre du groupe de cavaliers stupéfaits, maniant son épée à toute volée. Les hommes auxquels il s'attaquait ne portaient aucun jaseran pour se protéger et la lame d'Émouchet s'enfonçait sans peine. Deux d'entre eux tentèrent bien de lever leur épée rouillée pour écarter ses coups impitoyables, mais Émouchet, en épéiste expert, était capable de modifier la trajectoire de son arme en pleine course et les deux brigands se retrouvèrent sur la route, serrant le moignon de leur main droite coupée.

Un individu à la barbe rouge chevauchait à l'arrière. Il se retourna pour s'enfuir, mais Tel se précipita à côté d'Émouchet, cheveux blonds au vent, pique baissée, et les deux hommes disparurent de l'autre côté du virage. Les hommes de Tel arrivèrent derrière Émouchet et nettoyèrent la route avec une efficacité brutale.

Émouchet fit trotter Faran de l'autre côté du virage. Il s'avéra que Tel avait fait tomber de selle le barbu rouquin, et le gaillard se tortillait dans la poussière, la pique lui ressortant du dos. Tel mit pied à terre et s'accroupit à côté du blessé.

– Ça ne se termine pas très bien pour toi, Dorga, hein? fit-il d'une voix presque amicale. Je t'avais averti il y a longtemps que le métier de bandit de grands chemins était dangereux.

Puis il arracha sa pique du dos de son ancien chef et, d'un coup de pied, le fit tomber de la falaise. Le hurlement de détresse de Dorga mourut dans la gorge.

– Eh bien, dit Tel à Émouchet, voilà qui règle la question. Repartons. La route est encore longue jusqu'à Heid.

Les hommes de Tel étaient en train de se débarrasser des morts et des blessés en les poussant nonchalamment au bas de la falaise.

– Il n'y a plus grand-chose à craindre, à présent, leur dit Tel. Que quelques-uns restent ici pour récupérer ces chevaux. Nous devrions en tirer un bon prix. Le restant, accompagnez-nous. Vous venez, Émouchet ?

Et il s'engagea le premier sur la pente.

Les journées semblèrent traîner tandis qu'ils traversaient les montagnes dépeuplées de Thalésie centrale. A un moment donné, Émouchet ralentit Faran pour se mettre à la hauteur de Séphrénia et Flûte.

– J'ai personnellement l'impression que nous chevauchons depuis cinq jours au moins, dit-il à la petite fille. Combien cela en fait-il, réellement ?

Elle sourit et leva deux doigts.

– Tu joues encore avec le temps, n'est-ce pas ? l'accusa-t-il.

– Bien entendu. Tu ne m'as pas acheté mon petit chat, comme promis, alors il faut bien que je m'amuse.

Il abandonna. Rien au monde n'était plus immuable que le lever et le coucher du soleil, mais Flûte semblait capable de modifier à son gré ces événements sidéraux. Émouchet avait pu juger de la consternation de Bévier quand elle lui avait patiemment expliqué l'inexplicable. Il décida qu'il n'avait nulle envie de faire la même expérience.

Plusieurs jours plus tard, apparemment – mais Émouchet n'aurait pu en jurer – avant la tombée de la nuit, Tel amena son cheval au côté de Faran.

– La fumée que l'on voit là en bas provient des cheminées de Heid. Mes hommes et moi allons nous arrêter par ici. Je crois que ma tête est toujours mise à prix à Heid, expliqua-t-il. Ce n'est qu'un malentendu, bien naturellement, mais les explications sont fort ennuyeuses... surtout quand on se tient sur une échelle avec un nœud coulant autour de la gorge.

– Flûte, dit Émouchet par-dessus son épaule, est-ce que Talen a accompli ce qu'il devait faire ici ?

– Oui.

– C'est bien ce que je pensais. Tel, tu veux bien me faire une faveur et ramener le gamin à Stragen ? Nous le récupérerons en revenant. Attache-le bien, entrave-lui les chevilles et fais passer la corde sous le ventre de sa monture. Saute-lui dessus par derrière et sois prudent, car il a un poignard à la ceinture.

– Il y a une bonne raison à ceci, sans doute ?

Émouchet branla du chef.

– Nous allons dans un lieu extrêmement dangereux. Le père du gamin et moi-même préférons ne pas l'exposer à tout ceci.

– Et la petite fille ?

– Elle est capable de se débrouiller toute seule... et probablement mieux que nous tous.

– Vous savez une chose, Émouchet, fit Tel, sceptique, quand j'étais gosse, je voulais toujours devenir chevalier de l'Église. A présent, je suis content que ça n'ait pas marché. Ce que vous faites ne tient vraiment pas debout.

– C'est probablement dû à toutes ces prières, lui expliqua Émouchet. Elles ont tendance à vous rendre un peu imprécis.

– Eh bien, bonne chance, Émouchet, lui dit Tel.

Brutalement, lui et deux de ses hommes arrachèrent Talen à sa selle, le désarmèrent et l'attachèrent sur sa monture. Les noms dont Talen traita Émouchet tandis qu'il partait vers le sud avec ses ravisseurs portaient loin et, pour la plupart, ils étaient très peu flatteurs.

– Elle ne comprend quand même pas tous ces mots, n'est-ce pas ? demanda Émouchet à Séphrénia avec un regard significatif en direction de Flûte.

– Ça ne vous ferait rien d'arrêter de parler comme si je n'étais pas là ? Si, en fait, j'ai tout compris. Mais l'élène est une langue tellement pusillanime. Le styrique est beaucoup plus satisfaisant, quand on veut jurer, mais le troll est encore mieux.

– Tu parles troll ? fit-il, surpris.

– Bien entendu. Ce n'est pas le cas de tout le monde ? Inutile d'entrer dans Heid. Cet endroit est déprimant : rien que de la boue, des rondins pourris et du chaume couvert de mildiou. Faisons-en le tour par l'ouest et nous trouverons la vallée qu'il nous faut suivre.

Ils évitèrent donc Heid et s'engagèrent dans des montagnes plus escarpées. Flûte examina attentivement les environs et finit par tendre le doigt.

– Là. Nous devons tourner à gauche.

Ils s'arrêtèrent à l'entrée de la vallée et scrutèrent avec une certaine déconvenue la piste vers laquelle elle les avait dirigés. C'était à peine plus qu'un sentier, qui semblait être très sinueux.

– Voilà qui est fort peu prometteur, dit Émouchet, dubitatif. Et l'on dirait que personne ne l'a emprunté depuis des années.

– Personne ne l'utilise, hormis le gibier... plus ou moins.

– Quelle sorte de gibier ?

– Regarde par là, dit-elle en tendant le bras.

C'était une roche qui possédait une face plane, et une image avait été grossièrement gravée dessus. Le dessin paraissait très ancien, usé par les intempéries, et il était hideux.

– Qu'est-ce que c'est ? demanda Émouchet.

– Un avertissement. C'est l'image d'un Troll.

– Tu nous fais pénétrer en pays troll ?

– Émouchet, Ghwerig est un Troll. Où pensais-tu qu'il vivait ?

– Il n'y a pas d'autre moyen de parvenir à sa caverne ?

– Non, aucun. Je peux effrayer tous les Trolls qu'il nous arrivera de rencontrer, et les Ogres ne sortent pas le jour, aussi ne devrions-nous avoir aucun problème.

– Des Ogres, aussi ?

– Bien entendu. Ils vivent toujours dans la même contrée que les Trolls. Tout le monde sait ça.

– Pas moi.

– A présent, tu le sais. Nous perdons du temps, Émouchet.

– Il faut que nous avancions à la queue leu leu, dit le chevalier à Kurik et Séphrénia. Restez aussi près de moi que possible. Ne nous perdons pas.

Il s'engagea sur la sente au petit trot, l'épieu d'Aldréas à la main.

La vallée où les avait conduits Flûte était étroite et obscure. Les parois abruptes étaient couvertes de grands sapins d'un vert foncé presque noir. Et elles étaient élevées au point que le soleil pénétrait rarement ce lieu sombre. Un torrent grondant et bouillonnant se ruait au centre de la trouée étroite.

– C'est encore pire que la route de Ghasek, cria Kurik pardessus le bruit du cours d'eau.

– Dis-lui de garder le silence, demanda Flûte à Émouchet. Les Trolls ont l'ouïe très fine.

Émouchet se retourna sur sa selle et porta l'index à ses lèvres. Kurik hocha la tête.

Un nombre inhabituel de souches blanches semblaient parsemer la forêt ténébreuse qui s'élevait de part et d'autre. Émouchet se pencha en avant et approcha les lèvres de l'oreille de Flûte.

– Qu'est-ce qui tue ces arbres ?

– Les Ogres sortent la nuit et mâchent l'écorce. Les arbres finissent par en mourir.

– Je croyais que les Ogres étaient carnivores.

– Les Ogres mangent de tout. On ne peut pas aller plus vite ?

– Pas par ici. Le chemin est trop mauvais. Il s'améliore, plus loin ?

– Après cette vallée, nous arriverons à un endroit plat dans les montagnes.

– Un plateau ?

– Donne-lui le nom que tu voudras. Il y a bien quelques collines, mais nous pourrons en faire le tour. Tout est couvert d'herbe.

– Nous pourrons alors rattraper le temps perdu. Le plateau s'étend-il jusqu'à la caverne de Ghwerig ?

– Pas tout à fait. Après ça, nous devrons monter parmi les rochers.

– Qui t'a amenée jusqu'ici ? Tu disais que tu étais venue, auparavant.

– J'étais venue seule. Quelqu'un connaissant l'endroit m'avait indiqué le chemin de la caverne.

– Et pour quoi faire ?

– Quelque chose. Est-ce qu'on doit vraiment parler tout le temps ? J'essaie de guetter des Trolls.

– Pardon.
– Enfin, silence, Émouchet, dit-elle en portant l'index à ses lèvres.
Le lendemain, ils atteignirent le plateau. Comme le leur avait dit Flûte, c'était une vaste prairie ondulante cernée de toutes parts par des pics couverts de neige.
– Combien de temps nous faudra-t-il pour traverser ceci? demanda Émouchet.
– Je ne sais pas exactement. La dernière fois, j'étais à pied. Les chevaux devraient nous permettre d'avancer bien plus vite.
– Tu étais seule ici, au beau milieu des Trolls et des Ogres? demanda-t-il, incrédule.
– Je n'en ai vu aucun. Mais un jeune ours m'a suivie quelques jours. Je pense qu'il était simplement curieux, mais comme j'en avais assez de l'avoir derrière moi, je l'ai chassé.
Émouchet décida de ne plus lui poser de questions. Les réponses étaient bien trop troublantes.
La haute prairie semblait être interminable. Ils chevauchèrent pendant des heures, mais l'horizon ne paraissait pas changer. Le soleil était bas sur les pics enneigés et ils campèrent dans un bosquet de sapins rabougris.
– C'est grandiose, par ici, déclara Kurik en regardant autour d'eux. (Il se serra dans sa cape.) Mais il fait froid, aussi, dès que le soleil se couche. A présent, je comprends pourquoi la plupart des Thalésiens portent des fourrures.
Ils entravèrent les chevaux pour éviter qu'ils ne s'enfuient, et ils firent du feu.
– Il n'y a pas vraiment de danger, dans cette prairie, leur assura Flûte. Les Trolls et les Ogres aiment rester dans la forêt. La chasse leur est plus facile quand ils peuvent se cacher derrière les arbres.
Le lendemain, l'aube était nuageuse et une bise glaciale descendait des pics montagneux, penchant l'herbe haute en ondes allongées. Ils allèrent vite, ce jour-là, et le soir ils atteignirent le pied des pics blancs qui les dominaient.
– Ce soir, pas de feu, annonça Flûte. Ghwerig risque d'être aux aguets.
– Nous sommes si près que cela? demanda Émouchet.
– Tu vois cette gorge, là-bas?
– Oui.
– La caverne de Ghwerig se trouve au fond, vers le haut.
– Pourquoi donc ne pas y aller tout de suite?
– Ce ne serait pas une très bonne idée. On ne peut pas surprendre un Troll la nuit. Nous attendrons que le soleil soit levé depuis longtemps avant de nous remettre en route. Les Trolls ont pour habitude de sommeiller le jour. Ils ne dorment pas vraiment, mais ils sont un peu engourdis quand le soleil est levé.

– Tu sembles tout savoir des Trolls.

– Ce n'est pas trop difficile, d'apprendre des trucs... quand on sait auprès de qui se renseigner. Fais un peu de thé et de soupe chaude pour Séphrénia. La journée de demain risque d'être pénible pour elle et il lui faudra toutes ses forces.

– C'est un peu dur de faire de la soupe chaude sans feu.

– Oh, Émouchet, je le sais bien. Je suis petite, mais pas idiote. Fais un tas de cailloux devant la tente. Je m'occupe du reste.

Il obéit en grommelant.

– Recule, maintenant, lui dit-elle. Je ne veux pas te brûler.

– Me brûler ? Comment ?

Elle se mit à chanter doucement et fit un geste rapide de sa main minuscule. Émouchet sentit immédiatement la chaleur qui irradiait du tas de cailloux.

– Voilà un sortilège fort utile, admit-il avec admiration.

– Fais la cuisine, Émouchet. Je ne peux pas maintenir ces cailloux brûlants toute la nuit.

C'était fort étrange, songeait Émouchet en posant la théière de Séphrénia sur l'un des cailloux chauffants. Il avait mystérieusement fini par ne plus considérer Flûte comme une petite fille, au cours des semaines. Le ton et les manières qu'elle affichait étaient adultes et elle lui donnait des ordres comme à un laquais. Plus surprenant, il lui obéissait automatiquement. Séphrénia avait raison, décida-t-il. Cette petite fille était selon toutes probabilités la plus grande des magiciennes de tout le Styricum. Une question troublante lui vint alors. Quel âge avait réellement Flûte ? Les magiciens styriques étaient-ils capables de contrôler ou de modifier leur âge ? Il savait que ni Séphrénia ni Flûte ne répondrait jamais à ces questions, aussi s'affaira-t-il à sa petite cuisine en s'efforçant de ne plus y penser.

Ils s'éveillèrent à l'aube, mais Flûte insista pour qu'ils attendent le milieu de la matinée avant de tenter la montée dans la gorge. Elle leur demanda également de laisser les chevaux au camp, car le bruit de leurs sabots sur les pierres risquait d'alerter le Troll à l'ouïe fine à l'intérieur de sa caverne.

La gorge était étroite, remplie d'ombres épaisses, et ses parois étaient à pic. Ils se déplaçaient tous quatre lentement sur le sol rocailleux, avec des pas précautionneux. Ils ne parlaient que rarement, et par chuchotements seulement. Émouchet portait l'antique épieu. Il ne savait pour quelle raison cela lui semblait approprié.

La montée devenait plus ardue et ils furent forcés d'escalader des roches arrondies afin de continuer leur avance. En s'approchant du fond, Flûte leur fit signe de s'immobiliser. Elle rampa sur quelques pas, puis revint.

– Il est à l'intérieur et il a déjà commencé ses enchantements, chuchota-t-elle.

– L'entrée de la caverne est-elle bloquée ? demanda Émouchet.

– Oui, d'une certaine manière. Quand nous passerons devant, tu ne pourras la voir. Il a créé une illusion qui donne l'impression que l'entrée fait partie de la falaise. Cette illusion est suffisamment solide pour que nous ne puissions la traverser. Il te faudra ton épieu pour passer à travers. (Elle chuchota un moment à l'intention de Séphrénia et la petite femme hocha la tête.) Très bien, donc, allons-y, dit Flûte en prenant longuement son souffle.

Ils grimpèrent les quelques pas restants et pénétrèrent dans un bassin d'apparence malsaine, encombré de ronces et de souches blanches. D'une côté se dressait une falaise en surplomb qui ne paraissait pas posséder la moindre ouverture.

– C'est là, chuchota Flûte.

– Tu es sûre que c'est le bon endroit ? murmura Kurik. On dirait une roche solide.

– C'est bien là, répondit-elle. Ghwerig est en train de cacher l'entrée. (Elle les conduisit sur un sentier à peine marqué qui menait à la paroi.) Ici, très précisément, dit-elle doucement en posant une petite main sur la roche. A présent, voici ce que nous allons faire. Séphrénia et moi allons préparer un sort. Quand nous le jetterons, il se déversera en toi, Émouchet. Tu te sentiras très bizarre pendant un moment, puis tu sentiras le pouvoir commencer à monter en toi. Au moment voulu, je te dirai que faire.

Elle se mit à chanter tout doucement et Séphrénia parla en styrique presque dans un souffle. Puis, à l'unisson, elles firent toutes deux un geste en direction d'Émouchet.

Ses yeux se voilèrent soudain et il faillit tomber. Il se sentit affaibli et l'épieu qu'il tenait à la main lui parut presque trop lourd à porter. Alors, tout aussi rapidement, il eut l'impression de ne plus avoir aucun poids. Il sentit ses épaules se gonfler sous la force du sortilège.

– Maintenant, lui dit Flûte. Pointe la lance vers la falaise.

Il leva le bras et obéit.

– Avance jusqu'à ce qu'elle touche la paroi.

Il fit deux pas et sentit la pointe de l'épieu toucher la roche solide.

– Lâche l'énergie... *à travers* l'épieu.

Il se concentra et rassembla l'énergie qui l'habitait. L'anneau à sa main gauche sembla palpiter. Il lança alors le pouvoir le long de la hampe de l'épieu jusque dans la large lame.

Devant lui, la roche apparemment solide se mit à vibrer ; puis elle disparut, révélant une ouverture aux contours irréguliers.

– Et voilà, annonça Flûte dans un chuchotement triomphant. La caverne de Ghwerig. A présent, allons le trouver.

Chapitre vingt-cinq

La caverne avait l'odeur de remugle émise par la terre et la roche sans cesse humides et l'on entendait de l'eau dégoutter interminablement dans les ténèbres.

– Où devrait-il être installé ? demanda Émouchet à Flûte.

– Nous allons commencer par la salle du trésor, répondit-elle. Il aime contempler son butin. C'est là en bas.

Elle tendit la main vers l'ouverture d'un couloir.

– C'est très sombre, là-dedans, dit-il, dubitatif.

– Je me charge de cela, annonça Séphrénia.

– Mais prudemment, l'avertit Flûte. Nous ne savons pas exactement où se trouve Ghwerig, et il entend la magie aussi bien qu'il la sent. (Elle scruta le visage de Séphrénia.) Tu vas bien ?

– Cela va mieux, répondit Séphrénia en faisant passer dans sa main droite l'épée de sire Gared.

– Parfait. Je ne pourrai pas intervenir. Ghwerig reconnaîtrait ma voix. Il faudra que tu te charges de presque tout.

– Je me débrouillerai, dit Séphrénia, mais d'une voix qui semblait lasse. (Elle leva l'épée.) S'il faut que je porte ceci, autant que je m'en serve.

Elle émit un bref marmonnement et fit un petit geste de la main gauche. Le bout de l'épée se mit à luire, minuscule étincelle incandescente.

– La lumière n'est pas exceptionnelle, mais il faudra s'en contenter. Si je la rendais plus forte, Ghwerig la verrait.

Elle leva l'épée et les conduisit dans la galerie. Le bout de l'épée ressemblait à une luciole, dans ces ténèbres oppressantes, mais sa lumière leur suffisait pour trouver leur route et éviter les obstacles sur le sol irrégulier du passage qu'ils suivaient.

La coursive s'incurvait régulièrement vers le bas et la droite. Au bout de quelques centaines de pas, Émouchet se rendit compte que cette galerie n'avait rien de naturel, mais qu'elle avait été creusée dans la roche et formait une interminable spirale descendante.

– Comment Ghwerig a-t-il réalisé ceci ? demanda-t-il à Flûte.

– Il a utilisé le Bhelliom. Le passage d'origine était beaucoup plus long et très abrupt. Ghwerig est tellement difforme qu'il lui fallait des journées entières pour sortir de sa caverne.

Ils continuèrent d'avancer aussi silencieusement que possible. A un moment donné, la galerie traversait une énorme grotte où des stalactites laissaient tomber d'inexorables gouttes d'eau. Puis le passage replongeait dans la roche. De temps à autre, leur faible lumière dérangeait une colonie de chauves-souris accrochées au plafond, qui se mettaient à pépier avec des cris aigus tout en battant des ailes en énormes nuages sombres.

– Je *hais* les chauves-souris, lâcha Kurik avec un juron.

– Elles ne te feront aucun mal, chuchota Flûte. Une chauve-souris ne risque pas de te heurter, du moins dans les ténèbres totales.

– Leurs yeux sont-ils à ce point perçants ?

– Non, ce sont leurs oreilles qui le sont.

– Est-ce que vous savez vraiment *tout* ?

Le chuchotement de Kurik avait un petit ton bougon.

– Pas encore, mais j'y travaille. As-tu quelque chose à manger ? Je ne sais pas pourquoi, mais j'ai terriblement faim.

– Un peu de bœuf sec, répondit Kurik en fouillant à l'intérieur de la tunique qui recouvrait son gilet en cuir noir. Mais il est très salé.

– Il y a beaucoup d'eau dans cette caverne. (Elle prit le morceau de bœuf présenté par Kurik et mordit dedans.) Oui, c'est vraiment salé, n'est-ce pas ? admit-elle en déglutissant péniblement.

Devant eux, ils virent bientôt une lumière, faible d'abord, mais de plus en plus forte tandis qu'ils descendaient dans la spirale.

– La salle de son trésor est devant nous, chuchota Flûte. Attendez, je vais voir. (Elle les précéda de quelques pas, puis revint vers eux.) Il est là, annonça-t-elle avec un immense sourire.

– C'est lui qui produit cette lumière ?

– Non. Elle provient de la surface. Un torrent tombe dans cette grotte. L'eau capte le soleil à certaines heures de la journée. (Elle parlait normalement, à présent.) Le bruit de la cascade étouffe le son de nos voix. Mais il nous faut rester prudents. Ses yeux peuvent saisir le moindre mouvement.

Elle s'adressa brièvement à Séphrénia et la petite femme hocha la tête. Elle tendit la main et éteignit entre deux doigts l'étincelle au bout de l'épée. Puis elle se mit à tisser une incantation.

– Qu'est-ce qu'elle fait ? demanda Émouchet à Flûte.

– Ghwerig parle tout seul et il se peut qu'il nous apprenne un détail qui nous sera utile. Il parle dans la langue des Trolls et Séphrénia nous permet de le comprendre.

– Tu veux dire qu'elle va le faire parler en élène ?

– Non. Le sort ne le vise pas. (Elle eut son petit sourire mutin.) Tu apprends bien des choses, Émouchet. Maintenant, tu comprendras la langue des Trolls... pendant un certain temps du moins.

Séphrénia lança le sort et, soudain, Émouchet entendit davantage que durant toute leur longue descente dans la galerie spirale. Le bruissement de la chute d'eau qui se déversait dans la caverne devint presque un grondement étouffé et le marmottement sifflant de Ghwerig fut clairement audible.

– Nous allons attendre ici quelques instants, leur dit Flûte. Ghwerig est un paria et la plupart du temps il parle tout seul en disant tout ce qui lui passe par l'esprit. L'écouter ne peut qu'être instructif. Oh, au fait, il a la couronne de Sarak et le Bhelliom y est toujours fixé.

Émouchet éprouva une poussée soudaine d'excitation. L'objet qu'il cherchait depuis si longtemps n'était plus qu'à quelques centaines de pas.

– Qu'est-ce qu'il fait ? demanda-t-il à Flûte.

– Il est assis au bord de l'abîme que l'eau a creusé dans la roche. Tous ses trésors sont empilés autour de lui. Avec sa langue, il ôte les taches de tourbe qui recouvrent le Bhelliom. C'est pour cela que nous ne pouvons pas le comprendre, pour l'instant. Rapprochons-nous, mais sans nous montrer à l'entrée de la galerie.

Ils se glissèrent vers la lumière et s'arrêtèrent à quelques pas de l'ouverture. La lumière reflétée par la chute d'eau vibrait et paraissait liquide. On eût dit un arc-en-ciel.

– Voleurs ! Scélérats !

La voix était rude, bien plus rude que tout ce qu'une gorge élène ou styrique aurait pu produire.

– Sale. Elle toute sale. (Il y eut de nouveaux bruits de succion tandis que le Troll nain léchait son trésor.) Voleurs tous morts, maintenant. (Ghwerig eut un gloussement hideux.) Tous morts. Ghwerig pas mort et sa rose enfin revenue chez lui.

– On dirait qu'il est fou, marmonna Kurik.

– Il n'a pas changé, lui apprit Flûte. Il a l'esprit aussi difforme que le corps.

– Parle à Ghwerig, rose bleue! ordonna le monstre invisible. (Puis il lança un ignoble juron visant la Déesse styrique Aphraël.) Ramène bagues! Ramène bagues! Bhelliom pas parler à Ghwerig si Ghwerig pas avoir bagues!

Il y eut une espèce de sanglot et, avec répugnance, Émouchet se rendit compte que la bête était en train de pleurer.

– Seul! pleurnichait le Troll. Ghwerig si seul!

Émouchet eut un élan presque insupportable de pitié pour le nain difforme.

– Pas de ça, lui dit sèchement Flûte. Cela t'affaiblirait au moment de l'affronter. Tu es à présent notre unique espoir, Émouchet, et ton cœur doit être comme la pierre.

Ghwerig se mit alors à proférer des mots immondes au point qu'il n'existait aucun équivalent en élène.

– Il invoque les Dieux des Trolls, expliqua doucement Flûte. Tenez, écoutez. Ses Dieux lui répondent.

Le grondement étouffé de la chute d'eau sembla changer de tonalité, devenir plus grave, plus sonore.

– Nous allons bientôt devoir le tuer, dit la petite fille sur un ton absolument prosaïque. Il possède encore quelques fragments du saphir original, dans son atelier. Les Dieux des Trolls lui ont recommandé de fabriquer de nouvelles bagues. Ensuite, ils y infuseront l'énergie qui déverrouillera le pouvoir du Bhelliom. Il sera dès lors capable de nous détruire.

Ghwerig poussa un gloussement hideux.

– Ghwerig battre Azash. Azash Dieu, mais Ghwerig battre. Azash plus jamais voir Bhelliom.

– Est-il possible qu'Azash l'entende? demanda Émouchet.

– C'est probable, répondit calmement Séphrénia. Azash connaît le son de son nom. Il écoute, quand on lui dit quelque chose.

– Êtres humains nager dans lac pour trouver Bhelliom, continuait de délirer Ghwerig. Être insecte à Azash guetter dans herbes et voir eux. Êtres humains s'en aller. Être insecte amener êtres humains sans esprit. Êtres humains nager dans eau. Beaucoup se noyer. Un être humain trouver Bhelliom. Ghwerig tuer être humain et prendre rose bleue. Azash vouloir Bhelliom ? Azash venir chercher Ghwerig. Azash cuire dans feu des Dieux des Trolls. Ghwerig jamais manger viande de Dieu avant. Ghwerig se demander goût viande de Dieu.

Au plus profond de la terre, il y eut un borborygme et le sol de la caverne parut frémir.

– Azash l'a bel et bien entendu, dit Séphrénia. Cette créature hideuse est presque admirable. Personne n'a jamais jeté ce genre d'insulte à la face de l'un des Dieux Aînés.

– Azash furieux contre Ghwerig? disait le Troll. Ou peut-être Azash trembler de peur? Ghwerig avoir Bhelliom maintenant. Bientôt faire bagues. Ghwerig plus besoin Dieux des Trolls, alors.

Cuire Azash dans feu de Bhelliom. Cuire lentement pour faire revenir. Ghwerig manger Azash. Alors, qui prier Azash quand Azash au fond ventre Ghwerig ?

Le borborygme lointain fut accompagné cette fois de craquements tandis que des roches souterraines se fracassaient.

– Il prend des risques, vous ne trouvez pas ? dit Kurik nerveusement. Azash n'est pas du genre avec qui on aime jouer.

– Les Dieux des Trolls protègent Ghwerig, répondit Séphrénia. Azash lui-même n'oserait les affronter.

– Voleurs ! Tous voleurs ! hurlait le Troll. Aphraël voler bagues ! Adian de Thalésie voler Bhelliom ! Maintenant, Azash et Émouchet d'Élénie tenter voler encore à Ghwerig ! Parle à Ghwerig, rose bleue ! Ghwerig seul !

– Comment me connaît-il ?

Émouchet était surpris par l'étendue de ce que savait le Troll nain.

– Les Dieux des Trolls sont anciens et très sages, répondit Séphrénia. Peu d'événements se produisent en ce monde qu'ils ignorent, et ils communiquent tout cela à ceux qui les servent... mais pas gratuitement.

– Quelle monnaie d'échange peut bien exiger un Dieu ?

– Prie pour ne jamais avoir à le savoir, mon petit, dit-elle en frémissant.

– Prendre dix ans à Ghwerig pour sculpter pétale ici, rose bleue. Ghwerig adorer rose bleue. Pourquoi elle pas parler à Ghwerig ? (Il émit des marmonnements inaudibles pendant quelques instants.) Bagues. Ghwerig faire bagues pour que Bhelliom parler encore. Brûler Azash dans feu de Bhelliom. Brûler Émouchet dans feu de Bhelliom. Brûler Aphraël dans feu de Bhelliom. Tous brûler. Tous brûler. Puis Ghwerig manger eux.

– Je crois qu'il est temps que nous nous y mettions, annonça Émouchet d'une voix sinistre. Je ne tiens pas à ce qu'il entre dans son atelier.

Il porta la main à son épée.

– Sers-toi de ton épieu, lui ordonna Flûte. Il pourra se saisir de ton épée d'une seule main, mais l'épieu possède suffisamment de pouvoir pour l'écarter. Je t'en prie, noble père, tâche de rester en vie. J'ai besoin de toi.

– Je ferai de mon mieux, lui répondit-il.

– Père ? demanda Kurik, surpris.

– C'est une appellation styrique, répondit assez rapidement Séphrénia en jetant un regard à Flûte. Elle possède une connotation de respect... et d'amour.

C'est alors qu'Émouchet exécuta un geste rare chez lui. Il joignit les mains devant la poitrine et s'inclina en face de l'étrange enfant styrique.

Flûte tapa des mains de plaisir, puis se précipita dans ses bras et lui donna un baiser retentissant de sa petite bouche en cerise.

– Père, dit-elle.

Très curieusement, Émouchet se sentit profondément embarrassé. Le baiser de Flûte n'était pas celui d'une petite fille.

– La tête d'un Troll est-elle très dure ? demanda brusquement Kurik à Flûte.

Il était tout aussi troublé qu'Émouchet par cette manifestation d'affection qui n'était absolument pas en rapport avec son âge. Il secouait sa menaçante plommée.

– Extrêmement dure.

– Nous avons entendu dire qu'il est difforme, continua Kurik. Et ses jambes ?

– Elles sont faibles. C'est à peine s'il peut se tenir debout.

– Fort bien, donc. Émouchet, fit Kurik sur un ton très professionnel, je vais le prendre par le flanc et lui fouetter les genoux, les hanches et les chevilles avec ceci. (Il agita sa plommée dans les airs.) Si j'arrive à le faire tomber, enfonce-lui ta lance dans les entrailles et j'essaierai de lui fracasser le crâne.

– Es-tu *obligé* d'entrer dans tous les détails ? se plaignit Séphrénia, écœurée.

– C'est notre métier, petite mère, répondit Émouchet. Nous devons savoir exactement ce que nous allons faire, aussi te prierai-je de bien vouloir nous laisser agir à notre guise. Très bien, Kurik, allons-y.

Il s'avança d'un pas décidé vers la sortie de la galerie et entra dans la caverne sans tenter de se cacher.

La caverne était un lieu de merveilles. Le plafond se perdait dans une ombre pourpre et la cascade bouillonnante plongeait, au milieu d'une brume dorée luminescente, dans un abysse insondable d'où le grondement de l'eau résonnait en d'interminables gargouillements. Les parois qui s'étalaient à perte de vue scintillaient de pépites et de veines d'or, et des gemmes plus précieuses que mille rançons de rois étincelaient dans la lumière mouvante aux teintes d'arc-en-ciel.

Le Troll nain difforme, grotesque, le poil ébouriffé, était accroupi au bord de l'abîme. Des blocs d'or pur de toutes teintes et plus ou moins volumineux étaient empilés autour de lui. Ghwerig tenait la couronne d'or souillée du roi Sarak surmontée par le Bhelliom, la rose saphir. Le joyau paraissait briller, comme s'il captait et reflétait la lumière qui tombait avec l'eau.

Émouchet contemplait pour la première fois l'objet le plus précieux qui fût sur terre et, un instant, une sorte d'émerveillement l'envahit. Puis il s'avança, tenant dans la main gauche l'antique épieu de guerre. Il n'était pas sûr que le sort de Séphrénia permît au Troll repoussant de le comprendre, mais il éprouvait une obligation morale à s'adresser à lui. Détruire sans un mot ce monstre hideux n'était pas dans la nature d'Émouchet.

– Je suis venu chercher le Bhelliom. Je ne suis pas Adian, roi de Thalésie, aussi n'essaierai-je point de te tromper. Je vais te prendre ce que je convoite par la force brutale. Défends-toi si tu le peux.

C'était à peu près tout ce qu'Émouchet pouvait donner comme défi officiel, en la circonstance.

Ghwerig leva son corps difforme et ses lèvres plates dénudèrent ses crocs jaunes en un feulement de haine.

– Toi pas prendre Bhelliom à Ghwerig, Émouchet d'Élénie. Ghwerig tue premier. Ici ta mort et Ghwerig manger... même pâle Dieu élène incapable sauver Émouchet, maintenant.

– La décision n'a pas encore été prise, répondit froidement Émouchet. J'ai besoin du Bhelliom pendant un certain temps, puis je le détruirai pour qu'il échappe aux mains d'Azash. Rends-le moi, ou tu mourras.

Le rire de Ghwerig était horrible.

– Ghwerig mourir ? Ghwerig immortel, Émouchet d'Élénie. Être humain incapable tuer Ghwerig.

– Une autre décision qui n'a pas été prise...

D'un pas déterminé, Émouchet s'avança sur le Troll nain en prenant son épieu à deux mains. Kurik, la plommée pendant au bout de son poing droit, sortit de la galerie et se glissa à gauche de son maître pour prendre le Troll par le flanc.

– Deux ? fit Ghwerig. Émouchet aurait dû amener cent. (Il se pencha et prit dans une pile de gemmes une énorme massue en pierre cerclée d'acier.) Toi pas prendre Bhelliom à Ghwerig, Émouchet d'Élénie. Ghwerig tuer premier. Ici toi mourir et Ghwerig manger. Pas même Aphraël pouvoir sauver Émouchet, maintenant. Petits êtres humains condamnés. Ghwerig festoyer cette nuit. Êtres humains rôtis avoir beaucoup jus.

Il fit claquer ses lèvres grossièrement. Il se redressa et ses épaules à la fourrure ébouriffée se carrèrent d'un air menaçant. Le terme de nain appliqué à un Troll était absolument trompeur, Émouchet s'en rendait compte à présent. Ghwerig, malgré sa difformité, était au moins aussi grand que lui, et ses bras, noueux comme de vieilles souches, lui descendaient jusqu'aux genoux. Son visage était couvert de fourrure plutôt que de barbe et les yeux verts semblaient briller d'un lueur malveillante. Il avança maladroitement, l'énorme massue se balançant dans sa main droite. De la gauche, il étreignait toujours la couronne de Sarak surmontée du Bhelliom.

Kurik fit un pas en avant et lança sa plommée en direction des genoux du monstre, mais Ghwerig arrêta le coup avec sa massue d'un air presque dédaigneux.

– Fuis, être humain, dit-il de son horrible voix grinçante. Toute chair est nourriture pour moi.

Sa terrible massue effectua alors un moulinet et la portée de ses bras démesurés le rendit doublement dangereux. Kurik recula d'un bond et la pierre cerclée d'acier siffla juste devant son visage.

Émouchet plongea en avant et dirigea l'épieu vers la poitrine du Troll, mais Ghwerig dévia à nouveau le coup.

– Trop lent, Émouchet d'Élénie, fit-il en éclatant de rire.

La plommée de Kurik le heurta à cet instant à la hanche gauche. Ghwerig recula précipitamment, mais, avec la vitesse d'un chat, il écrasa sa massue dans une pile de gemmes scintillantes qui se transformèrent en mille projectiles. Kurik grimaça et porta sa main libre au visage pour essuyer le sang qui coulait sur ses yeux à partir d'une coupure au front.

Émouchet frappa encore avec l'épieu et toucha légèrement le Troll déséquilibré à la poitrine. Ghwerig lâcha un grondement de rage et de douleur, puis tituba en avant avec de larges moulinets de massue. Émouchet recula d'un bond et guetta une ouverture. Il vit que le Troll ne connaissait pas la peur. Aucune blessure qui ne fût mortelle ne ferait battre en retraite cette créature. Ghwerig écumait de fureur, à présent, et ses yeux verts avaient un éclat dément. Il crachait des jurons immondes et continuait d'avancer.

– Empêche-le d'approcher du bord ! cria Émouchet à Kurik. S'il bascule dans l'abîme, nous risquons de ne jamais retrouver la couronne !

C'est alors qu'il se rendit clairement compte qu'il venait de trouver la clé. Il fallait parvenir à forcer le Troll à laisser tomber la couronne. Il paraissait patent qu'à eux deux ils ne pourraient l'emporter sur cet être hirsute aux bras démesurés et aux yeux brûlant d'une rage forcenée. Il fallait détourner son attention pour leur donner la possibilité de bondir et lui assener un coup mortel. Il agita la main droite pour attirer l'attention de Kurik, puis étreignit son coude gauche. Les yeux de Kurik parurent un instant embarrassés, puis ils s'étrécirent. Kurik hocha la tête. Il alla se placer à la gauche de Ghwerig, la plommée prête à entrer en action.

Émouchet serra de nouveau l'épieu des deux mains et fit une feinte. Ghwerig agita sa massue vers l'arme tendue et Émouchet la retira.

– Bagues à Ghwerig ! hurla le Troll, triomphant. Émouchet d'Élénie rapporter bagues à Ghwerig. Ghwerig sentir leur présence !

Avec un rugissement hideux, il bondit en avant, la massue fendant l'air.

Kurik frappa, la plommée hérissée de pointes arrachant un énorme morceau de chair au bras gauche du Troll. Mais Ghwerig ne prêta guère attention à la blessure et continua de charger Émouchet. Sa main gauche étreignait toujours solidement la couronne.

Émouchet céda du terrain à contrecœur. Il fallait qu'il tienne le Troll à l'écart du rebord de l'abîme tant qu'il tenait la couronne.

Kurik utilisa de nouveau sa plommée, mais Ghwerig l'évita et le coup manqua le coude hirsute. Toutefois, la première blessure avait été plus douloureuse qu'il n'y paraissait. Émouchet profita de l'hésitation momentanée du monstre et donna rapidement un coup qui creusa une blessure dans l'épaule droite de Ghwerig. Le Troll hurla, plus de rage que de douleur, et fit un nouveau moulinet avec sa massue.

Derrière lui, Émouchet entendit alors le son de la voix de Flûte qui montait, clair comme celui d'une cloche sur le grondement assourdi de la cascade. Les yeux de Ghwerig s'écarquillèrent et sa gueule resta béante.

– Toi! brailla-t-il. Maintenant, Ghwerig faire payer fille-enfant! Chanson fille-enfant s'arrêter ici!

Flûte continua de chanter et Émouchet se risqua à couler un regard par-dessus l'épaule. La petite fille se tenait à l'entrée de la galerie, protégée par Séphrénia derrière elle. Émouchet sentit que la chanson n'était pas réellement un sortilège mais plutôt prévue pour détourner l'attention du nain, afin que lui ou Kurik prennent le monstre au dépourvu. Ghwerig avança encore en titubant, agitant sa massue pour écarter Émouchet de son chemin. Les yeux du Troll étaient fixés sur Flûte et sa respiration sifflait entre ses crocs serrés. Kurik écrasa sa plommée dans le dos du monstre, mais Ghwerig ne donna aucun signe d'avoir senti ce coup tandis qu'il se dirigeait droit sur l'enfant styrique. Émouchet vit alors une ouverture. Comme le Troll passait à côté de lui, les larges mouvements de massue révélaient le flanc poilu. Il frappa de toutes ses forces et planta la large lame de l'antique épieu juste sous les côtes de Ghwerig. Le Troll nain hurla quand la lame aiguisée comme un rasoir lui pénétra le cuir. Il essaya de faire un moulinet avec sa massue, mais Émouchet recula d'un bond en ôtant son épieu. Kurik fouetta alors le genou droit de Ghwerig et Émouchet entendit le bruit écœurant des os qui se brisaient. Ghwerig bascula en lâchant sa massue. Émouchet resserra son étreinte sur l'épieu et l'enfonça dans le ventre du Troll.

Ghwerig brailla, saisissant l'épieu de la main droite tandis qu'Émouchet fouaillait les entrailles du Troll avec sa lame aiguisée. Mais la couronne restait serrée dans la main gauche difforme. Seule la mort, Émouchet le voyait désormais, desserrerait cette inexorable étreinte.

Le Troll roula sur le côté pour échapper à l'épieu et élargit ainsi son horrible blessure. Kurik lui abattit sa plommée sur le visage, lui écrasant un œil. Avec un hurlement hideux, le monstre roula en direction du bord de l'abîme, dispersant au passage des milliers de bijoux. Puis, avec un cri de triomphe, il plongea dans l'abysse en étreignant toujours la couronne de Sarak...

Émouchet se précipita pour regarder au fond avec atterrement. En dessous de lui, il distinguait le corps difforme qui tombait sans s'arrêter dans les ténèbres absolues. Il entendit soudain un léger bruit de pas nus sur le sol en pierre de la caverne et Flûte passa à côté de lui à toute allure, ses cheveux luisant au vent. Avec horreur, il vit la petite fille courir sans la moindre hésitation jusqu'au bord et plonger à la suite du Troll.

– Oh, mon Dieu! haleta-t-il en tendant vainement les bras vers elle tandis que Kurik le rejoignait, le visage hagard.

Séphrénia arriva alors, l'épée de sire Gared toujours à la main.

– Faites quelque chose, Séphrénia, l'implora Kurik.

– C'est inutile, Kurik, répondit-elle calmement. Rien ne peut lui arriver.

– Mais...

– Silence, Kurik. J'essaie d'écouter.

La lumière de la cascade lumineuse sembla faiblir légèrement comme si, à l'air libre, un nuage était passé devant le soleil. Le grondement de l'eau semblait à présent moqueur et Émouchet se rendit compte que des larmes lui coulaient sur les joues.

Alors, dans les ténèbres insondables de l'abîme, il distingua une espèce d'étincelle de lumière. Elle se faisait de plus en plus brillante en s'élevant, semblait-il, du fond de ce trou incroyable. Et il la distingua alors plus clairement. On eût dit un pilier éclatant de pure lumière blanche couronné d'une étincelle d'azur.

Le Bhelliom montait des profondeurs, reposant sur la petite main incandescente de Flûte. Émouchet restait bouche bée : il venait de se rendre compte qu'elle était transparente et que ce qui s'était élevé des ténèbres était aussi insubstantiel qu'une brume. Au-dessus de sa tête, Flûte tenait d'une main la rose saphir, et son minuscule visage était calme et imperturbable. Elle tendit l'autre main vers Séphrénia. Avec horreur, Émouchet vit son professeur bien-aimé s'avancer dans le vide.

Mais elle ne tomba point.

Comme si elle marchait sur la terre ferme, elle foula calmement l'étendue d'air sans fond pour prendre le Bhelliom dans la main de Flûte. Puis elle se retourna et parla dans une forme de langage bizarrement archaïque.

– Ouvre ton espiet, sire Émouchet, et place la bague de ta reine sur ta dextre, de peur que le Bhelliom ne te détruise quand je te le baillerai.

A côté d'elle, Flûte leva son visage avec un chant d'exultation, un chant qui résonnait des voix d'une multitude.

Séphrénia tendit la main pour toucher le petit visage sans substance en un geste d'amour infini. Puis elle retraversa le vide, le Bhelliom tenu légèrement entre la paume des mains.

– Ici s'ademplit ta queste, sire Émouchet, dit-elle gravement. Tends tes mains pour encoillir le Bhelliom qui t'est remis par moi et ma Déesse Enfant Aphraël.

Brutalement, tout s'éclaircit. Émouchet tomba à genou, imité par Kurik, et le chevalier accepta la rose saphir des mains de Séphrénia. Elle s'agenouilla entre les deux hommes en adoration devant le visage éblouissant de celle qu'ils avaient appelée Flûte.

L'éternelle Déesse Enfant Aphraël leur sourit, sa voix lançant un chant choral qui emplissait toute la caverne d'échos trémulants. La lumière qui filtrait de sa forme vaporeuse devint de plus en plus éclatante, et elle monta de plus en plus vite, telle une flèche.

Puis elle disparut.

OUVRAGES DE LA COLLECTION « SCIENCE-FICTION »

ALDISS Brian
Cryptozoïque
Frankenstein délivré

ANDERSON Poul
Barde du futur (le) (Le grand temple de la S.-F.)
Tempête d'une nuit d'été
Trois cœurs, trois lions

ANTHONY Piers
Les livres magiques de Xanth
1 — Lunes pour Caméléon
2 — la source de magie
3 — Château-Roogna
4 — l'(A)ile du Centaure
5 — Amours, délices et ogres
6 — Cavales dans la nuit
7 — Dragon sur piédestal
8 — la Tapisserie des Gobelins
Total Recall

ANTHONY Piers/LACKEY Mercedes
Cher démon

ASIMOV Isaac
Asimov présente
1 — Futurs sans escale
2 — Futurs en délire
3 — Futurs à gogos
4 — Futurs pas possibles
5 — Futurs tous azimuts
6 — Futurs sens dessus dessous
7 — Futurs qui craignent
8 — Futurs mode d'emploi
10 — Futurs bien frappés
11 — Futurs moulés à la louche
Avenir commence demain (l')
Azazel
Courants de l'espace (les)
Destination cerveau
Fils de Fondation (les)
Némésis
Prélude à l'éternité (Le grand temple de la S.-F.)
Prélude à Fondation

ASIMOV Isaac/SILVERBERG Robert
Enfant du temps (l')
Retour des ténèbres (le)

BALLARD J. G.
Crash !
Sécheresse
Statues chantantes (les) (Le grand temple de la S -F)
Vent de nulle part (le)
Vermilion Sands

BARJAVEL René
Dames à la licorne (les)
Grand secret (le)
Nuit des temps (la)
Une rose au paradis

BLISH James
Les apprentis sorciers
1 — Faust Aleph Zéro
2 — Le lendemain du jugement dernier

BLOCH Robert
Boîte à maléfices (la)
Embarquement pour Arkham (l')
Retour à Arkham

BOULLE Pierre
Baleine des Malouines (la)
Contes de l'absurde
Energie du désespoir (l')
Planète des singes (la)

BRACKETT Leigh
Le livre de Mars
1 — L'Epée de Rhiannon
2 — le Secret de Sinharat
3 — le Peuple du Talisman
4 — les Terriens arrivent

BRADLEY Marion Zimmer
Amazones libres (les)
Unité
Chasse sur la lune rouge
La romance de Ténébreuse
1 — la Planète aux vents de folie
2 — Reine des orages !
3 — la Belle Fauconnière
4 — le Loup des Kilghard
5 — les Héritiers d'Hammerfell
6 — Redécouverte
7 — la Chaîne brisée
8 — la Maison des Amazones

9 — la Cité Mirage
10 — l'Epée enchantée
11 — la Tour interdite
12 — l'Etoile du danger
13 — Soleil sanglant
14 — la Captive aux cheveux de feu
15 — l'Héritage d'Hastur
16 — l'Exil de Sharra
17 — Projet Jason
18 — les Casseurs de mondes
Voix de l'espace (les) (Le grand temple de la S.-F.)

BRADLEY Marion Zimmer/
NORTON André & MAY Julian
Trois Amazones (les)

BRIN David
Terre
1 — la Chose au cœur du monde
2 — Message de l'univers

BROWN Fredric
Paradoxe perdu

BRUNNER John
Jeu de la possession (le)
Noire est la couleur

CLARKE Arthur
Et la lumière tue (Le grand temple de la S.-F.)
Vent venu du soleil (le)

CRICHTON Michael
Mangeurs de morts (les)

DELANY Samuel
La chute des tours
3 — la Cité des mille soleils
Triton

DICK Philip K.
Bal des schizos (le)
Dédales démesurés (les)
Glissement de temps sur Mars
Guérisseur de cathédrales (le)
Joueurs de Titan (les)
Planète impossible (la) (Le grand temple de la S.-F.)
Simulacres

DONALDSON Stephen
Le cycle des Seuils
1 — l'Histoire véritable
2 — le Savoir interdit
3 — L'Eveil du Dieu noir
L'appel de Mordant
1 — le Feu de ses passions
2 — le Miroir de ses rêves
3 — Un cavalier passe

DUVEAU Marc
Fantasy (Le grand temple de la S.-F)
High Fantasy 1 — le Manoir des roses
Heroic Fantasy 2 — la Citadelle écarlate
New fantasy 3 — le Monde des chimères
Science Fantasy 4 — la Cathédrale de sang

DUVIC Patrice
Naissez, nous ferons le reste

EDDINGS David
La Belgariade
1 — le Pion blanc des présages
2 — la Reine des sortilèges
3 — le Gambit du magicien
4 — la Tour des maléfices
5 — la Fin de partie de l'enchanteur
La Mallorée
1 — les Gardiens du Ponant
2 — le Roi des Murgos
3 — le Démon majeur de Karanda
4 — la Sorcière de Darshiva
5 — la Sibylle de Kell
La Trilogie des joyaux
1 — le Trône de diamant
2 — le Chevalier de rubis

FARMER Philip José
Jeu de la création (le) (le Grand temple de la S.-F.)
Masque vide (le)
Les Mémoires intimes de Lord Grandrith
1 — la Jungle nue
2 — le Seigneur des arbres
Odyssée Verte (l')
La saga des hommes-dieux
1 — le Faiseur d'univers
2 — les Portes de la création
3 — Cosmos privé
4 — les Murs de la Terre

5 — le Monde Lavalite
6 — Plus fort que le feu
7 — la Rage d'Orc le Rouge
Un exorcisme
1 — Comme une bête
2 — Gare à la bête
3 — l'Homme qui trahit la vie

GLUT Donald
Starwars
Empire contre-attaque (l')
(voir Kahn J et Lucas G.)

HAMBLY Barbara
Fendragon

HEINLEIN Robert
Age des étoiles (l')
Citoyen de la Galaxie
Enfant tombé des étoiles (l')
Histoire du futur
1 — L'homme qui vendit la Lune
2 — les Vertes Collines de la Terre
4 — les Enfants de Mathusalem
Longue vie (Le grand temple de la S.-F.)
Révolte sur la lune
Route de la gloire
Vagabond de l'espace (le)

HERBERT Frank
Barrière Santaroga (la)
Le bureau des sabotages
1 — l'Etoile et le fouet
2 — Dosadi
Champ mental
Cycle de Dune
1 — Dune tome 1
2 — Dune tome 2
3 — le Messie de Dune
4 — les Enfants de Dune
5 — l'Empereur-dieu de Dune
6 — les Hérétiques de Dune
7 — la Maison des mères
Dragon sous la mer (le)
Et l'homme créa un dieu
Fabricants d'Eden (les)
Preneur d'âmes (le)
Prêtres du psi (les)
le programme conscience
1 — Destination vide
2 — l'Incident Jésus
Prophète des sables (le) (Le grand temple de la S.-F.)
Yeux d'Heisenberg (les)

HUBBARD L. Ron
Au bout du cauchemar
Mission Terre
1 — le Plan des envahisseurs
2 — la Forteresse du mal
3 — l'Ennemi intérieur
4 — Une affaire très étrange
5 — l'Empire de la peur
6 — Objectif mort
7 — Destination vengeance
8 — Catastrophe
9 — Noire victoire
10 — Requiem pour une planète
Final blackout
Terre champ de bataille
1 — les Derniers hommes
2 — la Reconquête
3 — le Secret des Psychlos

HUXLEY Aldous
Ile
Jouvence
Meilleur des mondes (le)
Retour au meilleur des mondes
Temps futurs

KAHN James
Starwars
Retour du Jedi (le)
(voir Glut D et Lucas G.)

KNIGHT Damon
Pavé de l'enfer (le)

KOONTZ Dean R.
Monstre et l'enfant (le)

KURTZ Katherine
Les Derynis
1 — la Chasse aux magiciens
2 — le Réveil des magiciens
3 — le Triomphe des magiciens
4 — Roi de folie

KUTTNER Henry & MOORE Catherine
Ne vous retournez pas (le grand temple de la S.-F)

LACKEY Mercedes
L'Honneur et la gloire
1 — Sœurs de sang
2 — Les Parjures

LAFFERTY R. A.
Tous à Estrevin !

Lee Tanith
Le bain des Limbes
1 — Ne mords pas le soleil !
2 — le Vin saphir
Le dit de la Terre plate
1 — le Maître des ténèbres
2 — le Maître de la mort
3 — le Maître des illusions
4 — la Maîtresse des délires
5 — les Sortilèges de la nuit

Le guin Ursula
Autre côté du rêve (l')
La ligue de tous les mondes
1 — les Dépossédés
2 — le Nom du monde est Forêt
3 — la Main gauche de la nuit
4 — le Monde de Rocannon
5 — Planète d'exil
6 — la Cité des illusions
Terremer
1 — le Sorcier de Terremer
2 — les Tombeaux d'Atuan
3 — l'Ultime rivage
4 — Tehanu

Leiber Fritz
Le cycle des épées
1 — Epées et démons
2 — Epées et mort
3 — Epées et brumes
4 — Epées et sorciers
5 — le Royaume de Lankhmar
6 — la Magie des glaces
7 — le crépuscule des épées
Demain les loups
Lubies lunatiques (les)
Vaisseau lève l'ancre à minuit (le) (Le grand temple de la S.-F.)

Lem Stanislas
Mémoires trouvés dans une baignoire
Masque (le)
Congrès de Futurologie (le)
Mémoires d'Ijon Tichy

Lovecraft H. P.
Les papiers du Lovecraft club
1 — le Rôdeur devant le seuil
2 — l'Horreur dans le musée
3 — l'Horreur dans le cimetière
4 — l'Ombre venue de l'espace
5 — le Masque de Cthulhu
6 — la Trace de Cthulhu
Légendes du mythe de Cthulhu
1 — l'Appel de Cthulhu
2 — la chose des Ténèbres

Lovecraft J. P./Campbell Ramsey
Nouvelles légendes du mythe de Cthulhu
3 — le Livre noir

Lovecraft H. P. (psaumes pour)
R. Weinberg & M. Greenberg présentent
L'ombre du maître

Lucas George
Starwars
Guerre des étoiles (la)
(voir Glut D. et Kahn J.)

McCaffrey Anne
La Ballade de Pern
1 — le Vol du dragon
2 — la Quête du dragon
3 — le Chant du dragon
4 — la Chanteuse-dragon de Pern
5 — les Tambours de Pern
6 — le Dragon blanc
7 — la Dame aux dragons
8 — l'Aube des dragons
9 — Histoire de Nerilka
10 — les Renégats de Pern
11 — Tous les Weyrs de Pern
Chroniques de Pern
1 — la Chute des fils
Dame de la haute tour (la) (Le grand temple de la S.-F.)
Forces majeures (les)
La transe du crystal
1 — la Chanteuse crystal
2 — Killashandra
3 — la Mémoire du crystal
Le vol de Pégase
1 — le Galop d'essai
2 — le Bond vers l'infini
3 — la Rowane
4 — Damia

McKillip Patricia
Magicienne de la forêt d'Eld (la)

McKinley Robin
Belle

MATHESON Richard
Journal d'un monstre (Le grand temple de la S.-F)
Miasmes de mort

MOORCOCK Michael
Cavalier Chaos (le) (Le grand temple de la S.-F.)
Navire des glaces (le)
Le cycle d'Elric
1 — Elric des dragons
2 — la Forteresse de la perle
3 — le Navigateur sur les mers du destin
4 — Elric le nécromancien
5 — la Sorcière dormante
6 — la Revanche de la Rose
7 — l'Epée noire
8 — Stormbringer
9 — Elric à la fin des temps
La Légende de Hawkmoon
1 — le Joyau noir
2 — lé Dieu fou
3 — l'Epée de l'aurore
4 — le Secret des runes
5 — le comte Airain
6 — le Champion de Garathorm
7 — la Quête de Tanelorn
Les livres de Corum
1 — le Chevalier des épées
2 — la Reine des épées
3 — le Roi des épées
4 — la Lance et le taureau
5 — le Chêne et le bélier
6 — le Glaive et l'étalon
La quête d'Erekosë
1 — le Champion éternel
2 — les Guerriers d'argent
3 — le Dragon de l'épée

MOORE Catherine
Magies et merveilles

MOORE Catherine & KUTTNER Henry
Ne vous retournez pas (Le grand temple de la S.-F.)

PELOT Pierre
Nuit du sagittaire (la)

POHL Frederik
Promenade de l'ivrogne (la)

POHL F. et KORNBLUTH C. M.
Ere des gladiateurs (l')
Tribu des loups (la)

PRIEST Christopher
Monde inverti (le)

REMY Yves et Ada
Maison du cygne (la)
Soldats de la mer (les)

RUSS Joanna
Autre moitié de l'homme (l')

RUSSELL Eric Frank
Guêpe
Plus X

SCARBOROUGH Elizabeth
Un air de sorcellerie

SHECKLEY Robert
Eternité société anonyme
Omega
Tu brûles (Le grand temple de la S.-F.)

SILVERBERG Robert
Fils de l'homme (le)
Livre des crânes (le)
Porte des mondes (la)
Résurrections
Revivre encore
Trips
Voir l'invisible (Le grand temple de la S.-F.)

SIMMONS Dan
Hypérion 1
Hypérion 2
Chute d'Hypérion 1 (la)
Chute d'Hypérion 2 (la)

SMITH Cordwainer
Les seigneurs de l'instrumentalité
1 — Tu seras un autre
2 — le Rêveur aux étoiles
3 — les Puissances de l'espace
4 — l'Homme qui acheta la Terre
5 — le Sous-peuple
6 — la Quête des trois mondes

SPINRAD Norman
Avaleurs de vide (les)
Chaos final (le)

Grande guerre des bleus et des roses (la)
Miroirs de l'esprit (les)
Pionniers du chaos (les)
Rêve de fer

Springer Nancy
Cerf pâle (le)

Sturgeon Theodore
Songes superbes (les)
Un soupçon d'étrange (Le grand temple de la S.-F.)
Symboles secrets

Tolkien J.R.R.
Contes et légendes inachevés
1 — le Premier âge
2 — le Deuxième âge
3 — le Troisième âge
Le Seigneur des anneaux
1 — la Communauté de l'anneau
2 — les Deux tours
3 — le Retour du roi
Silmarillion (le)

Tolkien J.R.R. (chansons pour)
M. Greenberg présente
1 — l'Adieu au roi
2 — Sur les berges du temps
3 — l'Eveil des Belles au bois

Tucker Wilson
Année du soleil calme (l')

Van Asten Gail
Chevalier aveugle (le)

Van Vogt A. E.
A l'assaut de l'invisible
Au-delà du néant
Bête (la)
Enfants de demain (les)
Futur parfait (Le grand temple de la S.-F.)
Maison éternelle (la)
Mission stellaire
Quête sans fin

Vance Jack
Les aventuriers de la planète géante
1 — la Planète géante
2 — les Baladins de la planète géante
Châteaux en espace
Les chroniques de Cadwal
1 — la Station d'Araminta
2 — Araminta 2
3 — Bonne vieille Terre
4 — Throy
Chroniques de Durdane
1 — l'Homme sans visage
2 — les Paladins de la liberté
3 — Asutra
Cinq rubans d'or (les)
Crimes et enchantements
Docteur Bizarre
Domaines de Koryphon (les)
Emphyrio
La geste des princes-démons
1 — le Prince des étoiles
2 — la Machine à tuer
3 — le Palais de l'amour
4 — le Visage du démon
5 — le Livre des rêves
Lyonesse
1 — le Jardin de Suldrun
2 — la Perle verte
3 — Madouc
Maisons d'Iszm (les)
Maîtres des dragons (les)
Mondes de Magnus Ridolph (les)
Pagaille au loin
Papillon de lune (le Grand temple de la S.-F.)
Space Opera
Un monde d'azur
Un tour en Thaéry

Vonnegut Kurt
Pianiste déchaîné (le)

Watson Ian
Mort en cage (la)
Visiteurs du miracle (les)

Weis Margaret/Hickman Tracy
Les portes de la mort
1 — l'Aile du dragon
2 — l'Etoile des elfes
3 — la Mer de feu
4 — le Serpent mage
5 — la Main du Chaos
6 — Voyage au fond du labyrinthe
La rose du prophète
1 — le Désir du Dieu errant

2 — le Paladin de la nuit
3 — le Prophète d'Akhran

WILLIAMSON Jack
Plus noir que vous ne pensez

WUL Stefan
Mort vivante (la)
Piège sur Zarkass
Temple du passé (le)

ZAHN Timothy
Starwars
Héritier de l'empire (l')

ZELAZNY Roger
L'enfant de nulle part
1 — l'Enfant tombé de nulle part
2 — Franc-sorcier
Maître des ombres (le)
Maître des rêves (le)
Un pont de cendres

OUVRAGES DE LA COLLECTION « TERREUR »

Roderick Anscombe
La vie secrète de Laszlo, comte Dracula

Iain Banks
Le seigneur des guêpes

Clive Barker
Secret Show
Le royaume des devins
Imajica 1
Imajica 2
Everville

William P. Blatty
L'Exorciste : la suite

Robert Bloch
L'écharpe
Lori
Psychose
Contes de terreur

J. R. Bonansinga
Black Mariah
Pire que le mal

Randall Boyll
Froid devant
Monssstre
Territoires du crépuscule

Marion Zimmer Bradley
Adagio pour une ombre

Ramsay Campbell
Envoûtement
La secte sans nom
Soleil de minuit

Jonathan Carroll
La morsure de l'ange
L'enfant arc-en-ciel

Cathy Cash Spellman
Dans les griffes du diable

Jean-Christophe Chaumette
L'arpenteur de mondes

Matthew J. Costello
Cauchemars d'une nuit d'été
La chose des profondeurs
Né de l'ombre

Costello Matthew J./Wilson Paul F.
Mirage

Martin Cruz-Smith
Le vol noir

Thomas Disch
Le caducée maléfique

Katherine Dunn
Un amour de monstres

Jeanne Faivre d'Arcier
Rouge flamenco
La déesse écarlate

John Farris
L'ange des ténèbres
Le fils de la nuit éternelle
Sacrifice

Raymond Feist
Faërie

Bernard Florentz
Noces d'enfer

Christopher Fowler
Le diable aux trousses
L'illusionniste

Ray Garton
Crucifax
Extase sanglante

Christopher Golden
Des saints et des ombres
L'illusionniste

Linda C. Gray
Médium

William Hallahan
Les renaissances de Joseph Tully

Barbara Hambly
Le sang d'immortalité
Voyage avec les morts

Thomas Harris
Dragon rouge
Le silence des agneaux

James Herbert
Dis-moi qui tu hantes
Fluke
Fog
La lance
La trilogie des rats
1. Les rats

2. Le repaire des rats
3. L'empire des rats
Le survivant
Sanctuaire
Sépulcre
Présages
La conspiration des fantômes

Shirley Jackson
Maison hantée
La loterie
Le cadran solaire
Nous avons toujours habité le château

Graham Joyce
L'enfer du rêve
Requiem
Sorcière ma sœur
L'intercepteur de cauchemars
Indigo

Kalogridis Jeanne
Pacte avec le vampire
Les enfants du vampire

Stephen King
La part des ténèbres
Salem
Dolores Claiborne
Les yeux du dragon

Andrew Klavan
Il y aura toujours quelqu'un derrière vous
L'heure des fauves

Dean Koontz
Le masque de l'oubli
Miroirs de sang
La mort à la traîne
La nuit des cafards
La nuit du forain
La peste grise
Une porte sur l'hiver
La voix des ténèbres
Les yeux des ténèbres
La maison interdite
Fièvre de glace
Lune froide
La cache du diable
Mr Murder
Démons intimes
Tic Tac
Etranges détours
Les larmes du dragon
Le rideau des ténèbres
Le visage de la peur
L'heure des chauves-souris
Spectres
L'antre du tonnerre
La semence du démon

La porte rouge
Intensité

Steven Laws
Train fantôme
Gideon
Macabre

Tanith Lee
La danse des ombres
Le festin des ténèbres
Caïn l'obscur

Charles de Lint
Mulengro
Symphonie macabre
Les murmures de la nuit

Bentley Little
Le postier
Révélation

Brian Lumley
Nécroscope

Charles McLean
Le guetteur

Robert Marasco
Notre vénérée chérie

Graham Masterton
Apparition
Démences
Hel
Le démon des morts
Le djinn
Le jour « J » du jugement
La maison de chair
Le maître des mensonges
Le miroir de Satan
La nuit des salamandres
Le portrait du mal
Les puits de l'enfer
Rituel de chair
Transe de mort
La trilogie du Manitou
1. Manitou
2. L'ombre du Manitou
3. La vengeance de Manitou
Le trône de Satan
Les visages du cauchemar
La trilogie des Guerriers de la
1. Les guerriers de la nuit
2. Les rivages de la nuit
3. Le fléau de la nuit
Sang impur
Tengu
Magie indienne
Magie maya

Magie vaudou
Walhalla
Les escales du cauchemar
L'enfant de la nuit

ROBERT MCCAMMON
L'heure du loup
La malédiction de Bethany
Scorpion
Le mystère du lac
Soif de sang

MICHAEL MCDOWELL
Les brumes de Babylone
Cauchemars de sable

GEORGE R.R. MARTIN
Armageddon rag

MOULY MARC
Azram, le démon des profondeurs

ANDREW NEIDERMAN
L'avocat du diable
Confessions androgynes

PIERRE PELOT
La nuit sur terre

D. PRESTON/L. CHILD
Relic
Le grenier des enfers

JOHN PRITCHARD
Les anges du désespoir
Les cavaliers du crépuscule
Les sœurs de la nuit

GARFIELD REEVES-STEVENS
Contrat sur un vampire
La danse du scalpel

ANNE RICE
Chronique des vampires
1. Entretien avec un vampire
2. Lestat le vampire
3. La reine des damnés
4. Le voleur de corps
5. Memnoch le démon

La momie
La saga des sorcières
1. Le lien maléfique
2. L'heure des sorcières
3. Taltos

Le violon
Le sortilège de Babylone

FRED SABERHAGEN
Le dossier Holmes-Dracula
Les chroniques de Dracula
Les confessions de Dracula
Un amour de Dracula
Un vieil ami de la famille

JOHN SAUL
Cassie
Créature
Hantises

PETER STRAUB
Ghost Story
Julia
Koko
Mystery
Sans portes, ni fenêtres
La gorge
Le club de l'enfer
Le sortilège de Babylone

MICHAEL TALBOT
La tourbière du diable

BERNARD TAYLOR
Le jeu du jugement

SHERI S. TEPPER
Ossements

THOMAS TESSIER
L'antre du cauchemar

THOMAS TRYON
L'autre
La fête du maïs
Noire magie

JACK VANCE
Méchant garçon

LAWRENCE WATT-EVANS
La horde du cauchemar

CHET WILLIAMSON
La forêt maudite

PAUL F. WILSON
La forteresse noire
Liens de sang
Mort clinique

BARI WOOD
Amy girl
Double vue

BARI WOOD/JACK GEASLAND
Faux-semblants

T. M. WRIGHT
L'antichambre
Manhattan Ghost Story
L'autre pays

XXX

Michèle Slung présente :
22 histoires de sexe et d'horreur
Nouvelles histoires de sexe et d'horreur

Jeff Gelp présente :
Shock Rock

Douglas E. Winter présente :
13 histoires diaboliques

Dernières nouvelles de Dracula
L'année de la terreur
Nouvelles histoires de sexe et d'horreur

Achevé d'imprimer sur les presses de

BUSSIÈRE

GROUPE CPI

à Saint-Amand-Montrond (Cher)
en octobre 2000

POCKET - 12, avenue d'Italie - 75627 Paris Cedex 13
Tél. : 01-44-16-05-00

— N° d'imp. 2229. —
Dépôt légal : novembre 1995.

Imprimé en France